한국 독자들에게 보내는 메시지

제 작품을 여러분과 나누는 이 멋진 기회를 누릴 수 있어 무척 기쁩니다. 《어부들》은 저의 첫 장편소설이자 제가 작가로서의 경력을 쌓기 시작한 작품입니다. 제게는 이 작품이 형제 간의 보편적 연대와 가족들을 하나로 묶어주는 사랑에 관한 것입니다. 한국의 독자들도 이 주제에 공감하기를 바랍니다. 감사합니다.

치고지에 오비오마

어부들
The Fishermen

치고지에
오비오마

장편소설

강동혁 옮김

어부들

The Fishermen

은행나무

나의 '대원'인 형제들
(그리고 자매들)을 위한 헌사

차례

한 사람이 아무리 걸어도 몰려드는
군중의 발걸음을 만들어낼 수는 없다.
　　　　　　　　　—이보 속담

광인이 폭력적으로 우리의 보금자리에 들어와
우리의 성스러운 땅을 더럽히고
전 우주의 유일한 진실을 주장하면서
쇠로써 우리의 고위 사제들을 허리 숙이게 하였네
아! 우리 선조들의 무덤 위를 걸었던
그 아이들은, 그래,
그 광기에 시달리리라.
그들은 도마뱀의 송곳니를 기를 것이며
우리 눈앞에서 서로를 먹어 치울지니
고대의 명령에 따라
그들을 멈추는 일은 금지되리라
　　　　　　　　　—마지시 쿠네네

1. 어부들

우리는 어부들이었다.

1996년 1월, 가족 모두가 평생을 살아왔던 나이지리아 서부의 마을 아쿠레에서 아버지가 이사를 나간 이후 형들과 나는 어부가 되었다. 아버지는 나이지리아 중앙은행에 다녔고, 그 전해 11월 첫째 주에 욜라—1000킬로미터 이상 떨어져 있는, 낙타로 가야 하는 거리의 북쪽 마을— 지점으로 발령을 받았다. 나는 아버지가 전근 명령서를 가지고 집에 돌아왔던 날 밤을 기억한다. 금요일이었다. 그 주 금요일부터 토요일까지 아버지와 어머니는 계속해서 사원의 사제들처럼 속삭이며 의논했다. 일요일 아침에는 어머니가 다른 사람이 되었다. 어머니는 사람 눈을 피해 집 안을 돌아다니는, 물에 젖은 생쥐처럼 걸음걸이가 바뀌었다. 그날 어머니는 교회에 가지 않고 집에 머물며 아버지 옷을 한 무더기나 세탁하고 다림질했다. 그러는 내내 얼굴에는 범접할 수 없이 우울한 표정을 띠고 있었다. 부모님은 두 분 다 형들에게나 내게 한마디도 하지 않았고,

우리도 묻지 않았다. 심장 속 심실에는 피가 고여 있다. 우리 집의 두 심실—아버지와 어머니—이 침묵을 지키고 있을 때, 심실을 찌르면 집 안전체에 피가 흘러넘친다. 형들—이켄나, 보자, 오벰베—과 나는 그 사실을 잘 알고 있었다. 그래서 우리는 거실의 세 칸짜리 책장 안에 놓여 있는 텔레비전을 보지 않았다. 우리는 방에 앉아 공부하거나 공부하는 척했고, 불안했지만 질문을 던지지는 않았다. 그렇게 우리는 방에서 무슨 정보든 최대한 알아내려고 더듬이를 곤두세웠다.

일요일 밤이 내릴 때쯤에는 빵 부스러기 같은 정보가, 깃털이 풍성한 새의 깃털 한 뭉치처럼 어머니의 독백으로부터 떨어지기 시작했다. "무슨 놈의 직장이 아들 키우는 사람을 그렇게 멀리 떼어놔? 내가 손 일곱 개를 달고 태어났대도 이 애들을 혼자 돌볼 수는 없는데!"

어머니의 열띤 질문은 딱히 누군가에게 던지는 것은 아니었지만, 확실히 아버지 귀에 들어가라고 내뱉은 것이었다. 아버지는 거실 안락의 자에 혼자 앉아서 가장 좋아하는 신문인 〈가디언〉으로 얼굴을 덮은 채, 반쯤은 신문을 읽고 반쯤은 어머니 말을 듣고 있었다. 아버지는 어머니가 하는 모든 말을 들었다. 그러나 어머니가 자신에게 직접 하지 않은 말, 아버지가 종종 '겁쟁이의 말'이라고 부르던 말은 늘 못 들은 척했다. 아버지는 그냥 계속 신문을 읽다가 가끔 멈추어 신문에서 본 내용을 큰소리로 비난하거나 칭찬할 뿐이었다. "이 세상에 정의라는 게 있다면 아바차*의 마녀 같은 아내가 곧 남편의 죽음을 애도하게 될 거다." "펠라**

---

* 1993년부터 1998년까지 군부독재를 이끈 나이지리아의 군인.
** 나이지리아의 음악가이자 인권운동가.

는 정말 신 같은 사람이군! 세상에!" "루번 아바티*라니, 쫓아내야지!"
아버지는 어머니의 한탄에 아무 힘이 없다는 인상을 줄 만한 말이면 아
무 말이나 입에 담았다. 아버지의 그런 말은 그 누구도 딱히 관심을 두지
않는 칭얼거림이었다.

  그날 밤 잠자리에 들기 전의 일이다. 우리는 거의 열다섯 살이 된 큰형
이켄나에게 대부분의 사건 해석을 맡겨두었는데, 이켄나는 아버지가 전
근을 갈 것이라는 추측을 내놓았다. 이켄나보다 한 살 어린 보자가 이 상
황에 대해 아무 생각도 없는 것처럼 보이면 바보 취급을 당하겠다고 생
각했는지, 아버지가 해외의 '서쪽 세상'으로 여행을 가는 게 틀림없다고
말했다. 우리는 아버지가 언젠가 그런 여행을 떠날까 봐 자주 걱정했다.
나보다 두 살 많은 열한 살 오벰베에게는 아무 의견이 없었다. 나도 마찬
가지였다. 아무튼 우리는 오래지 않아 답을 알게 되었다.

  그 답이 밝혀진 건 다음 날 아침, 아버지가 갑자기 나와 오벰베가 함
께 쓰는 방에 나타나면서였다. 갈색 티셔츠를 입고 있던 아버지는 안경
을 탁자에 내려놓았다. 우리를 주목시키려는 동작이었다. "난 오늘부터
욜라에 가서 살 거다. 너희들이 절대 엄마를 속 썩이지 않았으면 좋겠
다." 이 말을 할 때 아버지의 얼굴이 일그러졌다. 우리 마음속으로 공포
의 사냥개들을 몰아넣고 싶을 때마다 짓는 표정이었다. 아버지는 천천
히, 목소리를 깊고 크게 해서 말했다. 한 마디 한 마디가 우리 마음속 기
둥에 20센티미터씩은 박혔다. 그런 식으로 아버지는 우리가 말을 듣지
않을 때 "전에 말했었지"라는 단순한 문구만 가지고도 우리에게 지시를

---

*　나이지리아의 언론인이자 정치인.

내렸던 바로 그 순간을 완벽히, 또 자세하게 떠올리도록 만들었다.

"아빠는 엄마한테 자주 전화를 걸 생각이다. 뭐든 나쁜 소식이 들리면—아버지는 자기 말에 힘을 실으려고 검지를 높이 들었다—내 말은, 조금이라도 이상한 짓을 했다는 소리가 들리면 바로 구에르돈이다."

'구에르돈'—아버지가 경고를 강조할 때나 잘못된 행동에 대한 보복을 조명할 때 쓰는 단어—이라는 말에 너무 힘을 주는 바람에 아버지의 얼굴 양옆에서 핏줄이 불거졌다. 일단 이 말이 나오면 아버지가 전할 말은 끝나곤 했다. 아버지는 외투의 가슴 주머니에서 20나이라짜리 지폐 두 장을 꺼내 우리가 공부할 때 쓰는 탁자에 내려놓았다.

"둘이 가져라." 아버지는 그렇게 말하고 방을 나섰다.

오벰베와 나는 그때까지도 침대에 앉아 방금 들은 말을 전부 이해해보려고 애쓰고 있었다. 그때 어머니가 집 밖에서 아버지에게 말하는 소리가 들렸다. 너무 큰 목소리라 아버지가 이미 멀리 가 있는 것만 같았다.

"에메, 여기서 당신 아들들이 크고 있다는 걸 기억해요." 어머니가 말했다. "명심하라고요."

아버지가 푸조 504에 시동을 걸 때도 어머니는 계속 말하고 있었다. 오벰베와 나는 자동차 소리를 듣고 우리 방에서 서둘러 나갔지만, 아버지는 이미 대문 밖으로 차를 몰아가고 있었다. 그렇게 아버지는 떠나버렸다.

우리 이야기를 생각하고 또 우리 모두가 가족으로서 함께 살았던 마지막 순간인 그날 아침에 대해서 생각하면 나는—20년이 지난 지금까지도—아버지가 떠나지 않았기를, 그 전근 명령서를 받지 않았기를 바라게 된다. 그 편지가 오기 전까지는 모든 것이 제자리에 있었다. 아버지는 매일 아침 출근했고, 장터에서 신선식품 가게를 운영하던 어머니는 우리 육 남매를 돌봤으며, 우리는 아쿠레에 사는 아이들 대부분이 그랬듯 학교에 갔다. 모든 것이 자연스러운 일과를 따랐다. 우리는 지나간 일을 별로 생각하지 않았다. 그 당시에는 시간에 아무 의미가 없었다. 건기에는 먼지가 한 줌씩 실린 하늘에 구름이 걸린 채로 날이 밝아왔고, 태양은 밤이 올 때까지 떠 있었다. 우기에는 어떤 손이 하늘에 어른거리는 그림을 그려놓은 것처럼 보였고, 비가 여섯 달 동안 한 번도 끊이지 않고 발작적인 뇌우와 함께 맥동하며 쏟아졌다. 모든 일이 이처럼 잘 알려지고 구조화된 패턴에 따라 일어났기 때문에 기억할 가치가 있는 날은 하루도 없었다. 중요한 것은 현재와 예측 가능한 미래뿐이었다. 우리가 엿본 미래는 대체로 가슴에 검은 석탄을 품고 코끼리처럼 시끄럽게 울어대며 희망의 궤도를 밟아오는 증기기관차처럼 느껴졌다. 가끔 이런 엿보기는 꿈이나 머릿속에서 속삭이는 한바탕의 공상─나는 비행기 조종사가 될 거야, 나이지리아 대통령이 될 거야, 부자가 될 거야, 헬리콥터를 가질 거야─을 통해 일어났다. 미래란 우리가 만드는 것이었으니까. 미래란 상상한 모든 것을 그릴 수 있는 텅 빈 캔버스였으니까. 그러나 아버지가 욜라로 가면서 모든 상황이 바뀌었다. 시간과 계절과 과거가 중요해지기 시작했고, 우리는 현재와 미래보다 그것들을 더욱 열망하고 탐하게 되었다.

아버지는 그날 아침부터 욜라에서 살았다. 캐나다에 사는 아버지의 어린 시절 친구인 바요 아저씨의 전화를 받는 데 주로 쓰이던, 탁상 위의 초록색 전화기가 아버지에게 연락할 수 있는 유일한 방법이 되었다. 어머니는 아버지의 전화를 초조하게 기다리며 아버지가 전화한 날을 자기 방 달력에 표시했다. 아버지가 예정된 날짜를 놓치고, 기다리던 어머니가 인내심을 다 소진했을 때면, 보통은 자정이 한참 지난 시간에 어머니가 래퍼* 자락의 매듭을 풀고 아버지의 전화번호를 휘갈겨 써둔 구겨진 종이를 꺼내 아버지가 전화를 받을 때까지 끊임없이 다이얼을 돌렸다. 그때까지 깨어 있다면, 우리는 아버지의 목소리를 들으려고 어머니 주변에 모여들었고, 우리를 새 도시로 데려가라고 아버지에게 졸라보라며 어머니를 부추겼다. 그러나 아버지는 계속해서 거절했다. 아버지는 욜라가 우리 부족, 그러니까 이보족 사람들에게 엄청난 폭력을 자주 저지른 역사를 가진 불안한 도시라고 거듭 말했다. 우리는 아버지를 계속 압박했지만, 1996년 3월에 유혈 분파주의 폭동이 터지고 말았다. 아버지는 한참 신호가 간 뒤에야 전화를 받아서—배경에서는 간헐적인 총성이 들려왔다—폭도들이 아버지가 사는 구역을 공격했으며 아버지는 간신히 살아남았다고, 그러나 아버지의 집 건너편에 사는 가족은 전부 학살당했다고 말했다. "어린애들이 닭처럼 죽어나갔어!" 아버지는 제정신이 박힌 사람이라면 다시는 아버지에게 가겠다는 말을 감히 꺼내지도 못할 만큼 "어린애들"이라는 문구를 아주 무겁게 강조했다. 그걸로 끝이었다.

아버지는 격주에 한 번씩 집에 들르는 것을 전통으로 삼았다. 먼지 낀 푸조 504 세단을 타고 올 때면, 아버지는 열다섯 시간의 운전으로 완전히 탈진한 상태였다. 우리는 아버지가 대문에서 자동차 경적을 울릴 토요일을 목이 빠지게 기다렸다가 달려 나가 대문을 열어드렸다. 우리 모두 아버지가 이번에는 어떤 간식이나 선물을 가져왔을지 알고 싶어 좀

* 몸에 휘감아 입는 화려한 색의 서아프리카 전통의상.

16

이 쑤셨다. 하지만 아버지를 몇 주에 한 번씩 보는 데 천천히 익숙해지면서는 상황이 좀 달라졌다. 점잖음과 침착함을 끌어내던 아버지의 거대한 존재는 점차 콩알만 한 크기로 쪼그라들었다. 평정심과 복종심, 공부, 강제적인 낮잠으로 이루어진 아버지가 세운 일과―우리 일상의 오래된 패턴―는 점차 힘을 잃어갔다. 우리가 비밀리에 한 아주 작은 잘못이라도 알아챌 수 있을 것만 같았던, 모든 것을 보는 아버지의 눈에 장막이 드리워졌다. 셋째 달이 시작됐을 때는 경고의 도구로써 자주 채찍을 휘두르곤 했던 아버지의 긴 팔이 지친 나뭇가지처럼 뚝 부러졌다. 그러자 우리는 자유롭게 풀려났다.

우리는 책을 책장에 처박아둔 채 익숙한 세상 바깥의 신성한 세계를 탐험하러 나갔다. 우리는 거리의 소년 대부분이 매일 오후 축구를 하던 지역 축구 경기장으로 모험을 떠났다. 그러나 그 애들은 늑대 떼나 다름없었다. 그 애들은 우리를 환영하지 않았다. 우리 집에서 몇 골목 떨어진 곳에 살던 카요데를 제외하면 우리는 그 애들을 전혀 몰랐지만, 그 애들은 우리 가족을 잘 알았다. 우리 부모님의 이름까지 주워섬길 정도였다. 그 애들은 계속해서 우리를 괴롭히고 언어의 채찍으로 매일 우리를 후려쳤다. 이켄나는 놀랄 만큼 뛰어난 드리블 실력자였고 오벰베는 기적적으로 골대를 잘 지켰지만, 그 애들은 우리에게 '아마추어'라는 낙인을 찍었다. 그들은 우리 아버지 '아구 씨'가 나이지리아 중앙은행에서 일하는 부자이고 우리는 특권을 가진 아이들이라고 자주 농담하기도 했다. 그들은 아버지에게 바바 오닐레라는 이상한 별명을 붙이기도 했다. 바바 오닐레는 요루바의 인기 드라마 주인공으로, 여섯 아내와 스물한 명의 아이를 거느린 사람이었다. 아이들은 그런 식으로 우리 아버지를 조롱하려 했다. 자식을 많이 두겠다는 아버지의 욕심은 우리 동네의 전설이나 마찬가지였으니까. 동시에, 바바 오닐레는 못생기고 비쩍 마른 초록색 곤충인 사마귀를 뜻하는 요루바식 이름이기도 했다. 우리는 이런 모욕을 견딜 수 없었다. 숫자가 적어서 그 애들을 상대로 싸워봐야 이길 수 없으리라는 것을 안 이켄나는 기독교를 믿는 아이들의 관습에 따라, 그 애들에게 아무런 잘못도 하지 않은 우리 부모님을 모욕하지 말아달라고 반복적으로 부탁했다. 그런데도 그 애들은 멈추지 않았다. 그러다가 어느 날 저녁, 아버지의 별명을 듣고 화가 난 이켄나가 그중 한 명을 머리로 들이받았다. 상대 아이는 순식간에 이켄나의 배를 걷어차고 이켄나에게 달려들었다. 아주 잠깐은 그 둘이 함께 뒹굴었다. 모래로 덮인 경기장에 두 아이의 발이 불완전한 나선을 그렸다. 하지만 결국은 그 애가 이켄나를 내동댕이치고 이켄나의 얼굴에 흙을 한 줌 뿌렸다. 나머지 아이들이 환호성을 지르며 그 애를 일으켜 세웠다. 그 애들의 목소리가 야유와 우우 소리까지 갖춘 승리의 합창으로 녹아들었다. 우리는 그날 저녁 패배감을 느끼며 집으로 갔고, 다시는 그곳에 가지 않았다.

그 싸움 이후로 우리는 밖에 나가는 데 싫증을 느꼈다. 내 제안에 따라 우리는 어머니에게 '모탈 컴뱃'이라는 콘솔게임을 해도 좋다는 아버지의 허락을 받아달라고 빌었다. 보자가—보자는 원래 자기 반에서 1등을 하던 것으로 유명했다—성적표에 빨간색 잉크로 24등이라는 글자와 **앞으로도 이런 성적을 받을 가능성이 큼**이라는 경고가 휘갈겨 써진 채로 집에 돌아왔던 작년에, 아버지가 그 게임을 압수해 어딘가에 숨겨놓았던 것이다. 이켄나도 딱히 나을 게 없었다. 이켄나는 40명 중 16등을 했다. 아버지는 이켄나의 담임인 부키 선생님이 아버지에게 개인적으로 편지를 보내는 바람에 그 사실을 알게 되었다. 아버지는 극심한 분노에 사로잡힌 채 그 편지를 읽었다. 내가 들은 말이라고는 아버지가 후렴처럼 반복하던 "세상에! 세상에!"라는 말밖에 없었다. 아버지는 게임을 압수했고, 우리를 흥분의 소용돌이로 몰아넣곤 했던 순간들을 영원히 끊어내려 했다. 보이지 않는 중계자가 "놈을 끝장내라"라고 명령하는 순간도, 정복하는 캐릭터가 소멸당하는 캐릭터를 하늘 높이 차올리거나 칼로 저며서 뼈와 피로 이루어진 기괴한 폭발을 일으키며 치명타를 입히던 순간도. 우리는 그럴 때마다 소리 지르며 환성을 터뜨리곤 했고, 화면에서는 '치명타'라는 불타는 섬광 글자가 윙윙거리곤 했다. 한번은 오뱀베가 소변을 보다 말고, 콘솔게임에 녹음된 미국 억양을 따라 "치명타로군!"이라고 외치는 데 끼어들겠다고 화장실에서 뛰쳐나왔다. 나중에 어머니는 오뱀베가 깔개에 소변을 흘렸다는 걸 알고서 오뱀베를 혼냈다.

우리는 낙담했지만, 이제는 아버지의 엄격한 규제로부터 자유로워졌으므로 방과 후 시간을 채울 신체적인 활동을 다시 찾아보기로 했다. 그래서 우리는 우리 집 뒤쪽 공터에서 축구를 할 이웃 친구들을 모았다. 우리는 지역 축구 경기장에서 같이 경기했던 늑대 무리 중 유일하게 알았던 아이인 카요데를 데려왔다. 카요데는 늘 부드럽게 미소 짓는, 중성적인 얼굴의 소유자였다. 우리 이웃인 이그바페와 이그바페의 사촌인 토비—기껏해야 "조, 키니 오 은소?*"라는 질문을 던지려고 성대에 힘을 주어야 하는 반쯤 귀먹은 아이—도 우리와 함께했다. 토비는 도무지 자기 몸처럼 보이지 않는 커다란 귀를 가지고 있었다. 녀석은 우리가 자기

* 야, 뭐라고? (요루바어)

를 엘레티 에호로, 그러니까 토끼 귀라고 불러도—우리가 그 말을 속삭이는 바람에 듣지 못하는 경우도 많았겠지만—별로 화를 내지 않았다. 우리는 싸구려 저지와 축구할 때 쓰는 별명이 인쇄된 티셔츠를 입고 공터를 종으로 횡으로 뛰어다녔다. 우리는 고삐라도 풀린 듯 축구를 했고, 이웃집으로 공을 날려 보내는 바람에 공을 되찾아 오려고 정신없이 노력하기도 했다. 공을 찾으러 가보니, 이웃이 공에 사람이 맞았거나 무슨 물건이 부서졌다면서 공을 돌려달라는 우리의 간청에는 아랑곳하지 않고 공을 터뜨리는 모습을 본 적도 여러 번 있었다. 한번은 공이 이웃의 울타리 너머로 날아가 절름발이 남자의 머리를 맞히는 바람에 그 사람이 의자에서 떨어졌다. 또 한번은 공이 유리창을 박살 냈다.

사람들이 공을 망가뜨릴 때마다 우리는 돈을 모아 새 공을 샀는데, 마을에서도 몹시 가난한 사람들이 사는 동네 출신이라 코보* 한 푼도 낼 수 없었던 카요데는 예외였다. 카요데는 닳아빠지고 찢어진 반바지를 자주 입고 다녔으며, 우리 학교로 가는 길 굽이에 바로 붙어 있는, 다 짓지도 않은 2층짜리 건물에서 나이 든 부모님과 함께 살았다. 카요데의 부모님은 작은 기독교 사도교회의 사역자들이었다. 카요데는 돈을 낼 수 없었으므로 공을 하나 살 때마다 신에게 이번 공은 공터를 넘어가지 않도록 막아주시어 훨씬 오래 쓸 수 있도록 도와달라고 부탁하는 기도를 올렸다.

어느 날은 우리가 1996년 애틀랜타 올림픽 로고가 새겨진, 좋은 흰색 공을 새로 샀다. 우리는 카요데가 기도한 다음 경기를 시작했다. 그러나 채 한 시간도 되지 않아 보자가 찬 공이 의사의 집 울타리 안에 떨어졌

* 100분의 1나이라.

다. 공은 큰 소리를 내며 화려한 집의 창문을 박살 냈고, 지붕에서 자고 있던 비둘기 두 마리가 미친 듯이 날아갔다. 우리는 누가 잡으러 나오면 도망갈 수 있도록 어느 정도 거리를 두고 기다렸다. 오랜 시간이 지난 뒤 이켄나와 보자가 그 집으로 향했고, 그러는 동안 카요데는 무릎을 꿇고 신께서 도와주시기를 기도했다. 우리가 보낸 대표가 그 집에 이르자 의사는 그들을 기다리기라도 했던 것처럼 쫓아왔고, 우리는 모두 발바닥에 땀이 나도록 도망쳤다. 그날 저녁, 우리는 숨을 몰아쉬며 집에 가면서 축구도 이제 끝장이라는 걸 깨달았다.

우리가 어부가 된 건 다음 주의 일이었다. 이켄나가 참신한 아이디어를 떠올리고는 신이 나서 학교에서 돌아왔다. 때는 1월 말이었다. 그 날짜가 기억나는 이유는 그 주 주말인 1996년 1월 18일이 보자의 열네 번째 생일이었기 때문이다. 그래서 우리는 저녁밥 대신 집에서 구운 케이크를 먹고 탄산음료를 마셨다. 보자의 생일은 '동갑의 달'에 들어갔는데, 동갑의 달이란 보자가 일시적으로 1년 전 2월 10일에 태어난 이켄나와 같은 나이가 되는 한 달을 말하는 것이었다. 이켄나의 같은 반 친구인 솔로몬이 이켄나에게 낚시질이 아주 재미있다고 이야기해주었다. 이켄나는 솔로몬의 말을 빌려, 낚시란 물고기 몇 마리를 팔아 돈을 좀 벌어들일 수도 있는, 짜릿한 동시에 보람도 있는 놀이라고 했다. 이켄나가 낚시에 더욱 흥미를 갖게 된 것은 요요돈이라는 물고기를 부활시킬 가능성이 떠올랐기 때문이기도 했다. 한때 텔레비전 옆에 놓여 있던 수족관에는 기이할 정도로 아름다운, 온갖 색깔―갈색, 자주색, 보라색, 심지어 옅은 초록색까지―로 알록달록한 심피소돈 한 마리가 있었다. 아버지는 오벰베가 그 물고기의 종 이름인 심피소돈을 발음하려다가 비슷한 단어를 이야기하자, 그 단어를 따서 물고기 이름을 요요돈이라고 불렀다. 하지만 아버지는 곧 수족관을 치워버렸다. 동정심을 느낀 이켄나와 보자가 '더러운 물'에서 물고기를 해방해주겠다며 그 더러운 물을 깨끗한 마시는 물로 갈아준 다음의 일이었다. 그들은 물고기가 줄지어 늘어선 반짝이는 자갈과 산호 사이에서는 살아갈 수 없다는 것을 알게 되었다.

솔로몬이 이켄나에게 낚시 얘기를 하자마자 우리 형은 새 요요돈을 잡고 말겠다고 맹세했다. 이튿날, 그는 보자와 함께 솔로몬의 집으로 갔다가 이 물고기는 어떻고 저 물고기는 어떻고 신나게 떠들어대며 돌아왔다. 형들은 솔로몬이 소개해준 어떤 곳에서 갈고리가 달린 낚싯대를 두 개 사 왔다. 이켄나는 보자와 같이 쓰는 방 탁자에 낚싯대를 올려놓고 사용법을 우리에게 설명해주었다. 낚싯대는 끝에 실 같은 줄이 달린 기다란 나무 막대였다. 줄 끝에는 쇠로 된 갈고리가 달려 있었으며, 이켄나는 바로 그 갈고리에 미끼—지렁이, 바퀴벌레, 음식 부스러기, 뭐든—를 꿰어 물고기를 유인해 낚는 것이라고 했다. 그다음 날부터 일주일 내내 형들은 학교가 끝나면 매일 달려 나갔다. 우기에는 악취를 풍기며 돼지 떼의 집 노릇을 하던 우리 집 뒤쪽 공터를 가로질러, 동네 끝의 오미알라 강 가까지 이어지는 길고 구불구불한 길을 따라 오래도록 걸어갔다. 형들은 솔로몬과 거리에 사는 아이들과 함께 갔다가, 물고기가 가득 찬 깡통 여러 개를 가지고 돌아왔다. 형들이 잡은 작고 알록달록한 물고기를 보자 나도 흥미가 생겼지만, 처음에 형들은 오벰베와 나를 데려가지 않았다. 그러다가 어느 날은 이켄나가 오벰베와 내게 말했다. "따라와. 우리가 너희를 어부로 만들어줄게!" 그래서 우리는 따라갔다.

우리는 매일 학교가 파할 때마다 솔로몬, 이켄나, 보자가 이끄는 행렬에 섞여 거리의 다른 아이들과 함께 강으로 갔다. 그 세 사람은 갈고리가 달린 낚싯대를 넝마나 낡은 래퍼에 숨기곤 했다. 나머지 우리—카요데, 이그바페, 토비, 오벰베, 나—는 낚시복이 들어 있는 배낭이며 미끼로 쓰는 지렁이와 죽은 바퀴벌레가 들어 있는 비닐봉지, 잡은 물고기나 올챙이를 담아두는 빈 음료수 깡통 등 온갖 것들을 들고 갔다. 우리는 따끔거리는, 죽은 가시덤불로 가득한 길을 헤치고 강으로 함께 걸어갔다. 덤불은 맨다리를 채찍질해 살갗에 희게 부푼 자국을 남기곤 했는데, 이런 채찍질은 에산이라는 덤불의 이름과도 어울리는 것이었다. 이 지역에 무성한 에산은 요루바어로 보복 혹은 복수를 뜻했으니까. 우리는 한 줄로 늘어서서 덤불길을 걷다가 에산을 지나면 곧장 미친 사람들처럼 강으로 달려갔다. 우리 중 나이가 많은 축이었던 솔로몬과 이켄나, 보자는 더러운 낚시복으로 갈아입고 나서 강에 바짝 붙어 서서, 미끼가 걸린 갈고리가 강물 아래에 잠기도록 낚싯대를 드리웠다. 그들은 요람에 있을 때부터 강을 잘 알았던 옛날 옛적의 남자들처럼 낚시했지만, 대체로는 손바닥만 한 빙어 몇 마리밖에 잡지 못했다. 가끔은 잡기가 훨씬 어려운 갈색대구나, 드물게 틸라피아 몇 마리를 잡기도 했다. 나머지 우리는 그냥 음료수 깡통으로 올챙이들을 퍼 올렸다. 나는 그 올챙이들이 참 좋았다. 매끄러운 몸통과 과장된 머리, 고래의 미니어처라도 되는 듯한 짜임새 없는 생김새까지도. 그래서 나는 올챙이들이 수면 아래에 동동 떠 있는 모습이나, 녀석들의 피부를 반짝이게 하는 잿빛 점액을 문질러낸 내 손가락들이 검어지는 모습을 경이롭게 바라보곤 했다. 가끔 우리는 산호 껍데기나 오래전에 죽은 게 따위의 빈 껍데기를 주웠다. 우리는 원시적인 소용돌이무늬를 띤 둥근 달팽이를 잡았고, 무슨 짐승의 이빨─보자가 공룡 이빨이라고 벅벅 우기면서 집으로 가져갔기에 우리는 그것을 태곳적의 물건이라고 믿게 되었다─과 강둑 바로 근처에 코브라가 벗어놓은 허물 조각 등 눈에 띄는 흥미로운 것들을 모두 가져갔다.

팔 만큼 큰 물고기를 잡은 것은 딱 한 번이었다. 나는 그날이 자주 생각난다. 우리가 오미알라강에서 보았던 그 무엇보다도 큰, 이 거대한 물고기를 끌어 올린 사람은 솔로몬이었다. 이켄나와 솔로몬은 근처의 식료품 시장으로 갔다가, 반 시간쯤 지나서 15나이라를 가지고 강으로 돌아왔다. 형들과 나는 판매금 중 우리 몫인 6나이라를 가지고 돌아갔다. 우리는 끝없는 기쁨을 느꼈다. 그 이후로 우리는 더욱 진지하게 낚시하기 시작했고, 낚시 경험담을 이야기하느라 밤늦게까지 깨어 있었다.

우리는 충실한 관객들이 매일 강둑에 모여들어 우리를 지켜보며 응원하기라도 하는 것처럼 대단히 열성적으로 낚시질을 했다. 우리는 고사리가 자라는 물의 악취도, 매일 저녁 강둑에 몰려드는 날벌레들도, 나무가 정맥을 물에 담그고 있는 강의 저쪽 끝, 골치 아픈 나라들의 지도처럼 생긴 수초와 나뭇잎들의 역겨운 모습도 신경 쓰지 않았다. 우리는 매일 부식되어가는 깡통과 죽은 곤충들과 녹아가는 지렁이를 가지고, 대체로 넝마나 낡은 옷을 입고서 낚시를 하러 갔다. 고생도 했고 보상도 별것 없었지만, 우리는 이 낚시질에서 엄청난 즐거움을 얻었기 때문이다.

나도 한 아들을 둔 아버지가 된 지금은 더욱 자주 그 시절을 되돌아보게 되는데, 그러다 보면 우리 인생과 세상이 바뀌어버린 것은 강으로 이런 여행을 떠나던 어느 순간이었음을 알게 된다. 시간이 중요해진 것은 바로 이곳, 우리가 어부가 된 그 강에서였다.

2. 강

오미알라는 무시무시한 강이었다.

아이들에게 버려진 어머니처럼, 아쿠레 마을의 주민들에게 오래전 버려진 강. 하지만 한때 오미알라는 최초의 정주민들에게 물고기와 깨끗한 식수를 공급하던 오염되지 않은 강이었다. 오미알라는 아쿠레를 둘러싸고, 아쿠레 전체를 가로세로로 구불구불 가로질렀다. 아프리카의 많은 강이 그렇듯 오미알라도 한때는 신이라고 믿어졌다. 사람들은 그 강을 숭배했다. 그들은 오미알라의 이름을 딴 사원들을 세웠고, 물속에 사는 이예모자,* 오샤,** 인어 등 여러 영혼과 신들의 중재와 지도를 청했다. 상황이 변한 건 유럽에서 식민주의자들이 찾아와 성경을 소개했을 때였다. 성경은 오미알라의 지지자들을 강으로부터 떼어놓았다. 이제는

---

* 요루바족 종교에 등장하는 바다의 여신.
** 요루바족 종교에서 최고의 신으로 여겨지는 강의 여신.

대체로 기독교인이 된 사람들이 차츰 그 강을 사악한 곳으로 보기 시작했다. 요람이 더럽혀졌다.

강은 음험한 소문의 근원지가 되었다. 그런 소문 중 하나는 사람들이 오미알라강 둑에서 온갖 우상숭배 의식을 한다는 것이었다. 이 소문은 강의 수면에 둥둥 떠다니거나 강가에 널려 있는 시신, 동물 사체, 그 외의 의례적인 물건들로 뒷받침됐다. 그러다가 1995년 초에는 한 여자의 훼손된 시신이 강에서 발견됐다. 여자는 필수적인 신체 부위가 잘려 나가 있었다. 시체가 발견되자 마을 위원회에서는 강에 오후 6시부터 오전 6시까지, 땅거미가 질 무렵부터 새벽까지 이어지는 통행금지령을 내렸고, 강은 버려졌다. 여러 해가 흐르면서 사건에 사건이 연달아 일어나며 강의 역사에 오점을 남겼다. 오미알라의 이름은 너무도 더럽혀져, 시간이 지나자 사람들은 그 강을 언급하는 것만으로도 경멸을 당하게 됐다. 평판이 나쁜 지역 종교의 한 분파가 강 근처에 자리 잡고 있었다는 점도 도움이 되지 않았다. 천상의 교회 혹은 백의(白衣)의 교회라고 알려진 그 교회의 신도들은 물의 정령을 숭배했으며 맨발로 다녔다. 우리는 부모님이 우리가 강에 간다는 걸 알면 심한 벌을 주리라는 걸 알고 있었지만, 그런 걱정을 한 번도 해보지 않았다. 우리 이웃 중 한 명—머리에 튀긴 땅콩이 든 쟁반을 이고 다니며 마을을 돌아다니는 잡상인—이 강으로 가던 우리를 보고 어머니에게 그 말을 전하기 전까지는 말이다. 그 일이 일어난 것은 늦은 2월이었다. 그때쯤 우리는 거의 6주째 낚시를 다니고 있었다. 그날 솔로몬이 큰 고기를 한 마리 낚았다. 우리는 늘어진 갈고리에 매달려 펄떡거리는 물고기를 보고 팔짝팔짝 뛰며 어부의 노래를 소리 높여 부르기 시작했다. 솔로몬이 지어낸 노래였다. 우리는 물고기가 죽음의 나선을 그릴 때라든지, 다른 절정의 순간이 올 때마다 그 노래를 불렀다.

그 노래는 이샤우루 목사의 바람난 아내가 부르는, 잘 알려진 짤막한 노래를 변형한 것으로, 그 여자는 당시 아쿠레에서 가장 인기가 많았던 기독교 드라마 〈궁극적인 힘〉의 주인공이었다. 그녀는 자기가 지은 죄 때문에 교회에서 쫓겨났다가 다시 교회로 불려 가며 그 노래를 불렀다. 처음 노래를 떠올린 사람은 솔로몬이었지만, 결국 가사 대부분은 우리 모두가 제안하게 되었다. 예를 들어 "우리가 너를 잡았다"라는 대목에 "어부들이 너를 잡았다"라는 가사를 넣자고 한 것은 보자의 제안이었다. 우리는 사탄의 유혹이 가진 힘에 대항하도록 해주는, 신의 능력을 증언 하는 대목을 일단 잡힌 물고기를 단단히 잡고 풀려나지 못하게 막는 우 리의 능력으로 갈음했다. 우리는 이 노래에서 너무 큰 기쁨을 느낀 나머 지, 가끔은 집에서나 학교에서도 그 노래를 흥얼거렸다.

비 오티우 오 키 오 조, 키 오 자	얼마든지 춤춰, 얼마든지 싸워봐
아티 무 오, 오 말레 로 모	우리가 널 잡았으니 넌 도망칠 수 없어
쉬 비 아티 무 오? 오 말레 레 로 모 오	우리가 널 잡았잖아? 당연히 도망칠 수 없지
아와, 아페자, 티 무 오	우리가, 우리 어부들이 너를 잡았어
아와, 아페자, 티 무 오, 오 마 레 로 모 오!	우리가, 우리 어부들이 너를 잡았으니 너는 도망칠 수 없어!

솔로몬이 고기를 잡은 그날 저녁에는 우리가 너무 큰 소리로 노래를

불러서, 천상의 교회 사제인 어떤 늙은 남자가 맨발로 강까지 걸어왔다. 그의 발걸음은 유령처럼 소리가 없었다. 강에 들르기 시작했을 때, 우리는 우리의 영역 안에 그 교회가 들어온다는 것을 알게 되고부터 즉시 교회도 모험 대상으로 삼았다. 우리는 파란 페인트가 벗겨져가는 작은 교회 회당의 열린 마호가니 창문 너머로 신도들을 엿보고, 광기에 사로잡힌 그들의 행동과 춤을 따라 했다. 오직 이켄나만이 그런 짓은 종교 단체의 신성한 관행을 무시하는 행위라고 생각했다. 노인이 다가온 길에 가장 가까이 있었던 사람도, 그를 처음 본 사람도 나였다. 보자는 강 반대편에 있었는데, 그 남자를 발견하더니 낚싯대를 떨어뜨리고 서둘러 강가로 왔다. 우리가 낚시하는 강가는 양쪽에 길게 뻗어 있는 덤불 때문에 다른 거리로부터 감춰져 있었다. 인근 거리의 덤불에서는 바퀴 자국이 패어 있는 오솔길로 들어오지 않는 한 강물이 보이지 않았다. 노인은 그 오솔길로 접어들어 가까이 다가오더니, 우리가 손으로 파놓은 얕은 구멍에 놓인 음료수 깡통 두 개를 발견하고 멈춰 섰다. 그는 파리 떼가 주변에서 윙윙거리는 깡통의 내용물을 살펴보느라 허리를 숙이더니, 고개를 저으며 눈을 돌렸다.

"이게 뭐냐?" 그가 내게는 낯선 억양의 요루바어로 물었다. "왜 술 취한 사람들처럼 소리를 지르는 게냐? 바로 맞은편에 신의 집이 있다는 걸 모르느냐?" 그는 교회 쪽을 가리키며 오솔길로 몸을 완전히 돌렸다. "신에 대한 존경심은 전혀 없는 게야?"

우리는, 설령 즉시 대답을 내놓을 수 있다 한들 우리를 비난하려는 어른의 질문에 대답하는 것은 무례한 짓이라고 배웠다. 그래서 솔로몬이 대답 대신 사과했다.

"죄송해요, 바바." 그가 두 손을 비비며 말했다. "소리 지르지 않을게요."

"이 강에서 뭘 낚은 게야?" 그는 솔로몬의 말을 못 들은 체하고, 이제는 어두워져가는 잿빛 막이 되어버린 강물을 가리키며 물었다. "올챙이? 빙어? 대체 뭐냐? 다들 집에 가지 그러니?" 그는 눈을 깜빡였다. 그의 시선이 우리를 한 사람 한 사람 돌아보았다. 이그바페가 웃음을 참았지만, 이켄나가 숨죽이고 "멍청아"라고 중얼거리며 그를 꾸짖었다. 하지만 너무 늦었다.

"이게 우습다고 생각하나 보지?" 남자가 이그바페를 바라보며 말했다. "글쎄, 나는 너희 부모가 불쌍하구나. 너희들이 여기 온다는 걸 전혀모를 테고, 그 사실을 알게 되면 유감스러워할 테니 말이다. 정부에서 여기 오는 걸 금지했다는 얘기는 못 들었니? 아, 요즘 애들이란." 그는 놀랐다는 눈으로 주변을 다시 휙 둘러보더니 말했다. "가고 말고는 너희 마음이지만, 그런 식으로 다시 목소리를 높이지는 말거라. 알겠느냐?"

사제는 길게 한숨을 내쉬고 고개를 저으며 돌아서서 떠났다. 우리는 그의 비쩍 마른 몸에서 펄럭거리던 흰 로브를 조롱하며 웃음을 터뜨렸다. 그 옷 때문에 그는 지나치게 큰 외투를 입은 어린애처럼 보였다. 우리는 물고기와 올챙이도 차마 들여다보지 못하는 겁쟁이 남자(그는 눈에 공포심을 담은 채 물고기를 보았다)를 비웃었고, 그의 입에서 풍겼다고 상상되는 악취를 비웃었다(그의 입 냄새를 맡을 만큼 가까이 있었던 사람은 우리 중 아무도 없었지만 말이다).

"저 사람, 꼭 이야 올로데 같다. 사람들이 저 사람보다도 더 나쁘다고 하는 그 미친 여자 말이야." 카요데가 말했다. 그는 자기가 가져온, 물고기와 올챙이가 담긴 깡통이 손안에서 기울어지자 내용물이 쏟아지지 않도록 깡통 맨 윗부분을 손으로 덮었다. 카요데는 콧물을 흘리고 있었으나 그 점을 의식하지 못하는 듯했다. 우유처럼 흰 분비물이 그의 콧구멍 바로 아래에 매달려 있었다. "늘 마을을 춤추면서 돌아다니는 그 여자. 대부분은 마코사 춤을 추지. 전에는 그 여자가 오자오바의 큰 장터에서 쫓겨난 적도 있어. 사람들 말로는 그 여자가 장터 한가운데에, 정육점 바로 옆에 몸을 웅크리고 똥을 쌌대."

우리는 그 말을 듣고 웃었다. 보자는 웃으면서 몸을 떨었다. 그 웃음 때문에 모든 힘이 빨려 나간 것처럼 헐떡이며 두 손으로 무릎을 짚었다. 우리는 사제가 낚시를 방해한 이후로 한마디도 하지 않던 이켄나가 강둑 저편, 시든 에산 풀이 강 쪽으로 엎드려 있는 곳에서 나온 것을 봤을 때도 웃고 있었다. 우리 이목이 쏠렸을 때 이켄나는 젖은 반바지의 허리띠를 풀기 시작한 터였다. 우리는 그가 물이 뚝뚝 떨어지는 낚시복을 벗고 몸을 말리는 모습을 지켜보았다.

"이케, 뭐 해?" 솔로몬이 말했다.

"집에 가려고." 이켄나는 누군가 그 질문을 던지기만을 조바심 내며 기다렸던 사람처럼 짧게 대답했다. "가서 공부하고 싶어. 나는 학생이지 어부가 아니니까."

"지금?" 솔로몬이 말했다. "너무 이르지 않냐? 거기다 우리는……."

솔로몬은 말을 맺지 않았다. 그는 이해했다. 이켄나가 지금 행동으로 옮기기 시작한 것—낚시질에 대한 흥미 부족—의 씨앗은 지난주에 이미 뿌려진 것이었으니까. 그날도 우리는 함께 강에 가자고 이켄나를 설득해야만 했다. 그래서 이켄나가 "가서 공부하고 싶어. 나는 학생이지 어부가 아니니까"라고 말했을 때는, 그 누구도 이켄나에게 더 이상 질문

30

하지 않았다. 보자와 오벰베, 그리고 나도—이켄나가 탐탁잖아 하는 일은 절대로 하지 않았으므로, 그를 따라가는 것 말고 다른 선택지가 없었기에—집에 가려고 옷을 갈아입기 시작했다. 오벰베는 어머니의 오래된 상자에서 훔쳐 온 낡은 래퍼에 낚싯대를 쌌다. 나는 깡통들과 쓰지 않은 남은 지렁이들이 꿈틀거리고 몸부림치며 천천히 죽어가던 작은 비닐봉지를 집어 들었다.

"너희들 정말로 다 가는 거야?" 우리가 이켄나를 따라가자 카요데가 물었다. 이켄나는 자기 동생들인 우리를 굳이 기다릴 생각도 없는 것 같았다.

"왜 다들 지금 가는 거야?" 솔로몬이 말했다. "사제 때문이야, 아니면 아불루를 만난 그날 때문이야? 그래서 내가 기다리지 말랬잖아? 그놈 말 듣지 말랬지? 그놈은 그냥 사악한, 미친 또라이라니까?"

하지만 우리 중 그 말에 대답하거나 그를 돌아본 사람은 아무도 없었다. 우리는 낚시용 반바지가 들어 있는 검은 비닐봉지만 든 이켄나를 앞세워 계속 걷기만 했다. 이켄나는 갈고리 달린 낚싯대를 강둑에 놔두고 왔지만, 보자가 그것을 자기 래퍼에 챙겨 왔다.

"가라, 그래." 이그바페가 등 뒤에서 말하는 소리가 들렸다. "어차피 쟤들 필요하지도 않아. 우리끼리 낚시하면 되지."

그들은 우리를 조롱했지만, 거리가 멀어지면서 그 소리는 곧 잘려 나갔고 우리는 조용히 길을 따라 걷기 시작했다. 나는 이켄나가 뭐에 씌인 건지 궁금해졌다. 가끔은 형의 행동이나 결정을 이해할 수가 없었다. 나는 대체로 오벰베가 해주는 이런저런 설명에 의지했다. 방금 솔로몬이 말한 지난주 아불루와의 만남 이후로 이켄나에게 갑작스러운 변화가 일어난 이유에 대해 오벰베는 어떤 이야기를 들려주었다. 나는 그 이야기를 생각하고 있었는데, 그때 보자가 소리쳤다. "세상에, 이켄나, 봐, 마마 이야보야!" 보자는 마을을 돌며 땅콩을 파는 이웃이 앞서 강에 왔던 사제와 함께 교회 앞 벤치에 앉아 있는 것을 보았다. 보자가 경고했을 때는 이미 늦었다. 그 여자가 우리를 봤다.

"아, 이케." 우리가 죄수처럼 조용히 지나가는데 마마 이야보가 우리를 불렀다. "여긴 뭐 하러 왔니?"

"아무것도 아니에요!" 이켄나가 발걸음을 서두르며 대답했다.

그녀는 자리에서 일어났다. 호랑이 같은 그 여자가 우리에게 덤벼들 태세로 두 팔을 쳐들었다.

"손에 든 건 뭐고? 이켄나, 이켄나! 아줌마가 말하고 있잖아."

이켄나는 반항하듯 오솔길을 서둘러 내려갔고 우리도 그 뒤를 따랐다. 우리는 폭풍이 불 때 꺾인 바나나 가지가 돌고래의 뭉툭한 주둥이처럼 휘어져 있는, 어느 집 뒤의 짧은 길로 방향을 틀었다. 일단 그곳에 이르자 이켄나가 우리를 마주 보고 말했다. "너희들도 알겠지? 너희들의 바보 같은 짓이 무슨 결과로 이어졌는지 말이야! 내가 그 멍청한 강에는 그만 가야 한다고 했잖아? 그런데 너희는 아무도 듣지 않았어." 이켄나는 두 손을 자기 머리에 얹었다. "저 여자가 틀림없이 엄마한테 이를 거야. 아닐 것 같아?" 이켄나가 이마를 철썩 쳤다. "아닐 것 같냐고?"

아무도 대답하지 않았다. "알겠지?" 이켄나가 말했다. "이제야 너희도 눈을 뜬 거야. 이젠 너희도 알게 될 거라고."

이 말은 길을 가는 동안 계속해서 내 귓속에 울리며, 그 여자가 틀림없이 어머니에게 이를 거라는 공포를 우리 집으로 몰아갔다. 마마 이야보는 어머니의 친구였다. 남편이 아프리카 연합군을 위해 싸우다가 시에

라리온에서 사망한 과부. 마마 이야보의 남편은 그녀에게 하사금만 조금 남겨주었는데, 그 돈마저 남편의 가족들과 이켄나 또래의 영양결핍에 걸린 두 아들 때문에 반토막 났다. 남편이 마마 이야보에게 남겨준 게 또 하나 있다면 그건 끝없는 가난의 바다였다. 우리 어머니는 가끔 그녀를 도와주었다. 마마 이야보는 그 보답으로 우리가 위험한 강에서 노는 모습을 보았다고 어머니에게 경보를 울릴 게 틀림없었다. 우리는 몹시 겁에 질렸다.

우리는 이튿날 방과 후에도 강으로 가지 않았다. 대신 우리는 각자의 방에 앉아서 어머니가 돌아오기를 기다렸다. 솔로몬과 다른 아이들은 우리가 올 거라고 기대하며 강으로 갔으나, 잠시 기다리다가 우리가 오지 않을 거라는 의심이 들었는지 확인하러 왔다. 이켄나가 그들에게, 특히 솔로몬에게 너희들도 낚시질을 그만두는 게 최선이라고 충고했다. 그러나 솔로몬이 그 조언을 거부하자 이켄나는 그에게 자기 갈고리 낚싯대를 주었다. 솔로몬은 이켄나를 비웃고 떠나버렸다. 솔로몬은 이켄나가 오미알라강 주변에 그림자들처럼 도사리고 있다며 열거한 모든 위험에 면역이라도 있는 듯했다. 이켄나는 그들이 가는 모습을 보더니 멸망으로 이어질 게 뻔한 길을 굳이 계속 걸어가려는 그 아이들을 가엾게 여기며 고개를 저었다.

그날 오후에는 어머니가 평소에 가게 문을 닫는 시간보다 훨씬 일찍 집에 돌아왔다. 우리는 즉시 이웃이 우리 얘기를 해주었다는 걸 알아차렸다. 어머니는 같은 집에 살면서도 아무것도 몰랐다는 사실에 심히 놀란 상태였다. 우리가 낚시질을 아주 오래 숨겨온 것은 사실이었다. 우리는 오미알라를 둘러싼 신비로운 일들에 관해 알고 있었으므로, 물고기와 올챙이를 이켄나와 보자가 같이 쓰는 방의 이층 침대 밑에 숨겼다. 고사리가 자라는 물의 악취도, 심지어 죽은 물고기들의 역겨운 냄새까지도 함께 숨겼다. 우리가 잡은 물고기들은 보통 작고 약했으며 잡힌 지 하루만 지나도 거의 살지 못했다. 음료수 깡통 속의 물고기들은 강에서 날라 온 물속에 보관하는데도 곧 죽어버렸다. 매일 학교에서 돌아와보면 이켄나와 보자의 방은 죽은 물고기와 올챙이의 악취로 가득했다. 우리는 그것들을 깡통째로 우리 집 울타리 뒤의 두엄에 버렸다. 빈 깡통을 구하기 어렵다는 점이 아쉬웠지만.

우리는 낚시를 하러 가며 얻은 수많은 부상과 상처들도 비밀로 간직했다. 이켄나와 보자는 어머니에게 걸리지 않도록 주의를 기울였다. 한번은 오벰베가 욕실에서 어부의 노래를 부르는 소리를 듣고 이켄나가 오벰베를 때리자 어머니가 이켄나에게 위협적으로 말을 걸었다. 오벰베는 이켄나가 자기를 때린 이유는 자기가 이켄나를 돼지머리라고 불렀기 때문이니 이켄나가 화를 내는 것도 당연하다고 말해 재빨리 그를 감싸주었다. 하지만 사실 이켄나가 그를 때린 이유는, 어머니가 집에 있는데 우리의 속임수가 탄로 날 위험을 감수하면서까지 오벰베가 그 노래를 부르는 것이 멍청한 일이라고 생각했기 때문이었다. 이켄나는 오벰베에게 한 번만 더 같은 실수를 하면 다시는 그 강을 볼 수 없게 될 거라고 경고했다. 오벰베가 흐느낀 것은 이켄나의 가벼운 주먹질 때문이 아니라 그 위협 때문이었다. 모험을 떠난 두 번째 주에는 보자가 강둑 근처에서 게 집게발에 발을 찔려 샌들을 피로 흠뻑 적셨다. 그때도 우리는 어머니에게 보자가 축구를 하다가 다쳤다고 거짓말했다. 하지만 실제로는 솔로몬이 이켄나를 제외한 우리 모두에게 고개를 돌리라고 하고 보자의 살에서 게 집게발을 잡아당겨 빼내야 했다. 이켄나는 보자가 심하게 피를 흘리는 모습을 보고 크게 화를 냈다. 솔로몬이 그런 일은 절대 없을 거라고 단호히 말했지만, 이켄나는 보자가 과다 출혈로 죽을 수 있다며 두려워하기도 했다. 이켄나는 보자에게 그런 끔찍한 해를 끼친 게를 수없이 욕하면서 산산조각 내버렸다. 우리가 그 일을 그토록 오랫동안―우리는 겨우 3주라고 거짓말했지만, 실제로는 6주가 넘는 기간이었다―비밀로 간직하는 데 성공했다는 사실이 어머니에게는 괴로움을 안겼다. 어머니는 우리가 어부가 되었으리라고는 의심조차 못 했으니까.

어머니는 그날 밤 무거운 발걸음으로, 상처받은 채 주위를 어슬렁거렸다. 어머니는 우리에게 저녁밥을 주지 않았다.

"너희들은 이 집에서 뭣도 먹을 자격이 없어." 어머니는 주방에서 자기 방으로, 자기 방에서 주방으로 왔다 갔다 하며 그렇게 말했다. 두 손은 불안정했고 영혼은 상처를 입은 채였다. "가서 그 위험한 강에서 잡아 온 물고기나 체하도록 처먹어라."

어머니는 주방 문을 쾅 닫더니, 자신이 자러 간 다음에도 우리가 안으로 들어가 음식을 찾지 못하도록 맹꽁이자물쇠를 채웠다. 어머니는 너무 심란해서 밤이 한창 깊을 때까지도 분을 삭이며 어머니 특유의 독백을 이어갔다. 그날 밤 어머니의 입에서 떨어진 모든 단어와 소리는 뼈에 닿는 독약처럼 우리의 마음을 꿰뚫었다.

"에메에게 너희가 한 짓을 말해야겠다. 그 얘기를 들으면, 너희 아빠는 틀림없이 모든 것을 떠나 이리로 돌아올 거야. 나는 너희 아빠를 안다. 나는 에메를 알아. 너희들도, 알게, 될 거다." 어머니는 손가락을 꺾었다. 나중에 우리는 어머니가 래퍼 자락에 코를 푸는 소리를 들었다. "너희들한테 나쁜 일이 일어나거나 너희 중 한 명이 그 강에 빠져 죽으면 나도 그만 살 줄 알았지? 너희들이 자해하기로 했다고 나까지 목숨을 끊는 일은 없을 거다. 안 될 말이지. 안야 은케 나 아크와 은나 야 에모, 은케 넬레다 이나 은네 야 은티, 우굴루-오마 은케 은다구루구 가구푸타 야, 우무-우고 가에리 크와 야—아버지를 조롱하고 늙은 어머니를 비웃는 눈은 계곡의 갈까마귀에게 쪼이고 독수리들에게 뜯어 먹힌다."

어머니는 잠언에서 인용한 이 문구로 그날 밤을 끝맺었다. 그것은 내가 아는 성경 구절 중 가장 무시무시한 구절이었다. 돌이켜보면, 그 말이 그토록 심한 비난으로 들렸던 이유는 어머니가 그 문구를 이보어로 인용하면서, 그 말에 독기를 가득 담았기 때문임이 틀림없다는 생각이 든다. 이 말을 제외하면, 어머니는 모든 말을 이보어가 아닌 영어로, 부모님이 우리와 이야기할 때 쓰는 언어로 했다. 우리끼리 있을 때 우리는 아쿠레에서 주로 쓰는 말인 요루바어를 썼다. 영어는 나이지리아의 공식 언어이기는 했지만, 낯선 이들과 친척이 아닌 사람들이 말을 걸 때 쓰는 공식적인 언어였다. 다른 말을 쓰다가 영어를 쓰면 친구나 친척 사이에 커다란 홈이 파일 수도 있었다. 그러므로 부모님은 말로 우리 발밑 땅을 푹 꺼지게 만들려는 이런 순간을 제외하면 거의 영어를 쓰지 않았다. 부모님은 그런 기술에 아주 능했고, 어머니도 성공을 거두었다. "빠져 죽다(drowned)" "모든 것(everything)" "살다(exist)" "위험한(dangerous)" 같은 단어들은 묵직하게, 계산된 채로, 강력한 비난을 담고 튀어나와 밤이 깊을 때까지 떠돌며 우리를 괴롭혔다.

3. 독수리

아버지는 독수리였다.

다른 새들 머리 위 높은 곳에 둥지를 틀고, 왕이 왕좌를 지키듯 어린 독수리들 위를 맴돌면서 그 녀석들을 지켜보는 막강한 새. 우리 집 — 이 켄나가 태어난 해에 아버지가 구입한, 방 세 개짜리 단층집 — 은 아버지의 찻잔 모양 둥지, 아버지가 주먹을 쥐고 다스리는 공간이었다. 모두들 아버지가 아쿠레를 떠나지 않았더라면 애초에 우리 집이 약해질 이유도 없었을 테고, 우리에게 닥친 것 같은 역경도 일어나지 않았으리라고 생각한 이유가 바로 그것이었다.

아버지는 비범한 사람이었다. 모두가 산아제한의 복음을 받아들일 때, 아버지 — 홀어머니 밑에서 크며 형제자매가 있었으면 좋겠다는 열망을 품게 된 외아들 — 는 아이들로, 자기 몸에서 비롯된 한 부족으로 가득 찬 집을 갖는 꿈을 꾸었다. 1990년대 나이지리아의 살 떨리는 경제 상황에서는 이 꿈이 아버지를 조롱거리로 만들었으나, 아버지는 그런 모욕을 하찮은 모기 새끼처럼 쳐내버렸다. 아버지는 우리 미래의 패턴을, 꿈의 지도를 스케치했다. 아버지는 이켄나는 의사가 될 거라고 했다. 이켄나가 어린 나이부터 비행기에 매혹되는 모습을 보이고, 비행술을 배울 수 있는 항공학교가 에누구, 마쿠르디, 오니차에 있다는 사실에 용기를 갖게 된 뒤로는 그 꿈을 비행기 조종사로 바꾸었지만 말이다. 보자는 변호사가 될 예정이었고, 오벰베는 우리 가족의 의사가 되기로 했다. 나는 수의사가 되어 숲속에서 일하거나 동물원에서 동물들을 돌보거나 뭐든 동물과 관계된 일을 하고 싶었지만, 아버지는 내가 교수가 되어야 한다고 했다. 아버지가 욜라로 떠난 해에 겨우 세 살이었던 남동생 데이비드는 기술자가 되기로 했다. 한 살짜리 여동생 은켐의 진로는 정해주지 않았다. 아버지는 여자에게까지 그런 결정을 해줄 필요는 없다고 말했다.

우리는 처음부터 낚시질이 아버지의 꿈 목록에 없다는 것을 알고 있었지만, 당시에는 그 생각을 하지 않았다. 그 생각이 든 건 어머니가 아버지에게 우리의 낚시질에 대해서 이야기하고, 아버지의 분노에 대한 우리 마음속 두려움에 불을 지핀 그날 밤의 일이었다. 어머니는 우리가 악령의 꾐에 빠져 그런 짓을 하게 되었으며, 그 악령들은 채찍질로 쫓아내야만 한다고 믿었다. 어머니는 우리가 아버지의 고문용 구에르돈으로 엉덩이를 맞느니 해가 지구에 떨어져 우리와 이 땅을 함께 불태우는 편이 낫다고 생각하리라는 것을 알고 있었다. 어머니는 아버지가 신발이 축축해졌다는 이유만으로 다른 신발을 신을 사람이 아니라는 점을 우리가 잊어버렸다고 말했다. 아버지라면 그러느니 차라리 맨발로 땅을 걸을 거라면서.

다음 날인 토요일에는 어머니가 데이비드와 은켐을 데리고 가게에 갔다. 우리는 우리가 벌인 일의 모든 증거를 없애려고 했다. 보자가 서둘러 자기 갈고리 낚싯대와 여벌 낚싯대 한 개를 숨겼다. 여벌 낚싯대는 우리가 어머니의 뒤뜰 토마토밭 울타리에 기대어 쌓여 있는 녹슨 지붕널—1974년에 집을 짓고 남은 자재—밑에 숨겨둔 것이었다. 이켄나는 자기 낚싯대를 꺾어 망가진 조각들을 집 울타리 뒤의 두엄에 버렸다.

그 주 토요일, 우리가 강에서 낚시하다 걸린 지 정확히 닷새 후에 아버지가 들렀다. 신이라면 아버지를 감명시켜 우리를 채찍질하지 않도록 해줄 수 있을 거라는 내 제안에 오벰베와 나는 아버지가 오기 전날 밤 간절한 기도를 올렸다. 우리 둘은 함께 바닥에 무릎을 꿇고 기도했다. "예수님, 저희를, 이켄나와 보자와 벤과 저를 사랑하신다면." 오벰베는 그렇게 운을 뗐다. "아버지가 다시는 집에 오지 못하게 해주세요. 아버지가 욜라에 머물도록 해주세요, 제발요, 예수님. 제발 제 말을 들어주세요. 아버지가 우리를 얼마나 심하게 채찍질하는지 아시죠? 그것도 모르시는 건 아니죠? 있잖아요, 아버지한테는 소가죽이 있어요. 고기 굽는 말람*에게서 산 **코보코스**요. 그건 정말 아파요! 있잖아요, 예수님, 아버지가 돌아와 우리를 채찍질하면, 우리는 절대로 주일학교에 가지 않을 거예요. 다시는 교회에서 노래 부르며 손뼉 치지도 않을 거고요! 아멘."

"아멘." 나도 오벰베를 따라 말했다.

그날 오후, 아버지가 자주 그랬듯 집에 도착해 대문에서 경적을 울리고 기쁨에 찬 환호를 받으며 집으로 들어왔을 때, 형들과 나는 나가서 아

---

* 이슬람교의 지도자.

버지를 맞이하지 않았다. 이켄나가 "그냥 그런 식으로, 잘못된 일은 아무것도 없는 것처럼" 나가 아버지를 맞이하면 아버지가 더 짜증을 낼 수 있다면서 방에 남아 자는 척하자고 제안했기 때문이다. 그래서 우리는 이켄나의 방에 모여 아버지가 움직이는 소리에 귀 기울이면서, 어머니가 우리 잘못을 이를 순간만 기다리고 있었다. 어머니는 인내심이 강한 이야기꾼이었다. 아버지가 돌아와 거실의 커다란 안락의자에 앉을 때마다, 어머니는 아버지 곁에 앉아 아버지가 없는 동안 집안이 어떻게 돌아갔는지 자세히 말하곤 했다. 집안에 뭐가 부족했고 그 부족함을 어떻게 메웠는지, 누구에게서 돈을 빌렸는지, 우리의 학교 성적은 어떤지, 교회에서는 무슨 일이 있었는지에 관해서 말이다. 어머니는 우리가 도저히 참아줄 수 없을 만큼, 혹은 아버지에게 벌을 받아 마땅할 만큼 말을 듣지 않았던 일을 특히 자세하게 알렸다.

나는 어머니가, 우리 교회 사람이 몸무게가 몇 킬로그램 나가는 아기를 낳았다는 소식을 이틀 밤에 걸쳐 아버지에게 전해주었던 일이 기억난다. 어머니는 지난주 일요일 교회 강단에서 실수로 방귀를 뀐 집사 이야기를 하면서 마이크가 그 창피한 소리를 어떻게 증폭시켰는지 자세히 설명하기도 했다. 나는 우리 동네에서 집단 폭행을 당한 강도 이야기가 특히 마음에 들었다. 어머니는 사람들이 돌멩이를 수도 없이 던져 도망치는 도둑을 쓰러뜨렸으며 자동차 타이어를 가져다가 그 도둑의 목에 씌웠다면서, 사람들이 그 짧은 순간에 휘발유를 가져다가 눈 깜짝할 사이에 그 도둑에게 불을 지른 방법이 도대체 뭔지 알 수 없다는 수수께끼를 특히 강조했다. 아버지는 물론 나도 불이 도둑을 삼키고 그의 몸을 천천히 태웠다는 얘기에 넋을 놓고 귀를 기울였다. 불은 도둑의 몸에서 제일 털이 많은 부분—특히 사타구니—에서 가장 세게 일었다고 했다. 어머니가 후광처럼 도둑을 감싼 화염의 만화경 같은 모습과 그의 거친 비명을 너무 생생하고 자세하게 설명해주는 바람에, 내 기억 속에는 불타는 사람의 이미지가 선명히 남고 말았다. 이켄나는 어머니가 학교에 다녔더라면 위대한 역사가가 됐을 거라는 말을 하곤 했다. 이켄나의 말이 맞았다. 어머니는 아버지가 없는 동안 일어난 일의 세부사항을 하나라도 빼놓는 일이 거의 없었다. 어머니는 아버지에게 모든 이야기를 하나하나 다 전했다.

두 분은 일단 별 관계가 없는 문제에 관해 이야기했다. 아버지의 직장 일, '현 행정부라는 썩어빠진 정치제도'하에서 나이라 가치가 폭락하는 상황에 대한 아버지의 시각 같은 것들 말이다. 형들과 나는 아버지가 아는 단어들을 우리도 알았으면 좋겠다고 늘 바라왔다. 때로 우리는 그런 단어에 분노를 느꼈고, 다른 경우에는 그런 단어들이 그냥 필수적인 것으로 느껴졌다. 예를 들면 아버지가 정치 얘기를 할 때가 그랬다. 이보어로는 정치 얘기를 할 수가 없었다. 이보어에는 정치에 관한 단어가 부족했으니 말이다. 당시 '행정부'라고 불렸던 존재가 그런 단어 중 하나였다. 중앙은행은 파멸을 향해 가고 있었고, 그날 아버지가 오래도록 이야기한 주제는 나이지리아의 첫 대통령으로서 아버지가 사랑하며 멘토로 여긴 은남디 아지키웨가 죽을지도 모른다는 사실이었다. 지크라고 불리던 그는 에누구의 병원에 있었다. 아버지는 비통해했다. 아버지는 이 나라의 형편없는 보건시설을 유감스러워했다. 아버지는 독재자 아바차를 욕하며, 나이지리아에서 이보족이 한계로 내몰리는 상황을 성토했다. 그런 다음 아버지는 영국이 나이지리아를 하나의 국가로 만들려다가 결국 괴물을 만들어냈다고 불평했다. 식사가 준비될 때까지 그런 이야기가 이어졌다. 아버지가 밥을 먹기 시작하자 어머니가 배턴을 이어받았다. 은켐이 등록한 유치원의 모든 선생님이 은켐을 너무 예뻐한다니까요? 아버지가 "에지 오쿠―그래?"라고 말하자 어머니는 지금까지 어린 은켐이 해온 여행을 시간순으로 설명했다. 아쿠레의 왕 오바는 어때? 아버지가 알고 싶어 하자, 어머니는 주도(州都)가 아쿠레인 주의 군정장관과 오바가 벌인 싸움 이야기를 전해주었다. 어머니는 계속해서 이야기를 이어나가다가, 우리가 전혀 예기치 못한 순간에 말했다. "딤,* 할 얘기가 있어요."

"말해봐." 아버지가 대답했다.

"딤, 당신 아들 이켄나, 보자, 오벰베, 벤저민이 끔찍한 일을 저질렀어요. 상상할 수도 없을 만큼 나쁜 짓을요."

"무슨 짓이기에?" 아버지가 물었다. 그 순간 아버지의 은식기가 그릇에 닿는 소리가 날카롭게 커졌다.

"흠, 그게 말이에요, 딤. 유수프의 아내 마마 이야보 알죠? 땅콩 파는 여자 말이에요…….

"그래, 알지. 녀석들이 무슨 짓을 했는지나 바로 얘기해요, **친구**." 아버지가 소리쳤다. 아버지는 자기를 짜증 나게 하는 모든 사람을 '친구'라고 부르곤 했다.

"음, 그 여자가 오미알라강 근처에 있는 천상의 교회에 소속된 늙은 사제한테 땅콩을 팔고 있었는데, 그때 애들이 강으로 이어지는 길에서

---

* 여보. (이보어)

42

나왔대요. 마마 이야보는 애들을 단번에 알아봤고요. 마마 이야보가 애들을 불렀지만, 애들이 못 들은 체했다네요. 마마 이야보가 사제에게 저 애들을 안다고 하니까, 사제가 그 애들이 오랫동안 강에서 낚시질을 해왔다고 말해줬다는 거예요. 몇 번이나 애들한테 경고하려 했지만, 애들이 듣지 않았다더군요. 여기서 더 비극적인 일이 뭔지 알아요?—어머니는 아버지의 마음이 이 질문에 대한 암울한 대답에 대비하도록 손뼉을 쳤다—마마 이야보가, 그 애들이 당신 아들인 이켄나, 보자, 오벰베, 벤저민이라는 걸 알아봤다는 거예요."

침묵의 순간이 뒤따랐다. 아버지는 그 침묵 속에서 한 번에 한 가지씩 어떤 물건에 시선을 고정했다—바닥과 천장, 커튼, 그 무엇에든. 꼭 그런 물건들에게 방금 들은 경멸스러운 이야기의 증인이 되어달라고 요청하는 듯했다. 침묵이 이어지는 동안 나는 시선이 방 안을 헤매고 다니도록 내버려두었다. 나는 문 옆에 걸려 있는 보자의 축구 저지에서 옷장으로, 벽에 걸려 있는 단 하나의 달력으로 눈을 돌렸다. 우리는 그 달력에 M.K.O. 달력이라는 이름을 붙였는데, 그 까닭은 달력에 우리 네 사람과 나이지리아의 전직 대통령 후보인 M.K.O. 아비올라가 들어 있기 때문이었다. 나는 닳아빠진 누런 카펫에 위턱이 납작하게 눌려 죽은 바퀴벌레를 발견했다. 바퀴벌레는 아마 누군가의 분노를 사는 바람에 죽은 것 같았다. 그걸 보니, 아버지가 숨긴 콘솔게임을 찾으려고 애썼던 우리의 노력이 생각났다. 그 게임이라면 우리가 낚시를 하지 않도록 막아줬을 텐데. 언젠가 어머니가 어린 동생들을 데리고 나가 있을 때 우리는 그 게임을 찾느라고 부모님의 방을 뒤졌다. 하지만 게임은 어디에도 없었다. 아버지의 서류 보관함에도, 방에 있는 셀 수도 없이 많은 서랍장 중 어디에도. 그런 뒤 우리는 아버지의 낡은 금속 상자를 꺼냈다. 아버지 말로는, 아버지가 1966년 처음으로 이 마을을 떠나 라고스로 갔을 때 우리 할머니가 아버지에게 사준 상자라고 했다. 이켄나는 게임이 그 상자 안에 있을 거라고 확신했다. 우리는 관짝처럼 무거운 금속 상자를 이켄나와 보자의 방으로 가져갔다. 그런 다음 보자가 성실하게 모든 열쇠를 꽂아보았고, 결국 뚜껑이 삐걱거리다가 탁 열렸다. 그 상자를 들고 가는데, 상자에서 기어 나온 바퀴벌레 한 마리가 녹슨 금속 위를 허둥지둥 기어가다가 날아갔다. 이켄나가 상자를 열자 암갈색 곤충들이 방에 쏟아졌다. 눈 한 번 깜짝할 사이에 바퀴벌레 한 마리가 미닫이창에 앉아 있었고, 다른 한 마리는 옷장 문에서 머리부터 기어 내려왔으며, 또 다른 한 마리는 오벰베의 운동화로 기어들었다. 형들과 나는 비명을 지르며 거의 30분 동안 천 마리는 되는 바퀴벌레들을 밟아 죽였다. 허둥지둥 도망치는 놈들을 쫓아내려 했다. 그런 다음 우리는 그 상자를 밖으로 가지고 나갔다. 방에서 바퀴벌레들을 깨끗하게 쓸어낸 뒤 오벰베는 침대에 드러누웠다. 그때 나는 오벰베의 발밑에서 새카만 바퀴벌레 조각을 발견했다. 길 잃은 몸 뒷부분, 으깨진 눈이 달린 뭉개지고 납작해진 머리, 떨어진 날개의 파편들. 심지어 그중 몇몇은 오벰베의 발가락 사이에 붙어 있었다. 곤충들의 가슴에서 짜여 나왔을 게 틀림없는 누런 진액도 보였다. 바퀴 한 마리가 오벰베의 왼발 밑에 종잇장처럼 납작해져 통째로 붙어 있었다. 날개가 두 배는 커져서 나풀거렸다.

아버지가 유난히 침착한 목소리로 입을 열자, 내 머릿속은 빙글빙글 돌아가던 동전처럼 멈춰 섰다. "아다쿠, 그러니까 지금 그 여자가 어른들도 갔다가 실종된 것으로 알려진, 통행금지령이 내린 그 위험한 강에서 본 아이들이 내 아들들—이켄나, 보자노니메옥푸, 오뱀베, 벤저민—
이라는 거요?"

"맞아요, 딤. 마마 이야보가 본 건 당신 아들들이었어요." 어머니가 영
어로 말했다. 아버지가 갑자기 영어를 쓰면서 '실종'이라는 단어의 마지
막 음절을 높은 음조로 발음해 강조했기 때문이었다.

"세상에!" 아버지는 그 단어를 빠르게, 연달아 여러 번 외쳤다. '세상
에'라는 음절이 갈라지면서 금속 표면을 두드릴 때 나는 땡-땡 소리처
럼 들렸다.

"지금 아버지가 뭐라고 하시는 거야?" 오뱀베는 금방이라도 눈물을
터뜨릴 것처럼 물었다.

"좀 닥칠래?" 이켄나가 낮은 목소리로 화를 냈다. "내가 낚시 그만하
자고 했지? 하지만 너희들은 모두 솔로몬의 말을 듣기로 했어. 이게 그
결과야."

이켄나가 말하는 동안 아버지는 "그러니까 마마 이야보가 본 사람이
정말로 내 아들들이라는 말이지?"라고 말했다. 이제는 어머니가 "네"라
고 말하는 소리가 들렸다.

"세상에!" 아버지가 이제는 더욱 큰 소리로 외쳤다.

"애들은 안에 있어요." 어머니가 말했다. "그냥 직접 물어보세요. 그럼
당신도 알게 될 테니까. 당신이 준 용돈으로 애들이 직접 갈고리니, 낚싯
줄이니, 봉돌이니 하는 낚시 장비를 샀다는 걸 생각하면 이 모든 일이 더
충격적으로 느껴져요."

어머니가 강조해서 두드린 '당신이 준 용돈으로'라는 문구는 아버지
의 살 속을 깊이 찔렀다. 아버지는 누가 밟은 지렁이처럼 움찔거렸을 게

틀림없었다.

"얼마나 오랫동안 그런 짓을 한 거야?" 아버지가 물었다. 처음에 어머니는 망설였다. 아버지의 비난을 듣고 싶지 않아서였다. 하지만 아버지가 호통을 쳤다. "내가 지금 귀머거리에 벙어리랑 얘기하는 건가?"

"3주요." 어머니는 패배감이 어린 목소리로 항복했다.

"이런, 세상에! 아다쿠. 3주라니. 당신이 같은 집에 살고 있는데?"

하지만 그건 거짓말이었다. 우리가 어머니에게 3주라고 거짓말한 것은 그저 그래야 우리 잘못의 무게가 조금이나마 줄어들 거라고 생각했기 때문이었다. 하지만 그런 부정확한 정보조차도 아버지의 분노가 마구 날뛰도록 만들기에는 충분했다.

"이켄나!" 아버지가 소리쳤다. "이켄-나!"

어머니가 아버지에게 이르기 시작했을 때 바닥에 주저앉았던 이켄나는 그 소리를 듣고 벌떡 일어났다. 처음에 이켄나는 문으로 갔다가, 멈춰서서 뒤로 물러나 자기 엉덩이를 만져보았다. 그는 앞으로 닥칠 일의 충격을 줄이기 위해 반바지를 두 겹으로 입고 있었다. 나머지 우리처럼, 이켄나도 아버지가 우리의 맨살을 때릴 가능성이 대단히 크다는 걸 알고 있었지만 말이다. 이제 이켄나는 고개를 들고 외쳤다. "네, 아버지!"

"당장 이리 나와라!"

가래톳처럼 얼굴 전체에 주근깨가 난 이켄나는 다시 앞으로 갔다가, 보이지 않는 장벽이 갑자기 나타나 앞길을 막은 것처럼 멈춰 섰다. 그런 뒤에야 이켄나는 달려 나갔다.

"셋을 세기 전에, 너희 모두 이리 나와라. 당장!" 아버지가 외쳤다.

우리는 즉시 방에서 달려 나가, 이켄나 뒤에 배경막처럼 섰다.

"너희 어머니가 한 얘기를 전부 들었을 거다." 아버지가 말했다. 긴 핏줄 한 줄이 아버지의 이마에서 부풀어 올랐다. "그 얘기가 사실이냐?"

"사실이에요, 아버지." 이켄나가 대답했다.

"그러니까…… 사실이라는 말이지?" 아버지가 말했다. 아버지의 두 눈이 잠시 이켄나의 푹 꺼진 얼굴에 꽂혔다.

아버지는 대답을 기다리지 않고 화를 내며 자기 방으로 갔다. 내 눈은 안락의자에 앉아 우리를 보고 있던 데이비드에게 향했다. 아버지가 소가죽 채찍 두 개를, 하나는 어깨에 걸치고 다른 하나는 손에 거머쥔 채 돌아왔을 때, 녀석은 우리가 채찍질당하는 모습을 지켜볼 준비를 하며 비스킷 한 통을 손에 들고 있었다. 아버지는 식사가 놓여 있던 작은 탁자를 방 한가운데로 끌고 갔다. 방금 그 탁자를 행주로 닦았던 어머니는 가슴에 래퍼를 여미고, 아버지가 너무 심하게 벌을 준다고 느껴질 순간에 대비했다.

"너희 모두 한 사람씩 이 탁자에 깔개처럼 엎드린다." 아버지가 말했다. "너희 모두 맨살에 구에르돈을 맞을 거다. 죄악으로 가득한 이 세상에 태어난 모습 그대로 말이다. 나는 너희들이 교양 있는 사람답게 서구적 교육을 받을 수 있도록, 너희를 학교에 보내겠다고 땀 흘리며 고생하고 있어. 그런데 너희들은 대신 어부가 되기로 했구나. 어-부-가!" 아버지는 증오스럽기 짝이 없다는 듯 그 단어를 반복적으로 소리쳤고, 몇 번인지 모를 정도로 여러 번 그 단어를 말한 뒤에는 이켄나에게 탁자에 엎드리라고 명령했다.

매질은 가혹했다. 아버지는 맞을 때마다 몇 대 맞았는지 세라고 했다. 반바지를 말아 내리고 탁자에 몸을 늘어뜨린 이켄나와 보자는 각기 스무 번과 열다섯 번을 세었고, 오벰베와 나는 각기 여덟 번을 세었다. 어머니가 끼어들려고 했지만, 끼어들면 어머니도 우리와 함께 맞게 될 거라는 아버지의 완강한 경고에 그러지 못했다. 아버지가 느낀 분노의 무게를 생각하면 그 말은 진심이었을지도 모른다. 아버지는 우리의 비명과 고함과 울부짖음과 어머니의 간청에도 흔들리지 않고 계속해서 우리를 때렸다. 화를 내면서 자기가 돈을 벌려고 얼마나 열심히 일하는지 얘기했고 격노를 담아 "어부"라는 말을 내뱉었다. 그런 끝에 어깨에 소가죽 채찍을 걸치고 자기 방으로 물러났다. 우리는 바지 엉덩이 부분을 잡고 울부짖었다.

구에르돈의 밤은 잔인한 밤이었다. 형들처럼 나도 배가 고팠고 튀긴 칠면조 고기와 플랜틴* 냄새에 유혹을 느꼈으나 저녁을 먹지 않겠다고 했다. 그 음식들은 우리가 자존심 때문에 먹지 못하리라는 것을 알고 우리를 더 심하게 벌주고 싶었던 어머니가 만든 별미였다. 사실, 우리 집에서 도도(튀긴 플랜틴)를 요리한 건 정말 오랜만의 일이었다. 어머니는 오벰베와 내가 냉장고에서 도도 조각을 훔쳐 먹고 쥐들이 그걸 먹는 것을 보았다고 거짓말했던 1년 전에 이 음식을 금지했다. 나는 방에서 몰래 빠져나가 어머니가 주방에서 우리 몫으로 내놓은 네 개의 접시 중 하나를 가져오고 싶은 마음이 굴뚝같았지만, 형들이 하려는 단식투쟁을 배반한 꼴이 될까 봐 그러지는 않을 생각이었다. 이처럼 충족되지 못한 허기에 내 고통은 더욱 심해졌고, 나는 밤늦게까지 울다가 잠들었다.

---

* 　바나나의 일종으로, 일반적인 바나나보다 전분 함유량이 높아 주로 채소처럼 요리에 쓰인다.

다음 날 아침, 어머니가 나를 톡톡 치며 깨웠다. "벤, 일어나라, 일어나. 아버지가 부르신다, 벤."

온몸의 마디마디가 통증으로 불타오르는 듯했다. 내 엉덩이에 없던 살이 붙은 것만 같았다. 다만 우리의 단식투쟁은 다음 날까지 계속되지 않았고 나는 안도감을 느꼈다. 나는 단식이 계속될까 봐 걱정했었다. 어제처럼 가혹한 벌을 받은 뒤면 우리 형제는 부모님을 원망하면서 부모님이 사과하고 우리를 달래주도록—이게 최선의 경우였다—얼마간 부모님을 피하고 음식을 먹지 않았다. 하지만 이번에는 그럴 수 없었다. 아버지가 직접 우리를 불렀으니까.

나는 일단 침대 가장자리로 기어간 다음 천천히 내려섰다. 엉덩이가 쿡쿡 찌르는 압정으로 가득한 것만 같았다. 가보니 거실은 아직 어둑했다. 어젯밤 이후로 전기가 나가서, 거실 한가운데의 탁자에 놓인 석유등만 밝혀져 있었다. 마지막으로 들어와 앉은 보자는 약간 절뚝거리면서 한 번 발을 디딜 때마다 몸을 움찔거렸다. 우리 모두가 각자의 자리에 앉자 아버지는 두 손을 턱에 댄 채 오랫동안 우리를 쏘아보았다. 손을 뻗으면 닿을 만한 거리에 우리를 마주 보며 앉아 있던 어머니는 겨드랑이 밑에서 매듭지어둔 래퍼 포대기의 옆 부분을 풀고 브래지어를 들어 올렸다. 어머니의 둥글고 젖으로 가득 찬 가슴이 즉시 은켐의 작디작은 손아귀로 사라졌다. 갓난아기는 사냥감을 잡는 동물처럼 둥글고 검고 딱딱한 젖꼭지를 입으로 탐욕스럽게 덮었다. 아버지는 젖꼭지를 흥미롭게 바라보는 듯했으며, 그 젖꼭지가 보이지 않는 곳으로 사라지자 안경을 벗어 탁자에 놓았다. 아버지가 안경을 벗으면 아버지를 엄청나게 닮은 보자와 내 모습—짙은 색 피부와 콩 모양의 머리—이 더욱 두드러지곤 했다. 이켄나와 오벰베는 어머니의 개미총 색깔 피부로 감싸여 있었다.

"자, 너희 모두 잘 들어라." 아버지가 영어로 말했다. "나는 너희가 한 행동에 여러 이유로 상처받았다. 첫째, 나는 이곳을 떠나기 전에 너희 어머니를 속 썩이지 말라고 말했다. 그런데 너희는 어떻게 했지? 너희는 어머니의 속을―또 내 속을―푹도 썩였어." 아버지는 우리 얼굴을 번갈아 가며 잠깐씩 보았다.

"잘 들어라. 너희들이 한 짓은 정말로 나쁜 짓이다. 나쁜 짓이야. 서구적인 교육을 받는 애들이 대체 어떻게 그런 야만적인 시도를 할 수가 있는 거냐?" 나는 당시에 '시도'라는 말의 의미를 몰랐으나, 아버지가 그 말을 소리쳐서 했기 때문에 그게 엄숙한 단어라는 것은 알 수 있었다. "그리고 둘째, 너희 어머니와 나는 너희들이 무릅쓴 엄청난 위험에 간담이 서늘하다. 난 너희들을 학교에 보냈지, 그 강에 보낸 게 아니야. 그 위험천만한 강 근처에서는 어디에서도 읽을 만한 책을 찾을 수 없을 거다. 내가 늘 책을 읽으라고 말했는데, 너희들에게는 더 이상 책을 볼 만한 눈이 없는 모양이다." 아버지는 심각하게 얼굴을 찌푸리고 손은 경이감을 이끌어내리는 듯 들어 올린 채로 말했다. "경고하는데, 친구들. 나쁜 성적을 받아 오는 사람은 누구든 마을로 보내 농사를 짓거나 야자 와인을 담그게 하겠다. 오그부―아쿠*로 말이야."

"절대 안 돼요!" 어머니가 아버지의 영적으로 해로운 말들을 쫓아버리려는 듯 머리 위에서 손가락을 꺾으며 쏘아붙였다. "내 아이들은 안 돼요."

---

* 야자열매를 전문적으로 수확하는 사람을 부르는 말.

아버지는 화가 나서 어머니를 힐끗 보았다. "그래, 절대 안 될 일이지." 아버지는 어머니의 부드러운 목소리를 흉내 내며 말했다. "아다쿠, 당신 코앞에서 저 녀석들이 3주 동안이나 강에 갔는데 절대 안 될 일이 어디 있나? 무려, 삼, 주라니." 아버지는 손가락으로 3주를 세기라도 하는 듯 고개를 저었다. "잘 들어요, 친구. 지금부터 당신은 저 녀석들이 반드시 책을 읽게 하시오. 알겠소? 또 지금부터는 5시에 가게 문을 닫아야 할 거요. 더는 7시가 아니라고. 토요일에는 일하지 말고. 나는 이 녀석들이 당신 코앞에서 나락으로 미끄러지게 놔둘 수 없소."

"알겠어요." 어머니가 이보어로 혀를 차며 대답했다.

"간단히 말해." 아버지는 끊어진 반원을 그리고 선 우리를 둘러보며 말을 이었다. "너희들은 지금부터 그 유행을 그만둔다. 착한 아이가 되도록 해라. 좋아서 자기 아이를 채찍질하는 사람은 없어. 아무도."

우리는 아버지가 자주 쓰는 '유행'이라는 단어를 통해 그 말이 쓸모없는 사치를 뜻한다는 것을 알게 되었다. 아버지는 계속 말을 이으려 했지만, 천장 선풍기가 갑자기 돌아가며 변덕스러운 전기가 돌연 복구되었음을 알리는 바람에 말이 끊기고 말았다. 어머니가 전구를 켜고 기름등의 심지를 낮추었다. 그렇게 소강상태가 찾아오고 전구에 불이 들어왔으므로, 내 시선은 그해의 달력에 가닿았다. 지금은 3월이었으나 달력은 여전히 2월에 머물러 있었다. 날아가는 도중에 포착한 독수리가 그려진 페이지였다. 독수리는 두 날개를 펴고 두 다리를 뻗은 채 발톱을 오그린 모습이었고, 두드러지는 사파이어색 눈으로는 카메라를 들여다보고 있었다. 세상이 그 독수리의 것이고 독수리가 이 모든 것의 창조자라도 된 것만 같았다. 뒤쪽 풍경 전체에 뻗어 있는 그 위엄이라니. 그는 날개와 깃털을 갖춘 하나의 신이었다. 그때 나는 어떤 주체하지 못할 두려움을 느꼈다. 찰나에 뭔가가 바뀌어 그 끝없는 고요함을 흩뜨리고 말 것만 같았다. 새의 얼어붙은 두 날개가 갑자기 녹아 퍼덕이기 시작할 것만 같은 두려움이 전해졌다. 튀어나온 두 눈이 깜빡이고, 두 다리가 움직일까 봐 두려웠다. 그런 일이 일어나면—독수리가 그 공간을, 이켄나가 이 페이지로 달력을 넘긴 2월 2일 이래로 갇혀 있던 하늘을 떠날 때면—이 세상과 이 세상 안의 모든 것이 알아볼 수 없을 만큼 바뀔까 봐서.

"한편으로, 너희들이 한 짓은 잘못된 것이지만, 너희에게 모험에 뛰어들 용기가 있다는 사실을 반영하기도 한다는 점을 알아주기 바란다. 그런 모험 정신은 그야말로 남자다운 것이다. 그러니까 지금부터는 너희 모두가 그런 정신을 좀 더 보람 있는 일에 쏟아부었으면 좋겠다. 난 너희들이 다른 종류의 어부가 되기를 원한다."

우리는 놀라서 서로를 힐끗 보았다. 바닥에 시선을 고정하고 있던 이켄나만이 예외였다. 이켄나는 우리 중에서 가장 심하게 채찍질을 당했다. 아버지가 이켄나를 심하게 탓했기 때문이었다. 아버지는 이켄나가 우리를 막으려 했다는 것을 모른 채 그를 가장 심하게 채찍질했으니까. "내가 너희들에게 바라는 모습은 좋은 꿈을 낚는 어부, 가장 큰 고기를 잡기 전까지는 쉬지 않는 어부들의 집단이 되는 것이다. 나는 너희들이 거대 조직이 되기를, 위협적이고 막을 수 없는 어부들이 되기를 바란다."

나는 이 말에 무척 놀랐다. 아버지가 어부라는 단어를 경멸한다고 생각했으니까. 아버지가 한 말의 의미를 파악하고자 나는 오벰베를 보았다. 오벰베는 아버지가 무슨 말을 할 때마다 고개를 끄덕이고 있었으며,

그의 이마에는 미소의 실마리가 어려 있었다.

"착한 녀석들." 아버지가 웅얼거렸다. 큼지막한 미소가, 아버지의 얼굴이라는 실 다발 위로 흩어져 있던 분노와 격노의 거친 주름들을 눌러 폈다. "잘 들어라. 내가 너희들에게 늘 가르쳐왔던 대로, 모든 나쁜 일에서는 뭔가 좋은 것을 퍼 올릴 수 있다. 그 가르침에 걸맞게, 나는 너희들에게 너희가 다른 종류의 어부가 될 수 있다는 말을 해주려 한다. 오미알라 같은 더러운 늪의 물고기가 아니라 정신을 낚는 어부가 되거라. 성공하려고 단단히 작정한 사람 말이다. 이번 삶의 강과 바다와 대양에 두 손을 담그고 성공을 거두는 아이들이 되어라. 의사, 비행기 조종사, 교수, 변호사, 그런 사람들 말이다. 알았지?"

아버지는 다시 주위를 둘러보았다. "내가 자식으로 두고 싶은 어부는 그런 어부다. 자, 나를 따라서 말해보겠느냐?"

오벰베와 나는 즉시 고개를 끄덕였다. 아버지는 초점을 바닥에 두고 있는 두 사람을 힐끗 보았다.

"보자, 너는?"

"네." 보자가 마지못해 웅얼거렸다.

"이케?"

"네." 이케는 오랫동안 침묵한 끝에 말했다.

"아주 좋아. 이제 너희 모두 '거대 조직'이라고 말하거라."

"거대 조직." 우리는 모두 아버지를 따라서 말했다.

"위-협-적인. 위-협-적-인. 위협-적인."

"막을 수 없는."

"좋은 것을 낚는 어부들."

아버지는 낮은 목소리로 걸걸하게 웃고, 넥타이를 바로잡더니 우리를 가까이서 들여다보았다. 점점 커지는 새로운 목소리로, 넥타이가 위쪽으로 날아 올라갈 만큼 주먹을 높이 쳐들며, 아버지가 소리쳤다. "우리는 어부들이다."

"우리는 어부들이다!" 우리는 목이 터지도록 합창했다. 우리는 모두가 너무도 갑작스럽게—거의 아무런 노력도 들이지 않고—이런 흥분을 느끼게 됐다는 사실에 놀랐다.

"우리는 갈고리와 낚싯줄, 봉돌을 따라간다."

우리는 그 말을 따라 했다. 그러나 아버지는 누가 "따라간다"라는 말 대신 "따라 한다"라고 말하는 것을 듣고, 계속하기 전에 그 단어를 따로따로 발음해보게 했다. 그전에 아버지는 우리가 '서구적 교육'에 쓰이는 언어인 영어 대신 내내 요루바어를 쓰기 때문에 그 단어를 모른다며 애석해했다.

"아무도 우리를 막을 수 없다." 아버지는 말을 이었고, 우리는 아버지의 말을 따라 했다.

"우리는 위협적이다."

"우리는 거대 조직이다."

"우리는 절대 실패하지 않는다."

"그래야 내 아들들이지." 아버지가 그렇게 말했다. 우리 목소리는 침전물처럼 가라앉았다. "새 어부들, 아빠를 좀 안아주면 어떻겠니?"

아버지는 깊은 혐오감이었던 것을 감사의 마음으로 마법같이 뒤집어놓았다. 그 바람에 강도질이라도 당한 듯한 기분이던 우리는 하나씩 하나씩 자리에서 일어나 단추가 풀린 아버지의 코트 자락 사이로 머리를 밀어 넣었다. 우리는 몇 초간 아버지를 끌어안았고 아버지는 우리 머리를 쓰다듬으며 입을 맞추었다. 줄 서 있던 우리 형제는 차례로 이 의식을 반복했다. 그다음에 아버지는 서류 가방을 집어 들어 깨끗한 20나이라짜리 지폐들을 꺼냈다. 지폐는 나이지리아 중앙은행의 도장이 찍힌 종이테이프로 묶여 있었다. 아버지는 이켄나와 보자에게 각기 지폐 네 장을 주었고, 오벰베와 내게는 두 장을 주었다. 방에 잠들어 있던 데이비드와 은켐에게도 한 장씩을 주었다.

"내가 한 말을 절대 잊지 말거라."

우리는 모두 고개를 끄덕였고 아버지는 집을 나서려 했다. 그러나 뭔가가 아버지를 다시 불러들인 것처럼, 아버지는 돌아서서 이켄나에게 걸어갔다. 아버지는 이켄나의 두 어깨에 손을 얹고 말했다. "이케, 내가 너를 가장 심하게 채찍질한 이유를 알고 있니?"

거기에서 영화라도 나오는지 바닥에 시선을 고정하고 있던 이켄나가 "네"라고 웅얼거렸다.

"왜지?" 아버지가 물었다.

"제가 첫째니까, 리더니까요."

"좋아, 그 점을 명심하거라. 지금부터는 어떤 행동을 하기 전에 저 녀석들을 봐. 저 녀석들은 네가 하는 일이면 뭐든 하고, 네가 가는 곳이면 어디든 간다. 좋은 일이야, 너희 모두가 서로를 따른다는 것은 말이다. 그러니까, 이켄나, 동생들을 엉뚱한 길로 이끌지 말거라."

"네, 아빠." 이켄나가 대답했다.

"저 녀석들을 잘 이끌어줘."

"네, 아빠."

"잘 이끌어줘야 한다."

이켄나는 잠깐 망설이다가 웅얼거렸다. "네, 아빠."

"수조에 떨어진 코코넛은 잘 씻어야 먹을 수 있다는 걸 늘 명심하도록 해라. 내 말은, 잘못된 일을 하면 교정을 받아야 한다는 거야."

우리 부모님은 그런 숨겨진 의미를 담고 있는 표현을 설명해야 한다고 느끼곤 했다. 부모님은 그런 식으로 말하는 방법을 배웠지만, 우리는 가끔 그런 말을 문자 그대로 받아들였기 때문이었다. 우리의 언어인 이보어는 부모님의 말처럼 구조화되어 있었다. "조심해라"처럼 경고의 표현을 문자 그대로 구성하는 말도 사용할 수는 있었지만, 부모님은 "지리에제 기 구오 오누 기 오누ㅡ혀로 치아를 헤아려보거라"라고 말했다. 이 말 때문에 한번은 아버지가 잘못을 저지른 오벰베를 꾸짖다가 웃음을 터뜨렸다. 오벰베가 치아 상태를 살피려고 양 뺨을 홀쭉하게 하고서 아래턱으로 침을 줄줄 흘리며 입천장을 혀로 훑는 것을 보았던 것이다. 부모님이 화가 났을 때 영어를 가장 자주 쓰는 이유가 바로 그것이었다. 화가 났을 때는 자신들이 한 말을 설명하고 싶지 않았으니까. 그러나 영어를 쓸 때조차 아버지는 종종 어려운 단어와 영어 관용어의 경계를 넘나들며 둘을 다 썼다. 언젠가 이켄나는, 내가 태어나기 전에 아버지가 어린 이켄나에게 "천천히 해라(take time)"라고 말했는데 그 말을 듣고 식탁에 기어 올라가 벽에 걸려 있던 시계를 가져온 적이 있다고 했다.

"알겠습니다, 아버지." 이켄나가 말했다.

"넌 교정을 받았다." 아버지가 말했다.

이켄나는 고개를 끄덕였고, 아버지는 이켄나에게 약속하라고 했다. 내가 알기로는 처음 있는 일이었다. 이켄나조차 놀란 게 분명했다. 아버지는 자식들에게 늘 복종을 요구했지, 양방 간의 동의나 약속을 요구하지 않았으니까. 이켄나가 "약속할게요"라고 말하자, 아버지는 돌아서서 걸어 나갔고, 우리는 그 뒤를 따라가 아버지의 차가 먼지투성이 길을 따라 움직이는 것을 보면서 아버지가 다시 떠난다는 사실에 쓰라림을 느꼈다.

4. 비단뱀

이켄나는 비단뱀이었다.

나무 위에서 다른 모든 뱀을 내려다보는, 평원에서 사는 무시무시한 야생 뱀. 이켄나는 그날의 채찍질 이후로 비단뱀이 되었다. 그 채찍질이 이켄나를 변화시켰다. 내가 알던 이켄나는 다른 사람이 되었다. 계속해서 주변을 어슬렁거리는, 변덕스럽고 욱하는 사람 말이다. 이런 변신은 채찍질이 있기 한참 전부터 조금씩, 그의 내면에서부터 시작됐다. 그러나 그런 징후가 두드러지기 시작한 것은 그날의 처벌 이후였다. 그 일 때문에 이켄나는 도저히 할 수 없을 것만 같았던 여러 일을 하게 되었다. 그중 첫 번째가 어른을 해치는 일이었다.

그날 아침, 아버지가 욜라로 떠나고 나서 약 한 시간 뒤에 이켄나는 보자, 오벰베, 나를 자기 방으로 불러들였다. 어머니가 동생들을 데리고 교회로 간 직후였다. 이켄나는 우리가 이야 이야보를, 우리를 고자질한 그 여자를 벌해야 한다고 말했다. 우리는 그날 매를 맞아서 아프다며 교회에 가지 않았으므로 이켄나의 방 침대에 앉아 그에게 귀를 기울였다.

"나는 당한 만큼 복수할 거야. 너희들도 모두 나와 함께해야 해. 이건 너희들 때문에 벌어진 일이니까." 이켄나가 말했다. "너희들이 내 말을 들었으면 그 여자 때문에 아버지가 나를 이렇게까지 때리는 일도 없었을 거야. 봐, 보라고……."

이켄나는 돌아서서 반바지를 내렸다. 오벰베는 눈을 감았지만 나는 그러지 않았다. 나는 이켄나의 통통한 엉덩이 두 쪽에 붉은 줄이 가 있는 것을 보았다. 그 줄무늬는 나사렛 예수의 등에 그어진 줄 같았다. 몇 개는 길었고 몇 개는 짧았으며, 몇 개는 다른 줄과 교차되어 붉은 X자를 그렸다. 또 몇 개는 운 나쁜 사람의 손금처럼 다른 줄과 다르게 두드러졌다.

"너희랑 그 멍청한 여자 때문에 내가 이렇게 된 거야. 그러니까 너희 모두 그 여자를 어떻게 벌줄지 생각해내야 해." 이켄나가 손가락을 꺾었다. "오늘 해야 돼. 그래야 그 여자가 우리를 망쳐놓고 아무 대가 없이 빠져나갈 수는 없다는 걸 알지."

이켄나가 말하는데 창문 너머에서 염소 한 마리가 울었다. 음매애애애애애애!

그 소리에 보자가 짜증을 냈다. "또 저 미친 염소네, 저놈의 염소!" 보자가 일어나며 소리쳤다.

"앉아." 이켄나가 소리쳤다. "지금은 그냥 내버려두고, 엄마가 교회에서 돌아오기 전에 그 여자를 어떻게 할지나 생각해봐."

"알았어." 보자가 다시 앉으며 말했다. "이야 이야보한테 암탉이 아주 많다는 거 알지?" 보자는 잠시 염소 울음소리가 계속 들려오는 창문 쪽으로 얼굴을 돌린 채 앉아 있었다. 울어대는 염소에게 정신이 온통 쏠려 있다는 것이 분명했는데도 보자는 이렇게 말했다. "진짜, 엄청 많이 키워."

"암탉이 아니라 거의 수탉이야." 나는 꼬꼬댁하며 우는 건 암탉이 아니라 수탉이라는 것을 알려주고 싶어 끼어들었다.

보자는 비웃듯이 나를 보고 한숨 쉬더니 말했다. "그래, 근데 꼭 닭 성별을 얘기해야겠냐? 전에도 여러 번 말했지만, 넌 꼭 동물에 꽂혀가지고 중요한 일에……."

이켄나가 보자를 꾸짖었다. "야, 보자. 중요한 일이 뭔지는 너나 생각해. 지금 중요한 건, 네 생각이 뭔지 우리한테 말하는 거야. 넌 저 멍청한 염소 울음소리에 화를 내느라, 또 수탉과 암탉의 차이 같은 사소한 일을 놓고 벤을 나무라느라 시간을 낭비하고 있어."

"알았어. 난 그 닭 한 마리를 잡아다 죽이고 튀겨 먹었으면 좋겠어."

"그거 치명적인데!" 이켄나는 역겨워서 토할 것 같다는 표정을 지으며 소리쳤다. "하지만 그 여자의 닭을 먹는 건 별로 좋은 생각 같지 않아. 대체 어떻게 그 닭을 튀기겠다는 거야? 우리가 여기서 뭔가 튀겼다는 걸 엄마가 알게 될 텐데. 냄새가 날 테니까. 엄마는 우리가 닭을 훔쳤다고 의심할 거고, 우리는 도둑질을 했다고 더 심하게 채찍질을 당할 거야. 우리 중에 그런 일을 바라는 사람은 아무도 없어."

이켄나는 제대로 생각해보지 않고 보자의 생각을 거부한 적이 한 번도 없었다. 둘은 서로를 존중했다. 나는 둘이 말다툼하는 모습을 거의 본적이 없었다. 내 질문에 즉시 "아니야"라거나 "틀렸어"라거나 "땡"이라고 대답하던 것과는 달랐다. 보자는 거듭 고개를 끄덕이며 이켄나의 말에 동의했다. 이어서 오벰베가 그 여자의 집에 돌을 던지고, 돌이 그 여자나 그 여자의 아들 중 한 명에게 맞기를 기도하자고 제안했다. 그런 다음에는 누가 그 집에서 나오기 전에 도망치자는 것이었다.

"잘못된 생각이야." 보자가 말했다. "그 여자의 아들들은 팔근육이 아널드 슈워제네거 같고 매일 너덜너덜한 옷을 입고 다니는, 굶주린 덩치들이야. 그놈들 중에 한 명이 우리를 잡아서 두들겨 패기라도 하면 어쩌려고?" 보자는 건장하게 불거진 그들의 이두근을 흉내 냈다.

"그놈들이 아버지보다 심하게 우리를 두들겨 팰걸." 이켄나가 말했다.

"그래. 그건 상상으로만 남겨두자." 보자가 말했다.

이켄나가 동의한다는 뜻으로 고개를 끄덕였다. 이제는 아무 제안도 하지 않은 사람이 나밖에 없었다.

"벤, 넌 할 말 없어?" 보자가 말했다.

나는 침을 꿀꺽 삼켰다. 심장이 점점 빠르게 뛰었다. 형들이 나 대신 결정을 내려주는 대신 나더러 결정하라고 부추길 때면 나는 자신감이 시들어버리곤 했다. 내가 아직 생각을 하고 있는데 내 목소리가, 마치 내 몸의 나머지 부분과는 독립된 것처럼 말했다. "생각나는 건 있어."

"그럼 말해!" 이켄나가 명령했다.

"알았어, 이케 형. 알았어. 나는 그 수탉을 한 마리 잡아다가." 나는 이켄나의 얼굴에 시선을 고정했다. "잡아다가……."

"잡아다가, 뭐?" 이켄나가 말했다. 내가 방금 무슨 기적이라도 일으킨 것처럼 모두의 눈이 내게 고정되어 있었다.

"목을 치자." 내가 말을 맺었다.

내가 그 말을 마치기도 전에 이켄나가 소리쳤다. "그거 정말 치명적인데!" 그리고 보자는 갑자기 눈이 휘둥그레져서 손뼉을 치기 시작했다.

형들이 칭찬한 내 아이디어는 학기 초에 요루바어 선생님이 우리 반 아이들에게 이야기해준 전래동화에서 따온 것으로, 그 동화에는 이 땅의 모든 수탉과 암탉들의 목을 따는 미친 짓을 벌였던 잔인한 소년이 나왔다. 우리는 이야 이야보의 집으로 갈 생각으로 서둘러 집을 나온 다음 작은 덤불숲과 목공소를 지났다. 그곳을 지날 때 우리는 나무를 써는 절단기의 고막 찢어질 것 같은 소리를 막느라 손으로 두 귀를 가려야 했다. 그 여자, 이야 이야보는 우리 집과 외관이 비슷한 작은 단층집에 살았다. 작은 발코니 하나, 미늘창과 방충망이 달린 창문 두 개, 벽에 고정된 전기 계량기, 덧문 하나. 다만 이야 이야보의 울타리는 벽돌과 시멘트가 아니라 진흙과 점토로 만든 것이었다. 그 울타리는 오랫동안 햇빛에 노출되어 군데군데 갈라져 있었고, 얼룩덜룩한 점과 문지른 자국으로 더러웠다. 머리 위의 전깃줄이 나뭇가지를 지나 높다란 전신주와 이어지도록 집 밖으로 뻗어 있었다.

우리는 일단 산 사람의 기척이 들리는지 귀를 기울였지만, 머잖아 이켄나와 보자가 집이 비어 있다고 결론 내렸다. 이켄나의 명령에 오벰베가 이켄나의 어깨를 발판으로 삼아 울타리를 넘었다. 나는 망을 보려고 이켄나와 함께 있었지만, 보자는 오벰베와 합류했다. 그 둘이 안으로 들어간 직후 수탉이 꼬꼬댁거리며 미친 듯이 날개를 퍼덕거리는 소리가 더욱 가깝게 들려왔다. 닭을 쫓는 형들의 발소리도 마찬가지였다. 그런 일이 반복적으로 일어나다가, 우리는 보자가 "꽉 잡고 있어, 꽉 잡아, 놔주지 마"라고 말하는 소리를 들었다. 아직 오미알라강에서 낚시를 하던 시절, 우리 갈고리에 물고기가 낚이면 쓰곤 했던 말이었다.

고함 소리에, 이켄나는 동생들이 닭을 잡았는지 보려고 재빨리 울타리를 기어오르려 했으나 그러지 못했다. 벽 뒤에서 그는 보자의 말을 따라 했다. "놔주지 마, 놔주지 마." 울타리 구멍에 발을 두면서 이켄나의 엉덩이에서 바지가 슬쩍 흘러내렸다. 오래된 칠이 형의 발 아래로 먼지처럼 쏟아졌다. 한 발을 단단히 고정한 이켄나는 벽 맨 윗부분을 붙잡고 위쪽으로 몸을 끌어 올렸다. 이켄나의 손 뒤쪽으로 도마뱀 한 마리가 기어올라 불안한 듯 멀어져갔다. 알록달록한 녀석의 몸뚱이는 매끄럽고 반짝거렸다. 형의 몸 절반이 집 안으로 쭉 뻗어 들어갔고, 나머지 반은 집 밖에 머물러 있었다. 그런 채로 이켄나가 보자에게서 수탉을 받으며 소리쳤다. "잘했어! 그래야 내 동생이지!"

우리는 집으로 돌아가 곧장 뒤뜰의 텃밭으로 갔다. 텃밭은 축구장 4분의 1 정도 크기였다. 세 모퉁이에 모두 시멘트 벽돌 울타리가 쳐져 있었으며, 그중 둘은 이웃집과 맞닿아 있었다. 한쪽에는 이그바페의 가족이, 다른 쪽에는 아그바티스 가족이 살았다. 우리 집과 직접 닿아 있는 세 번째 울타리는 돼지 떼가 사는 쓰레기 매립지와의 경계선을 표시했다. 매립지에서는 파파야나무 한 그루가 울타리 바로 위쪽으로 가지를 뻗고 있었으며, 감귤나무 ─ 우기가 되면, 이 나무는 보통 극도로 나뭇잎이 많아졌다 ─ 는 울타리와 집 안 우물 사이에 늙지도 않고 서 있었다. 이 나무가 서 있는 곳은 우물에서 집 더 안쪽으로 딱 50미터쯤 떨어진 곳이었다. 이때 말하는 우물이란 바닥에 파여 있는 커다란 구덩이로, 그 주변에 콘크리트로 만들어진 좁고 기다란 턱이 둘려 있었다. 아쿠레의 우물들이 메마르고 사람들이 우리 집에 몰래 들어와 물을 길어 가는 건기가 되면, 아버지가 그 콘크리트에 붙어 있는 금속 덮개에 맹꽁이자물쇠를 채워놓곤 했다. 뒤뜰 반대편에는 이그바페 가족의 집과 경계를 이루는 울타리 구석에 어머니가 토마토와 옥수수, 오크라를 심어놓은 작은 텃밭이 맞닿아 있었다.

보자는 겁에 질린 수탉을 자기가 고른 자리에 내려놓았고, 오벰베가 우리 집 부엌에서 가져온 칼을 집었다. 이켄나가 보자와 힘을 합쳤다. 둘은 시끄러운 울음소리에도 아랑곳하지 않고 닭을 제자리에 잡고 있었다. 그런 다음, 우리는 모두 칼이 보자의 손에서 익숙하지는 않으나 수월하게, 수탉의 주름진 목을 지나 아래로 움직이는 것을 지켜보았다. 보자는 마치 전에도 몇 번 칼을 다루어본 듯했고 다시 그 칼을 다룰 운명인 것만 같았다. 닭은 움찔거리면서 점점 심하게 움직였지만, 우리 모두가 단단히 잡고 있었기에 움직이는 데는 한계가 있었다. 나는 우리 집 울타리 너머, 우리 집이 내려다보이는 이층집 꼭대기 층을 보다가 이그바페의 할아버지를 보았다. 그는 몇 년 전 사고를 겪은 뒤 말을 하지 않게 된 사람으로, 자기 집 문 앞의 커다란 베란다에 앉아 있었다. 그에게는 하루 종일 그 자리에 앉아 있는 습관이 있었으며, 우리는 그를 농담거리로 삼곤 했다.

보자가 닭의 머리를 잘라냈다. 닭의 대가리 뒤로 울컥울컥 피가 쏟아져 흔적을 남겼다. 나는 고개를 돌려, 늙은 벙어리에게 다시 시선을 두었다. 그는 우리에게 경고하는 천사의 일시적인 환영처럼 보였다. 다만, 너무 멀리 있어서 우리에게는 그 경고가 들리지 않았다. 나는 이켄나가 흙바닥에 미리 파둔 작은 구멍으로 수탉의 머리가 떨어지는 장면은 보지 못했으나, 그 대가리가 붙어 있던 자리가 격렬하게 고동치며 사방에 피를 흩뿌리고, 닭의 날개가 먼지를 일으키는 모습은 보았다. 형들은 닭의 몸이 점차 잦아들 때까지 그것을 더욱 단단히 잡고 있었다. 그런 다음 보자가 머리 없는 사체를 들었고 우리는 함께 길을 나섰다. 피가 우리 발자취를 표시했다. 우리는 놀라서 들여다보는 몇 안 되는 사람들을 보고도 동요하지 않았다. 보자는 울타리 너머로 죽은 수탉을 내던졌다. 피가 허공을 가로지르면서 주변에 흩뿌려졌다. 사체가 더 이상 보이지 않게 되자 우리는 복수를 해냈다는 만족감을 느꼈다.

그러나 이켄나의 두려운 변신은 그때 시작된 것이 아니었다. 변신은 아버지의 구에르돈보다도, 심지어 이웃이 강에서 낚시하는 우리를 보았을 때보다도 훨씬 전에 시작되었다. 처음에 이켄나의 변신은 우리가 낚시를 싫어하도록 만들려고 노력하는 형태로 나타났다. 그러나 그 노력은 결국 아무 결실을 거두지 못했다. 당시에는 낚시에 대한 사랑이 우리 심장의 대동맥에 연결되어 있었기 때문이다. 이켄나의 헛된 노력에는 강에 대해 나쁘다고 생각되는 점을 모조리 이야기하는 것도 포함되어 있었다. 우리가 한 번도 본 적이 없는 내용이었다. 이켄나는 이웃이 우리를 발견하기 겨우 며칠 전에 강 주변의 덤불이 오줌 천지라고 불평했다. 보자와 오벰베와 나는 덤불에 오줌 싸는 사람을 한 번도 본 적이 없었고, 이켄나가 그토록 공들여 설명한 악취를 느낀 적도 없었으나 이켄나에게 반대하지는 않았다. 어느 시점에 이켄나는 오미알라강의 물고기들이 오염되었다고 말하며, 물고기를 자기 방으로 가져오지 못하게 했다. 그래서 우리는 오벰베와 내가 함께 쓰는 방에 물고기를 보관하기 시작했다. 심지어 이켄나는 낚시를 하다가 오미알라강의 물 밑을 떠다니는 인간의 해골을 본 적이 있으며, 솔로몬이 우리에게 나쁜 영향을 끼친다고 불평하기도 했다. 이켄나는 이런 것들이 마치 새로 발견된, 부정할 수 없는 진실이라도 되는 것처럼 말했다. 그러나 우리가 낚시에 품게 된 정열은 이미 병 속에 얼어붙은, 쉽게 녹일 수 없는 액체로 변한 뒤였다. 우리가 이 사업에 대해 거리끼는 점이 전혀 없었다는 뜻은 아니다. 우리 모두 꺼리는 점이 있었다. 보자는 오미알라강이 작고 그 안에는 '쓸모없는' 물고기밖에 없다는 점을 싫어했다. 오벰베에게는 물 밑, 강 속에는 빛이 없는 만큼 밤에 물고기들이 뭘 하는지 알 수 없다는 점이 문제였다. 그는 밤이면 강을 이불처럼 덮는 칠흑 같은 어둠 속에서 물고기들이 대체 어떻게─전기도, 등불도 없는데─돌아다니는지 자주 궁금해했다. 그리고 나는 방어와 올챙이들의 나약함이 매우 싫었다. 강물에 담아두는데도 얼마나 쉽게 죽는지! 이런 약점에 나는 가끔 울고 싶었다. 이웃이 우리를 발견한 다음 날, 솔로몬이 우리 집에 와 문을 두드렸을 때 이켄나는 처음에 그와 함께 강으로 가지 않겠다고 고집을 피웠다. 그러나 그는 자기 동생들인 우리가 자기를 두고 떠나는 것을 보자 결국 끼어들어 보자에게서 자기 낚싯대를 받아 갔다. 솔로몬과 나머지 우리는 그에게 환호하며, 그를 가장 용감한 '어부'라고 찬양했다.

이켄나를 좀먹던 존재는 지칠 줄 모르는 적처럼 그의 내면에 숨어, 우리가 이야 이야보에 대한 복수를 꾀하고 실행하는 동안에도 시간을 벌고 있었다. 그것은 이켄나가 오벰베나 나와의 관계를 끊고 오직 보자와만 함께하기로 한 날부터 이켄나를 통제하기 시작했다. 둘은 오벰베와 나를 자기들 방에 들어오지 못하게 했으며, 채찍질을 당한 지 일주일 뒤에 둘이 발견한 새로운 축구장에도 데려가지 않았다. 오벰베와 나는 너무도 형들과 함께하고 싶었고, 매일 저녁 형들이 돌아오기만을 헛되이 기다리며 사라져가는 것처럼만 보이는 친밀함을 갈망했다. 그러나 날이 갈수록, 이켄나는 우리를 토해내는 방법으로 목의 질병을 끝내 떨쳐버린 것처럼 보이기 시작했다. 그는 가래 낀 기도를 비워낸 사람 같았다.

그즈음에, 이켄나와 보자는 아그바티 씨의 아이 중 한 명을 괴롭혔다. 아그바티 씨는 프레스코 그림이 그려진 몸체에 '아르헨티나에서 태어나고 자람'이라는 글귀가 새겨져 있어 '아르헨티나'로 알려진 고물 트럭을 가진, 우리와는 담 하나를 끼고 있는 이웃이었다. 트럭은 하도 약해서 시동을 걸 때면 귀청이 떨어질 것 같은 소리를 냈고, 종종 동네에 소란을 일으키며 이른 아침 시간에 잠들어 있던 사람들을 깨우곤 했다. 그래서 몇 차례 불만과 말다툼이 있었다. 그런 싸움 중에 한번은 이웃 여자가 신발 굽으로 아그바티 씨를 때리는 바람에, 아그바티 씨의 머리에 사라지지 않는 혹이 생겼다. 그 이후로 아그바티 씨는 트럭에 시동을 걸고 싶을 때마다 이웃에게 자기 자식 중 한 명을 보내 그 사실을 알렸다. 아이는 모든 이웃의 문이나 대문을 두어 번 노크하며 "아빠가 아르헨티나에 시동을 걸고 싶대요"라고 말했다. 그런 다음, 그 아이는 다음 집으로 달려가곤 했다. 그날 아침에, 이켄나는—점점 더 호전적이고 성마른 성격이 되어가던 와중에—그 아이들 중 첫째와 싸웠다. 그 아이를 각다귀라고 비난한 뒤의 일이었다. 각다귀라는 건, 불필요한 소리를 내는 사람을 말할 때 아버지가 종종 쓰던 단어였다.

같은 날 늦은 시각, 학교에서 돌아와 식사를 마친 뒤에 이켄나와 보자는 경기장으로 축구를 하러 갔다. 오벰베와 나는 형들과 함께 갈 수 없어 슬퍼하면서 집에 머물렀다. 우리는 텔레비전을 보고 있었는데, 가족의 불화를 해결해주는 남자가 나오는 프로그램이 아직 끝나지 않았을 때 형들이 돌아왔다. 둘은 겨우 30분쯤 집을 떠나 있었다. 형들이 자기들

방으로 서둘러 들어갔을 때, 나는 이켄나의 얼굴이 흙으로 뒤덮여 있고 윗입술이 짓이겨진 채 부풀어 있는 것을 보았다. '오코차'라는 별명과 숫자 10이 등에 새겨진 형의 저지에도 핏자국이 있었다. 둘이 문을 닫자마자 오벰베와 나는 우리 방으로 달려가, 둘의 대화를 엿들으려고 벽에 붙어 섰다. 무슨 일이 일어났는지 알아보려는 심산이었다. 처음에 우리는 옷장 문이 열렸다 닫히는 소리와 둘의 발이 닳아빠진 카펫 위를 걸어 다니며 내는 소리만을 들을 수 있었다. 한참 만에 우리는 "내가 끼어들면 네이선과 세군도 끼어들 테고, 결국 우리가 숫자에서 밀릴 거라고 생각했어. 그래서 끼어들지 않은 거야"라는 소리를 들었다. 보자의 목소리였다. 그는 아직 말을 마친 것이 아니었다. "그놈들이 끼어들지 않을 거라는 것만 알았어도. 그것만 알았어도."

이 말에 카펫을 밟는 발소리가 이어졌고, 그다음에는 보자가 다시 말했다. "그렇다고 그놈이, 그 개구리 자식이 형을 정말로 이긴 것도 아니잖아. 그냥 운이 좋아서 이런……." 보자는 알맞은 단어를 찾는 것처럼 잠시 말을 멈췄다. "이런…… 짓을 한 거지."

"넌 내 편을 들지 않았어." 이켄나가 불쑥 소리쳤다. "그래! 넌 가만히 서서 구경만 했어. 아니라는 말은 할 생각도 하지 마."

"나도 만약에……." 보자는 잠시 말을 멈췄다가 다시 입을 열어 침묵을 깼다.

"아니, 넌 싸우지 않았어!" 이켄나가 외쳤다. "가만히 서 있기만 했지!"

어머니가 자기 방에서 들을 수 있을 만큼 큰 소리였다. 어머니는 그날 은켐이 설사를 앓고 있어서 가게에 나가지 않았다. 어머니는 서둘러 일어나더니 슬리퍼로 바닥을 철썩철썩 후려치며 다가와 형들의 방문을 두드리기 시작했다.

"무슨 일이냐, 왜 소리를 질러?"

"엄마, 우리 자고 싶어요." 보자가 말했다.

"그래서, 문을 안 열겠다고?" 어머니가 물었고, 아무도 대답하지 않자 이렇게 말했다. "소리는 왜 지른 거야?"

"아무것도 아니에요." 이켄나가 날카롭게 대답했다.

"아무것도 아니어야 할 거다." 어머니가 말했다. "그래야 할 거야."

어머니가 자기 방으로 돌아가면서, 슬리퍼가 다시 율동적으로 바닥을 후려쳤다.

이켄나와 보자는 다음 날 학교가 파했는데도 밖으로 나가 놀지 않았다. 둘은 자기들 방에 머물렀다. 이 상황을 형들과 다시 이야기하는 계기로 삼고 싶었던 오벰베는, 이켄나가 유난히 좋아하는 텔레비전 프로그램이 나오자 그 핑계로 둘을 거실로 데리고 나오려고 했다. 둘은 오미알라강에서 이웃이 우리를 발견한 뒤로 텔레비전을 보지 않았고, 오벰베는 우리 모두가 시끄럽게 웃어대며 우리가 가장 좋아하는 프로그램—〈아그발라 오웨〉라는 요루바 드라마와 〈스키피 더 부시 캥거루〉라는 호주 드라마—을 보던 날들을 계속해서 아프도록 그리워했다. 오벰베는 두 프로그램 중 하나가 나올 때마다 형들에게 손을 뻗고 싶어 했으나, 자기 때문에 두 사람이 짜증을 낼지도 몰라 그러지 못했다. 그러나 그날은 유독 간절한 마음이 들기도 했고, 〈스키피 더 부시 캥거루〉는 이켄나가 가장 좋아하는 프로그램이기도 했다. 오벰베는 일단 형들을 보겠다며 목을 쭉 빼고 형들 방의 열쇠 구멍을 들여다보았다. 그런 뒤에는 성호를 그으며, 들리지 않게 "성부와 성자와 성령의 이름으로"라는 단어의 리듬에 맞춰 입술을 움직였다. 그는 텔레비전 프로그램의 주제곡을 부르면서 방 주변을 어슬렁거리기 시작했다.

스키피, 스키피, 스키피 더 부시 캥거루
스키피, 스키피, 스키피 우리의 진정한 친구

형들로부터 분리되었던 그 어두운 시절에, 오벰베는 이런 분리에 종지부를 찍고 싶다는 얘기를 내게 여러 차례 했다. 그럴 때마다 나는 그래 봐야 형들이 괜히 화만 낼 거라고 경고했고, 아슬아슬하게 오벰베를 단념시켰다. 그래서 오벰베가 그 노래를 부르기 시작하자 나는 오벰베가 걱정됐다. "그러지 마, 오베. 형들이 때릴 거야." 나는 멈추라고 손짓하며 말했다.

내 애원의 효과는 그저 미미한 반응밖에 일으키지 못하는, 갑작스러운 꼬집음 정도였다. 오벰베는 노래를 멈추더니 방금 들은 말이 무슨 뜻인지 잘 모르겠다는 듯 나를 오랫동안 바라보았다. 그러더니 고개를 젓고 계속 노래했다. "스키피, 스키피, 스키피 더 부시 캥거루……."

형들의 방문이 움찔거리자 그는 노래를 멈췄다. 이켄나가 나와서 내 옆의 안락의자로 걸어가더니 그 자리에 앉았다. 오벰베는 동상처럼 얼어붙은 채 벽 옆, 할머니 은네네의 사진이 들어 있는 액자 밑에 가만히 서 있었다. 할머니가 갓난아기인 이켄나를 안고 있는 1981년의 사진이었다. 오벰베는 벽에 못 박히기라도 한 것처럼 그 자세를 아주 오랫동안 유지했다. 이켄나가 자리에 앉은 뒤 보자가 나왔다.

캥거루 스키피는 방금 방울뱀과 싸운 뒤였다. 녀석은 뱀이 독니로 찌르려고 튀어나올 때마다 묘기에 가깝게 뛰어올랐고, 지금은 앞발을 핥고 있었다.

"저 멍청한 스키피, 짜증 나게 또 발이나 핥고 앉았어!" 이켄나가 김을 뿜어댔다.

"방금 뱀이랑 싸워서 그래." 오벰베가 말했다. "형도 봤어야……."

"누가 너한테 말했냐?" 이켄나는 벌떡 일어서며 이를 드러냈다. "누가 너한테 말했냐고?"

이켄나는 화를 내면서 은켐의 이동식 플라스틱 의자를 걷어찼고, 의자는 텔레비전과 비디오 플레이어, 전화기가 들어 있던 커다란 책장으로 넘어졌다. 아버지가 나이지리아 중앙은행의 젊은 직원일 때 찍었던, 유리 액자 속 사진이 찬장 뒤쪽에서 깨지며 산산이 조각났다.

"누가 물어봤냐고?" 이켄나는 아버지가 아끼는 사진의 운명은 모른 체하고 세 번째로 같은 말을 되풀이했다. 그는 텔레비전의 빨간 버튼을 눌렀고, 텔레비전은 꺼졌다.

"오야, 너희들 다 방으로 가!" 그가 외쳤다.

오벰베와 나는 헐떡이며 방으로 달려갔다. 그리고 나는 우리 방에서 이켄나가 하는 말을 들었다. "보자, 너는 왜 아직 거기 있어? 너희들 다 가라고 했는데?"

"뭐라고, 이케? 나도 가라는 말이야?" 보자가 놀라서 물었다.

"그래, 너희들 다라고 했잖아. 전부!"

침묵을 깬 것은 자기 방으로 걸어가는 보자의 발소리와 형들 방문이

쾅 닫히는 소리뿐이었다. 우리 모두가 떠난 뒤 이켄나는 텔레비전을 켜고 자리에 앉아 혼자서 텔레비전을 봤다.

나는 이켄나와 보자 사이에 금이 그어졌다는—예전에 둘 사이에는 점 하나도 없었다—첫 번째 신호가 처음으로 모습을 드러낸 것이 바로 이때였다고 믿게 됐다. 그 일이 우리 인생의 형태를 바꿔놓았으며, 머리가 깨질 듯하고 허무감이 몰아치는 시간으로의 변화를 이끌었다. 둘은 더 이상 말을 섞지 않았다. 보자는 타락 천사처럼 추락해 오벰베와 내가 오랫동안 갇혀 있던 곳에 내려앉았다.

이켄나의 변신이 막 시작되었을 때, 우리는 그의 심장을 쥐고 있는 손이 이미 주먹을 쥐었다고 생각했으며 머잖아 그 주먹이 풀리기만을 바랐다. 그러나 여러 날이 흘렀는데도 이켄나는 우리에게서 점점 멀어졌다. 일주일쯤 지났을 때, 이켄나는 보자와 열띤 말싸움 끝에 그를 때렸다. 그때 오벰베와 나는 우리 방에 있었다. 우리는 이켄나가 거실에 있을 때는 거실을 피하기 시작했지만, 보자는 종종 그대로 머물렀기 때문이었다. 말싸움의 원인은 보자의 고집에 대한 이켄나의 분노였던 게 틀림없다. 내가 들은 것은 때리는 소리와 둘이 말싸움을 하며 서로에게 욕하는 목소리뿐이었다. 그날은 토요일이라, 더 이상 토요일에 가게를 열지 않던 어머니가 집에서 낮잠을 자고 있었다. 하지만 그 소리가 들리자 어머니는 거실로 달려 나갔다. 우는 은켐에게 젖을 먹이던 중이라 가슴에서 무릎까지 싸매고 있던 어머니는 일단 둘 모두에게 그만두라고 소리쳐 싸움을 멈추려 했지만, 둘은 전혀 듣지 않았다. 어머니가 둘 사이에 뛰어들어 팔다리를 쭉 뻗으며 둘을 떼어놓았다. 그러나 보자는 반항하듯 이켄나의 티셔츠를 계속 잡고 있었다. 이켄나는 몸을 틀어 빠져나가려고 보자의 팔을 세게 비틀다가 실수로 어머니가 두르고 있던 래퍼를 당겨버렸다. 그 바람에 어머니의 속옷이 드러났다.

"이우!" 어머니가 소리쳤다. "저주라도 당하려고 그러는 거니? 네가 무슨 짓을 했는지 좀 봐라. 나를 발가벗기다니! 이게 무슨 뜻인지 아니? 내가 벌거벗은 모습을 본다는 게? 이게 신성모독이라는 건 알아? 알루?" 어머니는 가슴에 다시 래퍼를 동여맸다. "처음부터 끝까지 네가 한 짓을 에메에게 전부 말할 거야. 반드시!"

어머니는 둘 모두에게 손가락을 꺾어 보였다. 둘은 이제 떨어져 선 채 숨을 고르고 있었다.

"말해봐라, 이켄나. 보자가 너한테 무슨 짓을 한 거니? 둘이 왜 싸우고 있었어?"

이켄나는 대답 대신 셔츠를 내팽개치며 씩씩댔다. 나는 멍해졌다. 이보 문화에서는 어른에게 씩씩거리는 짓이 도저히 참아줄 수 없는 불복종으로 간주됐다.

"이게 무슨 짓이야, 이켄나?"

"왜요, 엄마." 이켄나가 말했다.

"나한테 씩씩거린 거니?" 어머니가 처음에는 영어로 말하더니, 그 다음에는 두 손을 가슴에 얹고 말했다. "오부 무 카 이그히 나 아 마 루 오 수?*"

이켄나는 대답하지 않았다. 그는 싸우기 전에 앉아 있던 안락의자로

---

* 미친 거냐? (이보어)

돌아가 셔츠를 집어 들고 자기 방으로 걸어갔다. 그가 너무 세게 방문을 닫아서 거실 미늘창이 다 덜컥거렸다. 어머니는 자기가 말을 하고 있는데도 가버리는 이켄나의 노골적인 모욕에 충격을 받아 입을 벌린 채로 서 있었다. 문에서 시선을 떼지 못하던 어머니의 분노가 치솟았다. 어머니는 이켄나를 훈육하려고 문으로 향하려다가 보자의 입술이 터진 것을 보았다. 보자는 그때 진홍색 얼룩으로 뒤덮인 셔츠로 피가 나는 입술을 찍어대고 있었다.

"쟤가 그런 거니?" 어머니가 물었다.

보자가 고개를 끄덕였다. 보자의 두 눈은 빨갛게 충혈됐고 꾹 참은 눈물이 가득했다. 보자가 쏟아지려는 눈물을 참는 유일한 이유는 눈물을 흘린다는 것이 패배를 의미하기 때문이었다. 형들과 나는 싸울 때 거의 울지 않았다. 아주 심하게 맞거나 가장 민감한 부위를 맞더라도 말이다. 우리는 아무도 보지 않는 곳으로 가기 전까지는 늘 눈물을 참으려고 애썼다. 그리고 그때에야 눈물이, 가끔은 엄청나게 흐르도록 놔두었다.

"대답해." 어머니가 소리쳤다. "귀가 먹었니?"

"네, 엄마. 형이 그랬어요."

"온예…… 누가? 이켄나가 이랬다고?"

보자는 대답 대신 고개를 끄덕였다. 두 눈은 손에 들고 있는 얼룩진 셔츠에 두고 있었다. 어머니는 보자에게 다가가 상처 난 입술을 만져보려 했지만, 보자가 아파서 움찔거렸다. 어머니는 한 발 물러섰지만, 눈으로는 계속 상처를 바라보고 있었다.

"이켄나가 그랬다고?" 어머니는 보자가 대답한 적이 없다는 듯 다시 물었다.

"네, 엄마." 보자가 말했다.

어머니는 다시 래퍼를 여몄다. 이번에는 더 세게. 그런 다음 어머니는 이켄나의 방으로 쿵쿵거리며 걸어가 문을 마구 두드리면서 문을 열라고 소리치기 시작했다. 아무 대답이 없자 어머니는 큰 소리로 위협하기 시작했다. 단호함을 더하려고 말 한 마디 한 마디마다 혀를 찼다. "이켄나, 지금 당장 문 열지 않으면 내가 네 엄마라는 걸 톡톡히 보여주마. 네가 내 두 다리 사이에서 나왔다는 걸 말이야."

혀까지 차가며 위협했으니 어머니는 문이 열리기까지 그리 오래 기다릴 필요도 없었다. 어머니는 이켄나에게 달려들었고, 뒤이어 둘은 주먹질과 성내는 소리를 주고받았다. 이켄나는 평소답지 않게 반항적이었다. 한 번 맞을 때마다 항의했고, 반격하겠다고 위협하기까지 했다. 그게 어머니의 화를 더욱 북돋웠다. 어머니는 이켄나를 더 많이 때렸다. 이켄나는 노골적으로 소리를 지르며, 애초에 시비를 건 사람은 보자인데 보자를 꾸짖지 않는 걸 보니 어머니가 자기를 싫어하는 게 틀림없다고 큰 소리로 불평했다. 결국 이켄나는 어머니를 바닥으로 밀치고 달려 나갔다. 어머니는 이켄나를 따라 뛰었다. 그러느라 래퍼가 다시 떨어졌다. 그러나 어머니가 거실에 이르렀을 때쯤 이켄나는 떠나고 없었다. 어머니는 전처럼 가슴을 가리느라 래퍼를 끌어 올렸다. "하늘이시여, 땅이시여. 제 말을 들으소서." 어머니는 검지 끝으로 혀를 건드리며 맹세했다. "이켄나, 너희 아버지가 돌아오실 때까지 너는 이 집에서 아무것도 먹지 못할 거다. 네가 어떤 식으로 밥을 먹든 상관하지 않으마. 이 집에서만 아니라면 말이야." 어머니의 말이 눈물로 꽉 막혔다. "이 집에서는 안 돼. 에메가 어디에 있는지는 모르지만, 네 아버지가 집으로 돌아오기 전까지 넌 이 집에서 밥을 먹을 수 없을 거다."

어머니는 거실에 모여 있는 우리에게, 그리고 아마 도마뱀 천지인 울타리 건너편에서 듣고 있었을 이웃들에게 말한 셈이었다. 이켄나는 사라졌으니까. 아마 이켄나는 길을 건너간 뒤 북쪽의 사보 거리로 갔을 것이다. 학교 세 곳과 무너져가는 건물에 있는 영화관, 매일 새벽 무에진*이 강력한 확성기에 대고 기도 시간을 알리곤 하는 커다란 모스크를 지나, 옛 언덕들이 내려다보는 도시의 한 구역까지 이어지는 흙길을 따라서. 이켄나는 그날 돌아오지 않았고, 어디에서 잤는지는 영영 밝히지 않았다.

어머니는 그날 밤 내내 집 안을 어슬렁거리며 이켄나가 덧문을 두드리기만을 불안하게 기다렸다. 자정이 되어 안전을 위해서라도 대문을 잠글 수밖에 없게 되자―그 시절 아쿠레에서는 무장 강도 사건이 자주 일어났다―어머니는 현관 근처에 열쇠를 들고 앉아 기다렸다. 어머니는 우리를 방으로 자러 보냈다. 오직 보자만이 거실에 남아 있었다. 보자는 이켄나가 무서워서 자기 방에 들어가지 못했다. 오벰베와 나도 잠들지 못했다. 우리는 침대에서 어머니의 소리에 귀 기울였다. 어머니는 그날 밤 대문 두드리는 소리가 들렸다고 생각하며 여러 차례 밖으로 나갔지만, 매번 혼자서 돌아왔다. 어머니는 거의 자리에 앉지도 못했다. 나중에 폭우가 쏟아지기 시작하자 어머니는 아버지에게 전화를 걸었으나 반복되는 신호음에도 아버지는 전화를 받지 않았다. 전화기의 띠-띠, 띠-띠 하는 소리가 계속해서 반복되는 동안 나는 아버지가 위험한 도시의

---

*   모스크 사원의 탑에서 기도 시간을 알리는 사람.

새집에 앉아 안경을 쓴 채 〈가디언〉이나 〈트리뷴〉을 읽고 있는 모습을 상상하려 애썼다. 아버지의 그런 모습은 전화선의 잡음으로 끊겼고, 어머니는 전화를 끊었다.

내가 결국 잠든 게 언제인지 알 수 없다. 하지만 나는 어느 순간 형들과 함께 우무아히아 근처의 우리 마을, 아마노에 있었다. 우리는 강둑 근처에서 2 대 2로 축구 경기를 하고 있었는데, 그때 보자가 갑자기 강을 건널 때만 쓰는 보행자 전용 다리로 공을 찼다. 비아프라 군인들이 나이지리아 내전 동안에 큰 다리를 폭파한 뒤, 나이지리아 군대가 침입할 경우 건너려고 대신 서둘러 만든 다리였다. 다리는 숲속 먼 곳에 숨겨져 있었으며, 녹슨 금속 고리와 두꺼운 밧줄로 묶어놓은 나무 널빤지로 만들어져 있었다. 다리를 건너는 동안 몸을 의지할 난간은 없었다. 나리 아래로 흐르는 강은 바닥에 바위가 깔려 있었다. 숲의 언덕 부분 바깥으로 뻗어 있는 바위와 돌이 수면 바로 아래로 보였다. 이켄나는 아무 생각 없이 다리로 달려갔고 순식간에 한가운데에 이르렀다. 그러나 이켄나는 공을 집어 드는 순간 문득 자기가 위험에 빠졌다는 것을 깨달았다. 그가 두려워하며 발아래의 균열을 바라보자, 균열은 이켄나의 두 눈에 돌과의 치명적인 접촉으로 끝날 추락사의 환상을 불어넣었다. 문득 공포에 삼켜진 그가 "도와줘! 도와줘!"라고 외치기 시작했다. 이켄나만큼 겁을 먹었던 우리도 그에게 소리치기 시작했다. "이케, 이리 와, 이리 와." 우리 간청에 따라 이켄나는 두 손을 펼치고, 공이 틈새로 떨어지게 놔둔 채 우리쪽으로 천천히 걸어오기 시작했다. 이켄나의 걸음걸이는 진흙탕을 헤치고 나가는 사람 같았다. 이켄나가 위험하게 비틀거리며 다가왔을 때, 널빤지—세월과 부패로 약해진 널빤지—가 갈라지더니 다리가 반으로 동강 나 무너졌다. 이켄나는 부러진 나무 널빤지와 금속 조각들과 함께, 도와달라고 큰 소리로 거칠게 외치며 즉시 떨어졌다. 내가 문득 잠에서 깼을 때도 이켄나는 계속 추락하고 있었다. 밖에서 잠을 자고 몸이 젖은 채 병까지 걸려 돌아오는 식으로 스스로를 위험에 빠뜨렸다며 이켄나를 꾸짖는 어머니의 말소리가 들려오는 와중에도. 나는 화난 사람의 심장은 활기차게 뛰지 못하며, 숨을 들이쉬고 풍선처럼 부풀지라도 결국은 바람이 빠지고 만다는 얘기를 들은 적이 있었다. 형이 바로 그랬다. 아침에 형의 목소리를 듣고 거실로 달려간 나는 형이 흠뻑 젖은 채, 괴로움에 시달리는 무력한 남자가 되어 돌아온 것을 내 두 눈으로 보게 되었다.

하루가 갈수록 이켄나는 우리와 점점 멀어졌다. 그 시절에 나는 이켄나를 거의 보지 못했다. 이켄나의 존재는 집 주변을 돌아다니는 최소한의 움직임으로, 종종 과장된 기침 소리와 너무 크게 틀어놔서 어머니가 자기가 집에 있을 때는 소리를 좀 줄이라고 부탁했던 트랜지스터라디오 소리로 축소되었다. 가끔 나는 이켄나가 잠깐씩 집을 나서는 것을 보았다. 이켄나는 대부분 서둘러 집을 나섰고, 나는 한 번도 그의 얼굴을 보지 못했다. 나는 그 주 늦게, 이켄나가 텔레비전에서 하는 축구 경기 중계를 보러 나왔을 때에야 그를 보았다. 전날에는 데이비드가 병에 걸려 저녁을 토했다. 어머니는 그날 마을 장터의 가게에 나가지 않고 데이비드를 간호하느라 집에 있었다. 학교가 끝난 뒤, 어머니가 안방에서 데이비드를 돌보는 동안 형들과 나는 경기를 보았다. 이켄나는—경기를 보고 싶은 마음을 이기지 못했으나, 어머니가 있었기에 나머지 우리를 모두 방으로 보낼 수도 없어서—사슴처럼 입을 꾹 다문 채 저녁 식탁에 고

고하게 앉아 있었다. 하프타임이 거의 끝날 때쯤 어머니가 손에 10나이라짜리 지폐를 들고 거실로 들어와 말했다. "너희 둘이 나가서 데이비드 약을 좀 사 왔으면 좋겠구나." 어머니는 이름을 말하지 않았으나 이켄나와 보자에게 말한 것이 틀림없었다. 나이가 많아서 집 밖으로 심부름을 가는 건 그 둘이었으니 말이다. 그러나 어머니가 말하고 잠깐 시간이 지났는데도 둘 다 조금도 움직이지 않았다. 이 일이 어머니를 자극했다.

"엄마, 자식이 저밖에 없어요?" 이켄나가 아래턱을 문지르며 대답했다. 오벰베는 예전에 바로 그 자리에 턱수염이 난 것을 보았다고 말해준 적이 있었다. 나는 당시에 턱수염을 보지 못했으나 오벰베에게 반박하지도 않았다. 이켄나는 막 열다섯 살이 되었으며 내가 보기에는 턱수염을 기를 수 있는 온전한 어른이었다. 그러나 이켄나가 나이 들었다는 생각은, 일단 어른이 되고 나면 그가 우리와의 관계를 끊고 상급 대학교에 가거나 그냥 집을 떠날지 모른다는 강한 공포와 함께 찾아왔다. 다만 당시에는 그런 생각이 완전히 형태를 갖추지 못했다. 그 생각은 묘기에 가까운 도약을 하고 나서―일시정지 버튼을 누르고 나면―허공에 계속 떠 있을 뿐, 그 도약을 마무리하지 못하는 텔레비전 속 곡예사처럼 내 머릿속에 머물러 있었다.

"뭐라고?" 어머니가 물었다.

"다른 애들을 보낼 수는 없느냐고요. 꼭 저를 보내야 해요? 피곤해서 아무 데도 가고 싶지 않은데."

"좋든 싫든 너랑 보자가 가서 약을 사 오게 될 거다. 이누고―알겠니?"

이켄나는 시선을 떨어뜨리고 잠깐 터무니없는 생각에 잠겨 있다가 고개를 저으며 말했다. "알았어요. 꼭 제가 가야 한다고 하시면 갈게요. 근데 혼자 가야겠어요."

이켄나는 자리에서 일어나더니 돈을 받으려고 앞으로 나섰다. 하지만 어머니는 주머니 속에 다시 지폐를 감추었다. 이 행동이 이켄나를 놀라게 했다. 이켄나는 경악해 한 발 물러섰다. "돈도 안 주고 가라는 거예요?" 그가 물었다.

"잠깐, 하나 묻자. 동생이 너한테 무슨 짓을 한 거냐? 정말로 알고 싶구나. 정말로."

"아무것도 아니에요!" 이켄나가 소리쳤다. "아무것도 아니라고요, 엄마. 전 괜찮아요. 그냥 돈만 주고 절 보내주세요."

"네 얘기를 하는 게 아니라 동생과 너의 관계에 관해서 물어보는 거야. 보자의 입술을 좀 봐라." 어머니는 이제 거의 완전히 나은 보자의 상처를 가리켰다. "네가 보자한테 무슨 짓을 했는지 좀 봐. 피를 나눈 동생한테 무슨 짓을……."

"그냥 돈이나 주고 보내달라고요!" 이켄나가 소리치며 손을 뻗었다.

그러나 어머니는 냉정을 잃지 않고 이켄나가 말하는 동안에도 말을 계속했다. 둘은 같은 순간을 놓고 경쟁하다가 둘 모두에게서 쏟아져 나온 말에 길을 내주고 말았다. "은완네 기 예 무 은 훌루 에고 은와 안라 이 은 훌루 카 무 가 바―네 동생이 내놔요 너랑 같은 가슴에서 돈 달라고요 젖을 먹은 보내달라고요 네 동생이 가게!"

"내놔요, 가게!" 이켄나가 이제는 더 큰 소리로 외쳤다. 자기 말을 타고 오르는, 어머니가 한 모든 말에 더욱 화가 나는 것 같았다. 그러나 어머니는 가볍게 혀를 차며 단조롭게 고개를 젓는 것으로 대답을 대신했다.

"그냥 돈이나 달라니까요. 혼자 가고 싶다고요." 이켄나가 조금 더 절제하는 목소리로 말했다. "부탁이에요. 제발, 그냥 돈만 주세요."

"그 주둥이에 벼락이나 맞아라, 이켄나! 치네켐 에! 세상에! 언제부터 나한테 반항하기 시작한 거냐, 응, 이켄나?"

"이젠 또 뭘 어쨌다고 이러는 거야?" 이켄나가 고함을 지르더니, 항의하는 뜻으로 바닥을 미친 듯이 구르기 시작했다. "왜 이러냐고? 왜 항상 온갖 자잘한 걸 가지고 트집을 잡는 건데? 내가 당신한테, 이 여자한테 뭘 어쨌다고? 왜 날 가만히 내버려두지 않아?"

그 자리에 앉아 있던 우리 모두는—어머니처럼—이켄나가 어머니를, 우리 어머니를 '이 여자'라고 부른 것에 충격을 받았다.

"이켄나, 너 맞니?" 어머니는 가라앉은 목소리로, 검지로 그를 가리키며 물었다. "너 맞느냐고. 수탉처럼 날개를 퍼덕이는 오리같이 구는 게, 정말 너 맞아?" 그러나 어머니가 말을 하는 중인데도 이켄나는 문 쪽으로 가버렸다. 어머니는 이켄나가 문을 여는 것을 지켜보다가 손가락을 꺾고 그의 등 뒤에서 목소리를 높였다. "너희 아버지가 전화할 때까지만 기다려라. 네가 어떤 놈이 됐는지 다 말씀드릴 테니까. 걱정 마라, 아버지만 돌아오시면 돼."

이켄나는 씩씩거리다가—우리 집에서는 한 번도 전례가 없었던, 노골적으로 반항하는 태도를 보이며—발을 구르면서 집을 나가 세차게 문을 쾅 닫았다. 방금 일어난 일을 확인이라도 해주려는 듯 자동차 한 대가 오랫동안 미친 듯이 경적을 울리다가 마침내 멈췄다. 그 경적이 내 머릿속에 메아리치는 소음을 남겼다. 그 소리가 이켄나의 엄청난 반항을 더욱더 짙어지게 했다. 어머니는 안락의자에 자리를 잡고 앉았다. 충격과 분노가 어머니의 심장을 더 세게 옥죄었다. 그렇게 어머니는 절망에 잠겨, 두 손으로 가슴을 꽉 쥔 채 혼잣말을 웅얼거렸다.

"다 자랐구나. 이켄나가 뿔을 길렀어."

어머니가 그토록 절망하는 모습을 보자 나는 마음이 아팠다. 어머니가 익숙하게 어루만지던 신체의 일부에 갑자기 가시가 돋쳐, 그 부분을 만지려는 모든 노력은 단지 피를 흘리는 결과로만 이어지게 된 것 같았다.

"엄마." 오벰베가 어머니를 불렀다.

"에, 은남―아버지시여." 어머니가 대답했다.

"돈 저 주세요." 오벰베가 말했다. "제가 가서 약을 사 오면 돼요. 벤이 저랑 같이 가고요. 안 무서워요."

어머니는 고개를 들어 그를 보며 고개를 끄덕였다. 어머니의 두 눈이 미소로 밝아졌다.

"고맙구나, 오베." 어머니가 말했다. "하지만 어두우니까 보자가 너랑 같이 갈 거다. 너희 둘 다 조심해야 한다."

"저도 갈게요." 나도 옷을 가져오려고 일어서며 말했다.

"아니다, 벤." 어머니가 말했다. "여기 나와 함께 있어다오. 둘이면 충분해."

나는 우리의 삶이 무너진 이후로 어떤 정신상태를 발전시키게 됐는데, 그런 정신상태에서 돌이켜보면 "둘이면 충분해"라는 어머니의 말은 그날 이후 몇 주 만에 우리 가족에게 닥친 일들에 대한 불길한 전조였던 것 같다. 나는 어머니와 오벰베 곁에 앉아 이켄나가 얼마나 심하게 변했는지 생각했다. 나는 이켄나가 어머니에게 무례하게 구는 모습을 한 번도 본 적이 없었다. 이켄나는 어머니를 엄청나게 사랑했으니까. 우리 형제 중에서 어머니를 가장 많이 닮은 사람이 이켄나였다. 이켄나는 열대의 개미총 같은 어머니의 피부색을 물려받았다. 아프리카의 이 지역에서는 결혼한 여자들이 첫 아이의 이름을 따라가곤 했다. 그러므로 어머니는 보통 마마 이케 혹은 아다쿠라고 불렸다. 이켄나는 어머니가 자식들에게 베풀어준 최초의 보살핌을 누구보다 많이 누렸다. 몇 년 후에는 우리 모두가 이켄나가 썼던 아기 침대를 썼다. 우리 모두가 이켄나가 쓰던 약상자와 아기용품을 물려받았다. 예전에 이켄나는 그 누구와도 맞서서 어머니 편을 들었다. 상대가 아버지라도 말이다. 우리가 어머니 말을 듣지 않으면, 가끔 이켄나는 어머니가 손을 쓰기도 전에 우리를 벌주었다. 다름 아닌 둘의 동반자 관계 때문에 아버지는 자기가 집에 없어도 우리가 잘 자랄 수 있을 거라며 흡족해했다. 아버지의 오른손 약지의 작게 팬 자국은 이켄나가 물어서 남은 흉터였다. 내가 태어나기 몇 해 전에 아버지가 화가 나서 어머니를 때린 적이 있었다. 그때 이켄나가 아버지에게 달려들어 아버지의 손가락을 물었고, 싸움은 자연스럽게 끝났다.

5. 변신

이켄나는 변신하고 있었다.

그 변신은 하루하루 흐르는 세월과 함께 계속된, 삶을 변화시키는 경험이었다. 이켄나는 우리 모두에게 마음을 닫았다. 이켄나에게 가닿는 일은 더 이상 불가능했다. 그러나 이켄나는 우리 인생에 지속적인 충격을 주며 집 주변에 대단히 놀라운 흔적들을 남기기 시작했다. 그런 사건 중 하나는 어머니와의 논쟁 이후 첫 주가 시작될 때 일어났다. 그날은 어버이날이었으므로 학교가 일찍 파했다. 이켄나는 자기 방에 혼자 있었고, 보자와 오뱀베와 나는 우리 방에서 카드 게임을 하고 있었다. 유난히 더운 날이라 우리는 모두 윗도리를 벗고서 카펫에 앉아 있었다. 우리 방 나무 덧창은 활짝 열려 있었으며, 바람이 들어오도록 작은 돌을 받쳐놓은 터였다. 이켄나의 방문이 열렸다 닫히는 소리를 듣고 보자가 말했다. "이케 나가나 보다."

그러고 나서 잠시 침묵이 흐른 뒤, 우리는 거실 덧문도 열렸다 닫히는 소리를 들었다. 이켄나는 거의 집에 없었고 집에 있을 때도 자기 방에만 머물렀으며, 이켄나가 방에 있을 때는 그와 방을 같이 쓰는 보자를 포함해 그 누구도 그 방에 들어가지 않았으므로, 우리는 이틀 동안 이켄나를 본 적이 없었다. 어머니는 보자에게 아버지가 돌아와 이켄나에게 씐 악령을 퇴마할 거라며, 그 전까지 이켄나와 거리를 두라고 했다. 그래서 보자는 지난번 싸움 이후로 이켄나를 계속 조심하고 있었다. 보자는 거의 우리와 함께 지내며, 이켄나가 없다는 확신이 드는 지금 같은 순간에만 자기 방에 들어갔다. 보자는 방에 가서 필요한 물건을 빨리 가지고 오겠다며 자리에서 일어났고, 오뱀베와 나는 보자가 돌아와 게임을 계속하기를 기다리고 있었다. 보자가 나간 지 얼마 되지도 않아 오뱀베와 나는 그가 "모그베!"라고 외치는 소리를 들었다. 그건 요루바어로 '슬픔의 외침'이었다. 우리가 달려 나가자 보자가 외치기 시작했다. "M.K.O. 달력! M.K.O. 달력!"

"왜, 뭐가?" 오뱀베와 나는 방으로 달려가며 그에게 물었다. 그런 다음에는 우리도 직접 그 모습을 보게 되었다.

우리가 아끼는 M.K.O. 달력이 까맣게 그을려 있었다. 누가 꼼꼼하게도 망가뜨렸다. 처음에는 믿을 수가 없었다. 그래서 나는 그 달력이 언제나 걸려 있던 벽을 힐끗 보았다. 그러나 내 눈에 들어온 것은 윤이 날 정도로 깨끗하고 반짝거리는, 벽에 난 네모나고 텅 빈 사각형 자국뿐이었다. 달력이 테이프로 붙어 있던 자리는 모퉁이만이 얼룩으로 조금 뭉개져 있었다. 그 모습에 나는 겁에 질렸다. 내 정신은 그 상황을 이해하지 못했다. M.K.O. 달력은 특별한 달력이었다. 그 달력을 얻게 된 사연은 우리가 이룬 가장 위대한 성취였다. 우리는 늘 엄청난 자긍심을 품고 그 이야기를 여러 번 되뇌었다. 1993년 3월, 대통령 선거 유세의 열기 속에서 벌어진 일이었다. 우리는 등교를 알리는 종소리가 점점 잦아들 무렵 학교에 도착했고, 수다를 떨던 학생들의 무리에 재빨리 합류했다. 학생들은 운동장에 학급별로 오열을 맞추어 서 있었다. 나는 유치원 줄에, 오뱀베는 1학년 줄에, 보자는 4학년 줄에, 이켄나는 5학년 줄에 섰다. 이켄나가 선 줄이 울타리 옆 마지막 줄 옆줄이었다. 모두가 줄을 지어 서자 아침 조회가 시작됐다. 학생들은 아침 교가를 불렀고 주기도문을 읊었으며 나이지리아 국가를 불렀다. 나중에 주임 선생님인 로런스 씨가 교단에 서서 커다란 학교 출석부를 펼쳤다. 그런 다음, 그는 마이크를 가지고 이름을 부르기 시작했다. 그가 학생의 이름과 성을 부르면 우리가 "네!" 하고 소리치며 동시에 손을 들었다. 이런 식으로 그는 전교생 400명의 출석을 불렀다. 로런스 씨가 4학년 줄로 가서 그 명단의 첫 번째 이름인 "보자노니 메옥푸 앨프리드 아구"라고 외치자 학생들이 웃음을 터뜨렸다.

"너희 아버지들 모두 이거나 처먹어라!" 보자는 두 손을 들어 올리고 손가락을 쭉 펴며 외쳤다. 학생들에게 와카라는 손가락 욕을 하기 위해서였다.

그것이 학생들 무리의 모든 웃음을 지워버렸다. 그들은 계속 가만히 서 있었다. 아무도 움직이지 않았다. 빠르게 잦아든 몇 마디 웅얼거림을 제외하면 아무도 말하지 않았다. 아이들이 두려워하는, 내가 알기로는 아버지보다 아프게 채찍질할 수 있는 유일한 사람이자 채찍 없이 돌아다니는 모습을 보인 적이 거의 한 번도 없는 로런스 선생님조차도 얼떨떨해져 잠시 꼼짝 못 하는 것처럼 보였다. 보자는 그날 아침, 우리가 학교에 도착하기 전부터 화가 나 있었다. 아버지가 잠을 깬 보자에게 오줌을 싸서 더럽힌 매트리스를 가지고 나가라고 창피를 주었던 것이다.

로런스 선생님이 자기 이름을 불렀을 때 보자가 한 행동은 아마 그래서 벌어진 것일지도 몰랐다. 요루바족 사람인 로런스 선생님이 보자의 이보 이름 전체를 정확하게 발음하기 어려워할 때마다 학생들이 웃는 것은 평범한 일이었으니 말이다. 로런스 선생님의 단점을 알고 있던 보자는 그가 대략 비슷한 단어를 대신 쓰는 것에 익숙해져 있었는데, 그 비슷한 단어란 로런스 선생님의 기분에 따라 완전히 부조화스러운 것—'보자노노쿠'—에서부터 완전히 우스운 것—'보자놀루쿠'—에 이르기까지 다양했다. 이런 이름은 보자 자신이 자주 떠올렸던 것이었다. 가끔 보자는 자기가 너무도 위협적인 인물이라 사람들이 자기 이름조차 발음할 수 없다며 뻐기기도 했다. 신의 이름이 그렇듯이 말이다. 보자는 그런 순간을 종종 즐겼으며, 그날 아침까지도 단 한 번도 불평한 적이 없었다.

여자 교장 선생님이 교단으로 걸어가자 얼빠진 로런스 선생님이 뒤로 물러섰다. 확성기가 로런스 선생님의 손에서 교장 선생님의 손으로 넘어가면서 오래도록 높은 비명을 질렀다.

"주님의 이름으로 세워지고 설립된 유명한 기독교 학교, 오모타요 유치원 겸 초등학교 운동장에서 그따위 말을 한 사람이 누구냐?" 교장 선생님이 말했다.

나는 보자가 곧 받게 될 가혹한 처벌이 무척 두려웠다. 어쩌면 그는 교단에서 채찍질을 당하거나, 교정 전체를 청소하든지 학교 앞의 덤불에서 맨손으로 잡초를 제거하는 등의 '노동'에 동원될지도 몰랐다. 나는 내게서 두 줄 떨어진 곳에 있던 오벰베와 눈을 맞추려 했다. 하지만 그는 보자에게서 눈을 돌리려 하지 않았다.

"누구냐고 물었다." 교장 선생님의 목소리가 다시 외쳤다.

"저요, 선생님." 익숙한 목소리가 대답했다.

"넌 누구냐?" 교장 선생님은 전보다 낮은 목소리로 물었다.

"보자입니다."

잠시 침묵이 흘렀고, 그다음에는 교장 선생님의 또렷한 목소리가 확성기에 대고 "이리 와라"라고 외쳤다. 보자가 교단으로 나가려고 했을 때, 이켄나가 앞으로 달려 나가 보자를 막아서더니 큰 소리로 외쳤다. "아뇨, 선생님. 이건 불공평해요! 보자가 뭘 잘못했나요? 뭘 했다고요? 보자를 벌주시려면 보자를 비웃은 녀석들도 모두 벌주셔야죠. 왜 보자가 비웃음당하고 놀림거리가 돼야 하나요?"

이 대담한 말, 그러니까 이켄나와 보자의 반항에 이어진 침묵은 잠시 영적으로까지 느껴졌다. 교장 선생님이 들고 있던 확성기가 불안하게 흔들리다가 시끄러운 삐익 소리를 내며 땅에 떨어졌다. 교장 선생님은 확성기를 집어 교단에 내려놓고 물러섰다.

"사실이잖아요." 이켄나가 언덕으로 날아가는 새 떼의 소리조차 누르고 다시 목소리를 높였다. "이건 불공평한 일이에요. 부당하게 벌을 받느니 차라리 학교를 떠나겠습니다. 제 동생들과 함께 모두 떠날 거예요. 지금 당장에요. 밖에는 더 나은 서구적 교육을 받을 수 있는 더 좋은 학교들이 있어요. 우리 아빠가 더는 당신들한테 큰돈을 주지 않을걸요."

반짝이는 거울 같은 기억을 들여다보면, 나는 로런스 선생님이 긴 지팡이로 손을 뻗을 때 그의 다리가 불확실하게 움직였던 모습과 그를 저지했던 교장 선생님의 손동작이 보인다. 그러나 교장 선생님이 가만히 놔두더라도 로런스 선생님은 보자와 이켄나를 따라잡지 못했을 것이다. 둘이 지나가자 학생들도 선생님들처럼 두려움에 얼어붙은 채 얌전히 길을 터줬으니까. 형들은 내 손과 오벰베의 손을 잡았고 우리는 학교에서 뛰쳐나 갔다.

곧장 집으로 갈 수는 없었다. 어머니가 막 데이비드를 낳아서 요양하는 중이었기 때문이다. 이켄나는 등교한 지 한 시간이 채 지나지 않았는데 집에 돌아가면 어머니가 걱정할 거라고 말했다. 우리는 대체로 막다른 골목을 걸어 다녔다. 그런 골목은 대부분 텅 빈 풀밭으로, '이 땅은 누구누구의 소유이니 침입하지 마시오'라고 적힌 팻말들이 서 있었다. 우리는 반쯤 짓다 만 버려진 집 앞에 섰다. 떨어진 벽돌과 무너져 내리는 모래 피라미드들이 개똥처럼 보이는 것들과 함께 사방에 흩어져 있었다. 우리는 그 건물에 들어가서 지붕 아래 바닥에 깔린 판석에 앉았다. 오벰베는 그곳이 이 집의 거실이 될 거라고 말했다. "너희들도 교장의 딸이 지은 표정을 봤어야 해." 보자가 말했다. 우리는 선생들과 학생들을 조롱했고 우리가 한 일에 대해 떠들어댔다. 우리 이야기 속에서 그 장면들은 영화처럼 과장됐다.

우리는 학교에서 일어난 일에 관해 이야기하며 30분 동안 그곳에 앉아 있었다. 그러다가, 문득 멀리서 점점 커지는 소음에 관심을 빼앗겼다. 우리는 베드퍼드 트럭 한 대가 멀리서 천천히 다가오는 것을 보았다. 트럭은 M.K.O. 아비올라 족장이라는, 사회민주주의당의 대통령 후보 초상화가 있는 포스터로 뒤덮여 있었다. 트럭은 개방된 화물칸 위에 사람들을 태우고 있었으며, 그 시절 텔레비전 지역방송에 자주 나오던 노랫소리로 요란했다. M.K.O.를 '그 사람'이라고 추켜세우는 노래였다. 사람들은 노래하며 북을 치고 있었는데, 그중 두 명—M.K.O.의 사진이 들어간 흰 티셔츠를 입은 남자들—은 나팔도 불고 있었다. 거리 전체에서 구경

꾼들이 집이며 헛간, 가게에서 나왔다. 창문에서 내다보는 사람들도 있었다. 캠페인 단원 중 몇 명은 지나가면서 트럭에서 내려 포스터를 나눠주기도 했다. 우리는 물러나 있었지만 이켄나는 그들을 만나겠다고 앞으로 나섰는데, 캠페인 단원들이 이켄나에게 작은 포스터를 주었다. 그것은 M.K.O.가 옆에 백마 한 마리를 거느리고 미소 짓고 있는 포스터로, '희망 93: 가난이여 안녕'이라는 글자가 포스터 오른쪽 구석에서 아래쪽으로 비스듬하게 적혀 있었다.

"이 사람들 따라가서 M.K.O.나 만나볼까?" 보자가 불쑥 말했다. "선거가 끝난 다음에 그 사람이 대통령이 되면, 나이지리아 대통령을 만난 적이 있다고 계속 자랑할 수 있잖아!"

"아…… 그러게. 하지만 교복을 입고 저 사람들을 쫓아가면, 저 사람들이 우리를 쫓아낼지도 몰라. 저 사람들은 아직 시간이 이르고 벌써 학교가 끝났을 리 없다는 걸 잘 알고 있으니까." 이켄나가 고민했다.

"그러면 저 사람들을 보려고 학교에서 나왔다고 하면 되지." 보자가 대답했다.

"그래, 그러자." 이켄나가 맞장구쳤다. "그럼 우리를 더 존중해주겠다."

"거리를 두고, 모퉁이에서 모퉁이로 저 사람들을 따라가면 어때?" 보자가 말했다. 이켄나가 허락한다는 뜻으로 고개를 끄덕이자 보자는 용기를 얻어 말을 이었다. "그러면 말썽을 일으키지 않고도 M.K.O.를 볼 수 있을 거야."

이 제안이 채택됐다. 우리는 골목 어귀를 지나 커다란 교회와 북부인들이 사는 구역을 빙 돌아갔다. 커다란 도살장이 자리 잡은 골목 귀

통이에서는 고약한 악취가 감돌았다. 그곳을 지나가자, 도살업자들이 고기를 썰면서 칼로 널빤지나 도마를 두드릴 때 나는 소리와 손님들과 도살업자들의 목소리가 한데 엉켜 계속 높아졌다. 도살장 대문 앞에서는 두 남자가 깔개에 무릎을 깔고 앉아 허리를 숙이고 기도하고 있었다. 그 두 사람과 몇 미터쯤 거리를 두고 서 있던 세 번째 사람은 손에 든 작은 플라스틱 주전자의 물로 목욕하고 있었다. 우리는 길을 건너고 우리 동네를 지나, 남자 한 명과 여자 한 명이 우리 집 대문 앞에 서 있는 것을 보았다. 그들의 눈은 여자가 손에 들고 있는 책에 붙박여 있었다. 우리는 이웃들이 우리를 봤는지 확인하느라 주변을 힐끔거리며 서둘러 그곳을 지나갔지만, 거리에는 인적이 없는 것 같았다. 우리는 지붕이 티크와 아연으로 만들어졌고 벽에는 가시관 주변에 원광을 두르고 있는 정교한 예수 그림이 들어간 작은 교회를 지나갔다. 예수의 가슴에 난 구멍에서 핏방울이 뚝뚝 떨어지다가 드러난 갈비뼈 아래에 멈춰 있었다. 도마뱀 한 마리가 꼬리를 곧추세우고 핏방울이 그리는 궤적을 가로질러 갔다. 녀석의 불쾌한 모습이 구멍 뚫린 가슴을 가렸다. 가게의 열린 문에는 천이 늘어져 있었고, 그 앞에는 토마토, 캔 음료수, 콘플레이크 통, 우유 깡통 등 다양한 물건이 북적거리는, 곧 무너질 듯한 탁자들이 있었다. 교회 바로 건너편에는 넓은 땅에 펼쳐진 장터가 있었다. 캠페인 행렬은 이미 사람, 가판대, 가게 등으로 이루어진 덩어리 사이의 좁은 길을 따라 빠르게 지나가고 없었다. 유세 트럭만이 시장 사람들을 꾀어내려고 묵직하게 천천히 나아갔다. 장터 전체가 구더기 떼처럼 모여든 사람들로 부글거렸다. 장터를 천천히 지나가는데 오벰베의 샌들이 헐거워졌다. 어떤 남자가 무거운 신발로 오벰베의 샌들

끈을 밟았는데, 오벰베가 남자의 발밑에서 샌들을 억지로 빼내려던 중 끈이 끊어졌던 것이다. 샌들은 슬리퍼처럼 앞쪽 끈만 남게 되었다. 장 터에서 나와 내리막이 있는 자동차도로를 내려가는 내내 오벰베는 발 을 끌었다.

우리가 그 길에 접어들었을 때 오벰베가 멈춰서 손을 오그려 자기 귀 에 대더니, 미친 사람처럼 "들어봐, 들어봐"라고 소리치기 시작했다.

"뭘 들어?" 이켄나가 말했다.

바로 그때, 나는 캠페인 행렬이 내는 소리와 비슷한 소음을 들었다. 그 소리가 이번에는 더 가까운 곳에서 선명하게 들렸다.

"잘 들어봐." 오벰베가 딱 잘라 말하며 하늘 쪽을 보았다. 그러더니 갑 자기 그가 외쳤다. "헬리코트야! 헬리코타!"

"헬리콥터야." 보자가 말했다. 하늘에 시선을 고정하고 있던 터라 코 맹맹이 소리가 났다.

이제는 헬리콥터의 온전한 모습이 나타났다. 헬리콥터는 천천히 고도 를 낮추어 동네의 2층짜리 건물들이 있는 곳까지 내려왔다. 헬리콥터는 나이지리아 국기 색깔인 초록색과 흰색으로 칠해져 있었고, 나뉜 부분 한가운데에 그려진 타원 안에는 금방이라도 달려갈 것 같은 백마가 새 겨져 있었다. 작은 깃발을 든 남자 두 명이 헬리콥터의 한쪽 문간에 앉아 있었다. 그 바람에 경찰 제복을 입은 한 남자와 요루바의 전통의상인 빛 나는 푸른 바다색 아그바다를 입고 있는 다른 남자가 가려졌다. 구역 전 체에 "M.K.O. 아비올라"를 연호하는 소리가 울려 퍼졌다. 길에서는 자 동차들이 경적을 울렸고, 조금 떨어진 곳에서는 엄청난 군중이 모여들 어 귀청이 떨어지게 고함을 질러댔으며, 오토바이들도 엔진 회전속도를 높였다.

"M.K.O.다!" 이켄나가 숨을 헐떡이며 부르짖었다. "M.K.O.가 헬리콥터에 타고 있어!"

이켄나는 내 손을 잡았고, 우리는 헬리콥터가 착륙할 것으로 생각되는 쪽으로 뛰었다. 헬리콥터가 나무들과 3미터쯤 되는 철조망으로 둘러싸인 웅장한 건물 바로 앞에 내려서는 것이 보였다. 그 건물은 영향력 있는 정치인의 것임이 분명했는데, 우리가 상상했던 것보다는 훨씬 가까운 곳에 있었다. 대문 앞에서 M.K.O.를 기다리던 수행단과 족장 한 명을 제외하면 우리가 가장 먼저 그곳에 도착했다. 우리는 그 사실을 알고 깜짝 놀랐다. 그곳에 도착했을 때 우리는 M.K.O.의 선거 노래를 부르고 있었지만, 헬리콥터가 착륙하는 것을 보느라 노래를 멈추었다. 빠르게 소용돌이치는 헬리콥터의 날개가 먼지구름을 일으켜, 헬리콥터에서 내리는 M.K.O.와 그의 아내인 쿠디라트의 모습을 가렸다. 먼지구름이 가라앉자 M.K.O.와 그의 아내가 둘 다 반짝이는 전통의상을 입고 있는 것이 보였다. 군중이 몰려들자 제복 경호원들과 평복 경호원들이 뒤섞여 벽을 치고 군중을 밀어냈다. 사람들은 탄성을 지르고 환호성을 내지르며 그의 이름을 크게 외쳐댔고, 족장은 그들에게 화답하며 손을 흔들었다. 이런 장면이 펼쳐지는 동안 이켄나는 우리가 멋대로 리믹스한 노래를 부르기 시작했다. 어머니가 우리에게 화가 났을 때마다 어머니를 달래기 위해 계속해서 부르던 노래였다. 원래 우리는 이 노래를 부를 때 '신'이 들어가는 자리에 '엄마'라는 말을 넣었다. 그러나 지금 이켄나는 '엄마'가 들어갈 자리에 'M.K.O.'를 넣었고, 우리 모두가 이켄나와 함께 목청껏 노래를 불렀다.

M.K.O., 당신은 설명할 수 없을 만큼 아름다우십니다.

말로 다 못 할 만큼 경이로우십니다.

모든 생명 가운데 가장 훌륭한 분이시여,

본 적도, 들은 적도 없는 존재이시여.

당신의 무한한 지혜를 누가 따르리까?

당신 사랑의 깊이를 누가 헤아리리까?

M.K.O., 당신은 설명할 수 없을 만큼 아름다우십니다.

당신의 장려한 모습이 저 위의 왕좌에 앉아 계시나이다.

우리가 그 노래를 다시 부르기 시작했을 때, M.K.O.가 수행단에게 우리를 가까이 데려오라고 했다. 정신이 나갈 정도로 흥분한 우리는 얼른 가서 M.K.O. 곁에 섰다. 가까이서 본 M.K.O.는 얼굴이 둥글었고 머리는 원뿔형이었다. 미소 지을 때는 눈의 생김새 때문에 인상이 매우 기품 있게 보였다. 그 순간 M.K.O.는 진짜 인간이 되었다. 더는 텔레비전 화면과 신문 지면이라는 영역에만 존재하는 인물이 아니라, 아버지나 보자, 심지어 이그바페나 우리 반 아이들처럼 평범한 사람이 되었다. 이런 갑작스러운 깨달음에 나는 문득 두려움을 느꼈다. 나는 노래를 멈추고 M.K.O.의 밝은 얼굴에서 눈을 돌려, 윤을 내 반짝이는 그의 신발만 바라보았다. 신발의 한쪽 면에는 보자가 가장 좋아하는 영화인 〈타이탄〉에 나오는, 메두사처럼 생긴 어떤 존재의 머리가 철로 새겨져 있었다. 나중에 내가 그 머리에 대해 이야기하자 이켄나는 같은 새김 장식이 들어간 아버지의 신발을 닦은 적이 있다고 말해주었다. 이켄나는 발음하는 방법을 몰라서 그 이름의 철자를 불러주었다. V-e-r-s-a-c-e(베르사체)라고.

"이름이 뭐냐?" M.K.O.가 물었다.

"저는 이켄나 아구예요." 이켄나가 말했다. "여기는 제 동생들이고요. 벤저민, 보자, 오벰베입니다."

"아, 벤저민." 아비올라 족장이 활짝 미소 지으며 말했다. "우리 할아버지 이름과 같구나."

M.K.O.와 같은 로브를 걸치고 반짝이는 핸드백을 든 그의 아내가 내쪽으로 허리를 숙이더니, 털이 빽빽하게 난 개를 쓰다듬듯 내 머리를 쓰다듬었다. 머리가 짧은 내 두피에 금속이 가볍게 긁히는 느낌이 났다. 그녀가 손을 치웠을 때, 나는 내 두피를 스친 것이 그녀의 반지라는 것을 알게 되었다. 그녀는 거의 모든 손가락에 반지를 하나씩 끼고 있었다. M.K.O.는 손을 들어, 이제는 근처 사방에 모여서 그의 선거 유세 구호인 "희망 93! 희망 93!"을 외치던 군중들의 환호성에 답했다. 잠시 그는 군중이 자기 말을 듣게 하려고 여러 가지 어조로 아원―요루바어로 '이들'이라는 뜻―이라는 단어를 되풀이해 말했다.

연호가 잦아들고 고운 침묵이 뒤따르자, M.K.O.가 공중으로 주먹을 들어 올리며 외쳤다. "아원 오모 이 니페 M.K.O. 레와 주 그보그보 은칸 로.*"

군중은 칭송하며 거칠게 소리치는 것으로 응답했다. 그중 몇 명은 입 양쪽에 손가락을 구부려 넣고 휘파람을 불어댔다. M.K.O.는 군중이 조

---

*   이 아이들은 M.K.O.가 다른 무엇보다도 아름답다고 합니다. (이보어)

용해지기를 기다리며 우리를 내려다보더니, 영어로 말을 이었다.

"오늘까지, 정계에 몸을 담고 있던 내내 나는 한 번도 이런 말을 들어본 적이 없습니다. 제 아내들에게서도 말이요." 군중은 웃음을 터뜨리며 끼어들었다. "제 말은, 그 누구도 내가 설명할 수 없을 만큼 아름답다고 말한 적이 없다는 겁니다―페 모 레 와 주 그보그보 은카 로.*"

그가 손으로 내 어깨를 어루만지는 동안 사람들이 연달아 다시 환호했다.

"이 녀석들은 내가 말로 다 못 할 만큼 경이롭다는군요."

군중은 갈채를 터뜨리며 그의 말에 끼어들었다. 환성은 더욱 커졌다.

"내가 전에 보았던 어떤 존재와도 다르다고 합니다."

군중이 다시 끼어들었고, 그들이 진정하자 M.K.O.가―가능한 한 가장 공격적인 고함 소리로―외쳤다. "나이지리아 연방공화국에서 전에는 한 번도 본 적이 없는 존재인 것처럼 말입니다!"

군중은 헤아릴 수 없을 만큼 긴 시간 동안 공기를 완전히 장악했다가, 다시 M.K.O.에게 말할 자리를 내주었다. 하지만 이번에 M.K.O.는 그들이 아닌 우리에게 말을 걸었다.

"너희들이 해줄 일이 있다. 너희 모두가 말이야." 그는 우리 머리 위에 검지로 원을 그리며 말했다. "나와 함께 서서 사진을 찍자꾸나. 그 사진을 우리 선거 유세에 쓸 수 있을 거다."

우리는 고개를 끄덕였고 이켄나가 말했다. "네, 알겠습니다."

"오야, 내 옆에 서게."

----

* 내가 모든 것을 넘어설 수 있다고 말입니다. (이보어 혹은 요루바어)

그가 수행단 중 한 명인, 꽉 끼는 갈색 정장에 빨간 넥타이를 맨 건장한 남자에게 앞으로 나오라고 손짓했다. 그 남자가 M.K.O.에게 허리를 숙이고 그의 귀에 뭔가를 속삭였다. 그 말에서는 카메라라는 단어만이 간신히 들렸다. 파란색 셔츠를 입고 넥타이를 맨 말쑥한 차림의 남자가 순식간에 다가왔다. 그의 가슴에는 'NIKON'이라는 글자가 전체에 수놓아져 있는 검은 줄에 매달린 카메라 한 대가 있었다. 수행원 몇 사람이 군중을 더 밀어내려 애썼다. M.K.O.가 우리에게서 잠시 떨어져, 자신을 맞아준 정치인과 악수를 하러 갔기 때문이었다. 그 정치인은 관심을 받을 때만 기다리며 근처에 서 있었다. 그런 뒤 M.K.O.가 다시 우리를 돌아보았다. "이제 준비됐니?"

"네, 준비됐습니다." 우리가 합창했다.

"좋아." 그가 말했다. "내가 가운데에 설 테니, 너희 둘이―그는 이켄나와 나를 가리켰다―이리 오려무나." 우리는 그의 오른쪽에 섰고, 오벰베는 보자와 함께 그의 왼쪽에 섰다. "좋아, 좋아." 그가 중얼거렸다.

사진사는 무릎 한쪽을 땅에 대고 다른 무릎을 구부린 채, 눈 깜짝할 사이에 밝은 플래시가 우리의 얼굴을 비출 때까지 카메라를 우리 쪽에 겨누고 있었다. M.K.O.가 손뼉을 쳤고, 군중도 손뼉을 치며 환호했다. "고맙다, 벤저민, 오벰베, 이켄나." M.K.O.가 우리를 한 명 한 명 이름으로 부르며 가리켰다. 보자에게 이르자 그는 혼란스러운 듯 잠시 멈췄다. 보자의 이름을 말하려고 애쓰는 듯했다. M.K.O.가 음절에 불균형한 강세를 실어 그 이름을 다시 말했다. "보-자."

"와!" M.K.O.가 웃으며 소리쳤다. "꼭 모자처럼 들리는구나." (모자라는 말은 요루바어로 '나는 싸웠다'는 뜻이었다.) "싸움도 하니?"

보자는 고개를 저었다.

"좋아." M.K.O.가 웅얼거렸다. "절대 싸우지 말거라." 그가 손가락을 흔들어댔다. "싸움은 좋지 않아. 너희 학교 이름은 뭐냐?"

"아쿠레 오모타요 유치원 겸 초등학교예요." 나는 누가 질문을 할 때마다 써야 한다고 배운, 노래하는 듯한 말투로 말했다.

"그래, 좋다, 벤." M.K.O.가 말했다. 그는 고개를 들어 군중을 바라봤다. "신사 숙녀 여러분, 한 가정에 속한 여기 네 소년은 이제 모슈드 카시마우 올라왈레 아비올라 선거운동 조직이 주는 장학금을 받게 될 겁니다."

군중이 갈채를 보내자 그는 아그바다의 커다란 호주머니에 손을 넣더니 이켄나에게 나이라 지폐를 한 움큼 주었다. "받거라." 그가 수행원 한 사람을 가까이 당기며 말했다. "여기 리처드가 너희들을 집으로 데려가, 이 돈을 너희 부모님께 전해드릴 거다. 너희 이름과 주소도 받아 갈 거고."

"감사합니다!" 우리는 거의 동시에 외쳤지만, 그는 우리 말을 듣지 못한 듯했다. 그는 이미 수행원과 집주인 일행을 데리고 큰 저택으로 걸어가기 시작했으며, 시시때때로 고개를 돌리며 군중에게 손을 흔들었다.

우리는 수행원을 따라 길 건너편에 주차된 검은 메르세데스로 갔고, 수행원은 우리를 그 차에 태워 집으로 데려다주었다. 그날 이후로 우리는 M.K.O.의 소년들이 된 자신들을 자랑스럽게 여기기 시작했다. 우리 넷은 어느 날 조회 시간에 교단으로 불려 갔고, 교장 선생님은 사람들에게 좋은 인상을 남기는 것이나 '학교의 훌륭한 대표가 되는 것'이 얼마나 중요한 일인지 길게 연설했다. 그녀는 M.K.O.와의 우연한 만남으로 이어지게 된 처음의 상황을 잊어버리고 용서한 것처럼 보였다. 연설이 끝난 뒤 우리는 박수를 받았다. 그런 뒤, 교장 선생님은 우리 아버지인 아구 씨가 더 이상 우리 교육비를 낼 필요가 없게 되었다는 선언을 하고 더 큰 갈채를 받았다.

이처럼 M.K.O. 달력에는 분명한 이익과 우리가 우리 동네나 근처의 다른 지역에서 얻게 된 명성, 아버지의 금전적 부담이 줄어들었다는 사실과 기쁨이 담겨 있었지만, 그게 전부는 아니었다. 그 달력은 우리에게 일종의 배지였다. 나이지리아 서부의 거의 모든 사람이 나이지리아의 다음 대통령이 될 거라고 믿는 남자와 우리의 관계에 대한 증거 말이다. 그 달력에는 미래에 대한 강한 희망이 깃들어 있었다. 우리는 우리가 희망 93의 아이들, M.K.O.의 동맹이라고 믿었다. 이켄나는 M.K.O.가 대통령이 되면 우리도 나이지리아 정부가 있는 도시인 아부자에 갈 수 있을 것이며, 그 달력을 보여주는 것만으로도 도시 사람들이 우리를 받아줄 것이라고 확신했다. M.K.O.가 우리를 대단한 자리에 앉히고, 어쩌면 우리 중 한 명을 언젠가 나이지리아의 대통령으로 만들어줄지도 모른다고 말이다. 우리는 모두 그런 일이 일어나리라고 믿었으며, 그 달력에 희망을 두었다. 그런데 이켄나가 그 달력을 망가뜨려버렸다.

이켄나의 변신이 가공할 만한 것이 되고 우리가 누리던 평안을 위협하기 시작하자, 어머니는 절박하게 해결책을 찾기 시작했다. 어머니는 질문을 던졌다. 기도했다. 경고했다. 하지만 아무것도 소용이 없었다. 한때 우리 형이었던 이켄나가 병 속에 꽉 봉인되어 바다로 던져졌다는 사실은 점점 더 명백해지는 것 같았다. 특별한 달력이 망가진 그날, 어머니는 말로 표현할 수 없을 만큼 충격을 받았다. 어머니가 그날 저녁 일을 마치고 돌아왔을 때, 그을린 조각들 사이에 앉아 오랫동안 울고 있던 보자는 백지에 쓸어 담은 달력의 잔해를 건네주며 이렇게 말했다. "엄마, 이게 M.K.O. 달력이에요."

어머니는 그 말을 믿지 못했다. 일단 어머니는 방으로 들어가 텅 빈 벽을 본 뒤 손에 들고 있던 종이 꾸러미를 풀었다. 그러고 나서는 윙윙거리는 냉장고에 기대어놓은 의자에 앉았다. 우리처럼 어머니도 그 달력은 두 부밖에 없으며, 그중 한 부는 아버지가 우리 학교의 교장 선생님에게 주었다는 사실을 잘 알고 있었다. 교장은 M.K.O. 아비올라 족장의 수행원들이 장학 재단을 만든 이후 그 달력을 교장실에 걸어두었다.

"이켄나는 대체 뭐에 홀린 거냐?" 어머니가 말했다. "목숨을 바쳐서라도 이 달력을 지키려고 하지 않았니? 이것 때문에 오벰베를 때린 것 아니었어?" 어머니는 이보어로 '천벌 받으려고!'라는 뜻인 "투피아!"라는 말을 여러 번 반복하며 머리 위에서 손가락을 꺾어댔다. 이켄나의 행동에서 보인 사악함을 쫓아낸다는 뜻의 미신적인 행동이었다. 어머니는 오벰베가 달력에 앉은 모기를 때려 죽이는 바람에 M.K.O.의 왼쪽 눈에 모기 피로 지워지지 않는 얼룩이 남았던 그때를 말하는 것이었다.

어머니는 이켄나에게 무슨 일이 일어난 건지 생각하며 그 자리에 앉아 있었다. 어머니가 수심에 잠긴 이유는 이켄나가 최근까지만 해도 우리의 사랑하는 형이었을 뿐 아니라, 우리 모두보다 앞서 이 세상에 나오고 우리 대신 모든 문을 열어준 선발 주자였기 때문이었다. 이켄나는 우리를 안내했고 지켜주었으며, 환히 밝힌 횃불로 우리를 이끌었다. 가끔 이켄나는 오벰베와 내게 벌을 주었고 몇몇 문제에 대해서는 보자와 의견을 달리했지만, 외부인이 우리 중 한 명을 조금이라도 건드리면 어슬렁거리는 사자가 되었다. 나는 이켄나와 접촉하지 않고, 그를 만나지 않고 살아간다는 게 어떤 일인지 전혀 몰랐다. 하지만 바로 그런 일이 일어나려 하고 있었다. 여러 날이 지나면서부터는 이켄나가 일부러 우리에게 상처를 주려는 것처럼 보였다.

그날 밤 텅 빈 벽을 본 다음부터 어머니는 아무 말도 하지 않았다. 그저 에바*를 요리하고 전날 준비해둔 오그보노 수프** 냄비를 데우기만 했다. 우리가 식사를 마치자 어머니는 자기 방으로 들어갔고, 나는 어머니가 잠자리에 들었다고 생각했다. 그러나 자정이 틀림없는 시간에 어머니는 우리 방으로 들어왔다.

"일어나라, 일어나." 어머니가 우리를 두드리며 소리쳤다.

나는 어머니의 손길이 닿자 비명을 질렀다. 눈을 떠보니, 보이는 것이라고는 칠흑 같은 어둠 속에서 깜빡이는 두 개의 두드러지는 눈뿐이었다.

"나다." 어머니가 말했다. "알았니? 나야."

"네, 엄마." 내가 말했다.

"쉬이이이……. 소리 지르지 마라. 그러다가 은켐이 깨겠어."

나는 고개를 끄덕였다. 오벰베는 나처럼 소리를 지르지 않았는데도 고개를 끄덕였다.

"너희 둘에게 물어볼 게 있다." 어머니가 속삭였다. "잠은 다 깼니?"

어머니는 다시 내 다리를 두드렸다. 나는 흠칫하며 "네!"라고 내뱉었고, 오벰베가 뒤따라 대답했다.

---

*　카사바 가루를 뜨거운 물에 섞어 동그랗게 반죽한 나이지리아 음식.
**　오그보노 열매 가루를 기름에 볶고 채소나 고기, 생선을 더해 만든 수프.

"음." 어머니가 웅얼거렸다. 어머니는 오랫동안 기도하거나 울었던 것처럼 보였다. 아니면, 둘 다 했을지도 몰랐다. 그날로부터 멀지 않은 과거에—정확히 말하면, 이켄나가 보자와 함께 약국에 가지 않겠다고 한 날에—나는 오벰베에게 엄마는 어린애가 아니고 자주 울 나이를 지났는데도 왜 그리 자주 우느냐고 물어보았다. 오벰베는 자기도 모르겠지만, 여자는 잘 우는 것 같다고 말했다.

"잘 들어." 어머니가 우리와 함께 침대에 앉으며 말했다. "너희 둘 다 내게 이켄나와 보자의 사이가 나빠진 이유를 말해줬으면 한다. 너희 둘 다 알고 있을 게 틀림없어. 그러니까 말해라. 빨리, 어서."

"몰라요, 엄마." 내가 말했다.

"아니, 넌 알고 있어." 어머니가 반박했다. "무슨 일이 일어났을 게다. 싸움이든, 말다툼이든 내가 모르는 일이 말이야. 아무튼 뭔가가 일어났어. 생각해봐라."

나는 고개를 끄덕이고 생각하기 시작했다. 어머니가 알고 싶어 하는 게 뭔지 이해하려 애썼다.

"오벰베." 오직 침묵의 장벽만이 자신의 질문을 맞아들이자 어머니가 오벰베를 불렀다.

"네, 엄마."

"네 형들 사이가 나빠진 이유가 뭔지 나한테, 엄마한테 말해보렴." 어머니가 이번에는 영어로 말했다. 어머니는 래퍼가 느슨해지기라도 한 듯 다시 가슴에 동여맸다. 어머니가 불안감을 느낄 때면 종종 하는 행동이었다. "둘이 싸운 거니?"

"아뇨." 오벰베가 대답했다.

"저 말이 사실이냐, 벤?"

"네, 맞아요, 엄마."

"파 루 루 오구?* 둘이 말다툼했니?" 어머니가 다시 이보어로 물었다.

우리는 둘 다 "아뇨"라고 대답했다. 오벰베의 대답이 내 대답보다 훨씬 늦게 나왔다.

"그럼 무슨 일이야?" 잠시 침묵이 흐른 후에 어머니가 물었다. "말해 봐라, 응, 우리 왕자님들. 오벰베 이그웨, 아지키웨, 그와 누 무 이페 메 루 누, 비코.** 내 남편들아." 어머니는 지금처럼 우리에게서 어떤 정보를 얻어내고 싶을 때 쓰는, 마음을 녹이는 애정 어린 말로 간청했다. 어머니는 오벰베를 왕처럼 취급했다. 그에게 전통적인 왕을 뜻하는 이그웨라는 호칭까지 주었다. 어머니는 나를 나이지리아 최초의 토착민 대통령인 은남디 아지키웨 박사의 이름으로 불렀다. 일단 어머니가 이런 이름으로 우리를 부르자 오벰베는 나를 응시하기 시작했다. 자기는 말하고 싶지 않지만, 어머니가 간곡히 부탁하는 만큼 지금은 완전히 말할 태세가 되어 있다는 신호였다. 어머니는 그런 애정 어린 말을 단 한 번 더 반복함으로써 오벰베가 비밀을 누설하게 할 수 있었다. 어머니가 승리를 거둔 것이다. 어머니와 아버지는 둘 다 우리 머릿속에 파고드는 솜씨가 좋았다. 둘 다 뭔가를 알아내고자 할 때면 우리 마음속 아주 깊은 곳까지 파고드는 방법을 잘 알고 있었다. 그래서 가끔은 두 분이 물어보는 것에 대한 답을 이미 알고 있으며, 그저 확인하려고 물어보는 것이라는 생각밖

---

*　왜 싸웠지? (이보어)

**　제발 말해주렴, 우리 큰 강아지들한테 무슨 사연이 있는지 말이야. (이보어)

에 들지 않았다.

"엄마, 이게 다 오미알라강에서 아불루를 만난 날에 시작된 일이에요." 어머니가 애정 어린 말을 되풀이하자 오벰베가 말했다.

"응? 그 광인 아불루 말이니?" 어머니는 겁이 나 벌떡 일어서며 외쳤다.

오벰베는 이런 반응을 예상하지 못한 것처럼 보였다. 아마 두려웠는지, 오벰베는 자기 앞에 펼쳐진 덮개 없는 매트리스에 시선을 둔 채 아무 말도 하지 않았다. 이 일은 쇠뚜껑으로 닫아놓은 비밀이었으니까. 이켄나가 우리와 자신 사이에 선을 긋기 시작한 이후, 보자가 우리더러 그 누구에게도 드러내지 말라고 경고했던 비밀이었으니까. "그 일로 이켄나가 어떻게 됐는지는 너희 둘 다 봤지." 보자는 그렇게 말했다. "그러니까 입 다물고 있어." 우리는 그러기로 했다. 우리 마음을 절제해서라도 그 일을 우리 기억에서 닦아내기로 약속했다.

"엄마가 물어봤잖아." 어머니가 말했다. "어떤 아불루를 만났다는 거냐? 미친 사람 아불루?"

"네." 오벰베가 속삭이며 긍정하더니, 우리 방과 형들의 방을 나눠놓은 벽을 힐끗 돌아보았다. 자신이 비밀을 누설하는 소리를 형들이 들었을지도 모른다고 생각하는 듯했다.

"치-네케!" 어머니가 외쳤다. 그러더니 두 손을 머리에 얹고 다시 천천히 침대에 앉았다. 어머니는 잠시 그 이상한 침묵을 지키며, 이를 갈고 혀를 차댔다. "자." 어머니가 불쑥 말했다. "당장 말하거라. 그 사람을 만났을 때 무슨 일이 있었던 거냐? 내 말 들었니, 오벰베? 마지막으로 말하는데, 그 강에서 무슨 일이 일어났는지 말하라고 했다."

오벰베는 좀 더 망설였다. 비밀을 폭로하는 한마디로 벌써 조금 흘린 이야기를 마저 전하기에는 너무 겁에 질려 있었던 것이다. 하지만 때는 이미 늦었다. 어머니는 이미 초조해하며 기다리기 시작했고, 어머니의 두 발은 맹금이 자신의 새들에게 다가오는 것을 보고 대결할 준비를 마친 매부리처럼 언덕을 딛고 있었다. 이제 오뱀베는 어머니에게 저항하고 싶어도 저항할 수 없었다.

이웃이 우리를 본 날로부터 일주일쯤 더 전에, 형들과 나는 오미알라 강에서 다른 아이들과 함께 돌아오다가 모래로 된 오솔길 어디쯤에서 아불루를 만났다. 우리는 강에서 낚시를 마치고 집으로 걸어가며 그날 잡은 커다란 틸라피아 두 마리에 대해 이야기하고 있었다(이켄나는 그중 한 마리가 심피소돈이라고 사납게 우겨댔다). 그때, 망고나무와 천상의 교회가 있는 공터에 도달한 순간 카요데가 외쳤다. "봐, 나무 밑에 죽은 사람이 있어! 죽은 사람이야! 죽은 사람!"

우리는 즉시 그곳을 돌아보았다. 망고나무 밑동에 쌓인 낙엽 위에 한 남자가 누워 있는 게 보였다. 그는 아직 잎이 달린 작고 부러진 나뭇가지를 베개처럼 베고 있었다. 다양한 크기와 색깔―노란색, 녹색, 빨간색―을 띠고서 부패의 다양한 단계를 거쳐가는 망고들이 사방에 흩어져 있었다. 그중에는 뭉개진 망고도 있고 새들이 부리로 쪼아 썩은 것도 있었다. 우리 눈앞에 숨김없이 드러난 남자의 발꿈치는 너무도 못생겨서, 운동선수의 발 전체에 힘줄이 새겨져 있는 것만 같았다. 꼭 힘줄마다 죽은 잎사귀가 달라붙어 채색된 복잡한 지도처럼 보였다.

"저 사람은 죽은 사람이 아니야. 그 노래를 흥얼거리던 사람이지." 이켄나가 침착하게 말했다. "미친 사람이 틀림없어. 미친 사람들은 저런 식으로 구니까."

나는 그 노래를 들어본 적이 없었지만, 이켄나가 말을 꺼내자 그 노래를 들어본 것만 같았다.

"이켄나 말이 맞아." 솔로몬이 말했다. "이 사람은 환시를 본다는 광인 아불루야." 그러더니 솔로몬은 손가락을 꺾으며 말했다. "난 이 사람을 경멸해."

"아!" 이켄나가 소리쳤다. "그 사람이야?"

"그 사람 맞아. 아불루야." 솔로몬이 말했다.

"난 몰랐네." 이켄나가 말했다.

나는 그 미친 사람을 바라보았다. 이켄나와 솔로몬은 자기들이 그 사람을 안다고 말했지만, 나는 전에 그자를 본 기억이 없었다. 아쿠레의 거리에는 엄청나게 많은 미친 사람들과 부랑자들, 거지들이 돌아다녔고, 그중 누구에게든 눈에 띄는 점이나 특별한 점은 없었다. 그러므로 이 사람에게 구분되는 정체성이 있을 뿐만 아니라 이름까지 있고, 사람들이 그 이름을 아는 듯 보인다는 것은 이상한 일이었다. 우리가 지켜보는 가운데 미친 사람은 두 손을 기묘하게 허공으로 들어 올렸다. 내게 경이감을 불러일으키는 어떤 숭고함이 그 동작에 배어 있었다.

"저것 좀 봐!" 보자가 말했다.

아불루가 이제는 그 자리에 풀로 붙여놓기라도 한 것처럼 일어나 앉더니, 저 먼 곳을 똑바로 쳐다보았다.

"저 사람은 놔두고 우리는 갈 길이나 가자." 솔로몬이 그 순간 말했다. "말 붙이지 말고 그냥 가자고. 저 사람은 혼자 내버려둬……."

"아니, 아냐. 좀 건드려봐야겠어." 그 남자 쪽으로 가던 보자가 제안했다. "그냥 이렇게 갈 수는 없지. 재미있는 일이 생길지도 모르잖아. 잘 들어봐, 우리가 저 사람한테 겁을 주면……."

"안 돼!" 솔로몬이 힘주어 말했다. "너 미쳤어? 저 사람, 악마 들린 거 몰라? 진짜 저 사람 모르냐고?"

솔로몬이 아직 말을 하고 있을 때 미친 사람이 갑자기 웃음을 터뜨렸다. 보자는 두려워하며 재빨리 뒤로 펄쩍 뛰어 우리들과 다시 합류했다. 바로 그때, 아불루가 곡예라도 하듯 기묘하게 펄쩍 뛰어 일어섰다. 그는 두 손을 모두 옆구리에 붙이고 다리를 딱 붙이더니, 몸의 한 부분도 움직이지 않고 이전의 자세 그대로 다시 쓰러졌다. 이런 체조 시범에 전율을 느낀 우리는 손뼉을 치며 감탄의 환호성을 질렀다.

"저 사람 거인이네. 슈퍼맨이야!" 카요네가 외쳤고 다른 아이들이 웃었다.

우리는 집으로 가던 중이라는 사실을 잊어버렸다. 어둠이 천천히 지평선의 표면을 덮어가고 있었으며, 어머니가 곧 우리를 찾아 나설 터였다. 나는 이 이상한 사람에게 전율을 느끼고 매혹되었다. 나는 입 주변에 손나팔을 만들고 말했다. "저 사람 사자 같은데!"

"넌 모든 걸 동물에 비교하는구나, 벤." 이켄나는 이런 비교에 짜증이 난다는 듯 고개를 저으며 말했다. "저 사람은 그 무엇과도 비슷하지 않아. 알았어? 저 사람은 그냥 미친 사람이라고. 미친 사람."

그 순간에 마음이 사로잡힌 나는 있는 대로 집중력을 끌어 올려 이 경이로운 생명체를 지켜보았고, 결국은 그의 자세한 특징들이 내 머릿속을 가득 채웠다. 그는 머리부터 발끝까지 더러운 넝마를 뒤집어쓰고 있었다. 그가 기운차게 일어설 때면 그런 넝마 일부가 그와 함께 일어났고

나머지 일부는 드문드문 땅에 남아 있었다. 그는 아래턱 바로 밑에 새로
난 흉터가 있었으며, 등에는 더럽게 뚝뚝 떨어지는 썩은 망고가 뭉쳐 있
었다. 입술은 메말라 갈라져 있었다. 어수선한 머리카락은 덩굴손처럼
뻗어 나가며 그에게 라스타파리안* 같은 느낌을 주었다. 그을리기라도
한 것처럼 대부분 검게 변한 그의 치아를 보니, 입에서 불을 뿜어내는 집
시들과 서커스 곡예사들이 생각났다. 나는 그런 곡예사들이 결국 치아
를 다 태우고 말 것 같다고 생각했으니까. 그 남자는 우리 눈앞에 벌거벗
은 채 누워 있었다. 걸친 것이라고는 어깨에서 허리까지 느슨하게 걸려
있는 넝마 한 조각이 전부였다. 사타구니는 빽빽한 털로 덮여 있었고, 그
한가운데에 혈관이 두드러진 성기가 허리띠처럼 흐늘거리며 늘어져 있
었다. 그의 두 다리는 팽팽한 정맥들로 터질 듯했다.

카요데가 망고를 하나 집어 아불루 쪽으로 던졌다. 그 순간, 미친 사람
은 마치 예상이라도 한 듯 허공에서 망고를 잡았다. 그는 그 망고가 자기
몸 근처로 가져갈 수 없는 아린 물질이라도 되는 듯 멀리 내밀고서 천천
히 일어섰다. 그는 귀청을 찢을 듯한 시끄러운 고함을 내지르며 망고를
아주 높이 내던졌다. 기세만 봐서는 망고가 30킬로미터쯤 떨어진 마을
중심부에라도 떨어질 것 같았다. 그래서 우리는 발밑이 쑥 꺼지는 것만
같은 느낌이 들었다.

우리는 조용히 얼어붙은 채 제자리에 서서 그 남자를 지켜보았다. 그
러다가 솔로몬이 앞으로 나서며 말했다. "봤지? 내 말이 무슨 뜻인지 알

* 자메이카에서 시작된 라스타파리 운동의 지지자들을 가리키는 말로, 드레드록과 레게 문화
를 창시했다.

겠지? 평범한 인간이 이런 일을 할 수 있겠어?" 그는 망고가 날아간 쪽을 가리켰다. "이 사람한테는 악마가 들렸어. 그냥 놔두고 집에 가자. 저 사람이 자기 동생 죽인 얘기 못 들었어? 자기 동생을 죽이는 사람보다 나쁜 사람이 어디 있겠느냐고?" 그는 아이를 가르치는 어른처럼 귓불에 손을 댔다. "우리 모두 집에 가야 해. 당장!"

"솔로몬 말이 맞아." 잠시 생각하더니 이켄나가 말했다. "우리 모두 집에 가야 해. 봐, 시간도 늦었어."

우리는 길을 떠났지만, 우리가 출발하자마자 아불루가 웃음을 터뜨렸다. "무시해." 솔로몬이 우리에게 손짓하며 재촉했다. 나머지 사람들은 계속 나아갔지만 나는 그럴 수 없었다. 나는 갑자기 겁이 났다. 그 남자가 덤벼들어 우리를 죽일 수도 있는 위험인물이라는 솔로몬의 설명 때문이었다. 나는 돌아섰다가 그자가 우리를 따라오는 것을 봤다. 두려움에 불이 붙었다.

"뛰자." 내가 소리쳤다. "저 사람이 우릴 죽일 거야!"

"아니, 못 죽여." 이켄나가 그렇게 말하고 빠르게 돌아서서 미친 남자를 마주 보았다. "저 사람한테도 우리가 무장한 게 보일 테니까."

"무장이라니?" 보자가 물었다.

"낚싯대 갈고리가 있잖아." 이켄나가 짧게 대답했다. "저 사람이 조금이라도 가까이 다가오면 갈고리로 저 사람 살을 찢어놓는 거야. 물고기를 죽일 때처럼. 그러고 나서 놈의 시체를 강에 던져버리는 거지."

이런 위협에 머뭇거리기라도 하듯, 미친 사람은 멈추더니 가만히 서서 두 손으로 얼굴을 가리고 이상한 소리를 냈다. 우리는 계속 나아갔고, 상당한 거리를 걸어간 뒤에야 그가 큰 소리로 이켄나의 이름을 외치는 소리를 들었다. 우리는 놀라서 즉시 멈추었다.

"이케나." 그 목소리는 첫 번째 글자의 e 음을 길게 늘어뜨리며 두 번째 n을 지워 이케나라고 들리는 요루바 억양으로 다시 형을 불렀다.

우리는 당황해서 누가 그 이름을 말했는지 보려고 주위를 힐끗거렸지만, 시야 안에 들어오는 사람은 아불루뿐이었다. 이제 그는 우리에게서 몇 미터 떨어진 곳에, 가슴께에 팔짱을 낀 채 서 있었다.

"이케나." 아불루가 큰 소리로 되풀이하며 우리에게 조금씩 다가왔다.

"아불루의 예언은 듣지 말자. 오 레 우.* 위험해." 솔로몬이 우리에게 외쳤다. 오요 지역 사투리의 비음 때문에 그가 쓰는 요루바어가 더 짙어졌다. "당장 집에 가자. 가자고." 솔로몬이 이켄나를 앞으로 밀었다. "아불루의 예언을 듣는 건 좋지 않아, 이케. 가자니까!"

"그래, 이케." 카요데가 말했다. "저 사람은 악마에게 속한 사람이야. 우리는 기독교인이고."

잠시 우리는 모두 이켄나를 기다렸다. 이제 이켄나의 눈은 미친 사람에게 머물러 있었다. 이켄나가 우리를 돌아보지 않은 채 고개를 저으며 외쳤다. "싫어!"

"뭐가 싫어? 너 아불루 몰라?" 솔로몬이 물었다. 그는 이켄나의 셔츠를 쥐었지만, 이켄나가 그에게서 몸을 빼냈다. 낡은 바하마 리조트 티셔츠가 찢어지며 솔로몬의 손에 남았다.

"놔줘." 이켄나가 말했다. "난 떠나지 않을 거야. 저 사람이 내 이름을 부르잖아. 내 이름을 부르고 있다고. 내 이름을 어떻게 안 거야? 어떻

---

* 들으면 안 돼. (요루바어)

게…… 어떻게 내 이름을 부르는 거지?"

"우리가 말하는 걸 들었나 보지." 솔로몬은 잔뜩 힘이 들어간 이켄나의 말투에 걸맞게 목소리를 키우며 말했다.

"아니, 그건 아냐." 이켄나가 소리쳤다. "저 사람은 누구한테서도 내 이름을 듣지 못했어."

이켄나가 막 그 말을 했을 때—좀 더 부드럽고 미묘한 목소리로—아불루가 다시 "이케나"라고 불렀다. 그러더니 미친 사람은 두 손을 들어 올리며, 내가 들은 적이 있는 동네 사람들의 노래를 부르기 시작했다. 당시에 나는 그 노래가 어디서 들려오는지, 무슨 뜻인지도 몰랐다. 노래의 제목은 '푸른 것들의 씨를 뿌리는 자'였다.

우리는, 심지어 솔로몬까지 잠시 미친 사람의 열광적인 노래를 들었다. 그러다가 솔로몬이 고개를 저으며 낚싯대를 집어 들고 이켄나의 셔츠 조각을 땅에 던지며 말했다. "그럼 너랑 너희 동생들은 여기 있어. 난 갈 테니까."

솔로몬이 돌아섰고 카요데도 그를 따라갔다. 눈에 띄게 우유부단한 이그바페는 우리와 사라져가는 두 사람을 번갈아 힐끗 바라보다가 천천히 멀어지기 시작하더니, 100미터쯤 간 후에는 달리기 시작했다.

우리를 떠난 아이들이 더 이상 보이지 않게 되었을 때쯤 아불루는 노래를 마쳤다. 그는 다시 이켄나의 이름을 부르기 시작했고, 이켄나의 이름을 천 번쯤 불렀을 때는 눈을 들고 두 손을 높이 들어 올리며 외쳤다. "이케나, 너는 네가 죽을 날에 새처럼 매일 것이다." 그는 눈이 먼 시늉을 하느라 두 손으로 눈을 가리며 외쳤다.

"이케나, 너는 벙어리가 될 것이다." 그는 그렇게 말하며 두 손으로 귀를 가렸다.

"이케나, 너는 절름발이가 될 것이다." 그는 그렇게 말하며, 두 다리를 벌리고 영적인 간청을 하듯 두 손을 한데 모았다. 그런 다음 그는 두 무릎을 한데 얹고, 무릎뼈가 갑자기 부러지기라도 한 것처럼 흙바닥에 뒤로 넘어졌다.

"네 혀는 굶주린 짐승처럼 네 입에서 비어져 나올 것이며 다시는 네 입속으로 돌아가지 않을 것이다"라고 말하면서, 아불루는 혀를 내밀어 입 한쪽으로 말아 넣었다.

"이케나, 너는 두 손을 들어 공기를 쥐려 하겠지만 그러지 못할 것이다. 이케나, 너는 그날 말을 하려고 입을 열겠지만—미친 사람은 입을 열고, 큰 소리로 아, 아 하며 헐떡이는 소리를 냈다—말이 네 입안에서 얼어붙을 것이다."

아불루가 그런 말을 할 때 우리 머리 위로 비행기가 날아갔다. 그 소음이 처음에는 아불루의 목소리를 처절한 훌쩍거림으로 훔쳐내 버렸고, 그다음에는—비행기가 훨씬 더 가까워졌을 때는—보아뱀처럼 그의 남은 말을 삼켜버렸다. 우리가 마지막으로 들은 "이케나, 너는 붉은 강에서 헤엄칠 것이나 다시는 그 강물에서 떠오르지 못할 것이다. 네 생명은⋯⋯"이라는 그의 말은 거의 들리지도 않았다. 소음과, 근처 동네에서 비행기를 보고 아이들이 지른 환성은 그날 저녁을 불협화음의 아지랑이 속으로 밀어 넣었다. 혼란스러운 듯, 아불루는 정신 나간 시선을 위로 돌렸다. 그러다가 격노하기라도 한 듯 더욱 큰 목소리로 말을 이어갔지만, 그 말도 비행기 소리라는 채찍을 맞아 희미한 속삭임으로 잦아들었다. 소음이 점차 희미해지자 우리는 모두 그가 "이케나, 너는 수탉이 죽듯 죽을 것이다"라고 말하는 소리를 들었다.

아불루는 조용해졌고, 그의 얼굴은 안도감으로 밝아졌다. 그런 다음 그는 보이지 않는, 허공에 걸린 종이나 책에 오직 자기만 볼 수 있는 펜으로 무언가를 휘갈겨 쓰는 것처럼 한쪽 손을 움직였다. 그러더니 그는 할 일을 다 마친 것처럼 노래하고 손뼉을 치며 떠났다.

우리는 노래하고 춤추는 그의 등뼈가 앞뒤로 흔들거리는 것을 지켜보았다. 노래의 격앙된 가사가 바람에 실린 먼지처럼 우리에게 다시 떨어졌다.

아 페 프 코 레 페 코 마 칸 이기 오코	나무에 스치지 않고는 바람이 불 수 없듯
오수파 코 레 혼 키 에니칸 피 아소 디	그 누구도 이불로 달빛을 가릴 수 없듯
오, 올루 오룬, 에니 티 모 제 오지세 푼	아, 내가 전하는 신탁의 주인, 그 아버지시여
에 파 오룬 야, 에 제 키 오조 로	간청하오니 하늘을 찢고 비를 내리소서
키 오로 티 모 토 그빈 바 레 그보	제가 씨를 뿌린 푸르른 것들이 살도록
에 바 이그바 오룬 제, 키 오로 미 발레 미	나의 말이 숨 쉴 수 있도록 계절들을 찢어발기소서
키 원 바 레 그보	그것들이 열매를 맺을 수 있도록

미친 사람은 우리에게서 멀어져가며 노래를 불렀고, 결국 그의 목소리는 그를 따르는 모든 물질적인 것들—그의 존재, 냄새, 나무와 땅에 달라붙는 그림자, 그의 신체—과 함께 점점 작아졌다. 그가 보이지 않게 되자마자 나는 우리 주변에 밤이 묵직하게 내려 어슴푸레한 차양으로 세상의 지붕을 덮었다는 사실을 알아차렸다. 눈 깜짝할 순간처럼 느껴지는 그 짧은 시간에, 밤은 망고나무에 둥지를 튼 새들이 우리를 빠르게 스치고 지나가는 모습과 그 주변에 뻗어 있는 에산 덤불을 눈으로는 꿰뚫어볼 수 없는 검은 물건들로 바꾸어놓았다. 200미터 떨어진 곳의 경찰서 위에 나부끼는 나이지리아 국기조차 어두워졌고, 먼 곳의 언덕들이 하늘과 땅 사이에 아무 구분이 없는 것처럼 어둠과 한 몸이 되었다.

이후에 형들과 나는 집으로 갔다. 우리는 쉬운 싸움에서 얻어맞아 멍이 든 기분이었다. 하지만 주변의 세상은 변치 않는 사물의 체계에 따라, 우리에게 거창하고 중요한 일이 일어났다는 암시는 전혀 남기지 않은 채 계속해서 돌아갔다. 탁자에 등불과 양초를 올려놓은 노점상들과 땅이며 벽, 나무, 건물에 실물 크기의 벽화라도 되는 듯 그림자를 흩뿌리며 걸어 다니는 사람들이 밤에 내는 불협화음으로 북적거리는 거리에는 생기가 넘쳤다. 북쪽 지방의 옷을 입은 하우사 남자가 방수포를 덮은 나무 오두막 뒤에 서서, 짙은 검은색 연기가 솟아나는 석탄 난로 위에다 금속 그릇을 놓고 꼬치에 꿴 고기를 돌렸다. 물이 흐르는 하수도를 사이에 두고 이 남자와 나뉘어 있던 두 여자는 벤치에 앉아서 진짜 난로 위로 허리를 숙이고 옥수수를 구웠다.

걸어가던 이켄나는 돌 하나 던지면 닿을 거리에 이르렀을 때 발걸음을 멈추었다. 그 바람에 우리 모두가 어쩔 수 없이 멈추어야 했다. 그렇게 이켄나는 우리 셋 앞에, 이제는 그저 실루엣으로 서 있었다. "비행기가 지나갈 때 그 사람이 한 말 들은 사람?" 이켄나는 불안하지만 자제하는 목소리로 말했다. "아불루가 계속 뭐라고 말했는데, 나는 못 들었거든."

나는 미친 사람이 하는 말을 듣지 못했다. 비행기에 너무 관심을 빼앗겨서, 비행기가 시야에 들어왔을 때 그 비행기를 자세히 살펴보고 있었다. 아마 서방세계의 어딘가로 가고 있을, 대체로 외국인일 게 뻔한 승객들을 잠깐이라도 보려고 눈에 손 그늘을 드리운 채였다. 보자도, 오벰베도 아불루의 말을 듣지 못한 듯했다. 둘 다 아무 말도 하지 않았으니까. 이켄나는 돌아서서 걸어가려 했다. 그때 오벰베가 말했다. "내가 들었어."

"그럼 뭘 기다리고 있는 거야?" 이켄나가 큰 소리로 호통쳤다. 우리 셋은 모두 몇 미터쯤 물러섰다.

오벰베는 각오를 다졌다. 이켄나가 자기를 때릴까 봐 무서웠던 것이다.

"귀 먹었냐?" 이켄나가 소리쳤다.

나는 이켄나의 목소리에 깃든 분노가 두려웠다. 나는 이켄나를 똑바로 보지 않으려고 고개를 떨어뜨리고, 대신 흙바닥에 펼쳐진 그의 그림자에 초점을 두었다. 흙바닥 그림자의 움직임으로 그의 실제 몸의 행동을 지켜보던 나는, 그 몸이 손에 들고 있던 뭔가를 땅에 던지는 것을 보았다. 그러더니 그의 그림자가 오벰베에게로 흘러갔다. 처음에는 머리 부분이 길어졌다가 원래의 모습으로 줄어들었다. 안정을 되찾은 그림자의 두 팔이 잠시 마구 움직였고, 나는 오벰베의 깡통이 떨어지는 소리를 듣고 그 내용물이 철썩하며 내 다리에 튀는 것을 느꼈다. 작은 물고기 두 마리 —한 마리는 이켄나가 심피소돈이라고 우겼던 물고기였다—가 깡통에서 쏟아져, 흙바닥에서 몸을 뒤틀며 펄떡거리기 시작했다. 깡통이 양옆으로 휘둘리며 더 많은 물과 올챙이들을 쏟아내다가 잠잠해졌다. 흙바닥은 그때 흘러나온 물로 진창이 되었다. 잠깐은 그림자들이 움직이지 않았다. 그러다가 거리 반대편으로 길쭉하게 늘어난 손에 이켄나의 목소리로 외치는 고함이 뒤따랐다. "말해!"

"형 말 못 들었냐?" 오벰베가—이켄나가 공격할 거라고 예상하고 손으로 몸을 가린 자세 그대로 얼어붙은 채—입을 열려 했는데도 보자가 심술궂게 물었다.

"아불루는." 오벰베는 우물거리다가 보자가 입을 열자 말을 멈췄다. 그러다가 다시 말했다. "아불루는…… 어떤 어부가 형을 죽일 거라고 했어, 이케."

"뭐, 어부가?" 보자가 큰 소리로 말했다.

"어부라고?" 이켄나가 되풀이했다.

"응, 어떤 어부가……." 오벰베는 그 말을 맺지 못했다. 오벰베는 떨고 있었다.

"확실해?" 보자가 말했다. 오벰베가 고개를 끄덕이자 보자가 말했다. "뭐라고 했는데?"

"아불루는 '이케나, 너는……'" 오벰베는 말을 멈추었다. 둘의 얼굴을, 그다음에는 땅을 바라보는 오벰베의 입술이 떨리고 있었다. 오벰베는 땅으로 시선을 돌린 채로 말을 이었다. "아불루는, 이켄나, 너는 어부의 손에 죽을 것이다, 라고 말했어."

오벰베가 그 말을 한 이후 이켄나의 얼굴을 뒤덮은 검은 구름을 잊기는 어려웠다. 그는 뭔가를 찾는 듯 위를 힐끗 보더니, 미친 사람이 사라져 간 방향을 돌아보았다. 그러나 그곳에는 주황색으로 변한 하늘이 있을 뿐 아무것도 보이지 않았다.

거의 대문에 이르렀을 때 이켄나가 우리를 마주 보았다. 단, 그의 눈은 딱히 누구에게도 향하지 않았다. "그 사람은 너희 중 한 명이 나를 죽일 거라는 환시를 본 거야." 이켄나가 말했다.

그의 입술에는 더 많은 말이 뜨겁게 매달려 있었으나 쏟아지지는 않았다. 그 말들은 이켄나의 몸속에 있는, 어떤 보이지 않는 손이 잡아당기는 밧줄에 매이기라도 한 것처럼 내면으로 물러났다. 그런 다음 이켄나는 무슨 말을 해야 할지, 어떤 행동을 해야 할지 확신이 서지 않는 것처럼, 또 우리 중 누군가가 입을 열기를 기다리지도 않고—보자가 뭔가 말하려 했으므로—돌아서서 우리 집 대문으로 걸어갔고, 우리는 그를 따라갔다.

6. 미친 사람

신들은 파괴하기로 선택한 자에게 광기를 안긴다.

— 이보 속담

아불루는 미친 사람이었다.

오벰베는 아불루의 뇌가 거의 죽을 뻔한 사고를 당한 이후로 녹아서 피가 되었고, 그 사고 때문에 그가 미쳤다고 했다. 나는 오벰베를 통해 대부분의 사물을 이해했는데, 그는 어디에선가 아불루의 역사를 알아와 어느 날 밤 내게 그 이야기를 해주었다. 오벰베는 아불루에게 우리처럼 형제가 있었다고 했다. 그 형제의 이름은 아바나였다. 우리 거리에 사는 몇몇 사람들은 아바나를 아퀴나스 칼리지라는, 마을에 있는 최고급 남자고등학교에 다니는 두 형제 중 한 명으로 기억했다. 그들은 늘 티 한 점 없이 깨끗한 흰색 민무늬 셔츠와 베이지색 반바지를 입고 다녔다. 오벰베는 아불루가 동생을 사랑했다고 말했다. 둘을 떼어놓기가 불가능할 정도였다고 말이다.

아불루와 그의 동생은 아버지 없이 자랐다. 둘이 어렸을 때 형제의 아버지가 이스라엘로 기독교 성지순례를 떠났다가 돌아오지 않았다. 사람들은 대부분 그가 예루살렘에서 폭탄을 맞아 사망했을 거라고 생각했지만, 같이 순례를 떠났던 그의 친구 중 한 사람은 그가 오스트리아 여자와 함께 오스트리아로 가서 그곳에 정착했다고 말했다. 그래서 아불루와 아바나는 어머니와 누나와 함께 살았는데, 누나는 열다섯 살이 되었을 때쯤 몸을 팔기 시작해 라고스로 떠났다.

형제의 어머니는 작은 식당을 운영했다. 나무와 함석으로 지은 그 식당은 80년대에 우리 거리에서 인기가 많았다. 오뱀베는 어머니가 임신으로 몸이 너무 무거워져 요리를 할 수 없었을 때 아버지조차 그곳에서 두어 차례 식사한 적이 있다고 했다. 아불루와 그의 동생은 방과 후 식당에서 서빙과 설거지를 하고 손님들이 식사를 끝낼 때마다 흔들거리는 탁자를 닦았으며, 이쑤시개를 채워놓고 매년 재와 검댕으로 점점 어두운색이 되어가다가 정비소 꼴이 나고 만 바닥을 닦았다. 우기에는 날벌레들이 들어오지 못하도록 라피아로 짠 부채를 부쳐대기도 했다. 하지만 그들이 이 모든 일을 했는데도 식당에서 거둘 수 있는 수익은 별로 없었고, 그들은 여전히 적절한 교육을 받을 여유가 없었다.

가난과 궁핍이 그들의 마음속에서 수류탄처럼 터져, 그 터진 자리에 절망의 파편을 남겼다. 그래서 ─ 시간이 지나자 ─ 아이들은 도둑질을 하기 시작했다. 어느 날, 형제가 칼과 장난감 총으로 부유한 과부의 집을 턴 다음 돈이 가득 든 서류 가방을 가지고 도망쳤다. 그런데 형제가 도망치기 시작한 순간 과부가 경보를 울렸다. 군중이 추격을 시작했다. 아불루가 자신을 따라오는 사람들을 피해 서둘러 긴 길을 건너려 했을 때, 빠르게 움직이던 자동차가 그를 치고 속도를 올려 떠났다. 그 모습을 본 군중이 서둘러 흩어졌고, 아바나는 다친 형과 함께 단둘이 남겨졌다. 그는 혼자서 아불루를 일으켜 간신히 병원으로 데려갔고, 그곳에서는 의사들이 달려와 이미 가해진 손상을 최소화하려 애썼다. 오벰베 말로는 아불루의 뇌세포가 원래 들어 있어야 할 자리에서 그의 머릿속 낯선 구역으로 흘러나와, 그의 정신 구조가 바뀌는 끔찍한 과정이 완료되었다고 했다.

퇴원한 아불루는 다른 사람이 되어 집으로 돌아왔다. 그는 얼룩 하나 없는 깨끗한 칠판과도 같은 정신을 가진 신생아처럼 변했다. 그 시절에 그가 한 일이라고는 자기 몸의 유일한 기관이 두 눈뿐이고 그 두 눈이 다른 모든 기관의 기능을 수행할 수 있는 것처럼, 아니면 눈을 제외한 모든 기관이 죽기라도 한 것처럼 뚫어지게—멍하게, 집중해서—뭔가를 바라보는 것뿐이었다. 그러다가 시간이 지나자 광기가 자라났다. 가끔은 휴면기에 접어들었으나, 광기는 자극을 받으면 다시 일어날 수 있었다. 그저 잠들어 있을 뿐인 호랑이처럼 말이다. 그의 광기를 깨우는 것들은 종류도 다양하고 수도 많았다. 어떤 모습, 광경, 단어, 그 무엇이든 될 수 있었다. 처음으로 광기를 일깨웠던 것은 집 위로 날아가는 비행기 소리였다. 비행기가 날아가자 아불루는 분노해 소리를 지르며 자기 옷을 잡아 찢었다. 아바나가 늦지 않게 끼어들지 않았더라면 그는 집을 뛰쳐나갔을 것이다. 아바나는 몸싸움 끝에 그를 바닥에 쓰러뜨렸고, 아불루의 힘이 빠질 때까지 형을 잡고 있었다. 그런 다음 아불루는 바닥에 뻗어 잠들었다. 다음번에는 어머니의 벗은 몸을 보고 광기가 자극받았다. 그는 거실 의자에 앉아 있다가, 옷을 벗은 채 욕실로 가는 어머니를 보았다.

그는 유령이라도 본 것처럼 의자에서 벌떡 일어나더니 문 뒤에 숨어, 어머니가 목욕하는 모습을 열쇠 구멍 너머로 지켜보았다. 그 광경이 그의 머릿속에서 이상한 주사위들을 여러 개 굴려댔다. 그는 발기한 성기를 꺼내 만지작거리기 시작했다. 그러다가 어머니가 나오려는 것을 보고 몸을 숨긴 채 조용히 옷을 벗었다. 그런 다음 그는 어머니의 방으로 몰래 들어가, 어머니를 침대에 쓰러뜨리고 강간했다.

아불루는 그 이후 어머니의 침대 곁을 떠나지 않았다. 어머니가 자기 아내라도 되는 것처럼 그녀를 안았다. 어머니는 그의 품에서 비명을 지르고 슬퍼했다. 그러다가 아불루의 동생이 돌아왔다. 아불루가 한 짓에 격노한 아바나는 가죽 허리띠로 아불루를 때렸다. 아바나는 어머니가 그러지 말라고 애원해도 듣지 않았다. 결국 아불루는 엄청난 고통을 느끼면서 그 방에서 도망쳤다. 그는 약한 받침대에서 텔레비전 안테나를 뽑아 방으로 달려 들어가더니, 그것으로 동생을 벽에 꽂아버렸다. 그런 다음, 끔찍하게 헐떡거리는 소리를 내며 집에서 도망쳤다. 그의 광기는 완전히 자리를 잡았다.

초기의 몇 년 동안 아불루는 시장이나 짓다 만 건물, 쓰레기 더미, 개복된 하수로, 주차된 자동차 밑 따위를 다니며 잠을 잤다. 밤이 내릴 때 자기가 있던 곳이면 어디서든지 말이다. 그러다가 그는 우리 집에서 몇 미터 떨어진 곳의 버려진 트럭에 이르렀다. 그 트럭은 1985년에 전신주를 들이받으면서 온 가족을 죽인 자동차였다. 그처럼 유혈 낭자한 역사 때문에 버려진 트럭은 점차 야생 선인장과 부들의 왕국으로 전락해갔다. 아불루는 그 트럭을 발견하자마자 작업에 착수하더니, 거미 무리를 몰아내고 피 얼룩으로 좌석에 지워지지 않는 흔적을 남긴 죽은 자들의 길들여지지 않은 영혼을 퇴마했다. 그는 박살 난 유리 파편들을 제거하고, 맨것 그대로 드러난, 트럭의 좀먹은 가구들에 붙어 제멋대로 자라던 아주 작은 이끼 섬들을 뽑아냈다. 무력한 바퀴벌레 떼를 전멸시켰다. 그는 자신의 소지품─쓰레기장에서 가지고 나온 물건들, 버려진 다양한 물체들, 그의 호기심을 자극한 거의 모든 것들─을 트럭에 보관했다. 아불루는 트럭을 자기 집으로 삼았다.

아불루의 광기는 두 종류였다. 마치 쌍둥이 악마가 그의 머릿속에서 경쟁적인 노래를 계속 연주하는 것만 같았다. 한 악마는 일상적이거나 평범한 광기였다. 그 광기는 봐줄 만한 노래를 연주했으며, 벌거벗은 채로, 더럽게, 악취를 풍기며, 오물을 뒤집어쓰고, 파리 떼가 뒤를 쫓아다니는 가운데 거리를 배회하고 춤을 췄다. 쓰레기통에서 쓰레기를 주워다 먹고 큰 소리로 혼잣말을 하거나, 이 세상에 속하지 않은 언어로 보이지 않는 사람들과 대화를 나눴다. 사물에 대고 소리를 지르거나 길모퉁이에서 춤을 추고, 흙에서 찾아낸 막대기로 이를 쑤시고, 길가에 똥을 누는 등 부랑자들이 하는 모든 일을 했다. 아불루는 긴 머리카락을 숲처럼 기른 채로, 얼굴에는 물집이 얼룩덜룩 잡혀 있고 피부에는 때가 덕지덕지 낀 채로 돌아다녔다. 가끔 그는 평범한 사람들의 눈에는 보이지 않는 친구들이나 도플갱어 무리와 이야기했다. 이런 광기의 영역에 있을 때 아불루는 움직이는 사람이 되었다. 그는 거의 멈추지 않고 걸어 다녔다. 또 걸을 때는 대체로 맨발로, 계절을 가리지 않고 이 달에서 저 달로, 한 해에서 다음 해로 비포장도로를 걸어 다녔다. 그는 쓰레기장이나 쪼개진 나무로 이루어진 흔들거리는 다리, 심지어 못이나 금속, 망가진 공구, 유리, 다양한 날카로운 물건들로 자주 어수선하던 공사장까지도 걸어

다녔다. 한번은 도로에서 자동차 두 대가 충돌했을 때, 아불루가—자동차 사고가 있었다는 사실을 인식하지 못하고—박살 난 유리 사이를 걸어가다가 피를 너무 많이 흘려 의식을 잃고 흙바닥에 쓰러졌다. 결국은 경찰이 와서 그를 데려갔다. 무슨 일이 일어났는지 본 많은 사람들은 그가 죽었다고 생각했으며, 엿새 후 그가 자기 트럭으로 걸어가는 것을 보고는 깜짝 놀랐다. 흉터로 뒤덮인 그의 몸은 환자복으로 감싸여 있었고, 정맥이 불거진 그의 다리는 양말 속에 숨겨져 있었다.

광기의 영역에 속해 있을 때, 아불루는 완전히 옷을 벗은 채로 돌아다니며 거대한 성기를—가끔은 발기한 상태로—부끄러운 줄도 모르고 덜렁거렸다. 마치 그 성기가 100만 나이라짜리 약혼반지라도 되는 것처럼 말이다. 그의 성기는 한때 인기 있는 스캔들이 되기도 했다. 온 마을 사람들이 그 스캔들에 한마디씩 이야기를 보탰다. 한번은 아이를 너무도 갖고 싶었던 한 과부가 아불루를 유혹했다. 그녀는 어느 날 밤 아불루의 손을 잡아끌며 자기 집으로 데려가 씻기고 그와 성관계를 맺었다. 소문에 따르면, 아불루의 광기는 그 여자와 있는 동안 일시적으로 사라졌다고 한다. 그 일이 공공연히 알려지고 사람들이 자신을 아불루의 아내라고 부르기 시작하자 그 여자는 마을을 떠났고, 미친 아불루는 여자와 섹스에 파괴적으로 집착하게 되었다. 그리 멀지 않아 그가 라 룸 모텔을 밤마다 방문한다는 소문이 퍼지기 시작했다. 창녀들 중 몇 명이 짙은 어둠을 장막 삼아 그를 정기적으로 몰래 자기들 방에 끌어들인다는 얘기가 있었다. 그런 소문만큼이나 걷잡을 수 없었던 것은 아불루의 공개적 자위에 대한 전설이었다. 솔로몬도 강가에 있는 천상의 교회 근처의 망고나무 아래에서 자위하는 미친 남자를 몇몇 사람들과 함께 보았다고 말해준 적이 있었다. 하지만 나는 당시에 아불루를 몰랐고, 자위라는 말이 무슨 뜻인지도 몰랐다. 그러자 솔로몬은 1993년에 아불루가 성 앤드루 대성당 앞에 있는 알록달록한 성모마리아 동상에 매달려 있다가 붙잡혔다는 이야기를 전해주었다. 아불루는 그 동상을 그가 음흉한 눈길로 보았던 다른 여자들과는 달리 조금도 저항하려 들지 않는 아름다운 여자라고 생각했는지, 동상을 붙들고 거기에 자기 몸을 부딪히며 신음하기 시작했다. 그러는 동안 사람들이 모여들어 아불루를 조롱했고, 마침내 몇몇 신도들이 그를 동상에서 억지로 떼어놓았다. 가톨릭위원회는 결국 신성을 훼손당한 동상을 끌어 내리고 교회 부지 안에, 울타리 안쪽에 새 동상을 세웠다. 그러고 나서도 만족스럽지 못하다는 듯이 동상을 철문으로 둘러쌌다.

이 모든 소란을 일으키기는 했지만, 이런 상태일 때의 아불루는 누구도 해치지 않았다.

아불루의 광기 중 두 번째 영역은 특별한 것으로, 그가 갑작스럽게 돌입하는 상태였다. 마치 그가 이 세상에 있다가―쓰레기통을 뒤지거나 들리지 않는 음악에 맞춰 춤을 추거나 뭐든 그가 하는 짓을 하다가―자신도 모르게 황홀경에 빠져 꿈의 세계로 들어가고 마는 것만 같았다. 하지만 사실, 그런 상태에서 아불루는 단 한 번도 우리의 세상을 완전히 떠나지 않았다. 그는 두 세상을 모두 점유했다. 마치 두 영역 사이의 중재자, 누구도 초대하지 않은 조정자가 된 것처럼 한 다리는 여기에, 한 다리는 저기에 걸치고 있었다. 아불루의 전언은 이 세상 사람들을 위한 것이었다. 그는 고요한 영혼들을 소환하고, 부채질을 해 작은 불꽃을 격렬하게 타오르도록 만들었으며, 수많은 사람들의 삶을 흔들어놓았다. 대체로 그는 태양이 모든 빛을 떨쳐버린 저녁에 이런 영역에 접어들었다. 예언자 아불루로 변신한 그는 노래를 부르고 손뼉을 치고 예언을 하며 돌아다녔다. 그는 집 안에 사는 누군가에게 해줄 예언이라도 있다는 듯, 도둑처럼 빗장이 걸리지 않은 대문을 넘어 들어갔다. 자신의 환시를 선언하기 위해서라면 무슨 일이 있어도 아랑곳하지 않았다. 장례식이 열리고 있더라도. 아불루는 예언자이자 새를 쫓는 허수아비, 신, 심지어 신탁을 전하는 자가 되었다. 그러나 그는 종종 두 세계 모두를 박살 내거나, 두 세계 사이의 구획이 그저 질막 정도의 두께밖에는 되지 않는다는 듯 그 둘 사이를 오가곤 했다. 가끔 예언을 해야 할 상대를 만나면, 그는 일시적으로 다른 상태에 파고들어 그들에게 예언을 전하곤 했다. 그는 움직이는 자동차를 따라 뛰며, 자동차 안의 사람에게 해주는 예언이라는 듯 큰 소리로 예언을 외쳐댔다. 사람들은 그가 억지로 자신의 환시를 듣게 하면 폭력적으로 변하곤 했다. 가끔은 아불루를 해쳤고, 그의 머리에 욕설과 눈물과 한탄을 ─ 더러워진 옷 더미처럼 ─ 쏟아냈다.

사람들이 그를 끔찍이도 싫어한 이유는 그의 혀에 재앙의 목록이 들어 있다고 생각했기 때문이었다. 그의 혀는 전갈이었다. 그의 예언은 사람들이 자신을 기다리는 어두운 운명을 두려워하게 만들었다. 처음에는 아무도 그의 말에 귀를 기울이지 않았지만, 결국은 여러 사건이 연달아 일어나면서 그가 본 것들을 단순한 우연의 집합으로만 볼 가능성을 묻어버렸다. 눈에 띄는 첫 예언은 그가 일가족 모두의 목숨을 앗아 간 끔찍한 자동차 사고를 예언한 경우였다. 그 가족은 자동차가 오워 시(市)와 가까운, 오미알라강의 더 큰 유역으로 곤두박질치는 바람에 모조리 익사했다. 아불루가 예언한 것과 정확히 같은 방식이었다. 그다음에 아불루는 어떤 남자가 '쾌락' 때문에 죽을 거라고 예언했다. 그 남자는 며칠 후 창녀와 성관계를 하다가 죽어, 매음굴에서 실려 나왔다. 이런 사건의 연속이 사람들의 기억 속에 불타오르는 글자처럼 새겨졌고, 그들의 머릿속에 아불루의 예언에 대한 두려움을 새겨 넣었다. 사람들은 그의 환시를 피할 수 없는 것으로 간주하기 시작했고, 그가 운명이라는 전보를 적는 자에게서 신탁을 받아 전달하는 사람이라고 믿게 되었다. 그 이후로는 아불루가 누군가에게 예언을 할 때마다 사람들이 그 불가피성을 너무도 심하게 믿으면서, 그 일을 막으려는 노력을 기울이게 됐다. 대단히 기억에 남는 한 가지 사례는 마을에 커다란 영화관을 소유하고 있던 남자의 열다섯 살짜리 딸의 경우였다. 아불루는 그 소녀가 앞으로 한 아이를 낳을 것이며, 그 아이에게 끔찍하게 강간당할 거라고 예언했다. 자신을 기다리고 있는 이런 암울한 미래에 심각하게 동요한 소녀는 자살하고 말았다. 두 손 놓고 가만히 기다리다가 그 미래를 마주하지는 않겠다는 유서를 남기고.

시간이 충분히 지나자 광인 아불루는 어떤 위협, 마을의 공포가 되었다. 마을에 사는 거의 모든 사람이 그가 예언을 한 뒤에 늘 부르는 노래를 알게 되었고, 그 노래를 끔찍이도 두려워했다.

가장 성가셨던 것은 아불루에게 미래를 들여다보는 것과 똑같은 방법으로 사람들의 과거를 들여다볼 수 있는 능력이 있다는 점이었다. 그래서 그는 종종 사람들의 생각으로 이루어진 허영의 왕국을 무너뜨리고, 묻혀 있는 비밀이라는 단단히 싸맨 시체의 수의를 벗기곤 했다. 그 결과는 언제나 몹시 끔찍했다. 한번은 그가 자동차에서 내리는 한 여자와 그녀의 남편을 보고, 그녀가 '창녀'라고 폭로했다. "투피아!" 미친 사람은 침을 뱉으며 그렇게 외쳤다. "아직도 남편의 친구인 매슈와 자느냐? 심지어 부부의 침대에서? 부끄러운 줄도 모르는구나! 부끄러운 줄도 몰라!" 그러더니 광인은 그 결혼에 불을 지르고—아내가 여러 번 연달아 부정했지만, 결국 남편이 그 불륜에 관해 알아내고 아내와 이혼했다—떠나버렸다. 자기가 무슨 짓을 했는지는 전혀 모르는 채로 말이다.

그러나 이 모든 일에도 불구하고 아쿠레 사람 일부는 아불루를 좋아했고, 그가 살아 있기를 바랐다. 그가 자주 사람들을 도와주기도 했기 때문이었다. 한번은 아불루가 '마스크를 쓰고 검은 옷을 입은' 남자 네 명이 그날 밤 동네를 습격할 것이라고 선언하며 돌아다닌 덕분에 무장 강도 사건을 예견하고 막을 수 있었다. 사람들은 경찰을 불러다가 거리를 지키게 했고, 강도들이 나타났을 때는 경찰이 그들을 막았다. 강도 사건을 예언했을 때와 거의 같은 시간에 아불루는 몸값을 받겠다고 어린 여자아이를 납치했던 남자들의 은신처를 폭로하기도 했다. 그 여자아이는 주(州) 정치인 중 한 명의 딸이었다. 어느 날 밤, 경찰은 아불루의 정확한 지시를 따라 남자들을 체포하고 아이를 구출했다. 이번에도 아불루는 사람들의 감사를 받아냈고, 사람들은 그 정치인이 광인의 트럭을 선물로 가득 채워주었다고 했다. 그 정치인은 심지어 아불루를 다시 정신병원으로 데려가 치료할 생각까지 했다고 한다. 다만, 아불루가 광기를 잃을 경우 아무런 쓸모가 없어질 거라며 다른 사람들이 반대했다고 했다. 아불루는 늘 정신병원을 탈출했다. 유리 파편의 웅덩이를 걸어갔던 그 사건 이후, 사람들은 아불루를 정신병원에 넣었다. 그러나 아불루는 그곳에 있는 동안 의사들을 공격하면서, 자신은 제정신이고 불법으로 감금되어 있다고 주장하며 그들을 위협했다. 그래도 아무 소용이 없자 아불루는 자살로 이어질 법한 단식투쟁에 돌입해, 아무리 압박을 해도 물조차 마시지 않으려 들었다. 아불루가 단식으로 죽을까 봐 두려웠던 데다 그가 변호사를 불러달라고 요구하기 시작했기에 사람들은 그를 놓아주었다.

7. 매부리

점점 더 넓어지는 나선을 그리기에, 매는 매부리의 목소리를 듣지 못한다.

—W.B. 예이츠

어머니는 매부리였다.

언덕 위에 서서, 아이들에게 닥쳐오는 나쁜 일로 인식되는 것이면 뭐든 쫓아내려고 지켜보는 존재. 어머니는 머릿속 주머니에 우리 머릿속 복사본을 가지고 있었으므로 문제가 생겨날 때면 초기부터 그 냄새를 맡을 수 있었다. 선원들이 다가오는 폭풍의 태아가 만들어지는 것을 감지하는 것처럼. 어머니는 아버지가 아쿠레를 떠나기 전부터 우리 대화의 토막토막을 들어보려고 이따금 우리 말을 엿들었다. 형들 방에 모여 있을 때면, 우리 중 한 명이 살금살금 문으로 가서 어머니가 그 뒤에 서 있는지 살펴보는 경우도 많았다. 우리는 문을 당겨 열고 어머니를 현장에서 잡곤 했다. 그러나 자기가 부리는 새들을 깊이 알고 있는 매부리가 그러듯, 어머니는 우리의 뒤를 밟는 데 성공하는 경우가 많았다. 아마 어머니는 이켄나가 뭔가 잘못됐다는 것을 이미 느끼기 시작했을지도 모른다. 그러다 M.K.O.의 달력이 망가진 것을 본 순간, 어머니는 이켄나가 변신하는 중이라는 것을 냄새로, 눈으로, 느낌으로 알았다. 그러니까, 어머니가 오벰베를 구슬러 아불루와 만났던 일을 자세히 털어놓게 한 것은 그 변화를 시작한 것이 무엇인지 알아보려던 중에 벌어진 일이었던 셈이다.

오벰베는 아불루가 떠난 뒤 일어난 일은 빼놓고 말했다. 비행기가 날아가는 동안 아불루가 했던 말을 우리에게 전해줬다는 부분 말이다. 그럼에도 어머니는 끔찍한 슬픔에 사로잡혔다. 어머니는 그 이야기의 모든 지점을 "주여, 주여" 하는 떨리는 울음소리로 맺었고, 오벰베가 말을 마친 뒤에는 입술을 깨물고 안절부절못하며 자리에서 일어났다. 마음이 찢겨 제정신이 아닌 게 분명했다. 어머니는 감기라도 걸린 사람처럼 머리끝부터 발끝까지 몸을 떨며 한마디도 하지 않고 우리 방을 나섰다. 그러는 동안 오벰베와 나는 자리에 앉아서, 우리가 어머니에게 비밀을 털어놓았다는 사실을 알게 되면 형들이 어떻게 할지 생각했다. 바로 그때, 그런 일이 일어났는데 왜 아무 말도 하지 않았느냐며 형들을 추궁하는 어머니의 목소리와 형들의 목소리가 들려왔다. 어머니가 형들의 방을 나서자마자 이켄나가 분노를 터뜨리며 우리 방으로 달려 들어와, 어느 멍청이가 그 비밀을 어머니에게 흘렸는지 알아야겠다고 했다. 오벰베는 어머니가 억지로 이야기하게 했다며 애원했다. 어머니가 듣고 끼어들 수 있도록 일부러 목소리를 크게 해서 말이다. 어머니는 오벰베의 예상대로 움직였다. 이켄나는 어머니가 없을 때 우리에게 벌을 주겠다고 맹세하며 떠났다.

약 한 시간 뒤, 어머니는 조금쯤 정신을 되찾은 듯 우리를 거실로 불러들였다. 어머니는 머리 뒤쪽에 새 꼬리 모양으로 매듭지은 두건을 쓰고 있었다. 기도를 하고 있었다는 뜻이었다.

"강에 갈 때면." 어머니는 쉬고 갈라진 목소리로 말했다. "나는 우두를 가져간단다. 시냇가에서 허리를 숙여 우두를 채우지. 그런 다음 그 시냇가에서부터 걸어서……." 이때 이켄나가 아무렇게나 하품을 하더니 한숨을 쉬었다. 어머니는 잠시 말을 멈추고 그를 뚫어지게 바라보다가 말을 이었다. "걸어서 집으로, 내 집으로 가는 거야. 그런데 집에 이르러 항아리를 내려놓고 보면 항아리가 비어 있지."

어머니는 두 눈으로 우리를 훑어보며 우리가 그 말을 충분히 이해하도록 놔두었다. 나는 어머니가 여러 층의 고리로 만들어진 래퍼의 도움을 받아, 머리 위에 우두—흙으로 만든 그릇—를 균형 잡아 올려놓고 강가를 걸어가는 모습을 상상했다. 나는 어머니의 말투 때문에 이 단순한 이야기에 심하게 끌리고 감동받았으며, 그래서 이야기의 의미는 별로 알고 싶지도 않았다. 나는 우리가 뭔가 잘못을 저지르고 난 다음에 나오는 이런 이야기에 언제나 알맹이가 되는 의미가 담겨 있다는 걸 알고 있었다. 어머니는 우화로 이야기하고 생각하는 사람이었으니까.

"너희들이, 내 자식들이." 어머니가 말을 이었다. "내 우두에서 새어나온 거야. 난 너희들이 내게 있는 줄만 알았다. 너희들을 내 우두에 담아둔 줄 알았어. 내 삶이 너희들로 가득 차 있는 줄만 알았다." 어머니는 두 손을 펼쳐 오목하게 모았다. "하지만 내 생각이 틀렸던 거야. 너희들은 내 코앞에서 그 강으로 나가 몇 주 동안이나 낚시질을 했어. 그러더니 이제는, 그보다도 오랜 시간 동안 치명적인 비밀을 감춰왔구나. 내가 너희들이 안전하다고, 너희들에게 무슨 위험이라도 닥치면 내가 알게 될 거라고 생각했던 그때 말이야."

어머니는 고개를 저었다.

"너희들은 아불루가 건 사악한 주문이 듣지 않도록 정화되어야 한다. 너희 모두 오늘 저녁 교회에 예배를 보러 갈 거야. 그러니까 오늘은 한 명도 아무 데도 가지 말거라." 어머니가 말했다. "4시가 되자마자 우리 모두 교회에 갈 거야."

데이비드의 장난스러운 웃음이 어머니의 방에서 들려왔다. 어머니가 데이비드를 은켐과 함께 그 방에 두었던 것이다. 그 웃음소리는 어머니가 연설을 하고 나서, 자기가 한 말이 우리 머릿속 깊이 새겨졌는지 확인하느라 우리를 지켜본 이후에 만들어진 정적을 차지했다.

어머니는 자리에서 일어나 자기 방으로 가다가, 이켄나가 한 말 때문에 우뚝 멈춰 섰다. 어머니가 휙 뒤로 돌아섰다. "응?" 어머니가 말했다. "이켄나, 이시 기니? — 뭐라고 했지?"

"난 오늘 엄마랑 함께 교회에 가서 정화를 받지 않을 거라고 했어요." 이켄나가 다시 이보어로 대답했다. "신도들 앞에 서서 사람들이 나한테 다가와 무슨 주문을 몰아내려고 하는 건 견딜 수 없어요." 이켄나는 소파에서 세게 일어났다. "제 말은, 그냥 싫다고요. 전 악마 따위 들리지 않았어요. 멀쩡해요."

"이켄나, 미친 거냐?" 어머니가 말했다.

"아뇨, 엄마. 그냥 가기 싫다고요."

"뭐야?" 어머니가 소리쳤다. "이켄-나?"

"진짜예요, 엄마." 이켄나가 대답했다. "그냥 싫어요―이켄나는 고개를 저었다―그냥 싫다고요, 엄마. 비코―제발요. 교회는 전혀 안 가고 싶어요."

텔레비전 프로그램을 놓고 이켄나와 다툰 이후로 그와 한마디도 하지 않았던 보자가 일어나서 말했다. "저도요, 엄마. 저도 정화하러는 안 가요. 저든 누구든, 어디에서도 구원받을 필요는 없을 것 같은데요. 안 갈래요."

어머니는 뭔가 말하려 했지만, 그 말들이 사다리 꼭대기에서 떨어지는 사람처럼 어머니의 목구멍으로 도로 굴러떨어졌다. 어머니는 충격받은 표정으로 이켄나와 보자를 번갈아 바라보았다.

"이켄나, 보자노니메옥푸, 우리가 너희들에게 아무것도 가르쳐준 적이 없단 말이냐? 그 미친 사람의 예언이 실현되기를 원한다는 거야?" 벌어진 채 다물어지지 못하는 어머니의 입가에서 침방울이 약한 거품을 이루더니, 어머니가 다시 입을 열자 터져버렸다. "이켄나, 네가 벌써 얼마나 심하게 홀려버렸는지 좀 봐. 동생들이 너를 죽일 거라고 생각하는 게 아니라면, 네가 그런 식으로 온갖 못된 행동을 저지르는 이유가 뭐라고 생각하는 거냐? 그래놓고 지금은 나를 마주 보면서 기도 따위는 필요 없다고―정화될 필요가 없다는 거야? 그렇게 오랫동안 수련을 해왔는데, 또 에메와 내가 그토록 많은 노력을 기울였는데 아무것도 배운 게 없다는 말이니? 응?"

어머니는 배우처럼 두 손을 높이 들어 올리며 마지막 질문을 큰 소리로 던졌다. 그런데도 이켄나는 철문조차 부숴버릴 수 있을 듯한 단호한 말투로 말했다. "제가 아는 건, 제가 교회에 가지 않을 거라는 것뿐이에요." 이켄나가 말했다. 그리고 보자의 응원에 힘입은 듯, 이켄나는 다시 자기 방으로 갔다. 이켄나가 방문을 닫자마자 보자가 자리에서 일어나 반대 방향으로, 나와 오벰베의 방으로 갔다. 어머니는 아무 말 없이 다시 안락의자에 앉아, 자신만의 생각으로 가득 찬 항아리의 수면 밑으로 가라앉았다. 두 팔로 자기 몸을 끌어안고, 들리지는 않으나 이켄나의 이름이 들어 있는 무슨 말을 하는 것처럼 입을 움직이면서 말이다. 데이비드가 혼자서 축구 경기장의 관중들이 내는 소리를 내려는 듯 큰 소리로 웃으면서, 달그락거리고 돌아다니며 공을 던져댔다. 데이비드가 소리를 지르고 있을 때 오벰베가 어머니에게 다가가 앉았다.

"엄마, 저랑 벤은 같이 갈게요." 오벰베가 말했다.

어머니는 눈물로 흐려진 눈으로 오벰베를 올려다보았다.

"이켄나도…… 보자도…… 이제는 낯선 사람이구나." 어머니는 고개를 저으며 말을 더듬었다. 오벰베가 어머니에게 가까이 다가갔다. 그가 가늘고 긴 두 팔로 어머니의 어깨를 두드리자 어머니가 다시 말했다. "이젠 낯선 사람이야."

교회에 갈 때까지, 그날 남은 시간 동안 나는 그 모든 일에 대해서, 이켄나가 자신과 우리에게 그 모든 일을 한 이유가 그 환시 때문이었다는 사실에 대해서 생각하며 앉아 있었다. 나는 아불루와의 만남을 잊어버리고 있었다. 그 일이 벌어진 뒤, 보자가 오벰베와 내게 그 일을 누구에게도 절대 이야기해서는 안 된다고 경고한 다음에는 특히 그랬다. 내가 오벰베에게 이켄나는 왜 더 이상 우리를 사랑하지 않느냐고 물었을 때, 오벰베는 아버지가 우리를 채찍으로 때렸기 때문이라고 말했었다. 그리고 나는 오벰베의 말을 믿었다. 그러나 이제는 내 생각이 틀렸다는 것이 아주 분명해졌다.

시간이 지나 어머니가 우리에게 옷을 입히고 교회로 데려갔을 때, 나는 거실에 있는 칸칸이 나뉜 책장에 눈길을 던졌다. 내 시선은 먼지 층으로 뒤덮인 칸, 저쪽 끝까지 거미줄이 쳐진 칸으로 향했다. 그 거미줄은 아버지가 없다는 신호였다. 아버지가 집에 있을 때는 우리가 매주 번갈아 책장을 청소했다. 아버지가 떠나고 나서 몇 주 뒤 우리는 청소를 그만두었고, 어머니는 사실상 우리에게 억지로 청소를 시킬 수 없었다. 아버지가 없자 집의 둘레가 마법적으로 늘어난 것만 같았다. 마치 보이지 않는 건축업자들이 종이 집을 부수듯 벽들을 헐어내고 그 크기를 늘려놓은 것만 같았다. 아버지가 곁에 있었을 때는, 아버지의 시선이 신문이나 책의 페이지에 붙들려 있을 때조차 그의 존재만으로 가장 엄격한 질서를 이룩할 수 있었다. 우리는 아버지가 종종 집안의 '조화'라고 부르던 것을 유지했다. 우리와 함께 교회에 가지 않겠다고, 주문일지도 모르는 것을 깨지 않겠다고 말한 형들을 생각하면서 나는 아버지를 절실하게 원했고, 아버지가 돌아오기를 강하게 바랐다.

그날 저녁, 오벰베와 나는 어머니를 따라 우리 교회인 주님의 회중 교회로 갔다. 우체국까지 이어지는 기다란 길을 건너면 있는 교회였다. 어머니는 한 손으로 데이비드를 잡고 은켐은 래퍼에 싸서 등에 업었다. 어머니는 땀을 흘리고 땀띠가 나는 일을 막으려고 그 애들의 목에 파우더를 뿌렸다. 그 바람에 아이들의 목이 가면무도회라도 하는 것처럼 반짝거렸다. 교회는 천장 네 귀퉁이의 긴 줄을 따라 조명 여러 개가 걸려 있는 커다란 홀이었다. 강단에서는 이 지역의 보통 사람들보다 훨씬 피부색이 밝은 젊은 여자가 흰 가운을 입고서 외국 억양으로 '놀라운 은혜'

를 불렀다. 우리는 두 줄로 늘어선 사람들 사이를 옆 걸음 쳤다. 그 사람들 대부분은 나와 계속 시선이 마주쳤고, 결국 나는 그들이 우리를 지켜보고 있다는 느낌을 받게 됐다. 어머니가 목사와 사모와 장로들이 앉아 있는 강단 뒤로 가서 목사의 귀에 뭔가를 속삭이자 내 의심은 더욱 커졌다. 노래 부르던 사람이 노래를 마치자 목사가 셔츠에 넥타이를 맨 차림으로 강단에 올라갔다. 그는 멜빵으로 바지를 고정하고 있었다.

"형제님들." 목사가 말했다. 목소리가 너무 커서 우리 줄 근처에 있던 스피커는 소리가 나지 않았다. 고칠 수도 없을 지경이었다. 그래서 우리는 회당 저편에 있는 다른 스피커에서 나오는 목소리를 들어야 했다. "오늘 밤, 저는 주님의 말씀을 전하기 전에 한 가지 소식을 알려드리고자 합니다. 여러분, 악령에 홀린 자, 자칭 예언자로서 여러분도 알다시피 이 마을 사람들의 삶에 너무도 큰 피해를 준 자인 아불루의 형상으로 악마가 나타났습니다. 우리의 사랑하는 형제 제임스 아구의 집에 말입니다. 여러분 모두 여기에 있는 우리 사랑하는 자매, 파울리나 아다쿠 아구 자매의 남편인 그를 알고 있습니다. 여기에 있는 여러분은 제임스 형제에게 수많은 아이들이 있다는 것도 아실 겁니다. 그 아이들은, 우리 자매님이 말해준 대로라면 알라그바카 거리에 있는 오미알라강에서 낚시를 하다가 잡혔습니다."

놀라서 웅성거리는 소리가 희미하게 회중 사이로 번져갔다.

"아불루가 그 아이들에게 가서 거짓말을 했습니다." 콜린스 목사가 말을 이었다. 격노해 마이크에 말을 뱉어내는 그의 목소리가 점점 커졌다. "형제 여러분, 여러분도 아시다시피 예언은 주님으로부터 나온 것이 아니라면……."

"악마에게서 나온 것입니다!" 회중이 하나 되어 소리쳤다.

"맞습니다. 그리고 악마의 예언이라면 물리쳐야겠지요."

"맞습니다!" 다들 합창했다.

"잘 못 들었습니다만." 목사가 주먹을 흔들어대며 마이크에 대고 내뱉었다. "악마의 예언이라면, 그 예언은 반드시……."

"물리쳐야 합니다!" 회중은 전투의 함성처럼 들릴 만큼 세차게 소리쳤다. 신도들 곁에서 작은 아이들―아마 그 고함에 겁을 먹었을 은켐을 포함해―이 울음을 터뜨렸다.

"그 예언을 물리칠 준비가 되었습니까?"

회중은 그렇다는 뜻으로 부르짖었다. 어머니의 목소리가 그 누구보다도 크게 울렸고, 나머지 사람들의 목소리가 멈춘 뒤까지도 질질 늘어졌다. 나는 어머니를 보았다. 어머니가 다시 울기 시작한 것이 보였다.

"그렇다면 일어나서, 우리 주 예수 그리스도의 이름으로 그 예언을 물리치십시오."

사람들이 벌떡 일어나 황홀경에 빠진 채 격렬한 기도에 사로잡히자 신도석이 들썩였다.

아들 이켄나를 치유하려는 어머니의 노력은 정작 이켄나 본인에게 아무 효과도 없었다. 아불루의 예언은 성난 야수처럼 완전한 광기로 맹렬히 이켄나의 정신을 물어뜯었다. 이켄나의 마음속 그림을 내리고, 벽을 부수고, 찬장을 비우고, 식탁을 뒤집어엎었다. 결국 이켄나가 알았던 모든 것, 한때 이켄나였던 모든 것, 그를 이루었던 모든 것이 난장판이 되었다. 나의 형 이켄나에게는 아불루가 예언한 죽음에 대한 공포가 만질 수 있을 만큼 선명한 것이 되어버렸다. 돌이킬 수 없는 감옥, 그 창살 너머에서는 도저히 살아갈 수 없는 새장 속 세상이.

예전에 나는 두려움이 사람의 마음을 사로잡으면 그 사람을 약화시킨다는 말을 들은 적이 있다. 형이 그랬다. 두려움이 그의 마음을 사로잡으면서 수많은 것—그의 평화, 행복, 인간관계, 건강, 심지어 신앙까지 강탈해 갔으니까.

이켄나는 보자와 함께 다니던 학교로 혼자 걸어 다니기 시작했다. 그는 보자와 함께 가지 않으려고 아침 7시라는 이른 시간에 일어났으며, 아침 식사도 걸렀다. 형제들과 같은 그릇에서 먹는 음식인 에바나 으깬 얌이 나오면 이켄나는 점심과 저녁 식사도 걸렀다. 그 결과 이켄나는 쇄골과 목 사이에 깊은 곡선이 패고 광대뼈가 두드러질 때까지 야위었다. 그다음에는 얼마 지나지 않아 눈의 흰자위가 엷은 노란색으로 변했다.

어머니가 그 사실을 알아챘다. 어머니는 나무라고 애원하고 위협했지만, 전부 아무 소용이 없었다. 학기가 막바지로 향해 가던 7월 첫째 주 어느 날 아침, 어머니는 문을 잠그고 이켄나에게 학교에 가기 전 아침을 먹으라고 했다. 이켄나는 그날 시험을 봐야 했기에 엄청난 충격을 받았다. 그는 어머니에게 집을 나서게 해달라고 빌었고—"제 몸 아니에요? 제가 먹든 말든 무슨 상관이에요? 절 내버려두세요. 왜 절 가만히 두지 않는 거예요?"—주저앉아 흐느꼈다. 그러나 어머니는 버텼고, 결국 이켄나는 체념하고 밥을 먹었다. 빵과 오믈렛을 먹으면서, 그는 어머니와 우리 모두를 욕했다. 그는 우리 가족 모두가 자기를 싫어한다며 머잖아 집을 떠나 절대 모습을 보이지 않겠다고 맹세했다.

"두고 봐." 이켄나는 손등으로 눈을 닦으며 위협했다. "조금만 있으면

이 모든 일이 끝나고, 너희 모두 나 없이 지내게 될 거야. 두고 봐."

"하지만 그게 사실이 아니라는 건 너도 알고 있잖니, 이켄나." 어머니가 대답했다. "아무도 널 싫어하지 않아. 나도, 네 동생들도. 네가 너 자신에게 이 모든 짓을 하는 이유는 두려움 때문이야. 네가 네 두 손으로 일구고 가꾼 두려움 말이다, 이켄나. 이켄나, 너는 미친 사람, 쓸모없는 인간의 환시를 믿기로 선택했어. 인간이라고 부르는 것조차 적절하지 않은 사람을 말이다. 그자는―그자를 뭐에 비교해야 할까?―너희가 그 강에서 잡아 올린 물고기, 아니, 올챙이만도 못한 자야. 올챙이 말이다. 요전번에 시장 사람들이 말하는 걸 보니, 말람의 소 떼가 들판에서 풀을 뜯고 있고 송아지들이 어미 소의 젖통을 빨고 있었는데, 그자가 소들 사이에 끼어들어 그 젖통을 빨더라는구나!" 어머니는 사람이 소의 젖을 빠는 곤란한 그림에 관한 역겨움을 표현하려고 혀 차는 소리를 냈다. "어떻게 소젖을 빠는 사람이 하는 말을 믿을 수가 있니? 안 되지, 이켄나. 네가 너 자신에게 이런 짓을 한 것 아니냐? 탓할 사람은 아무도 없다. 우리는 네가 너 자신을 위해서 기도하지 않겠다고 할 때조차 너를 위해 기도했어. 계속 쓸데없이 두려움 속에 살면서 다른 사람을 탓하지 마라."

이켄나는 눈앞의 벽을 멍하니 바라보며 어머니의 말에 귀 기울이는 듯했다. 잠깐은 그가 자신의 어리석음을 깨달은 것처럼 보였다. 어머니의 말이 그의 괴로워하는 심장을 절개해, 두려움이라는 검은 피가 흘러나오도록 한 것만 같았다. 이켄나는 오랜만에 처음으로, 침묵을 지키며 식탁에서 아침을 먹었다. 식사를 마친 뒤 그는 어머니에게 "감사합니다"라고 웅얼거렸다. 매번 식사를 할 때마다 우리가 부모님에게 습관적으로 하는 감사 인사였지만, 이켄나는 몇 주째 그 인사를 하지 않았다.

그는 몇 주 동안 그랬던 것처럼 식기를 식탁이나 자기 방에 그대로 놔두는 대신, 어머니가 우리에게 가르친 대로 부엌으로 가져가 설거지했다. 그러더니 학교로 갔다.

이켄나가 떠나자, 이를 닦고 나서 오벰베가 화장실을 다 쓸 때까지 기다리던 보자가 이켄나와 함께 쓰는 목욕 수건으로 몸을 감싼 채 거실로 들어왔다.

"형이 자기 말처럼 진짜로 집을 나갈까 봐 걱정돼요." 보자가 어머니에게 말했다.

어머니는 헝겊으로 닦던 냉장고에서 눈길을 돌리지 않은 채 고개를 저었다. 그런 다음, 어머니는 냉장고 문 아래로 오직 자기 다리만이 보이도록 허리를 숙이고 말했다. "아닐 거야. 가면 어딜 가겠니?"

"저야 모르죠." 보자가 대답했다. "근데 걱정돼요."

"떠나지 않을 거야. 이런 두려움은 오래가지 않을 거란다. 두려움이 이켄나를 떠나겠지." 어머니는 확신에 찬 목소리로 말했고, 나는 당시 어머니가 그 말을 믿었다는 걸 알 수 있었다.

어머니는 이켄나를 치료하고 보호하려는 노력을 계속했다. 나는 이야 이야보가 찾아왔던 어느 일요일 오후가 기억난다. 그날 우리는 야자유 소스에 재운 동부콩을 먹고 있었다. 집 근처에서 소동이 일어나는 건 나도 보았다. 하지만 마을의 다른 아이들과는 달리 우리는 그런 무리를 구경하러 나가지 말라고 교육받았다. 아버지는 누군가 무장하고 있을지도 모른다고 늘 경고했다. 누가 총을 쏠 수도 있고, 그 총에 맞을 수도 있다고 말이다. 그래서 우리는 방에 머물렀다. 어머니가 집에 있어서, 우리를 벌주거나 아버지에게 규칙을 어긴 사람을 이를 수도 있었기 때문이다. 보자는 다음 날 그가 경멸하는 두 과목―사회학과 역사―의 시험을 치러야 해서 심통이 난 상태로, 책에 나오는 모든 역사적 인물들("죽은 멍청이들")을 욕하고 있었다. 보자를 방해하고 싶지도 않고, 그토록 답답해하는 그의 곁에 머물고 싶지도 않았으므로 오벰베와 나는 어머니와 함께 거실에 있었다. 그때 그 여자가 문을 두드렸다.

"아, 이야 이야보." 그 여자가 들어오자마자 어머니가 자리에서 빠르게 일어나며 외쳤다.

"마마 이케." 우리를 고자질했다는 이유로 내가 그때까지 싫어하던 여자가 말했다.

"들어와, 들어와." 어머니가 말했다.

은켐이 식탁에서 두 손을 들어 그 여자에게 뻗었고, 그 여자는 즉시 은켐을 의자에서 내려주었다.

"무슨 일이야?" 어머니가 말했다.

"아데론케 일이에요." 그 여자가 말했다. "오늘 아데론케가 자기 남편을 죽였어요."

"이런!" 어머니가 소리쳤다.

"워, 비 오 세, 셀레 니.*" 여자가 입을 열었다. 그녀는 어머니에게 종종 요루바어로 말을 걸었다. 어머니가 요루바어를 완벽하게 이해하기 때문이었다. 비록 어머니는 요루바어를 잘한다고 생각하지 않았고, 다른 경우에는 절대 요루바어를 쓰지 않고 늘 우리에게 대신 말하게 했지만 말이다. "어젯밤에 비이가 다시 술을 마시고 벌거벗은 채 집에 왔대요." 이

---

* 어떻게 된 일인지 들어봐요. (요루바어)

야 이야보가 피진 영어로 바꾸어 말했다. 그녀는 두 손을 머리에 얹고 보기 딱하게 몸을 비틀어대기 시작했다.

"괜찮아, 이야 이야보. 진정하고 말해봐."

"그 여자의 아이, 오닐아둔이 아프거든요. 남편이 들어오니까 그 여자가 남편한테 약 살 돈을 달라고 했어요. 하지만 남편은 그 여자랑 자기 아이를 때리기 시작했죠."

"차-네케!" 어머니가 헛숨을 들이켜며 두 손으로 입을 가렸다.

"비 니—진짜예요." 이야 이야보가 말했다. "아데론케는 남편이 아픈 애를 때리니까 마음이 괴로웠고, 남편이 술에 취해서 겁이 나기도 했대요. 남편이 둘 다 죽여버리겠다고 했거든요. 그래서 아데론케가 남편을 의자로 때렸어요."

"이런, 이런." 어머니가 웅얼거렸다.

"남자가 죽었어요." 이야 이야보가 말했다. "그냥 그렇게 죽었어요."

여자는 바닥에 앉아 문에 머리를 기대고 두 다리를 흔들며 떨었다. 어머니는 놀라서 가만히 선 채, 겁에 질린 듯 자기 몸을 끌어안았다. 오가비이가 죽었다는 이 소식에 내가 방금 입에 떠 넣은 음식은 즉시 잊혔다. 그 술주정뱅이는 내가 아는 사람이었다. 그는 염소 같았다. 미친 사람은 아니었지만, 평소처럼 취해 있을 때면 이를 드러내며 터덜터덜 걸어 다녔다. 아침에 학교 가는 길에는 그가 제정신으로 집을 향해 걸어가는 모습이 종종 보였다. 그러나 저녁이면 그가 다시 취해 비틀거리는 모습이 눈에 띄곤 했다.

"하지만 아시죠." 마마 이야보는 눈을 훔치며 말했다. "전 그 여자가 제정신으로 그런 일을 했다고 생각하진 않아요."

"웅? 그건 무슨 말이야?" 어머니가 말했다.

"그 미친 사람, 아불루가 그렇게 만든 거예요. 아불루가 비이더러 그가 가장 아끼는 존재가 그를 죽일 거라고 했거든요. 그랬더니 비이의 아내가 비이를 죽인 거죠."

어머니는 뜨끔했다. 그녀는 우리 얼굴을 — 보자와 오벰베와 내 얼굴을 — 돌아보고, 두 눈으로 우리의 시선을 받아들였다. 어떤 사람이 어딘가에, 거실이 아닌 어딘가에 놓인 의자에서 일어나 조용히 문을 열고 모습을 드러냈다. 뒤돌아 그가 서 있는 것을 본 것은 아니지만, 나는 알 수 있었다. 어머니를 포함해 거실에 있던 모든 사람도 그가 이켄나라는 걸 분명히 알았을 것이다.

"아니, 아니야." 어머니가 큰 소리로 말했다. "이야 이야보, 이런 헛소리는 하지 않았으면 좋겠어. 이 집에서는."

"아니, 무슨……."

"하지 말라고!" 어머니가 소리쳤다. "어떻게 광인이 미래를 볼 수 있다고 믿을 수가 있어? 대체 어떻게?"

"하지만 마마 이케." 여자가 웅얼거렸다. "사람들 말로는 그자가……."

"아니야." 어머니가 말했다. "아데론케는 지금 어디 있어?"

"경찰서에요."

어머니가 고개를 저었다.

"경찰이 체포해 갔어요." 이야 이야보가 말했다.

"나가서 얘기하자." 어머니가 말했다.

여자가 일어났고, 은켐이 뒤따르는 가운데 둘은 함께 나갔다. 두 사람이 떠난 뒤 이켄나는 인형처럼 생기 없는 눈으로 그 자리에 서 있었다.

그러다가 그는 갑자기 배를 움켜쥐며 화장실로 달려가 세면대에 헛구역질을 하면서 목 막히는 소리를 냈다. 이켄나의 병은 바로 여기에서, 두려움이 그에게서 건강을 강탈해 간 그 순간에 시작됐다. 그 남자의 죽음에 대한 이야기가 이켄나의 내면에 아불루의 선견지명 능력이 띤 의심의 여지 없는 불가피성을 단단히 자리 잡도록 하여, 아직 타지도 않은 것으로부터 연기가 피어나게 만들었던 것이다.

그로부터 며칠 후, 토요일 아침에 우리는 모두 식탁에서 아침을 먹고 있었다. 아침은 튀긴 얌과 옥수수죽이었다. 그때 방금 음식을 가지고 방으로 들어갔던 이켄나가 갑자기 한 손을 배에 얹은 채 끙끙 앓으며 달려나왔다. 우리가 무슨 일인지 알아채기도 전에, 우리가 '아버지의 왕좌'라는 이름을 붙인 파란색 안락의자 뒤쪽의 판석 바닥에 음식이 한 움큼 쏟아졌다. 이켄나는 화장실로 가려 했지만, 지금은 참으려는 노력밖에 기울일 수 없는 힘에 눌리고 말았다. 그는 한쪽 무릎을 꿇고 바닥에 주저앉으면서 구역질을 해댔다. 그의 몸 일부가 의자 뒤로 사라졌다.

어머니는 "이켄나, 이켄나"라고 부르며 주방에서부터 달려가 그를 일으켜 세우려 했지만, 이켄나는 괜찮다고 저항했다. 실제로는 창백하고 아파 보였는데도.

"왜 그러니, 이켄나? 언제부터 이런 거야?" 어머니는 이켄나가 토악질을 멈춘 뒤 물었지만, 이켄나는 대답하지 않았다.

"이켄나, 왜, 대체 왜 대답조차 안 하는 거니? 응? 도대체 왜?"

"모르겠어요." 그가 웅얼거렸다. "이제 가서 씻게 해주세요."

어머니는 이켄나의 손을 놓았다. 이켄나가 화장실로 걸어갈 때 보자가 말했다. "유감이야, 이케 형." 나도 같은 말을 했다. 오벰베도 마찬가지였다. 데이비드도. 이켄나는 이런 공감의 표현에 아무 반응을 보이지 않았지만, 이번만큼은 문을 쾅 닫지 않았다. 가만히 문을 닫고 자물쇠를 채웠을 뿐이다.

이켄나가 보이지 않게 되자마자 보자는 주방으로 달려갔다가 빗자루—팽팽한 줄로 묶인 바늘 굵기의 라피아 막대 묶음—와 쓰레받기를 가져왔다. 오물을 치우러 달려간 보자의 재빠름에 어머니는 감동받았다.

"이켄나, 너는 동생들 중 한 명이 너를 죽일 거라고 두려워하면서 살고 있지." 어머니는 이켄나가 물소리 너머로 자기 목소리를 들을 수 있도록 큰 소리로 말했다. "하지만 와서 보려무나……."

"아뇨, 아뇨, 아뇨, 은네—안 돼요. 제발 그 말은 하지 마세요……." 보자가 야단스럽게 애원했다.

"가만있어, 말해주게." 어머니가 말했다. "이켄나, 와서 저 애들을 좀 봐라. 그냥 와서……." 보자는 자기가 토사물을 치우고 있다는 말을 들으면 이켄나가 좋아하지 않을 거라며 저항했지만, 어머니는 물러서지 않았다.

"바로 그 동생들이 너 때문에 울고 있는 걸 좀 봐." 어머니는 말을 이었다. "그 애들이 네 토사물을 치우고 있는 걸 보란 말이야. 나와서 '네 적들'이 너를 신경 쓰는 모습을 보란 말이다. 네가 원하지 않는데도."

어쩌면 이 말 때문에 이켄나가 그날 화장실에서 나오는 데 더 오랜 시간이 걸렸는지 모르겠다. 그러나 이켄나는 결국 수건으로 몸을 감싸고 밖으로 나왔다. 그때쯤 보자는 얼룩을 닦아낸 것은 물론이고 바닥과 벽의 일부, 이켄나의 토사물이 뭉쳐 있던 안락의자 등받이까지 걸레질한 다음이었다. 그리고 어머니는 사방에 데톨 살균제를 뿌려두었다. 어머니는 이켄나가 거부하면 아버지에게 전화를 걸겠다고 위협을 해서라도 그를 억지로 병원에 데려갈 생각이었다. 이켄나는 아버지가 건강 문제를 아주 심각하게 받아들일 것을 알고 있었으므로 물러났다.

나로서는 실망스럽게도, 어머니는 몇 시간 뒤 혼자서 집에 돌아왔다. 이켄나는 장티푸스에 걸려서 입원해 링거를 맞고 있었다. 두려움에 사로잡힌 오벰베와 내가 주저앉자 어머니는 이켄나가 내일이면 괜찮아져 퇴원할 것이라고 확신을 가지고 말해 우리를 안심시켰다.

그러나 나는 이켄나에게 뭔가 나쁜 일이 벌어질지 모른다고 걱정하기 시작했다. 나는 학교에서도 말수가 적어졌고 누가 시비를 걸기만 하면 싸우는 바람에 결국은 훈육 담당 선생님에게 채찍질을 당했다. 이것도 드문 일이었다. 나는 부모님만이 아니라 선생님들에게도 말 잘 듣는 아이였으니까. 나는 체벌이 두려웠고, 체벌만 당하지 않을 수 있으면 무슨 짓이든 할 터였다. 그러나 형의 상황이 나빠지는 것에 대해 느낀 슬픔은 모든 것, 특히 학교와 학교 안의 모든 것을 향한 쓰라린 분노에 불을 붙였다. 형이 구원받을 수 있다는 희망은 파괴되었다. 나는 형이 무서웠다.

두려움이라는 독은 건강과 행복에 이어 이켄나의 신앙을 빼앗아 갔다. 이켄나는 아프다는 핑계로 연속으로 세 번이나 일요일에 교회를 빼먹었다. 입원해 있느라 병원에서 잔 이틀을 빼고도 말이다. 그러나 다음 일요일 아침에는 아버지가—아버지는 3개월 동안 가나로 연수를 받으러 떠났다—돌아오기 전까지는 다시 아쿠레에 들르지 않으리라는 소식에 용기를 얻었는지, 그냥 교회에 가기 싫다고 선언했다.

"내가 제대로 들은 게 맞니, 이켄나?" 어머니가 말했다.

"네, 맞아요." 이켄나가 힘주어 대답했다. "있잖아요, 엄마. 저는 과학

자예요. 더는 신이 있다고 믿지 않아요."

"뭐야?" 어머니는 날카로운 가시를 밟은 사람처럼 뒤로 물러나며 외쳤다. "이켄나, 뭐라고 했니?"

이켄나는 매섭게 노려보면서도 머뭇거렸다.

"엄마가 묻잖아. '뭐라고 했니', 이켄나?"

"저는 과학자라고 했어요." 이켄나는 이보어에 해당하는 단어가 없어서 영어로 말할 수밖에 없었던 단어인 '과학자'에 걱정스러운 반항심을 가득 담아 대답했다.

"그래서?" 그 질문에 침묵이 뒤따르자, 어머니는 재촉받은 것처럼 "끝까지 말해라, 이켄나. 네가 말한 그 끔찍한 얘기를 끝까지 해보라고"라고 말했다. 그런 다음, 어머니는 이켄나의 얼굴을 손가락으로 가리키며 열이 끝까지 올라 말했다. "이켄나, 여기를 봐. 에메와 내가 절대 이해할 수도 없고 영영 받아들이지도 않을 게 하나 있다면, 그건 바로 무신론자 어린애야. 절대 안 된다!"

어머니는 혀를 차며 머리 위에서 두 손가락을 꺾었다. 무신론자 어린애가 존재할 가능성 자체를 미신적으로 몰아내기 위해서였다. "그러니까, 이켄나, 계속 이 집 사람으로 지내거나 이 집에서 뭐라도 먹고 싶다면, 그 자리에서 당장 일어나라. 그게 아니라면 너와 내가 같은 바지를 입게 될 테니까."

이켄나는 이 위협에 주눅이 들었다. 어머니가 '같은 바지를 입게 된다'는 표현을 쓰는 것은 분노가 절정에 이르렀을 때뿐이었으니까. 어머니는 자기 방으로 들어가, 아버지의 오래된 가죽 허리띠를 허리에 반쯤 감은 채 돌아왔다. 어머니는 얼마든지 이켄나를 채찍질할 준비가 되어 있었다. 평소라면 절대 하지 않는 일이었는데도. 그 모습을 본 이켄나는 억지로 화장실에 가 몸을 씻고 교회에 갈 준비를 했다.

예배가 끝나고 집으로 돌아가는 길에 이켄나는 우리를 앞질러 갔다. 어머니가 공개적인 장소에서 그의 문제를 끄집어내지 않도록 하기 위해서이기도 했고, 어머니가 보통은 그에게 열쇠를 주어 우리 대신 대문과 현관을 열도록 해주었기 때문이기도 했다. 어머니는 교회에서 집으로 바로 돌아가는 경우가 거의 없었다. 늘 예배 후 여신도 모임이 열릴 때까지 동생들을 데리고 기다리거나, 이런저런 가정방문에 참여하곤 했다. 우리가 어머니의 눈에서 벗어나자마자 이켄나는 발걸음을 서둘렀다. 나와 다른 형들은 조용히 그를 따라갔다. 이켄나는 왜인지 이조카 거리를 지나 집으로 돌아가는 더 먼 길을 택했다. 그곳은 값싼 집―대체로 니스 칠이 되지 않은 집들이었다―이나 나무 오두막에 사는 가난한 사람들의 거리였다. 어린애들이 이 더러운 구역의 거의 모든 구석에서 놀고 있었다. 기둥들이 늘어선 커다란 광장에서 어린 여자아이들이 뛰어다녔다. 기껏해야 세 살밖에 되지 않은 남자아이 하나가 허리를 숙이고 있었고, 그 애에게서는 끈적끈적한 피라미드를 이룬 황갈색 배설물 줄기처럼 보이는 것이 질질 흘러내렸다. 이 피라미드가 만들어져 공기를 오염시키는 동안에도 남자아이는 흙바닥에 막대기로 표시하며 계속 놀았다. 궁둥이 주변을 날아다니는 파리 떼가 거슬리지 않는 모양이었다. 형들과 나는 흙에 침을 뱉은 다음, 지나가면서 확고한 본능에 따라 침 자국을 샌들 밑바닥으로 즉시 지웠다. 그러면서 보자는 꼬마와 이 동네 사람들을 욕했다. "돼지야, 돼지." 오벰베는 자기 침 자국을 깨끗하게 지우려고 잠시 뒤처졌다. 침을 뱉고 침 자국을 지우는 것은 미신적인 행동이었다.

우리는 임신한 여자가 침을 밟으면, 그 침을 뱉은 사람이—만일 남자라면—영원히 불임이 되고 만다는 미신을 믿었으니까. 당시에 나는 그게 신체 기관이 마법적으로 없어진다는 뜻인 줄로만 알았다.

이곳은 정말이지 더러운 거리였다. 우리 친구 카요데가 다 짓지도 않은, 바닥에만 판석이 깔린 2층짜리 집에서 부모님과 함께 사는 그 거리. 그 집은 너무도 헐벗은 모습이었다. 형체를 갖추지 못한 콘크리트와 철 기둥이 다락에서부터 솟아올라 뼈대가 드러난 서까래를 위로 밀어 올리고 있었다. 파랗게 이끼가 끼어가는, 니스 칠을 하지 않은 벽돌 더미가 집 마당 전체에 널브러져 있었다. 벽돌의 구멍마다, 또 건물 전체의 뼈대마다 사방으로 허둥지둥 달아나는 수많은 도마뱀과 도마뱀붙이들이 있었다. 카요데는 물을 보관하는 주방 드럼통에서 어머니가 도마뱀을 발견했던 이야기를 해준 적이 있었다. 죽은 도마뱀은 물에서 신맛이 나기 전까지 며칠 동안이나 물 맨 위쪽에, 눈에 띄지 않은 채 늘어져 있었다. 어머니가 드럼통을 비워서 죽은 도마뱀이 땅바닥의 물웅덩이로 쓱 떨어졌을 때는 놈의 머리가 두 배로 부풀어 있었고, **물에 빠져 죽은 모든 것이 그렇듯** 썩기 시작한 뒤였다. 동네의 거의 모든 모퉁이에서는 쓰레기 더미가 인도의 판석을 좀먹고 차도로 밀려 나갔다. 흙 일부는 드러난 하수도에 종양처럼 음울하고도 숨 막히게 쌓이고, 보아뱀처럼 육교를 휘감고, 길가의 가판대 사이에 새 둥지처럼 둥지를 틀거나 땅에 난 작은 구멍이며 사람들이 가득한 공터에서 썩어가고 있었다. 그 지역 전체에서는 퀴퀴한 공기가 감돌며 보이지 않는 악취로 건물들을 연결해주었다.

하늘에서는 태양이 맹렬히 빛났다. 나무들은 어쩔 수 없이 그 덮개 아래로 어두운 차양을 만들어야 했다. 도로 한쪽에서는 웬 여자가 나무 오두막 밑의 난로에서 프라이팬에 물고기를 튀기고 있었다. 난로 양옆에서는 연기가 끊임없이 솟아올라 우리 쪽으로 고여 들었다. 우리는 길을 건너, 주차된 트럭과 어떤 집의 발코니 사이로 갔다. 나는 그 집 내부를 잠깐 볼 수 있었다. 두 남자가 갈색 소파에 앉아, 회전하는 입식 선풍기가 천천히 고개를 돌리는 동안 손부채를 부치고 있었다. 염소와 그 염소의 새끼들이 발코니 앞 탁자 밑에 숨어, 자기 배설물로 이루어진 검은 덩어리들에 둘러싸여 있었다.

우리가 집에 도착해 이켄나가 대문을 열어주기만 기다리고 있을 때, 보자가 말했다. "오늘 예배 때 아불루가 교회에 들어오려는 걸 봤어. 벌거벗고 있어서 사람들이 못 들어오게 했지만." 보자는 우리 동네 교회에서 드럼을 치는 소년들 무리에 끼어 있었다. 그 애들은 돌아가면서 드럼을 쳤는데, 그날은 보자가 드럼을 치는 날이었다. 그래서 보자는 교회 앞쪽인 제단 근처에 앉았고 아불루가 교회 뒷문으로 들어오는 것을 볼 수 있었던 것이다. 그때 이켄나는 열쇠를 찾아 주머니를 뒤지고 있었다. 열쇠가 헝겊이며 풀려난 실 조각에 얽혀 손이 닿지 않게 감싸여 있었기에 주머니를 뒤집어야 했다. 주머니는 더러웠고 잉크 얼룩이 져 있었다. 이켄나가 주머니를 뒤집자 작은 땅콩 껍질 조각들이 땅으로 먼지처럼 쏟아졌다. 이켄나는 열쇠를 풀어내려 했지만 성공하지 못하자 억지로 뜯어냈다. 그 바람에 주머니에서 갑자기 내용물이 쏟아졌다. 이켄나가 열쇠 구멍에 열쇠를 넣고 돌리려 했을 때 보자가 말했다. "이케, 난 형이 예언을 믿는다는 걸 알아. 하지만 형도 알다시피 우리는 주님의 자녀이고……."

"아불루는 예언자야." 이켄나가 딱 잘라 대답했다.

이켄나는 문을 열었다. 이켄나가 열쇠 구멍에서 열쇠를 꺼낼 때 보자가 말했다. "그래, 하지만 주님의 예언자는 아니지."

"어떻게 알아?" 이켄나는 돌아서서 보자를 마주 보며 쏘아붙였다. "물어나 보자. 어떻게 알았어?"

"아불루는 주님의 예언자가 아니야, 이케. 확실해."

"증거가 뭔데? 응? 증거가 뭐냐고?"

보자는 아무 말도 하지 않았다. 이켄나의 두 눈은 우리 머리 위쪽으로 향했고, 우리는 모두 그의 시선을 좇아 그의 시야에 들어온 물체를 보았다. 여러 가지 비닐 소재로 만들어진 연이 멀리서 날아다니고 있었다.

"아불루가 말한 일이 벌어질 리는 없으니까." 보자가 말했다. "들어봐. 아불루는 붉은 강 얘기를 했어. 형이 붉은 강에서 헤엄칠 거라고 말했다고. 어떻게 강이 붉어질 수가 있어?" 그는 두 손을 펼치면서 그 불가능성을 표현하는 동작을 하고, 자기 말이 맞는다는 확신을 구하듯 우리를 보았다. 오벰베가 대답으로 고개를 끄덕였다. "아불루는 미쳤어, 이케. 자기가 무슨 말을 하는지도 몰라."

보자가 이켄나에게 더 가까이 다가갔고, 예상치 못한 용기를 발휘해 이켄나의 어깨에 손을 얹었다. "내 말 믿어야 해, 이케. 내 말을 믿어야 해." 보자는 형의 마음속 깊은 곳에 있는 태산 같은 두려움을 무너뜨리려는 듯 이켄나의 어깨를 흔들었다.

이켄나는 바닥에서 눈을 돌리지 않은 채 그 자리에 서 있었다. 보자의 말에 마음이 움직인 듯했다. 희망이 깃드는 순간, 우리가 잃어버린 그를 되찾을 수 있을 것처럼 보이는 순간이었다. 보자가 그랬듯, 나 역시 이켄나에게 나는 그를 죽일 수 없다고 말하고 싶었다. 그러나 다음으로 입을 연 사람은 오벰베였다.

"형, 말이, 맞아." 오벰베가 말을 더듬었다. "우리 중에 형을 죽일 사람은 아무도 없어. 우리는, 이케, 우리는 진짜 어부조차 아니야. 아불루는 어부가 형을 죽일 거라고 했어, 이케. 하지만 우리는 진짜 어부가 아니라고."

이켄나가 오벰베를 쳐다보았다. 그의 얼굴에는 방금 들은 말을 이해하지 못하는 사람의 표정이 어려 있었다. 그의 두 눈에 눈물이 괴었다. 이제는 내 차례였다.

"우린 형을 죽일 수 없어, 이케. 형은 강하고, 우리 중 누구보다도 덩치가 커." 나는 할 수 있는 한 침착한 목소리로 말했다. 나 역시 할 말이 있다는 느낌에 떠밀려 한 얘기였다. 대체 이켄나의 손을 잡고 이런 말을 할 용기가 어떻게 생겼는지 모르겠다. "이케 형, 형은 우리가 형을 싫어한다고 했지만 그건 사실이 아니야. 우리는 그 누구보다도 형을 좋아해."

그 시점에는 목구멍이 뜨끈해졌지만, 나는 최대한 침착하게 말했다. "우린 아빠나 엄마보다도 형을 더 사랑한단 말이야."

나는 이켄나에게서 물러났고, 내 눈은 고개를 끄덕이는 보자에게 향했다. 잠깐은 이켄나가 길을 잃은 것처럼 보였다. 우리 말이 그에게 어떤 영향을 끼친 것만 같았고, 수십 일 만에 처음으로 내 눈과 다른 형들의 눈이 이켄나의 눈과 마주쳤다. 이켄나는 눈이 충혈되어 있었으며 얼굴이 창백했다. 그러나 그 얼굴에는 도무지 설명할 수 없는, 아무래도 알아볼 수 없는 표정이 떠올라 있었다―당시의 내가 기억하는 대로라면 그렇다. 그래서 지금도 나는 이켄나를 생각하면 그 얼굴이 가장 먼저 떠오른다.

엄청난 기대감이 어린 순간이 뒤따랐다. 우리 모두가 이켄나의 다음 행동을 기다렸다. 어떤 영혼이 톡 두드리며 부추기기라도 한 것처럼 그는 돌아서서 서둘러 자기 방으로 들어갔다. 그러더니 방 안에서 이렇게 외쳤다. "지금부터는 아무도 나를 방해하지 않았으면 좋겠어. 너희들 모두 자기 일에나 신경 쓰고 나는 가만히 내버려둬. 경고하는데, 가만히 내버려두라고!"

공포는 이켄나의 행복과 건강, 신앙을 파괴한 뒤 그의 인간관계를 파괴했다. 그중 가장 가까운 관계가 우리, 그러니까 동생들과의 관계였다. 이켄나는 너무도 오랫동안 내면의 싸움을 벌여서 이제는 그만 모든 것을 끝내고 싶어 하는 것처럼 보였다. 어디 한번 실현돼보라고 예언을 도발하듯, 이켄나는 우리를 해칠 수 있는 일이라면 뭐든지 했다. 이켄나를 설득하려 했던 날로부터 이틀이 지났을 때, 우리는 아침에 일어나 이켄나가 우리의 소중한 물건을 망가뜨린 것을 보게 되었다. 그 물건이란 1993년 6월 15일 자 〈아쿠레 헤럴드〉였다. 그 신문에는 우리 사진이 실려 있었다. 전면에 이켄나의 사진이, '동생들을 구한 어린 영웅'이라는 설명과 함께 실려 있었다. 보자와 오벰베와 내 사진이 이켄나의 전신사진 바로 위 작은 직사각형 상자 안에, '아쿠레 헤럴드'라는 제목 밑에 들어가 있었다. 그 신문은 값을 따질 수 없을 만큼 소중했다. M.K.O. 달력보다도 강한 우리의 훈장이었다. 한때 이켄나는 그 신문을 위해서라면 무슨 짓이든 불사했다. 그 신문에는 이켄나가 국가 조직 내부의 정치적 폭동이라는, 아쿠레에서의 삶의 모든 것을 바꾸어놓은 중대한 순간에 우리를 구한 이야기가 담겨 있었다.

그 역사적인 날, M.K.O.를 만나고 두 달이 겨우 흘렀을 즈음의 그날에 우리는 학교에 있었다. 그때 자동차들이 끊임없이 경적을 울리기 시작했다. 나는 거의 여섯 살짜리들로 이루어진 우리 반에, 아쿠레와 나이지리아 전역에서 끓어오르는 소요 사태는 전혀 모른 채 앉아 있었다. 나는 오래전에 벌어진 전쟁 이야기를 들은 적이 있었다. 아버지가 지나가는 말로 자주 언급하던 전쟁 이야기. 아버지가 "전쟁 전에는"이라는 말을 꺼낼 때면 전쟁 때 일과는 아무 연관이 없는 문장이 따라 나오곤 했고, 가끔은 아버지의 말이 "하지만 이 모든 게 전쟁 때문에 갑자기 멈췄다"라는 말로 끝나기도 했다. 게으름이나 나약함이 드러나는 행동을 했다는 이유로 우리를 꾸짖을 때면, 아버지는 나이지리아 군대가 우리 마을을 침략하는 바람에 모두가 커다란 오그부티 숲으로 도망치고, 당시 열 살이었던 자기만 남아 어머니와 여동생들 대신 사냥을 하고 그들에게 먹을 것을 가져다주는 등 가족들을 돌보아야 했다는 전쟁 시절의 무용담을 이야기했다. 아버지가 "전쟁 도중"에 일어난 일에 관해 뭐라도 실제로 말했던 때는 그때가 유일했다. 그때가 아니면, 아버지가 쓰는 말은 "전쟁이 끝난 다음에"였다. 그런 뒤에는 언급된 전쟁과는 아무 관련도 없는 새로운 문장이 나타났다.

우리 선생님은 소동과 경적 울리기가 시작됐을 때 일찌감치 모습을 감췄다. 선생님이 떠나자마자 아이들이 엄마를 찾으며 달려 나가는 바람에 교실이 텅 비었다. 학교는 3층짜리 건물이었다. 유치원과 내가 다니는 유아반은 1층에 있었고, 상급반인 초등반은 2층부터 3층까지 자리잡고 있었다. 나는 우리 반 창문에서 다양한 상태의 자동차 무리를 보았다. 그중에는 문이 열린 자동차와 떠나는 자동차, 주차하려는 자동차도 있었다. 나는 그 자리에 앉아서, 자기 자식을 데리러 온 다른 아버지들처럼 우리 아버지도 나를 데리러 오기를 기다리고 있었다. 그러나 아버지 대신 보자가 우리 반 문 앞에 나타나 내 이름을 불렀다. 나는 대답하고, 가방과 물병을 챙겼다.

"이리 와, 집에 가자." 보자는 책상들을 타고 넘어 내 쪽으로 오면서 말했다.

"왜? 아빠를 기다리자." 나는 주위를 둘러보면서 말했다.

"아빠는 안 와." 보자가 그렇게 말하더니, 내 입을 다물게 하려고 검지를 입술에 댔다.

그는 내 손을 당기며 나를 교실 밖으로 데려갔다. 우리는 소동이 시작되기 전까지 획일적으로 늘어서 있었지만, 지금은 마구 흩어져 있는 나무 책상과 걸상들을 비집고 달려갔다. 어느 뒤집어진 의자 밑에는 한 아이의 망가진 음식 통과 그 내용물―황변미와 생선―이 바닥에 널브러져 있었다. 바깥을 보니 세상이 반토막으로 썰리고 우리 모두가 그 균열의 가장자리에 불안정하게 서 있는 것만 같았다. 나는 보자의 손에서 내 손을 빼냈다. 나는 교실로 돌아가 아버지를 기다리고 싶었다.

"뭐 하는 거야, 멍청아!" 보자가 소리쳤다. "폭동이 일어났어. 놈들이 사람을 죽이고 있다고. 집에 가자니까!"

"아빠를 기다려야 해." 나는 조심스러운 발걸음으로 보자를 따라가며 말했다.

"아니, 그럴 수는 없어." 보자가 반대했다. "놈들은 학교에 쳐들어오는 순간 우리가 M.K.O.의 편이라는 걸, '희망 93의 아이들'이라는 걸 알아볼 거야. 놈들의 적이라는 걸 알아볼 거라고. 그럼 우리는 다른 누구보다도 위험해져."

보자의 말은 내 저항력을 그야말로 미미하게 만들었고, 나는 그 때문에 겁을 먹었다. 대문에는 밖으로 나가려는 학생들이 모여 있었다. 대체로 나이가 많은 아이들이었다. 하지만 우리는 그쪽으로 가지 않았다. 우리는 무너진 울타리를 가로질러 학교 밖에 줄지어 늘어선 야자수들을 넘어간 다음, 이미 덤불 속 나무 뒤에서 우리를 기다리던 이켄나와 오벰베를 만나 함께 도망쳤다.

우리 발아래에서는 덩굴식물이 바스러졌고, 공기가 홍수처럼 내 폐부에 쳐들어왔다. 덤불은 우리를 작은 오솔길에 뱉어냈고, 오벰베는 몇 분후 즉시 그곳이 이솔로 거리라는 것을 알아보았다.

거리에는 거의 사람이 없었다. 우리는 뛰어서 목재 시장을 지나갔는데, 그곳은 평소라면 고막을 찢을 듯한 드릴 소리 때문에 귀를 가려야 하는 곳이었다. 숲에서 무거운 목재를 날라 오는 고물 트럭들이 산처럼 쌓인 톱밥 앞에 여러 대 서 있었으나, 그 주변에 사람은 없었다. 이곳에서 보니 널찍한 도로가 갈라져 오솔길로 나뉘고 있었다. 아마 내 발을 앞뒤로 세 개쯤 붙였을 법한 너비의 긴 오솔길이었다. 길은 나이지리아 중앙은행으로 이어졌는데, 이켄나는 우리가 그리로 가야 한다고 했다. 그곳이 우리가 숨을 수 있는, 무장 경비들이 보호하는 가장 가까운 곳이며 아버지가 그곳에서 일하기 때문이었다. 이켄나는 그리로 가지 않으면 쿠데타군이—그들은 M.K.O.의 고향인 아쿠레에서 그의 지지자들을 깨부수는 데 관심이 있으니까—우리를 죽일 거라고 했다. 그날 도로는 온갖 것들—대학살에서 도망치는 사람들이 떨어뜨린 개인적인 소지품들—로 심하게 더럽혀져 있었다. 아쿠레는 꼭 아주 높은 곳에서 비행기가 물건들을 떨어뜨린 것처럼 보였다. 우리가 길을 건너 수많은 나무가 있고 벽으로 둘러쳐진 건물이 있는 길가에 도착했을 때, 사람들로 가득한 자동차 한 대가 무시무시한 속도로 길을 달려왔다. 거리가 좁혀지자 메르세데스 벤츠 한 대가 우리가 지나온 길에서 튀어나왔다. 우리 반 아이 중 한 명인 모지솔라가 그 앞자리에 타고 있었다. 모지솔라는 내게 손을 흔들었고 나도 마주 손을 흔들었지만, 자동차는 계속 달려갔다.

"가자." 자동차가 보이지 않게 되자 이켄나가 말했다. "학교에 그대로 머물 수는 없었어. 놈들은 우리가 M.K.O. 쪽 아이들이라는 걸 알아봤을 테고, 우리는 아마 위험에 빠졌을 거야. 저쪽 길로 가자." 그는 동생들이 듣지 못한 무슨 소리를 듣기라도 한 것처럼 이곳저곳을 훑어보며 손가락질했다.

내 눈으로 직접 본 그 광경, 눈을 뗄 수 없는 폭동의 모든 세부사항과 그 모든 냄새가 나를 죽음에 대한 구체적인 두려움으로 가득 채웠다. 우리가 모퉁이에 접어들었을 때 이켄나가 외쳤다. "아니, 아니. 그만 가자. 대로를 걸을 수는 없어. 안전하지 않아."

그래서 우리는 반대편으로 길을 건넜다. 그곳은 큰 상업지구가 있는 곳으로 가게들이 가득했지만, 지금은 그 모든 가게가 닫혀 있었다. 어떤 가게는 문이 박살 나, 못이 가득한 부러진 나뭇조각이 망가진 문에서 위험하게 대롱거리고 있었다. 우리는 맥주 상자가 차곡차곡 쌓여 있는 문 닫은 술집과 스타 라거 '33', 기네스 등 여러 상표의 포스터로 더러워진 트럭 사이에 멈출 수밖에 없었다. 그 순간, 도와달라는 요루바어 비명이 우리로서는 즉시 짚어낼 수 없는 어딘가에서 들려왔다. 한 남자가 어느 가게에서 나와 우리 학교 쪽 길로 뛰어갔다. 손에 잡힐 듯한 위험에 우리의 두려움은 커져만 갔다.

우리는 쓰레기 더미를 가로질러 어느 거리에 접어들었고, 그곳에서 불타는 집 한 채를 보았다. 한 남자의 시체가 그 집 베란다에 누워 있었다. 이켄나가 불타는 집 뒤쪽으로 몸을 피했고 우리는 떨면서 그 뒤를 따랐다. 내가 죽은 사람을 본 건 그때가 처음이었다. 아마 형들도 그랬을 것이다. 나는 심장이 두근거렸고, 그 순간 학교 반바지 엉덩이 부분으로 천천히 스며 나오기 시작한 온기가 느껴졌다. 발밑의 땅을 본 나는 내가 반바지에 오줌을 쌌다는 것을 알게 되었으며, 떨면서 마지막 오줌 방울이 땅으로 미끄러지는 모습을 지켜보았다. 곤봉과 마체테로 무장한 남자들이 무리 지어 지나가면서 주변을 은근슬쩍 둘러보고 "바반기다에게 죽음을, 아비올라 만세!"라는 구호를 외쳤다. 우리는 개구리처럼 쭈그리고서, 그 무리가 눈에 보이는 동안 내내 돌처럼 침묵을 지켰다. 놈들이 지나가자마자 우리는 여러 집 가운데 한 집을 골라 그 뒤쪽으로 돌아갔다. 죽은 남자가 들어 있는 밴이 뒤뜰 바로 맞은편에 주차되어 있는 것이 보였다. 차는 앞문이 열려 있었다.

우리는 남자의 옷―길고 너울거리는 세네갈식 로브―을 보고 그가 북부인이라는 것을 알 수 있었다. 북부인은 M.K.O. 아비올라 지지자들이 저지른 학살의 주된 표적이었다. 아비올라의 지지자들은 이 폭동을 아비올라가 속한 서부와, 군부의 대통령인 바반기다 장군이 속한 북부의 갈등으로 이용했다.

아무도 이켄나가 그런 힘을 낼 수 있을 거라고 생각하지 않았지만, 이켄나는 그 죽은 남자를 자동차 의자에서 끌어냈다. 남자는 쿵 하면서 차 밖으로 떨어졌다. 피가 그의 망가진 얼굴에서 바닥으로 튀었다. 나는 비명을 지르며 울기 시작했다.

"조용히 해, 벤!" 보자가 외쳤지만, 멈출 수가 없었다. 너무 무서웠다.

이켄나가 운전석에 올라탔고 보자가 그 옆에 앉았으며, 오벰베와 나는 뒷좌석에 탔다.

"가자." 이켄나가 말했다. "이 차를 타고 아빠 사무실로 가는 거야. 빨리 문 닫아!" 이켄나가 외쳤다.

이켄나는 커다란 핸들 옆 열쇠 구멍에 꽂혀 있던 열쇠로 차에 시동을 걸었다. 엔진이 부르릉 하더니 길게 신음 소리를 내며 살아났다.

"이케, 운전할 수 있어?" 오벰베가 떨면서 물었다.

"응." 이켄나가 말했다. "얼마 전에 아빠가 가르쳐주셨어."

이켄나는 속도를 높여, 왹 하며 자동차를 뒤쪽으로 밀어냈다. 자동차는 멈춰버렸다. 이켄나가 액셀을 꽉 밟아 자동차에 다시 시동을 걸려 했는데, 그때 멀리서 총소리가 들려 우리는 모두 굳어버렸다.

"이켄나, 제발 운전해줘." 오벰베가 두 손을 파닥거리며 신음했다. 오벰베의 얼굴에서도 눈물이 흘러내리기 시작했다. "형이 우리한테 학교에서 나가자고 했잖아. 이렇게 죽으라는 거야?"

사방에 모닥불과 불타는 자동차들이 있었다. 그날 아쿠레는 불에 타버렸으니까. 우리는 마을 동쪽에 있는 오신레 거리에 도착했다. 그때 완전군장을 한 군인들로 가득 찬 군용 지프가 빠르게 스쳐 갔다. 그중 한명이 우리 차 핸들을 잡고 있는 게 어린애라는 것을 알아차리고 자기 친구를 툭툭 치더니 우리 쪽을 가리켰지만, 트럭은 멈추지 않았다. 이켄나는 일정한 속도로 차를 몰면서, 시계처럼 생긴 계기판의 빨간 바늘이 더 큰 숫자로 움직이는 게 보일 때만 액셀을 밟았다. 아버지가 우리를 학교로 데려다줄 때, 앞자리에 아버지와 함께 타고 갈 때마다 아버지가 늘 그렇게 하는 것을 보았던 것이다. 우리는 도로 쪽으로 방향을 틀어 길가에 가까이 붙어서 이동했다. 그러다가 보자가 올루와투이 거리라는 표지판을 소리 내서 읽었다. 그 밑에 있는 작은 표지에는 나이지리아 중앙은행이라고 새겨져 있었다. 그때 우리는 우리가 안전해졌으며, 아쿠레에서 백명 이상이 살해당한 1993년 선거 폭동에서 탈출했다는 것을 알게 되었다. 6월 12일은 나이지리아 역사에서 아주 중요한 날이 되었다. 매년 이날이 다가올 때면, 칼과 톱과 바늘과 범상치 않은 마취 도구들로 완전히 무장한 보이지 않는 외과의사들이 천 명쯤 북풍과 함께 흘러 들어와 아쿠레에 정착하는 것만 같았다. 밤이 되면, 사람들이 자는 동안 그 의사들이 빠르고 고통 없는 짧은 수술로 사람들의 영혼에 광적이고 일시적인 절제술을 시행한 다음, 수술의 효과가 드러나기 전 새벽에 사라지는 것이다. 사람들은 몸이 불안감으로 축축해진 채 깨어나곤 했다. 가슴은 두려움으로 두근거리고, 머리는 상실에 대한 기억으로 처지고, 눈에서는 눈물이 떨어지고, 입술은 엄숙한 기도를 끝없이 되뇌고, 몸은 공포로 덜덜 떨리는 채로. 그들은 모두 어린아이의 구겨진 스케치북 속 뭉개진 연필 초상화처럼, 곧 지워지기만을 기다리는 그림처럼 변해버렸다. 그렇게 암울해진 도시는 위협당한 달팽이처럼 안으로 물러났다. 그러다가 새벽빛이 어둑하게 조금이라도 비쳐 들면, 북부 출신 주민들이 마을을 빠져나가고 가게는 문을 닫았다. 교회에서는 평화의 기도를 올리자며 사람들을 소집했다. 그렇게 6월의 아쿠레는 자주 그러듯 약하디약한 노인으로 변해 그날이 지나가기만을 기다리곤 했다.

그 신문이 망가진 일은 보자에게 큰 충격을 주었다. 보자는 밥을 먹지 못했다. 그는 오벰베와 내게 이켄나를 막아야만 한다고 거듭 말했다.

"계속 이럴 수는 없어." 보자는 여러 번 되풀이했다. "이켄나는 정신이 나갔어. 미쳤다고." 다음 주 화요일 아침, 맑은 하늘이 이를 드러난 뒤에도 오벰베와 나는 늦잠을 잤다. 전날 밤, 밤의 궁둥이에 대고 여러 이야기를 하느라 늦게까지 깨어 있었기 때문이었다. 누가 우리 문을 억지로 확 여는 바람에 우리는 빠르게 정신을 차렸다. 보자였다. 보자는 이켄나와 처음 싸운 이후로 늘 그랬듯 거실에서 잠을 잤다. 보자는 시무룩하고 차가운 표정으로 들어오면서, 온몸을 긁어대며 이를 갈았다.

"어젯밤에는 모기 때문에 죽을 뻔했어." 보자가 말했다. "더 이상은 이켄나가 나한테 저지르는 짓을 참을 수가 없어. 정말 지쳤다고!"

보자의 목소리가 하도 커서 나는 자기 방에 있는 이켄나에게도 그 소리가 들릴까 봐 두려웠다. 가슴이 쿵쾅거렸다. 나는 오벰베를 보았지만, 오벰베의 시선은 문에 머물러 있었다. 나는 내가 그랬듯 오벰베도 그 문으로 이젠 무슨 일이 넘어올지 살펴보고 있다는 느낌을 받았다.

"나를 내 방에 못 들어가게 하다니." 보자가 말을 이었다. "상상이나 되냐? 나를 내 방에 못 들어가게 한다니까." 보자는 소유권을 주장하는 몸짓으로 가슴에 손을 얹었다. "아빠랑 엄마가 우리 둘에게 준 방인데."

그는 셔츠를 벗고, 모기에 물렸다고 느껴지는 살갗의 여러 곳을 가리켰다. 이켄나보다 키가 작기는 했지만, 보자는 거의 그와 비슷하게 성숙했다. 그의 가슴에는 털이 나는 징조가 보였고, 겨드랑이에는 실제로 털이 무성했다. 배꼽에서 바지 속까지 어두운 색조가 이어졌다.

"거실이 그렇게 별로야?" 나는 보자를 달래보려고 물었다. 나는 이켄나가 들을까 봐 보자가 말을 잇지 않기를 바랐다.

"그럼 별로지!" 보자는 더 크게 소리쳤다. "난 이켄나가 이러는 게 싫어. 싫다고! 저놈의 거실에서 잘 수 있는 사람은 아무도 없을걸!"

오뱀베는 경계하듯 나를 보았고, 나는 내가 그랬듯 오뱀베도 두려움에 사로잡혀 있다는 걸 눈치챘다. 보자의 말은 도자기 파편처럼 떨어졌고, 그 조각들이 사방에 흩뿌려졌다. 오뱀베와 나는 무슨 일이 닥치리라는 걸 알고 있었으며, 그건 보자도 마찬가지인 듯했다. 그가 자리에 앉아서 머리에 손을 얹었으니 말이다. 몇 분 만에 집 안 어딘가에서 크게 삐걱거리는 소리가 나더니 발소리가 뒤따랐다. 이켄나가 방에 들어왔다.

"내가 싫다고?" 이켄나가 조용히 말했다.

보자는 대답하지 않았지만, 창문에서 눈을 돌리지도 않았다. 눈에 띄게 상처받은 이켄나(그의 눈에 눈물이 고여 있는 게 보였다)는 가만히 문을 닫고 방의 더 깊숙한 곳으로 들어갔다. 그러더니 비웃음이 가득 담긴 뾰족한 시선을 보자에게 던지고 셔츠를 벗었다. 싸우기 직전 마을 아이들이 하는 관습이었다.

"그렇게 말 했어, 안 했어?" 이켄나는 그렇게 소리쳤지만, 대답을 기다리지는 않았다. 이켄나는 보자를 의자에서 밀쳐 넘어뜨렸다.

보자는 소리를 지르며 거의 즉시 자리에서 일어났다. 그는 화가 나 숨을 헐떡이며 외쳤다. "그래. 난 네가 싫어, 이케. 정말이야."

이 일을 떠올릴 때 나는 기억력에게 나를 가엾게 여겨달라고 부탁하곤 한다. 부디 이 지점에서 멈춰달라고 말이다. 하지만 그런 간청은 언제나 무력하다. 나는 보자가 그 말을 내뱉은 뒤 이켄나가 잠시 가만히 서 있던 모습을 늘 보게 된다. "넌 나를 싫어하는구나, 보자"라는 말을 마침내 만들어내기까지 그의 입술이 오랫동안 움직이던 모습을. 이켄나는 힘주어 그 말을 내뱉었고, 그래서 그의 얼굴은 안도감으로 밝아지는 듯 보였다. 그는 미소 지으며 고개를 끄덕이더니 눈을 깜빡여 눈물을 흘렸다.

"그럴 줄 알았어. 그럴 줄 알았다고. 난 그동안 내내 멍청하게 굴었던 거야." 이켄나가 고개를 저었다. "그래서 네가 내 여권을 우물에 던져버린 거겠지." 그 말을 들은 보자의 얼굴에 겁에 질린 표정이 떠올랐다. 그는 뭔가 말하려 했지만, 이켄나가 요루바어에서 이보어로 언어를 바꾸어 더 큰 목소리로 말했다. "입 다물어! 네가 그런 못된 짓만 안 했어도 나는 지금쯤 캐나다에서 더 나은 인생을 살고 있었을 거야." 마치 이켄나가 말한 모든 단어가―모든 문장이―충격이기라도 한 듯, 보자는 입을 쩍 벌린 채 숨을 헐떡였다. 어떤 말들이 만들어지려 했으나 이켄나의 "입 다물어!" 혹은 "잘 봐!" 같은 말이 그 말을 눌러버리곤 했다. 이켄나는 계속해서 어떤 이상한 꿈들이 그의 의심을 더욱 확인해주었다고 말했다. 어떤 꿈에서, 그는 보자가 총을 들고 자신을 추격하는 모습을 보았다. 이 말을 들은 보자의 얼굴이 움찔거렸다. 충격과 무력감이 뒤섞여 그의 얼굴을 붉게 물들였다. 이켄나가 이렇게 말했기 때문이었다. "내 영혼이 증언하듯이, 넌 날 끔찍이도 싫어하는 게 틀림없어."

보자는 방을 나서고 싶어서 뛰어가듯 문으로 향했지만, 이켄나의 말에 걸음을 멈추었다. "그럴 줄 알았어." 이켄나가 말하고 있었다. "아불루가 환시에서 본 어부는 너였던 거야. 다른 사람이 아니었어."

보자는 가만히 서서 머리를 숙인 채, 부끄러움이라도 느끼는 듯 가만히 있었다.

"그래서 네가 날 싫어한다고 고백하는 지금도 난 전혀 놀랍지 않아. 넌 옛날부터 날 싫어했으니까. 하지만 성공하지는 못할 거다." 이켄나가 갑자기, 사납게 말했다.

이켄나는 보자에게 달려가 보자의 얼굴을 후려쳤다. 보자가 쓰러지면서, 시끄러운 텅 소리를 내며 바닥에 놓여 있던 오벰베의 금속 상자에 머리를 부딪쳤다. 보자는 아파서 거친 고함을 내지르며, 바닥에 발을 굴러 대고 비명을 질러댔다. 놀란 이켄나가 절벽의 입구에 위태롭게 서 있는 사람처럼 한 발짝 물러섰다. 문에 다다른 그는 돌아서서 달려 나갔다.

이켄나가 방을 나서자마자 오벰베가 보자에게 한 걸음 다가갔다. 그런 다음 오벰베가 갑자기 멈춰서 외쳤다. "세상에!" 처음에, 나는 이켄나와 오벰베가 본 것을 보지 못했다. 하지만 그 순간에는 보고 말았다. 상자 윗부분을 가득 채우고 바닥으로 뚝뚝 떨어지는 피 웅덩이가 눈에 들어왔다.

오벰베는 괴로워하며 방에서 달려 나갔고 나는 그 뒤를 따랐다. 우리는 뒤뜰 정원에서 손에는 곡괭이를 들고 라피아 바구니에는 토마토 몇 개를 담은 채, 우리 낚시질에 관해 고자질했던 이웃인 이야 이야보와 이야기하던 어머니를 발견하고 두 사람에게 소리쳤다. 어머니는 그 여자와 함께 우리 방에 들어왔다가 눈앞의 광경을 보고 겁에 질렸다. 보자는 울부짖기를 멈추었다. 이제는 그의 몸이 가만히 누워 있었다. 보자의 얼굴은 피투성이가 된 두 손에 감춰져 있었으며, 그의 몸은 죽기라도 한 것처럼 이상하게 평온한 상태였다. 보자가 누워 있는 모습을 본 어머니가 주저앉아 흐느꼈다.

"어서, 쿤레 의원으로 데려가요." 마마 이야보가 어머니에게 외쳤다.

어머니는 헤아릴 수 없을 만큼 괴로워하며, 서둘러 블라우스와 긴 치마로 옷을 갈아입었다. 어머니는 마마 이야보의 도움을 받아 보자를 일으켜 어깨로 받쳤다. 보자는 계속 침착했다. 소리 없이 흐느끼는 그의 두 눈은 멍하게 앞을 보고 있었다.

"지금 보자한테 무슨 일이라도 일어나면, 이켄나는 뭐라고 할까? 자기가 동생을 죽였다고 할까?" 어머니가 그 여자에게 말했다.

"올로훈 마제!* 그런 말 마요!" 마마 이야보가 내뱉었다. "마마 이케, 겨우 이런 일로 어떻게 그런 생각을 할 수가 있어요? 애들은 한창 커가는 남자애들이에요. 이건 이 또래 남자애들한테서 흔한 일이고요. 그만둬요. 병원에나 데려가요."

그들이 떠나자마자 나는 뭔가가 꾸준히 바닥으로 똑똑 떨어지는 소리를 의식했다. 그쪽으로 눈을 돌린 나는 소리를 내던 것이 피 웅덩이라는 것을 알게 되었다. 나는 내 눈으로 본 광경에 충격을 받아 침대에 앉았지만, 내 마음을 무엇보다도 어지럽힌 것은 이켄나가 불러일으킨 기억이었다. 당시에 겨우 네 살이었지만, 나는 그 사건을 기억하고 있었다. 캐나다에 사는 아버지의 친구 바요 아저씨가 나이지리아로 돌아온 적이 있었다. 바요 아저씨는 언제가 될지는 모르지만 캐나다로 돌아갈 때 이켄나를 데려가 같이 살겠다고 약속했고, 이켄나에게 여권과 캐나다 비자를 구해주었다. 그러다가 이켄나가 아버지와 함께 라고스로 가는 날 아침이 되었다. 이켄나는 그곳에서 바요 아저씨와 함께 비행기를 타기로 되어 있었다. 그날, 이켄나는 여권을 찾지 못했다. 이켄나는 여행용

* 말도 안 되는 소리! (요루바어)

재킷 가슴 주머니에 여권을 넣어두고, 보자와 함께 쓰는 방의 옷장에 그 재킷을 걸어두었다. 그러나 재킷에 여권이 없었다. 시간이 늦었고, 화가 머리끝까지 난 아버지는 미친 듯이 여권을 찾기 시작했다. 결국 둘은 여권을 찾지 못했다. 아버지는 비행기가 이켄나를 두고 떠날까 봐 걱정했다. 그렇게 되면 여권을 받고 여행과 관련된 서류를 챙기는 일을 다시 처음부터 새로 해야 했으니 말이다. 그래서 아버지의 분노는 점점 심해졌다. 아버지가 이켄나의 부주의를 탓하며 그를 후려치기 직전에, 아버지한테 맞지 않으려고 어머니 뒤에 서 있던 보자가 여권을 훔친 사람은 자기라고 고백했다. 아버지는 왜 그랬는지, 또 여권은 어디에 있는지 물었다. 눈에 띄게 겁먹은 보자가 말했다. "우물에요." 그러더니 그는 이켄나가 자기를 떠나는 걸 바라지 않아서 전날 밤 여권을 우물에 던져버렸다고 털어놓았다.

아버지는 미친 사람처럼 서둘러 우물로 달려갔지만, 아버지가 안을 들여다봤을 때는 여권 조각이 수면에서 떠다니는 모습만 보였다. 여권은 손쓸 수 없이 망가져버렸다. 아버지는 몸을 떨면서 두 손을 머리에 얹었다. 그러다가, 갑자기 뭐에 씌기라도 한 것처럼 감귤나무로 손을 뻗어 가지를 꺾더니 다시 집으로 달려갔다. 아버지가 보자에게 덤벼들려던 그 순간, 이켄나가 끼어들었다. 이켄나는 보자 없이 떠나고 싶지 않아서, 보자가 여권을 우물에 던질 만한 상황을 만들었다고 했다. 나이가 들면 둘이 함께 가겠다고 말이다. 나중에 나는(이건 우리 부모님도 마찬가지였다) 그 말이 거짓말이라는 것을 알게 되었지만, 아버지는 이켄나가 보자의 행동을 사랑의 행위라고 보았다는 생각에 감동받았다. 하지만 변신이 일어난 지금은 당시에 보자가 한 행동이 이켄나에게 궁극적인 증오를 나타내는 행동이 된 것이다.

그날 오후, 어머니와 함께 의원에서 돌아온 보자는 정신이 한참 나간 것처럼 보였다. 피 얼룩이 져 있고 밑에는 솜이 들어 있는 붕대가 그의 뒤통수에 난 상처를 덮고 있었다. 그 모습을 본 나는 가슴이 철렁했다. 보자가 얼마나 많은 피를 흘렸을지 생각하니 보자가 견뎠어야만 했을 고통에 몸이 떨렸다. 나는 무슨 일이 일어난 것인지, 무슨 일이 벌어지는 건지 이해하고 싶었지만, 그럴 수 없었다. 이런 일에 대한 심판은 가볍지 않았다.

그날 남은 시간 동안 어머니는 누가 조금이라도 다가오면 터지고 마는 지뢰가 깔린 길이 되었다. 어머니는 나중에 저녁으로 먹을 에바를 준비하면서 혼잣말을 하기 시작했다. 어머니는 아버지에게 아쿠레로 다시 발령을 내달라고 요청하거나 우리를 아버지가 있는 곳에서 함께 살게 해달라고 부탁했지만, 아버지가 그 말을 듣지 않았다고 불평했다. 그리고 이제는 아버지의 아이들이 서로의 머리를 깨고 있다고 슬퍼했다. 어머니는 이어서 이켄나가 낯선 사람이 되어버렸다고 말했다. 식탁에 음식을 차릴 때도 어머니의 입은 계속 움직이고 있었고, 그러는 동안 우리들은 나무 의자를 꺼내 앉았다. 어머니는 저녁 식사에 쓸 마지막 물건인, 손 씻는 물그릇을 내놓으면서 흐느끼기 시작했다.

그날 밤은 침묵과 공포가 집을 삼켰다. 오벰베와 나는 일찍 우리 방으로 물러났고, 데이비드는 기분이 몹시 나쁜 어머니 곁에 있는 것이 두려워서 우리를 따라왔다. 잠들기 전 나는 오랫동안 이켄나의 소리가 들리는지 귀를 기울였으나 아무 소리도 들리지 않았다. 그러나 기다리면서도, 나는 이켄나가 다음 날 아침까지 집에 돌아오지 않기를 남몰래 바랐다. 한 가지 이유는 어머니가 화내는 것이 두려웠기 때문이었다. 이런 분위기에서 이켄나가 돌아오면 어머니가 이켄나에게 무슨 짓을 할지 몰랐으니까. 두 번째 이유는, 의원에서 돌아온 보자가 할 만큼 했다고 선언한 것이 두려웠기 때문이었다. "장담하는데." 보자는 맹세를 뜻하는 동작으로 검지 끝을 핥으며 말했다. "나도 더는 우리 방에서 쫓겨나지 않을 거야." 이런 위협을 실현하려는 듯 보자는 그 방으로 자러 갔다. 나는 이켄나가 돌아와서 그 방에 있는 보자를 발견할 때 어떤 위험한 일이 벌어질지 몰라 두려웠고, 그 때문에 보자가 언젠가는 복수하고 말 거라는 엄청나게 불길한 예감에 사로잡혔다. 보자는 엄청난 잘못을 당했으니까 말이다. 내 몸이 억지스럽게 막을 내리는 그날의 힘에 항복했을 때, 나는 이켄나의 내면에 들어간 독이 얼마나 퍼졌는지 생각하기 시작했고 그 끝은 무엇일지 두려워졌다.

8. 메뚜기들

메뚜기들은 선지자였다.

메뚜기들은 우기가 시작될 때면 아쿠레와 남부 나이지리아 거의 모든 지역에 끓어 넘쳤다. 갈색 솔 파리처럼 작은, 날개 달린 이 곤충들은 갑작스럽게 흙에 난 구멍에서 쏟아져 나와 빛이 보이는 곳이면 어디에나 몰려들었다. 빛이 놈들을 자석처럼 끌어당겼다. 아쿠레 사람들은 메뚜기들이 나오는 것을 크게 기뻐하곤 했다. 그것은 가혹한 태양이 하르마탄 열풍의 도움을 받아 땅을 괴롭히는 건기가 지나가고, 비가 토지를 치유한다는 뜻이었기 때문이다. 아이들은 전구나 손전등에 불을 켜고 물이 담긴 그릇을 가까이에 놔둔 다음, 메뚜기들을 쳐서 그릇에 빠뜨리거나 메뚜기들이 날개를 떨어뜨리고 물속에 빠져 죽게 했다. 사람들은 모여서 메뚜기 잔해를 잔뜩 구워 먹으며 앞으로 내릴 비에 기뻐했다. 그러나 비는—보통 메뚜기들이 침략한 다음 날에—격렬한 폭풍과 함께 내려 지붕을 뽑아버리고, 집들을 파괴하고, 수많은 사람들을 익사시키며 도시 전체를 이상한 강으로 바꾸어놓곤 했다. 비는 메뚜기들을 좋은 징조에서 나쁜 일의 예고자로 바꾸어놓았다. 바로 그것이 보자가 머리에 부상을 입은 다음 주에 아쿠레의 사람들과 모든 나이지리아인들에게, 또 우리 가족에게 닥쳐온 운명이었다.

8월의 그 주는 나이지리아 올림픽 '드림팀'이 남자 축구 결승전에 올라간 주였다. 그 전 몇 주 동안 시장과 학교, 사무실 등은 금방이라도 무너질 것 같은 이 나라에 금메달을 따준 치오마 아준와의 이름으로 밝아졌다. 이제 남자 축구팀은 준결승전에서 브라질을 꺾고 결승전에서 아르헨티나와 맞붙을 참이었다. 온 나라가 미친 듯한 기쁨에 휩싸였다. 사람들이 머나먼 애틀랜타의 여름 열기 속에서 나이지리아 국기를 흔드는 동안, 아쿠레는 천천히 익사했다. 마을에 정전을 일으킨, 사나운 바람으로 무장한 심한 비가 나이지리아 드림팀과 아르헨티나의 결승전 전날 밤 내내 쏟아졌다. 비는 경기가 있는 날, 그러니까 8월 3일 아침까지 이어졌고 해가 질 때까지 아연과 석면으로 된 지붕을 두들겨대다가 점점 약해져 그쳤다. 그날은 아무도 집을 나서지 않았다. 하루 대부분을 자기 방에 갇힌 채 보내던 이켄나도 마찬가지였다. 이켄나는 중요한 동반자가 된 휴대용 라디오 카세트 플레이어에서 나오는 곡을 따라 노래를 흥얼거리느라 목소리를 높일 때를 제외하면 침묵을 지켰다. 그 주부터 이켄나는 완전히 고립되었다.

어머니는 이켄나가 보자에게 입힌 상처에 관해 따져 물었고, 이켄나는 보자가 먼저 자기를 위협했으니 자기가 한 일은 옳은 것이었다고 우겼다. "애새끼가 협박하는데 조용히 지켜만 볼 수는 없었어요." 이켄나는 어머니가 거실에 와서 얘기 좀 하자고 빌었는데도 자기 방 문간에 버티고 서서 말하더니 눈물을 터뜨렸다. 아마 그런 식으로 울음을 터뜨린 것이 부끄러웠는지, 이켄나는 자기 방으로 달려가 문을 닫았다. 어머니는 그날 **이제는** 이켄나가 미쳐버린 것이 분명하다는 확신이 든다며, 아버지가 돌아와 이켄나를 제정신으로 돌려놓기 전까지는 모두들 그를 피해야 한다고 말했다. 그러나 변해버린 이켄나에 대한 내 두려움은 이미 하루가 다르게 커져가고 있었다. 심지어, 처음에는 더 이상 당하고만 있지 않겠다고 위협했던 보자까지도 어머니의 지시에 따라 이켄나와 부딪히지 않으려 했다. 이제 보자는 상처가 완전히 다 나아 붕대를 풀고 있었다. 꿰맨 자리에는 곡선형의 움푹 들어간 자국이 보였다.

경기 시작 시간이 가까워진 저녁에는 비가 그쳤다. 경기가 가까워지자 이켄나는 모습을 감추었다. 우리는 모두 그 중요한 경기를 볼 수 있도록 전기가 복구되기를 기다렸으나 정전은 저녁 8시까지도 이어졌다. 오벰베와 나는 하루 종일 거실에 앉아 잿빛 하늘의 어둑한 빛에 비추어 글을 읽었다. 나는 동물들이—개, 돼지, 암탉, 염소 등이—말을 하고 사람의 이름을 가지고 있으며 전부 길들여져 있는 신기한 책의 문고판을 읽고 있었다. 그 책에는 내가 좋아하는 야생동물이 나오지 않았지만, 나는 동물들이 사람처럼 말하고 생각하는 방식에 이끌려 계속 읽어나갔다. 내가 책에 깊이 빠져 있을 때, 내내 조용히 앉아 있던 보자가 어머니에게 라 룸으로 가서 경기를 보고 싶다고 말했다. 어머니는 거실에 앉아서 데이비드와 은켐과 함께 놀아주는 중이었다.

"지금은 너무 늦지 않았니? 경기를 꼭 봐야겠어?" 어머니가 말했다.

"네, 갈래요. 그렇게 늦지도 않았고요······."

어머니는 잠시 생각해보는 듯하더니 눈을 들어 우리를 보며 말했다.

"알았다. 그래도 조심해야 한다."

우리는 어머니의 방에서 손전등을 꺼내 와 어두워져가는 거리로 나섰다. 사방에는 시끄럽게 윙윙거리는 발전기로 전기를 공급하는 건물들이 드문드문 모여서, 동네를 백색소음의 집합으로 가득 채우고 있었다. 당시에는 이번 경기처럼 큰 경기가 있을 때면 아쿠레의 부자들이 전기 공급에 문제를 일으켜달라고 나이지리아 전력공사 지부에 뇌물을 준다는 믿음이 퍼져 있었다. 임시 관람소를 설치해 돈을 벌려고 말이다. 라 룸은 우리 동네에서 가장 현대적인 호텔로, 높은 철조망으로 둘러쳐진 4층짜리 건물이었다. 밤이면 전기가 없을 때도 그 벽 안쪽에서 뻗어 나오는 밝은 형광등이 꽤 먼 곳까지 주변 사물에 고요한 빛의 웅덩이를 드리웠다. 라 룸은 정전이 일어나는 대부분의 밤에 그랬듯 그날 밤에도 로비를 임시 관람소로 바꾸어놓았다. 호텔 바깥의 큰 간판은 올림픽 로고와 **애틀랜타 1996**이라는 글자가 들어간 알록달록한 포스터로 사람들을 끌어들였다. 정말이지, 우리가 도착했을 때는 로비가 가득 차 있었다. 높은 탁자에 14인치짜리 텔레비전 두 대가 서로 마주 보고 놓여 있었으며, 로비 구석마다 자리 잡은 사람들이 다양한 자세로 어떻게든 그 텔레비전을 보려 하고 있었다. 가장 먼저 도착한 관객들이 텔레비전 가까이에 있는 플라스틱 의자를 차지했고, 점점 더 많은 사람들이 그들 뒤에 모여들어 경기를 보았다.

보자는 텔레비전 두 대를 힐끔 볼 수 있는 자리를 찾아내더니 오벰베와 나는 남겨둔 채 두 남자 사이로 살금살금 들어갔다. 그러나 우리도 결국은 자리를 찾았다. 몸을 왼쪽으로 기울이면 썩은 돼지고기 냄새가 나는 신발을 신은 남자 두 명 사이의 작은 공간을 통해 가끔이라도 경기를 볼 수 있는 곳이었다. 오벰베와 나는 이후 약 15분 동안 인간의 가장 근원적인 냄새를 풍기는, 역겹고도 폐쇄공포증을 일으킬 것만 같은 몸뚱이의 바닷속에 잠겨 있었다. 어떤 사람에게서는 양초의 밀랍 냄새가 났고, 다른 사람에게서는 낡은 옷 냄새가 났으며, 또 다른 사람에게서는 동물의 살점과 피 냄새가, 또 다른 사람에게서는 마른 페인트 냄새가, 다른 사람에게서는 휘발유 냄새가, 또 다른 사람에게서는 판금 냄새가 났다. 손으로 코를 가리기도 지쳤을 때, 나는 오벰베의 귀에 집으로 돌아가고 싶다고 속삭였다.

"왜?" 오벰베가 놀란 척 물었다. 자기도 뒤에 서 있는 머리 큰 남자에게 겁을 먹은 데다가 아마 나처럼 떠나고 싶었을 텐데도. 남자의 두 눈은 안쪽으로 서로를 마주 보고 있었는데, 보통 4시 15분 눈이라고 알려져 있는 그런 눈이었다. 오벰베가 겁을 먹었던 또 한 가지 이유는 이 무섭게 생긴 남자가 "똑바로 서라!"라고 소리치며 더러운 손으로 오벰베의 머리를 무례하게 밀쳤기 때문이었다. 박쥐 같은 사람이었다. 못생기고 끔찍한.

"가면 안 돼. 이켄나랑 보자가 여기 있잖아." 오벰베는 곁눈질로 그 남자를 힐끔거리며 마주 속삭였다.

"어디?" 내가 다시 속삭였다.

오벰베는 꽤 긴 시간이 지날 때까지 가만히 있다가, 귓속말을 하려고 천천히 고개를 뒤쪽으로 기울였다. "앞에 앉아 있어, 내가 봤어……." 하지만 그의 목소리는 갑자기 터져 나온 함성에 실려 갔다. "아무네케!"라든가 "골!"이라는 미친 듯한 고함 소리가 허공을 찢어발기며, 로비를 승리감의 소용돌이로 밀어 넣었다. 박쥐 같은 남자의 일행이 소리를 지르며 두 팔을 휘둘러대다가 오벰베의 머리를 팔꿈치로 쳤다. 오벰베는 아야 소리를 냈지만, 그 소리는 시끌벅적한 고함에 흡수되고 말았다. 오벰베는 그 사람들과 함께 기뻐하는 것처럼 보였다. 그는 아픔에 움찔거리며 내 쪽으로 넘어졌다. 오벰베를 때린 남자는 이를 알아채지도 못하고 계속 소리를 질렀다.

"가자. 여긴 안 좋은 곳이야." 나는 "미안, 오베"라는 말을 10여 번쯤 한 뒤 오벰베에게 말했다. 그러나 이 정도로는 그를 설득할 수 없으리라는 느낌이 들어, 우리가 축구 경기를 보러 나가겠다고 우길 때면 어머니가 자주 하던 말을 꺼냈다. "우린 이 경기를 보면 안 돼. 이긴다고 선수들이 우리랑 돈을 나눌 것도 아니고."

이 말이 통했다. 오벰베는 눈물을 삼키며 알겠다는 뜻으로 고개를 끄덕였다. 나는 간신히 앞으로 조금씩 나아가며, 다른 나이 많은 소년 두 명 사이에 끼어 서 있던 보자의 어깨를 두드렸다.

"뭐?" 보자가 서둘러 물었다.

"우린 갈게."

"왜?"

나는 대답하지 않았다.

"왜?" 그는 얼른 다시 화면으로 눈을 돌리고 싶어 하며 한 번 더 물었다.

"아무것도 아냐." 내가 말했다.

"알았어. 그럼 나중에 봐." 보자는 그렇게 말하고 재빨리 다시 텔레비전으로 고개를 돌렸다.

오벰베는 손전등을 달라고 했지만, 보자가 그 소리를 듣지 못했다.

"손전등은 필요 없어." 나는 키 큰 남자 두 명 사이의 공간을 비집고 들어가며 말했다. "천천히 걸어가면 돼. 주님이 우리를 집까지 안전하게 이끌어주실 거야."

우리는 밖으로 나갔다. 오벰베는 남자가 팔꿈치로 친 자리에 손을 대고 있었다. 아마 그 자리가 부어올랐는지 만져보는 듯했다. 밤은 어두웠다. 너무 어두워서, 가끔 길을 지나가는 자동차와 오토바이의 불빛 말고는 거의 아무것도 보이지 않았다. 게다가 모두가 다른 어딘가에서 올림픽 경기를 보고 있었기 때문에 그런 불빛도 거의 없었다.

"짐승 같은 놈. 미안하다는 말도 할 줄 모르고." 나는 강해져만 가는 울고 싶은 마음을 억누르며 말했다. 꼭 오벰베의 통증을 그와 똑같이 느낄 수 있을 것만 같았다. 결국 나는 울고 싶은 충동에 지고 말았다.

"쉿." 바로 그때 오벰베가 말했다.

오벰베는 나를 나무 가판대 근처의 모퉁이로 끌고 갔다. 처음에는 아무것도 보이지 않았지만, 그다음에는 나도 오벰베가 본 것을 보았다. 거기, 우리 대문 앞의 야자수 옆에 광인 아불루가 서 있었던 것이다. 그 모습은 너무 갑작스럽게 다가와, 처음에는 비현실적으로만 느껴졌다. 나는 오미알라강에서 아불루를 만난 뒤 한 번도 그를 본 적이 없었지만, 이후 여러 날과 여러 주가 흘러가는 동안 아불루는 부재중에—혹은 멀리서—점차 그 괴로운 존재감으로 나의 인생을, 우리의 인생을 채워갔다. 나는 아불루에 관한 이야기를 들었고, 그를 조심하라는 경고를 받았으며, 그를 쫓아달라는 기도를 했다. 하지만 그를 본 적은 없었다. 그래서 나도 모르는 사이 그를 보게 되기를 기다리게 됐다. 심지어 그러기를 바랐다. 그런데 그가 그곳에, 우리 대문 앞에 서서 우리 집 안을 골똘히 들여다보고 있었던 것이다. 다만 아불루는 집 안으로 들어갈 생각은 없는 듯했다. 오벰베와 나는 그 자리에 서서 그가 몸짓을 하고, 오직 자기 눈에만 보이는 누군가와 대화하듯 허공에 손을 내젓는 것을 지켜보았다.
그때 아불루가 갑자기 돌아서서 우리에게 걸어오며 뭔가를 속삭이기 시
작했다. 그가 우리를 지나갈 때 우리는—답답한 숨소리 사이로—무슨
속삭임을 들었다. 나는 오벰베도 그 말을 똑똑히 들었을 거라고 생각했
다. 오벰베가 내 손을 잡고 미친 사람의 앞에서 끌어냈기 때문이다. 나는
숨을 헐떡이며 그가 멀리까지 펼쳐진 어둠 속으로 사라지는 것을 지켜
보았다. 우리 이웃의 트럭이 만들어낸 아불루의 그림자가 거리에 짧게
드리워졌다가, 트럭이 가까이 다가오자 사라졌다.

"저 사람이 뭐라고 했는지 들었어?" 아불루가 보이지 않게 되자마자
오벰베가 내게 물었다.

나는 고개를 저었다.

"못 들었어?" 오벰베가 숨죽여 말했다.

내가 막 대답하려 했을 때, 어깨에 아이를 안고 있는 남자가 뒤뚱거리
며 지나갔다. 아이가 자장가를 웅얼거리고 있었다.

비야, 비야, 오지 마라
다른 날 다시 오렴
아이들이 놀고 싶어 하잖니……

그들이 우리 말을 들을 수 없는 곳까지 걸어가기가 무섭게 오벰베가
다시 물었다.

나는 고개를 저었다. 못 들었다는 몸짓이었지만, 거짓말이었다. 똑똑
히 들은 것은 아닐지라도 나는 아불루가 지나가면서 되풀이해 말했던 단

176

어를 들었다. 우리 평화의 종말이 시작된 그날과 똑같은 단어, "이케나."

의심스러운 기쁨이 나이지리아 전역을 휩쓸었다. 그 기쁨은 밤이면 메뚜기들이 쏟아졌다가 동 틀 녘에는 마을 전체에 날개를 흩뿌려놓은 채 사라지듯 저녁에서 아침까지 펼쳐졌다. 보자는 게임을 1분 단위로, 영화처럼 중계해주었다. 제이제이 오코차는 슈퍼맨이 납치당한 사람을 구하듯 적들을 제쳤고, 에마누엘 아무네케는 파워레인저라도 된 것처럼 제트기같이 빠른 공을 날려 골을 넣었다고. 보자와 오벰베와 나는 밤 늦게까지 즐거워했다. 자정쯤에는 어머니가 끼어들어 그만 잠자리에 들어야 한다고 강하게 말했다. 마침내 잠들었을 때, 나는 백만 가지는 되는 꿈을 꾸었으며 아침이 밝을 때까지 잤다. 그때 오벰베가 나를 세차게 때리며 "일어나! 일어나, 벤. 둘이 싸우고 있어!"라고 소리를 질렀다.

"무슨, 누가?" 나는 혼란스러워서 물었다.

"둘이 싸운다고." 오벰베가 요란스럽게 말했다. "이케나랑 보자랑. 심각해. 와봐." 오벰베는 길 잃은 나방처럼 빛줄기 속을 움직이더니, 돌아서서 내가 아직도 침대에 누워 있는 것을 보고 외쳤다. "들어봐, 들어보라니까…… 심각해. 가자!"

보자는 오벰베가 나를 깨우기 한참 전에 욕설을 하며 일어났다. 우리와 벽을 맞대고 있는 이웃인 아그바티스 가족의 고물 트럭이 간헐적으로 부릉! 부르응! 부르으으으응! 하는 소리를 내며 무의식 세계와 꿈의 세계를 구분하는 가느다란 막을 찢어놓았다. 잠을 깬 건 그 트럭 때문이었지만, 보자는 어차피 교회의 다른 아이들과 함께 드럼 연습을 하려고 일찍 일어나려던 참이었다. 그는 목욕을 하고, 데이비드와 은켐과 함께 가게에 간 어머니가 우리에게 주려고 남겨둔 버터 바른 빵 중 자기 몫을 먹었지만, 새 셔츠와 바지로 갈아입기 위해서는 기다려야만 했다. 이켄나와 함께 쓰는 방에서 더 이상 잠을 자지는 않았지만, 그의 소지품이 여전히 이켄나의 옷장 안에 있었기 때문이다. 매부리인 어머니는 보자에게 오뱀베와 내가 쓰는 방으로 짐을 옮기라고 거듭 간청해왔다. "하 푸루 에크웬수 울로 야 — 악마는 악마 소굴에 두란 말이야"라면서. 하지만 보자는 물러나지 않았다. 보자는 그 방이 이켄나의 것일 뿐 아니라 자기 것이기도 하며, 자기는 떠나지 않을 거라고 말했다. 이켄나와 말을 하지 않고 지내는 중이었기에, 보자는 이켄나에게 문을 열어달라고 부탁하지 못한 채 이켄나가 잠을 깨고 문을 열어줄 때까지 기다려야 할 때가 많았다. 그러나 이켄나는 나이지리아 전역을 휩쓴, 거리의 거친 축하 행렬에 참여하느라 그날 밤 대부분을 밖에서 보냈고, 정오가 다 될 때까지 방 안에 머물렀다. 한참 세월이 흐른 뒤, 오뱀베는 이켄나가 집에 돌아왔을 때 취해 있었다는 얘기도 내게만 전해주었다. 어머니가 자정에 현관과 대문을 닫았기 때문에 오뱀베가 이켄나에게 문을 열어주어야 했는데, 그때 이켄나에게서 강한 알코올 냄새가 났다는 것이다.

보자는 화가 나서 속을 부글부글 끓이며 초조하게 기다렸다. 그러다가 11시가 가까워졌을 때는 인내심의 한계에 이르러, 방으로 가서 문을 두드렸다. 처음에는 부드럽게, 그다음에는 처절하게 말이다. 오뱀베는 보자가 무척 답답해하며, 모르는 사람의 집에라도 온 듯 방문에 귀를 댔다가 벼락이라도 맞은 사람처럼 자기를 돌아보고 이렇게 말했다고 전했다. "살아 있는 소리가 안 들려. 이켄나, 아직 살아 있는 거 맞아?"

오뱀베는 보자가 이 질문을, 마치 이켄나에게 나쁜 일이 일어났을까 봐 진심으로 걱정하는 것처럼 던졌다고 말했다. 이어 보자는 산 사람의 기척이 들리는지 다시 귀를 기울였고, 그다음에는 다시 문을 두드리기 시작했다. 이번에는 더 세게, 이켄나에게 문을 열라고 소리치면서 말이다.

아무 응답도 없자 보자는 절박하게 방문에 몸을 부딪치기 시작했다. 그 짓을 멈춘 뒤에는 뒤로 물러섰다. 그의 눈에는 안도감과 새로운 공포가 가득했다.

"안에 있어." 그는 문에서 물러나며 오벰베에게 웅얼거렸다. "방금 뭐가 움직이는 소리를 들었어. 살아 있는 거야."

"어떤 미친놈이 날 방해하는 거야?" 이켄나가 방 안에서 호통을 쳤다.

처음에 보자는 입을 열지 않았다. 그런 뒤 외쳤다. "이켄나, 미친 사람은 형이지 내가 아니야. 지금 당장 문을 여는 게 좋을걸. 그 방은 내 방이기도 하니까."

서두르는 발소리가 몇 차례 들려오더니, 순식간에 이켄나가 밖으로 나왔다. 이켄나가 너무 빠르게 나와서 보자는 이켄나가 팔을 휘두르는 것조차 보지 못했다. 그저 정신을 차리고 보니 바닥에 쓰러져 있었을 뿐이다.

"네가 나에 대해서 한 말을 전부 들었어." 보자가 다시 일어나려 할 때 이켄나가 말했다. "다 들었다고. 내가 살아 있는 게 아니라 죽었다고 말하는 소리 말이야. 보자 너는, 내가 너한테 그렇게 많은 일을 해줬는데도 내가 죽기를 바라는 거지? 거기다가 날 미친 사람이라고까지 불렀어. 좋아, 내가 오늘 보여줄게……."

이켄나가 말을 맺기도 전에 보자가 번개처럼 빠른 움직임으로 그의 다리를 걸어 방문에 처박았고, 이켄나는 방 안까지 떠밀려 들어갔다. 이켄나가 아파서 인상을 구기고 있을 때 보자가 벌떡 일어나 욕설을 퍼부었다.

"나도 준비됐어." 보자가 현관 문간에서 말했다. "형이 원하는 게 이런 거라면 뒤뜰로 나와. 집 안 물건을 망가뜨려서 엄마가 무슨 일이 일어났는지 알게 하지 말고."

보자는 그렇게 말하자마자 뒤뜰로, 우물과 정원이 있는 곳으로 달려갔고 이켄나가 그 뒤를 따랐다.

오벰베와 함께 뒤뜰로 나갔을 때 내 눈에 가장 먼저 들어온 모습은 보자가 이켄나의 꽉 쥔 주먹을 피하려 했지만 실패하고, 가슴에 주먹을 맞아 비틀거리며 뒷걸음질 치는 모습이었다. 보자가 휘청거리는 두 발을 다잡으려는데 이켄나가 자기 다리로 보자를 밀어서 넘어뜨렸다. 이켄나는 보자를 따라 땅으로 몸을 날렸고, 둘은 주먹싸움을 하는 검투사들처럼 서로를 공격했다. 나는 설명조차 할 수 없는 공포에 사로잡혔다. 오벰베와 나는 문간에 얼어붙어 서서 옴짝달싹 못 한 채 둘에게 그만 싸우라고 애원했다.

그러나 그들은 전혀 듣지 않았고, 우리는 머잖아 주먹질의 사나움에 주의를 빼앗기고 서로에게 덤벼드는 둘의 다리에서 보이는 치명적인 빠르기에 충격을 받았다. 오벰베는 둘 중 하나가 주먹에 맞을 때면 비명을 지르고, 둘 중 하나가 아파서 신음할 때면 헛숨을 들이켰다. 나도 그 모습을 두고 볼 수 없었다. 나는 둘 중 한 명이 격렬하게 움직일 때면 눈을 감았고, 그 동작이 끝났을 때면 심장이 두근거리는 채로 눈을 떴다. 보자의 눈 오른쪽이 찢어져 피가 나기 시작하자 오벰베가 다시 빌기 시작했다. 그러나 이켄나가 그의 말을 묵살했다.

"닥쳐." 이켄나는 흙을 뱉으며 으르렁거렸다. "당장 닥치지 않으면 너희 둘도 보자 꼴이 될 거야. 머저리들. 보자가 나한테 말하는 꼴 못 봤어? 내 탓이 아니야. 이걸 시작한 건 보자라고. 그리고……."

보자가 이켄나의 허리를 잡느라고 그의 등을 사납게 때리며 그 말을 잘랐다. 둘은 땅에 쾅 부딪히며 먼지구름을 일으켰다. 둘은 그 나이 또래의 소년들이 형제와 싸울 때는 잘 보이지 않는 사나움을 실어 계속 싸웠다. 이켄나는 어느 크리스마스 무렵 어머니가 닭을 사지 않겠다고 하자 어머니를 아셰워, 창녀라고 불렀던 이솔로 시장의 닭 장수 소년을 때렸을 때보다 훨씬 강한 열의를 담아 보자를 때렸다. 당시에 우리는 이켄나에게 환호했고, 모든 형태의 폭력을 경멸하는 어머니조차도—아이가 자리에서 일어나 라피아로 짠 닭장을 집어 들고 도망친 다음에—그 애는 그렇게 맞아도 싸다고 말했다. 그렇지만 이번에 휘두른 이켄나의 주먹은 그보다도 세고, 훨씬 묵직하고, 그전 어느 때보다도 강했다. 보자도 어느 토요일, 오미알라강에서 낚시질하는 우리를 막겠다고 위협하던 아이들과 싸웠을 때보다 더욱 대담하게 발길질을 하고 덤벼들었다. 이번 싸움은 달랐다. 둘의 손은 그들의 존재를 뼛속까지, 핏속 가장 작은 세포까지 소유하고 있는 어떤 힘에 의해 통제되는 것만 같았다. 아마 둘이 서로에게 그토록 가혹한 전략을 쓰게 된 것은—그들의 의식적 존재 때문이 아니라—그 힘 때문이었을 것이다. 나는 둘의 싸움을 지켜보면서, 이런 일이 있고 난 다음에는 모든 것이 예전과 달라지리라는 예감에 사로잡혔다. 나는 모든 공격에 멈추거나 자제하거나 돌이킬 수 없는, 확고한 파괴의 힘이 스며들어 있다는 두려움을 느꼈다. 이런 느낌이 나를 사로잡자 내 정신은―먼지를 동심원으로 모아들이는 회오리바람처럼―광기 어린 생각들로 뒤엉켜 미친 듯이 돌아갔다. 그중에서 가장 지배적인 생각은 다른 모든 것을 압도한, 이상하고도 낯선 생각이었다. 죽음에 대한 생각.

이켄나가 보자의 코를 부러뜨렸다. 피가 울컥울컥 솟구치며 보자의 아래턱에서 흙바닥으로 뚝뚝 떨어졌다. 보자는 눈에 띄게 괴로워하며 땅바닥에 주저앉아, 흐느끼면서 피가 나는 코를 넝마가 된 셔츠로 꾹꾹 찍었다. 보자의 코에서 피가 나는 꼴을 본 오벰베와 나는 울기 시작했다. 나는 싸움이 끝나려면 아직 멀었다는 것을 알았다. 보자는 이 끔찍한 타격에 복수할 터였다. 그는 절대로 겁먹고 물러나는 성격이 아니었으니까. 나는 보자가 일어나려고 정원 쪽으로 기어가는 것을 보고 어떤 생각이 떠올랐다. 나는 오벰베를 돌아보며, 어른을 데려와 둘을 떼어놓아야 한다고 말했다.

"그래." 오벰베는 두 뺨에서 눈물을 주룩주룩 흘리며 내 말에 동의했다.

우리는 옆집으로 즉시 달려갔지만, 대문에 자물쇠가 채워져 있었다. 우리는 그 집 가족들이 이틀 전 마을 밖으로 여행을 떠났으며 그날 저녁 늦은 시간에야 돌아오리라는 것을 잊고 있었다. 우리는 그곳을 떠나다가 콜린스 목사님―우리 교회의 목사―이 밴을 몰고 지나가는 것을 보았다. 우리는 미친 듯이 목사님에게 손짓했지만, 그는 우리를 보지 못했다. 콜린스 목사님은 자동차 스테레오에서 나오는 무슨 음악에 고개를 까닥이며 계속 차를 몰았다. 우리는 짓이겨진 뱀 시체가 들어 있는 복개 하수구를 뛰어넘었다. 그 뱀은 거대한 비단뱀으로 자라나려는 것처럼 보였으며, 누군가 던진 돌멩이 여러 개에 으깨져 죽어 있었다.

결국 우리가 찾아낸 사람은 보드 아저씨였다. 그는 자동차 정비공으로, 우리 집에서 세 골목 떨어진, 페인트칠도 니스 칠도 되어 있지 않은 단층집들이 늘어선 곳에 살았다. 그의 집은 반쯤 짓다 만 건물로, 나뭇조각과 작은 모래 더미들이 그 주변에 흩어져 있었다. 보드 아저씨는 군인 같은 생김새였다. 키가 압도적으로 컸고 이두박근이 육중했으며, 이로코 나무의 동굴 같은 나무껍질처럼 완고한 얼굴을 가지고 있었다. 우리가 찾아낸 보드 아저씨는 막 가게에서 돌아온 참이었다. 그는 방 다섯 칸짜리 단층집의 공용 화장실에서 일을 보고 있었다. 아직 바지 허리띠도 채우지 않은 채 팬티를 허리까지 끌어 올리고 노래를 흥얼거리며, 벽 근처 땅에서 솟아나온, 목이 긴 수도꼭지에서 손을 씻는 중이었다.

"안녕하세요, 아저씨." 오벰베가 인사했다.

"얘들아." 그는 대답하고 고개를 들어 우리를 봤다. "잘 지내니?"

"잘 지내요, 아저씨." 우리는 합창했다.

"무슨 일이냐?" 그는 바지에 손을 닦으며 물었다. 바지가 때와 자동차 기름으로 새까맸다.

"그게요." 오벰베가 대답했다. "형들이 싸우는데 저희는…… 저희가……."

"형들이 피를 흘리고 있어요. 에제 티 오 포—엄청 많이요." 나는 오벰베가 말을 잇지 못하는 걸 보고 말했다. "제발 도와주세요."

우리의 눈물 어린 얼굴을 본 아저씨는 갑자기 얻어맞기라도 한 것처럼 인상을 썼다. "그게 무슨 말이냐?" 그는 손을 말리려고 휘저으며 말했다. "왜 싸우는데?"

"모르겠어요, 아저씨." 그게 오벰베의 빠른 대답이었다. "제발 도와주세요."

"알았다. 가자." 보드 아저씨가 말했다.

그는 뭔가를 쫓기라도 하듯 집 쪽으로 빠르게 달려갔지만, 우뚝 멈추더니 앞쪽을 가리키며 말했다. "가자." 일단 길을 나선 형과 나는 달리기 시작했지만, 보드 아저씨가 따라잡을 수 있도록 잠시 멈춰 섰다.

"빨리 가야 해요, 아저씨." 내가 애원했다.

이 말에 보드 아저씨도 맨발로 뛰기 시작했다. 집에 가까워졌을 때 여자 두 명이 인도 끝을 막았다. 그들은 때로 얼룩진 싸구려 가운을 입고 있었으며, 각자 옥수수가 든 자루를 머리에 이고 있었다. 오벰베가 둘 중 한 명을 스치고 지나가자 작은 옥수수 두 개가 자루 구멍에서 떨어졌다. 우리는 빠르게 달려갔고 그 여자는 욕설을 했다.

우리 집에 도착했을 때 처음으로 눈에 들어온 모습은 배가 부풀고 젖통이 처져 있는, 우리 이웃의 임신한 염소였다. 그 염소가 대문 근처에 웅크리고서, 감개에서 풀려 나온 접착테이프처럼 입에서 혀가 풀려 나온 채로 울고 있었다. 그 검고 무겁고 냄새나는 몸 사방에는 염소의 작고 검은 똥 덩어리들이 있었는데, 그중 몇몇은 고름 같은 갈색 반죽으로 으깨져 있고 다른 똥들은 두 개, 세 개, 여러 개씩 모여 있었다. 집에서 들려오는 유일한 소리는 염소가 힘들게 숨을 쉬면서 내는 휴이, 휴이 하는 소리뿐이었다. 우리는 뒤뜰로 달려갔지만, 보이는 것이라고는 형들의 옷이었던 넝마 조각과 흙바닥에 뿌려진 피 얼룩, 글씨를 여러 번 덧대 쓴 것 같은, 형들의 발자국으로 뭉개진 두꺼운 흙뿐이었다. 누가 끼어들지도 않았는데 둘이 싸움을 끝냈으리라고 상상하는 것은 불가능한 일이었다.

어디로 갔을까? 누가 끼어든 걸까?

"둘이 어디서 싸웠다고?" 보드 아저씨는 어리둥절해 물었다.

"여기, 바로 여기서요." 오벰베가 흙바닥을 가리키며 대답했다. 오벰베의 눈에서 눈물이 차올랐다.

"확실하냐?"

"네, 아저씨." 오벰베가 말했다. "여기, 바로 여기에 형들을 두고 왔어요. 여기에요." 보드 아저씨는 나를 보았고 내가 말했다. "여기 맞아요. 형들은 여기서 싸우고 있었어요. 피를 보세요." 나는 피가 흙과 엉겨서 덩어리를 이루고 있는 자리와, 반쯤 감은 눈 모양을 하고 있는 축축하고 둥글고 색이 짙은 다른 자국을 가리켰다.

보드 아저씨는 혼란스러운 듯 그 모습을 보더니 말했다. "그럼 어딜 간 거지?" 그는 주위를 둘러보기 시작했다. 그러는 동안 나는 눈을 훔치고 흙에 코를 풀었다. 낮게 나는 새 한 마리가, 웬 비둘기가 내 오른쪽 울타리에 걸터앉아 빠르게 날개를 파닥거렸다. 그 새는 위협이라도 당한 것처럼 뛰어오르더니, 우물 위를 날아 울타리로 향했다. 나는 이그바페의 할아버지가 아직도 그 자리에, 형들이 싸울 때 모습을 비췄던 자리에 있는지 보려고 눈을 들었다. 하지만 할아버지도 더는 그 자리에 없었다. 방금 전만 해도 그가 앉아 있던 의자에 플라스틱 컵이 하나 놓여 있을 뿐이었다.

"좋아, 집 안을 살펴보자." 보드 아저씨의 말소리가 들렸다. "괜찮아, 가자. 싸움을 멈추고 집에 들어갔을지도 모르니까."

오벰베가 고개를 끄덕이며 앞장섰지만, 나는 뒤뜰에 남아 있었다. 염소가 울면서 비틀비틀 다가왔다. 나는 염소를 막으려고 했지만, 염소는 그냥 멈춰서 뿔 난 머리를 들더니 울어대기 시작했다. 끔찍한 일을 목격했지만 말을 하지 못하는 짐승이 어떻게든 그 일을 알려주려고 온 힘을 끌어내는 것만 같았다. 그러나 아무리 노력해도 염소가 끌어낼 수 있는 유일한 소리는 귀청이 떨어질 듯한 **음매애애애애애애애!** 소리뿐이었다. 지금 돌이켜 생각하면, 그게 염소들이 쓰는 애원의 말이었던 게 틀림없다.

나는 염소를 내버려두고 정원으로 향했다. 오벰베와 보드 아저씨는 형들의 이름을 부르며 집 안으로 들어갔다. 나는 8월의 부드러운 비를 맞아 무성해지기 시작한 옥수수를 헤치고 나아가다가 거의 그 끝에―오래된 석면판이 벽에 기대 차곡차곡 쌓여 있는 곳에―이르렀는데, 그때 주방 쪽에서 날카로운 비명 소리를 들었다. 나는 즉시 미친 듯이 달려갔다. 난장판이 된 주방이 보였다.

맨 꼭대기 찬장이 열려 있었고, 그 안에는 빈 홀릭스* 병과 서로 포개져 있는 노란 커스터드 크림 깡통, 오래된 커피 깡통들이 있었다. 문 옆에는 어머니의 플라스틱 주방 의자가 재처럼 새까만 다리를 위로 들고 쓰러져 있었다. 팔걸이 부분이 부러진 채였다. 불그레한 야자기름 웅덩이가 씻지 않은 그릇으로 가득한 싱크대 옆 보드에 펼쳐져, 그 가장자리에서 바닥으로 뚝뚝 떨어졌다. 기름이 들어 있던 파란색 통은 이제 그 옆 바닥에, 찌꺼기가 검게 들러붙어 있고 마지막 기름이 아직 들어 있는 채로 눕혀져 있었다. 포크 하나가 죽은 물고기처럼 붉은 기름 웅덩이 속에 가만히 놓여 있었다.

주방에 오벰베만 있는 것은 아니었다. 보드 아저씨가 오벰베 옆에서

* 맥아 음료 제품의 상표.

186

두 손을 머리에 얹은 채 이를 악물고 서 있었다. 그리고 세 번째 사람도 있었다. 우리가 오미알라강에서 잡았던 물고기와 올챙이들보다도 못한 존재가 된 채로. 그는 냉장고를 바라보고 누워 있었으며, 휘둥그렇게 뜬 두 눈은 가만히 한곳에 고정되어 있었다. 그 두 눈이 아무것도 보지 못한다는 것은 명백했다. 혀가 입에서 비어져 나와 있었고, 입에서는 흰 거품 웅덩이가 바닥으로 흘러내렸으며, 두 손은 보이지 않는 십자가에 못 박히기라도 한 것처럼 넓게 펼쳐져 있었다. 그의 배에 반쯤 묻혀 있는 것은 어머니가 주방에서 쓰는 칼의 나무 손잡이였다. 그 날카로운 칼날이 그의 살 속 깊이 박혀 있었다. 바닥은 그의 피로 흠뻑 젖어 있었다. 살아서 움직이는 것만 같은 그 피는 냉장고 밑으로 천천히 흘러 들어간 뒤 묘하게도 야자기름과 합쳐졌다. 그 모습은 로코자에서 합류하여 추잡하고 엉망진창인 이 나라를 만들어낸 나이저강과 베누에강 같았다. 그렇게 피와 야자기름은 흙길의 작은 구덩이마다 고이는 물처럼, 이 세상 것 같지 않게 표백된 빨간색 웅덩이를 이루었다. 그 웅덩이를 본 오벰베는 씨부렁거리는 악마에게 쒼 사람처럼 떨리는 입술로 "붉은 강, 붉은 강, 붉은 강"이라는 후렴을 계속 중얼거렸다.

오벰베가 할 수 있는 일은 그게 전부였다. 매는 날아올라, 다가갈 수 없는 상승기류를 타고 날아가버렸으니까. 우리가 할 수 있는 일이라고는 비명을 지르고 울부짖고, 비명을 지르고 울부짖는 것뿐이었다. 나도 오벰베처럼 그 모습을 보고 충격받아 굳어버린 채 그의 이름을 소리쳐 불렀다. 그러나 내 혀는 아불루의 혀에 져버렸다. 그의 이름은 오염되고, 잘리고, 상처받고, 안에서부터 위축된 이름, 죽어버리고 사라져가는 이름이 되어 나왔다. 이케나.

9. 참새

이켄나는 참새였다.

날개 달린 존재, 눈 깜빡할 사이에 보이지 않는 곳으로 날아가버릴 수 있는 존재. 오뻄베와 내가 보드 아저씨와 함께 집으로 돌아왔을 때는 그의 생명이 이미 사라진 뒤였다. 바닥의 피 웅덩이에서 우리가 발견한 것은 그의 텅 빈, 피투성이로 훼손된 시체뿐이었다. 우리가 발견하고 나서 얼마 지나지 않아, 시체는 구급차에 실려 종합병원으로 떠났다가 나흘 뒤 트럭 짐칸의 나무 관에 실려 우리 집으로 돌아왔다. 오뻄베와 나는 그때까지도 그를 보지 않았다. 그저 우리의 귀가 '관에 들어 있는 이켄나의 시체'라는 얘기를 주워들었을 뿐이다. 우리는 사람들이 우리를 위로하려고 건네는 수많은 말을, 우리를 치유할 힘이 있는 쓴 알약처럼 삼켰다. "에 조, 에마 세 수쿤 모, 오마 마아 다─울지 마. 괜찮아질 거야." 그들은 이켄나가 지난밤 여행자가 되었다는 이야기는 하지 않았다. 땅콩을 꺼내고 나면 쌍둥이 껍질만 텅 빈 채 남아 있다. 이켄나 같은 여행자는 자신의 몸을 그 땅콩 껍질처럼 남겨두고 떠나간다. 나는 이켄나가 죽었다는 걸 알고 있었지만, 당시에는 그게 도무지 불가능한 일처럼 느껴졌다. 이켄나는 집 밖의 구급차 안에 있었다. 하지만 그가 다시 일어나서 집 안으로 들어오는 일은 없을 거라고 상상한다는 건 어려운 일이었다.

이켄나가 죽고 나서 이틀 뒤 집에 돌아온 걸 보면, 아버지도 그 사실을 알았던 모양이다. 부슬비가 내리는 축축하고 조금 추운 날이었다. 나는 그날 밤을 거실에서 지새웠다. 거실 창문에 어린 안개의 막을 닦아내 아치를 만들고, 그 너머로 아버지의 자동차가 들어오는 것을 보았다. 아버지가 우리를 자신의 어부들이라고 부른 날 아침 이래로 처음 집에 온 날이었다. 아버지는 모든 물건을 다 챙겨서, 다시는 떠나지 않을 생각으로 돌아왔다. 어머니가 이켄나의 달라진 행동에 대해서 말하자 아버지는 가나에서 열린 3개월 연수 과정을 며칠만 빠지고 아쿠레에 가겠다고 여러 번 회사의 허락을 구했지만, 한 번도 승인받지 못했다. 그러다가 이켄나가 죽은 채로 발견된 지 몇 시간 후 어머니가 그 고통스러운 통화를 했을 때에야—어머니가 다시 바닥으로 몸을 던지기 전에 한 말이라고는 "에메, 이켄나 아나아아아아!"뿐이었다—사직서를 휘갈겨 쓰고 가나의 연수원에 있는 동료에게 그 사직서를 제출했다. 아버지는 나이지리아에 돌아오자마자 심야 버스를 타고 욜라로 가서 자동차에 짐을 챙겨 아쿠레로 돌아왔다.

이켄나는 아버지가 돌아오고 나서 나흘 뒤 땅에 묻혔다—보자가 어디로 갔는지는 여전히 알 수 없었다. 이 비극에 관한 소식은 동네 전체에 퍼졌고, 이웃들은 자신들이 듣거나 본 이야기를 해주려고 우리 집 앞에 줄을 섰다. 그러나 아무도 보자가 어디에 있는지는 몰랐다. 한 이웃, 그러니까 우리 집에서 길 건너 맞은편에 사는 임신한 여자는 이켄나가 죽었을 때쯤 시끄러운 고함 소리를 들었다고 말했다. 그 소리를 듣고 잠에서 깼다는 것이다. 대학교에서 박사과정을 밟고 있어서 사람들이 모두 '교수님'이라고 부르는, 거의 항상 집을—이그바페 옆집의 방 하나짜리 작은 단층집이었다—비우는 미꾸라지 같은 사람은 그때쯤 공부하다가 금속으로 된 물건이 부딪치는 쾅 소리를 들었다고 했다. 하지만 실제 일어난 일에 가까운 내용을 전달해준 사람은 이그바페의 어머니였다. 자기 아버지인 이그바페의 할아버지에게서 이야기를 전해 들은 것이다. 이그바페의 어머니는 둘 중 하나가(아마 보자였을 텐데) 땅에서 비틀거리며 일어나더니 계속 싸우는 대신 분노와 고통으로 눈이 먼 채 주방으로 갔고, 다른 한 사람이 그 뒤를 따랐다고 했다. 그 시점에, 이그바페의 할아버지는 겁을 먹기도 한 데다가 싸움이 끝났다고 생각해서 자기 자리를 떠나 집으로 들어갔다. 그는 보자가 어디로 갔는지 말해주지 못했다.

기적 같은 일이 벌어졌다. 거의 친척들로, 은데 이쿠 나 이베로 이루어진 한 무리의 사람들이 이틀 안에 우리 집에 도착한 것이다. 그중 몇 명은 전에도 본 적이 있는 사람이었고, 다른 사람들의 얼굴은 우리 가족 앨범에 넣어둔 은판사진이나 빛바랜 사진을 채우고 있을 뿐이었다. 그들은 모두 아마노라는 마을에서 왔는데, 나는 거의 모르는 곳이었다. 우리는 몸을 움직이지 못하는 아버지의 늙은 삼촌, 이이 케네올리사의 장례식을 치를 때 단 한 번 그곳에 가보았다. 당시에 우리는 광활하게 펼쳐진 빽빽한 숲 두 곳 사이로 끝없이 이어지는 듯한 길을 여행한 끝에, 거대한 밀림이 쪼그라들어 몇 그루 나무와 일궈놓은 땅, 여기저기 흩어진 허수

아비들로 바뀌는 곳에 이르렀다. 이윽고 아버지의 푸조 자동차가 격렬히 덜컥거리면서 모래 가득한 길을 헤치고 나가자 우리는 아버지를 아는 사람들을 만나기 시작했다. 이 사람들은 찬란하게 빛나는 친절함으로 우리 부모님과 우리를 맞아주었다. 나중에 우리는 다른 사람들과 같이 검은 옷을 차려입고 줄지어 장례식장으로 갔다. 아무도 입을 열지 않았고, 모두가 말을 할 줄 아는 생물에서 그저 울부짖기만 할 수 있는 생물로 변한 것처럼 울기만 했다. 내게는 이 일이 말할 수 없을 만큼 놀라웠다.

그들은 내가 지난번에 봤던 모습과 정확히 똑같이 검은 옷을 차려입은 채 도착했다. 사실, 이켄나의 장례식에서 다른 옷을 입고 있는 사람은 이켄나뿐이었다. 이켄나가 입은 반짝이는 흰 셔츠와 바지 때문에 그는 천사처럼 보였다. 지상에 나타났다가 의식도 못하는 사이 사로잡힌, 하늘로 다시 날아가지 못하게 뼈를 부러뜨려놓은 천사처럼. 다른 사람들은 모두 검은 옷을 입었으며, 오벰베와 나를 제외하면 모두가 장례식에서 다양한 정도로 애도했다. 우리는 울지 않았다. 이켄나가 죽은 이후로는 수많은 날들이 종기 속에 고이는 나쁜 피처럼 흘러갔다. 그동안 오벰베와 나는 한 번도 울지 않았다. 생기 없는 이켄나의 시체를 보고 주방에서 눈물을 흘린 첫날만이 예외였다. 그날은 아버지조차 몇 번은 울었다. 한번은 우리 집 벽에 붙여놓은 이켄나의 부고 포스터를 지나갈 때였고, 다른 한번은 위문하러 온 콜린스 목사님과 이야기하던 중이었다. 눈물을 흘리지 않겠다는 내 결정을 합리적으로 설명할 수는 없었다. 하지만 나는 그 결심을 아주 단단하게 지켰고―오벰베도 그런 듯했다―흐느끼는 대신 이켄나의 얼굴을 똑바로 바라보았다. 나는 그 얼굴을 머잖아 잊게 될까 봐 두려웠다. 이켄나의 얼굴은 잘 씻어 올리브기름을 발라 두었기에 이 세상에 속하지 않은 듯 빛났다. 입술의 찢어진 자국과 눈썹을 가로지르는 흉터는 여전히 눈에 보였지만, 그의 얼굴은 진짜 사람이 아닌 것처럼, 나나 다른 추모객들이 상상해낸 존재라도 되는 것처럼 기이한 평화를 띠고 있었다. 오벰베가 오래전부터 보고 알았던 것을, 나는 이켄나가 그렇게 누워 있는 걸 보고서야 처음으로 알게 되었다. 이켄나는 턱수염을 기르고 있었다. 꼭 밤사이에 턱수염이 솟아나, 섬세하게 새긴 스케치처럼 그의 아래턱 밑에 늘어선 것만 같았다.

관 속에서는 이켄나의 시체가—그의 머리는 위쪽을 보고 있었고, 솜뭉치가 그의 콧구멍과 귀를 막고 있었으며, 그의 두 손은 몸의 양옆에 붙어 있고 두 다리는 한데 모여 있었다—길쭉한 구체의 형태를 띠고 있었다. 타원형의, 새 같은 모습. 사실, 그는 참새였으니까. 자신의 운명을 스스로 설계하지 못하는 나약한 존재. 이켄나의 운명은 이미 설계되어 있었다. 그의 **치**가, 이보족 사람들이 모두에게 있다고 믿는 개인의 수호신이 약했던 것이다. 그의 치는 **에풀레푸**였다. 가끔 자기가 지켜야 할 대상을 버리고 멀리까지 심부름을 떠나곤 하는 무책임한 보초. 그래서 이켄나는 십대가 되었을 때 이미 온갖 불길한 사건과 개인적인 비극을 겪었다. 그는 검은 폭풍으로 이루어진 세상을 살아간 참새에 불과했기에.

이켄나가 여섯 살 때는 그와 축구를 하던 어떤 아이가 이켄나의 사타구니를 걷어차는 바람에 이켄나의 고환 한쪽이 음낭에서 몸속으로 들어가버렸다. 이켄나는 빠르게 병원으로 이송됐고, 그곳에서는 의사들이 서둘러 고환 이식수술을 해주었다. 그 병원의 같은 병실에서 의사들은 동시에 어머니를 되살리려고 애썼다. 이켄나가 다쳤다는 소식을 듣자마자 어머니가 기절했던 것이다. 이튿날 아침에는 둘 다 살아났다. 어머니는 전날 이켄나가 죽을까 봐 엄청나게 걱정했지만, 이제는 대신 안도감을 느끼게 되었다. 그리고 이켄나는 잃어버린 고환 대신 음낭에 작은 자갈을 넣게 되었다. 그는 3년 동안 축구를 하지 않았으며, 다시 축구를 시작했을 때도 누가 자기 쪽으로 공을 찰 때마다 손으로 사타구니를 가렸다. 그로부터 2년 후 여덟 살 때는 이켄나가 학교에서 나무 밑에 앉아 있다가 전갈에 쏘였다. 이번에도 이켄나는 살아남았다. 하지만 이켄나의 오른쪽 다리는 영구적인 손상을 입어 다른 다리보다 크기가 작아졌다.

장례식은 성 앤드루 묘지에서 열렸다. 그곳은 묘비와 나무 몇 그루로 가득한, 벽이 둘러쳐진 들판이었다. 그곳은 장례식을 위해 만든 포스터들로 가득했다. 흰색 A4 용지에 인쇄한 부고 포스터 몇 장은 우리 교회 사람들을 비롯한 손님들을 장례식장으로 데려다준 버스에 붙어 있었고, 다른 포스터들은 아버지의 자동차 앞 유리와 뒤 유리에 붙어 있었다. 한 장은 우리 집 외벽, 우편번호 바로 옆에 붙었다. 우편번호는 1991년 전국 인구조사를 할 때 조사원들이 목탄으로 원 안에 적어 넣은 것이었다. 또 한 장은 우리 집 대문 앞에 있는 둥근 전신주에 붙었고, 또 한 장은 교회 게시판에 붙었다. 내가 다니는 학교— 한때 이켄나가 다녔던 학교— 대문에도, 그와 보자가 함께 다녔던 고등학교인 아쿠레의 아퀴나스 칼리지에도 포스터를 붙였다. 아버지는 꼭 필요한 곳에만 포스터를 붙이기로 했다. "가족과 친구들에게 무슨 일이 벌어졌는지 알려주기 위해서만" 말이다. 포스터에는 잉크로 찍은 '부고(obituary)'라는 제목이 붙었는데, 그중 b의 앞부분과 a와 r의 끝부분에는 잉크가 번져 있었다. 거의 모든 포스터 속에서 이켄나의 사진은 종이의 흰색 때문에 흐리게 보였고,

그 때문에 이켄나는 19세기에 존재했던 사람처럼 보였다. 사진 아래에는 너는 너무 일찍 떠났지만, 우리는 너를 끔찍이도 사랑한다라는 말이 적혔다. 때가 되면 다시 만나길. 그리고 그 아래에는 이 내용이 적혔다.

이켄나 A. 아구 (1981~1996)
부모인 아구 부부와
형제인 보자, 오벰베, 벤저민, 데이비드, 은켐 아구를
남겨놓고 먼저 떠나다.

장례식 날, 이켄나가 모래 더미에 가려지기 전에 콜린스 목사님은 우리 가족만 남고 다른 사람들은 물러서라고 했다. "조금만 물러나주세요." 그는 강한 이보 억양이 들어간 영어로 말했다. "아, 감사합니다. 감사합니다. 주님께서 축복해주실 겁니다. 조금만 더 물러서주세요. 주님께서 축복하실 겁니다."

가까운 가족과 친척들이 무덤을 둘러쌌다. 그중에는 내가 태어나서 한 번도 본 적 없는 얼굴들도 있었다. 거의 모든 사람이 무덤을 둘러싸자 목사님은 눈을 감고 기도하라고 했다. 그러나 어머니가 마음을 찢는 고통의 울음을 터뜨리며 늘어선 사람들에게 끔찍한 슬픔의 물결을 전달했다. 콜린스 목사는 어머니를 무시한 채 기도를 이어갔다. 그의 목소리가 조금씩 흔들렸다. 그가 하는 말은―주님께서 이켄나를 용서하시고, 이켄나의 영혼을 당신의 왕국에 받아들이소서…… 당신께서 주신 것이니 당신께서 거두어 가심을 아나이다…… 이런 상실을 견딜 수 있는 강인함을…… 주 예수님, 저희는 당신께서 저희 목소리를 들었음을 알고 당신께 감사하오니―내가

듣기에 별 의미가 없는 것 같았지만, 그 말이 끝날 때는 모두가 높은 소리로 "아멘"을 합창했다. 그런 뒤에는 한 명씩 삽 한 자루로 흙을 떠 무덤에 던져 넣고, 모여 서 있는 다음 사람에게 삽을 넘겼다. 차례를 기다리던 나는 눈을 들었다가 지평선이 양털 구름으로 가득 찬 것을 보았다. 그 빛깔이 너무도 희어서, 흰 왜가리라도 그 시간에 날아갔다가는 회색이라고 놀림당할 것만 같았다. 나는 그런 모습에 넋을 놓고 있다가 내 이름을 들었다. 나는 시선을 떨어뜨렸다. 오벰베가 떨리는 손으로 내게 삽을 내미는 모습이 보였다. 그는 눈물이 그렁그렁한 채 잘 안 들리는 소리로 뭐라고 웅얼거렸다. 내가 들기에는 삽이 크고 무거웠다. 삽 등에 혹처럼 들러붙은 흙덩이 때문에 더 그랬다. 차갑기도 했다. 삽으로 흙을 푸자 내 두 발이 모래 더미 안으로 가라앉았다. 그런 다음 나는 흙을 무덤에 던져 넣고 아버지에게 삽을 건넸다. 아버지는 삽을 받아 엄청나게 큰 모래 더미를 퍼서 무덤으로 던져 넣었다. 아버지가 마지막 차례였다. 아버지는 삽을 내려놓고 내 어깨에 손을 얹었다.

그런 다음, 누가 신호라도 한 것처럼 목사님이 다시 목을 가다듬고 앞으로 움직이려 했다. 그러나 그는 무덤 가장자리에서 살짝 머무르며 떨어지지 않으려고 자세를 바로잡다가, 의도치 않게 모래를 무덤 안으로 밀어 넣었다. 누군가 목사님이 다시 균형을 잡도록 도와주었고, 목사님은 뒤로 좀 더 물러났다.

"이제는 주님의 말씀을 짧게 읽을 시간입니다." 목사님은 자세를 바로잡은 뒤 입을 열었다. 그는 자기가 하는 말이 입에서 쏟아져 나오는 열대의 메뚜기라도 되는 것처럼 말을 뿜어내다가 멈추었다. 메뚜기가 잠시 가만히 있다가 뛰고, 또 뛰고, 또 뛰는 것처럼. 그렇게 그는 연설을 마무리했다. 말을 하는 그의 울대가 위아래로 들썩였다. "히브리서의 말씀을 읽읍시다. 히브리인들에게 바울이 보낸 편지입니다. 11장 1절 말씀을 읽겠습니다." 그는 고개를 들고 완고한 눈길 한 번으로 모든 추모객을 붙들었다. 그런 다음, 그는 살짝 고개를 숙이고 읽기 시작했다. "믿음은 바라는 것들의 실상이요 보이지 않는 것들의 증거이니……."

목사가 성경을 읽는 동안 나는 오벰베를 보고 싶다는, 이 순간 그가 느끼는 기분을 헤아려보고 싶다는 믿을 수 없이 강한 충동을 느꼈다. 오벰베를 보자 형들에 대한 잃어버린 기억이 나를 가득 채웠다. 과거가 갑자기 폭발하는 것만 같았다. 과거의 파편들이 오벰베의 눈 속에서 공기로 가득 찬 풍선 속 색종이들처럼 자유롭게 날아다니는 듯했다. 처음에 나는 샐쭉한 얼굴에 음침한 눈으로 화를 내는 이켄나가, 땅에 무릎을 꿇고 앉아 있는 오벰베와 나를 내려다보며 서 있는 모습을 보았다. 오벰베가 천상의 교회를 조롱하고 나서 오미알라강으로 돌아가던 중, 이켄나는 "다른 사람의 신앙을 존중하지 않은" 우리에게 벌을 주겠다며 무릎을 꿇으라고 명령했다. 에산 덤불 근처에서 벌어진 일이었다. 그다음에는 이켄나와 내가 우리 집 감귤나무 뒤쪽에 앉아 있는 모습이 보였다. 우리 둘 다 오벰베와 보자를 기다리면서 코만도와 람보를 연기하고 있었다. 오벰베와 보자는 헐크 호건과 척 노리스가 되어 우리 집 베란다에 숨어 있었다. 그들은 시시때때로 나타나 장난감 총을 우리에게 겨누며 총싸움 소리를 냈다—다다다다다다라든지, **드르륵 드르륵 드르륵 드르륵**이라든지. 그들이 뛰어오르거나 비명을 지르면 우리는 폭탄이 터지는 소음인 **쾅쾅!**으로 응답했다.

나는 빨간 조끼를 입은 이켄나가 우리 초등학교 운동장 흙바닥의 하얀 분필 선 너머에 서 있는 모습을 보았다. 1991년이었다. 나는 청팀에 속해 막 유치원 달리기 경주를 마친 터였다. 나는 백팀 주자를 간신히 따돌리고 뒤에서 2등으로 들어왔다. 지금 나는 어머니의 품 안에서 오벰베와 보자와 함께, 양쪽 기둥에 매어 관중을 경기장과 나눠놓은 긴 밧줄 뒤쪽에 서 있다. 우리는 그 밧줄 너머 옆줄에서 이켄나를 응원하고 있다. 보자와 오벰베가 때때로 손뼉을 친다. 어느 시점에 호루라기가 울리고, 어쩌다 체육팀 코치까지 맡게 된 만능 선생 로런스 선생님이 "출발선으로!"라고 소리친다. 이켄나는—그는 녹팀, 청팀, 백팀, 황팀에 속한 다른 네 명과 같이 줄을 맞춰 서 있었다—땅에 무릎을 꿇는다. 다른 모든 주자들이 캥거루처럼 손가락을 땅 쪽으로 향하게 하자 그가 잠시 멈춘다. "준비!" 로런스 선생님이 이어서 외친다. 그가 "출발!"이라고 외치자 선수들이 뛰기 시작한다. 그런데도 그들은 여전히 같은 선상에, 서로 어깨를 맞대고 있는 것처럼 보인다. 그러다가 하나씩 하나씩 선수들이 떨어지기 시작한다. 그들이 입은 셔츠 색깔은 순간적인 착시처럼 보였다가 사라지고, 곧 다른 색깔들이 다양한 자리를 차지한다. 그러다가 녹팀 주자가 발을 헛디뎌 넘어지면서 공중에 먼지구름을 피워 올린다. 아이들은 연기에 삼켜진 것 같다. 하지만 그때, 보자는 이켄나가 결승선 너머에서 자축하며 팔을 들어 올리는 것을 본다. 그런 다음에는 나도 그 모습을 본다. 순식간에 그는 "홍팀! 홍팀!" 하고 외치는, 빨간 조끼를 입은 사람들에게 둘러싸인다. 어머니는 품 안에 나를 안은 채 기뻐서 펄쩍펄쩍 뛰다가 갑자기 멈춘다. 나는 그 이유를 안다. 보자가 밧줄 경계선 밑으로 기어 나가, "이케가 이겼다! 이케가 이겼다!"라고 외치며 결승선으로 달려가고 있다. 그의 뒤에서는 경계선을 지키던 선생님이 긴 지팡이를 들고 잔뜩 열을 내는 중이다.

다시 장례식으로 관심을 돌렸을 때는 목사님이 36절에 이르러 있었다. 그의 목소리가 더 커지고 마법 주문처럼 변했다. 그가 읽는 모든 구절이 머릿속의 낚싯바늘에 걸려 잡힌 물고기처럼 팔딱거렸다. 목사님은 페이지 귀퉁이를 접어놓은 성경을 덮어 겨드랑이에 끼웠다. 그는 이미 축축해진 손수건으로 이마를 닦았다.

"이제 주님의 은총을 나눕시다." 목사님이 말했다.

그에 대한 응답으로 장례식에 온 모든 사람이 억지로 동료가 되어 요란스럽게 목쉰 소리를 냈다. 나는 눈을 꽉 감고 최대한 큰 목소리로 암송했다. "우리 주 예수 그리스도의 은총과 성부의 사랑과 성령의 소중한 도우심이 이제와 항상 영원히 우리에게 함께하시기를 바라나이다. 아멘."

아멘 소리는 천천히 잦아들며, 침묵이라는 언어를 가진 광활한 묘지의 신도석 사이로 울려 퍼졌다. 목사님이 무덤 파는 사람들에게 손짓했다. 그들은 장례식 내내 앉아서 이야기하며 웃던 자리에서 즉시 돌아왔다. 이 신기한 사람들은 서둘러 흙더미를 다시 덮기 시작했다. 그들은 일단 이켄나를 묻고 나면 그 누구도 다시는 그를 볼 수 없다는 사실을 잊은 것처럼 이켄나를 지우는 작업을 서둘렀다. 흙덩이가 이켄나에게 떨어지자 새로이 슬픔이 터져 나왔다. 장례식에 온 거의 모든 사람은 작은 꼬투리를 만들어내는 이포카 땅콩처럼 쪼개졌다. 나는 그 자리에서 울지는 않았으나 현실적이고도 만져질 듯한 상실감이 뻗어 오는 것을 강하게 느꼈다. 무덤 파는 사람들은 당황스러울 만큼 무감동하게, 더욱 빠르게 계속 삽질을 했다. 그중 한 명은 잠시 멈추어, 흙으로 뒤덮인 납작해진 물병을 치웠다. 그 물병은 이켄나의 시신을 부분적으로 가리고 있는 모래 더미에 반쯤 파묻혀 있던 것이었다. 그 사람들이 더 많은 흙을 무덤에 던져 넣는 것을 지켜보며 나는 나 자신의 머릿속에 든 차가운 흙을 파고들었다. 문득—모든 일이 일어나고 난 뒤에야 선명해지듯—이켄나가 약하고도 섬세한 새였다는 사실이 명백해졌다. 그는 참새였다.

아주 작은 일도 이켄나의 영혼을 해방할 수 있었다. 아쉬움에 젖은 생각들이 그의 우울한 영혼을 촘촘히 훑어나가며 슬픔으로 채울 틈을 찾곤 했다. 더 어렸을 때 이켄나는 종종 뒤뜰에 앉아, 무릎 위로 팔짱을 낀 채 깊은 생각에 잠기거나 고민에 빠지곤 했다. 그는 매사에 불평이 많았다. 그건 아버지를 빼다 박은 점이었다. 그는 작은 것들을 큰 십자가에 못 박았고, 자기가 다른 사람에게 했던 잘못된 말에 대해 오랫동안 생각하곤 했다. 그는 다른 사람들의 비난을 끔찍이도 두려워했다. 그에게는 아이러니나 풍자를 할 여유가 없었다. 그런 것들은 이켄나를 괴롭히기만 했다.

참새들처럼—우리는 참새들에게 집이 없다고 생각하니까—이켄나의 가슴에도 집이, 변치 않는 동맹이 없었다. 그는 먼 것과 가까운 것, 작은 것과 큰 것, 낯선 것과 익숙한 것을 사랑했다. 하지만 그의 동정심을 끌어내고 잡아먹은 것은 작은 것들이었다. 그중에서도 가장 기억에 남는 존재는 그가 1992년에 잠시 주인 노릇을 했던 작은 새였다. 어느 크리스마스이브, 다른 사람들이 집 안에서 춤추고 캐럴을 부르고 먹고 마시는 동안 그는 혼자서 바깥쪽 복도에 앉아 있었다. 그때 새 한 마리가 이켄나의 앞 흙바닥에 떨어졌다. 이켄나는 낮게 몸을 숙이고 어둠 속에서 천천히 녀석에게 다가간 다음, 깃털로 뒤덮인 그 몸을 두 손으로 감쌌다. 누군가에게 잡혔다가 도망친, 심하게 깃털이 망가진 참새였다. 노끈 한 가닥이 여전히 다리에 감겨 있었다. 이켄나의 영혼이 그 참새에게 달라붙었고, 그는 사흘 동안 아무도 못 만지게 참새를 지켜주고 뭐든 찾을 수 있는 것은 다 찾아다가 참새에게 먹였다. 어머니는 이켄나에게 참새를 놔주라고 했지만 그는 듣지 않았다. 그러다가 어느 날 아침, 이켄나는 생명을 잃은 새의 사체를 손으로 들어 올리고 뒤뜰에 구멍을 팠다. 그는 마음이 무너져 내렸다. 이켄나와 보자는 새가 땅속에 묻힐 때까지 참새를 모래로 덮어주었다. 바로 그런 방식으로 이켄나도 사라졌다. 처음에는 추모객들이 흙을 쏟아부었고, 그다음에는 장의사들이 흰옷을 입은 그의 상체와 다리, 팔, 얼굴과 모든 것을 뒤덮었다. 결국 그는 우리의 눈에서 영원히 잊혔다.

10. 곰팡이

보자는 곰팡이였다.

그의 몸은 곰팡이로 가득했다. 그의 심장은 곰팡이로 가득한 피를 펌프질했다. 그의 혀는 곰팡이에 감염되어 있었고, 아마 다른 신체 기관도 마찬가지였을 것이다. 보자가 열두 살이 될 때까지도 밤마다 오줌을 쌌던 건 그의 콩팥이 곰팡이로 가득했기 때문이었다. 어머니는 보자가 침대에 오줌을 싸는 주문에라도 걸린 게 아닌지 걱정했다. 어머니는 그를 여러 차례 기도회에 데려간 뒤, 보자가 잠들기 전 매일 밤 그의 침대 주변에 성유—작은 병에 들어 있는, 축성한 올리브기름—를 발랐다. 그런데도 보자는 오줌 싸기를 멈추지 못했다. 매일 아침 자기 매트리스를—보자의 매트리스는 다양한 모양과 크기의 오줌 자국으로 얼룩져 있곤 했다—가지고 나가 햇볕에 말리면서 동네 아이들, 특히 높은 집에서 우리 집을 볼 수 있는 이그바페와 그의 사촌 토비에게 들키는 수모를 견뎌야 했을 때도 말이다. 보자가 1993년, 우리가 M.K.O.를 만났던 다사다난

했던 그날 아침에 학교에서 소동을 일으켰던 것도 아버지가 오줌싸개라며 놀렸기 때문이었다.

곰팡이가 아무것도 모르는 주인의 몸에 숨어 지내듯, 이켄나가 죽은 뒤로 나흘 동안 보자는 우리 집에서 모습을 드러내지 않은 채 몰래 살았다. 보자는 그곳에 있었다―동네 전체가, 심지어 마을 전체가 보자를 찾아다니는 동안 조용히, 숨어서, 아무 말도 하지 않고서 말이다. 보자는 나이지리아 경찰에게 자신과 연락할 방법이 있다는 단서를 전혀 남기지 않았다. 심지어 꿀에 벌 떼가 꼬이듯 추모객들이 우리 집에 닥쳤을 때도 그들을 막으려는 노력조차 하지 않았다. 보자는 자신의 사진이―흐려져가는 잉크로 포스터에 인쇄된―마을 전체에 전염병이라도 터진 것처럼 날아다니며 버스 정류장과 주차장, 모텔과 자동차 진입로를 더럽히는데도, 자신의 이름이 마을 사람들 입에 오르내리는데도, 신경 쓰지 않았다.

보자노니메옥푸, 일명 '보자' 아구(14세)는 아라로미 거리의 아쿠레 고등학교 길 21번지에 있는 자택에서 1996년 8월 4일에 마지막으로 목격되었으며, 바하마 해변이 그려진 빛바랜 파란색 티셔츠를 입고 있었습니다. 마지막으로 목격되었을 때는 셔츠가 피로 물들고 찢어져 있었습니다. 상기 인물을 보신 분은 가까운 경찰서로 신고하거나 04-8904872로 전화해주십시오.

보자는 자기 사진이 아쿠레의 텔레비전 화면을 쉼 없이 스쳐 지나가며 OSRC와 NTA 채널의 방송 시간을 상당히 잡아먹는 동안에도 소리치지 않았다. 자기 입장은커녕 소재조차 밝히지 않았다. 대신, 보자는 밤에 우리 꿈이나 어머니의 괴로워하는 환상 속 허구로 나타나기로 했다. 그렇게 보자는 오뻼베의 꿈속에서 우리 거실의 커다란 안락의자에 앉아―이켄나가 묻히기 전날 밤―텔레비전에 나온 미스터 빈의 장난을 보고 웃었다. 어머니는 보자가 거실에 어둠을 두르고 앉아 있는 모습을 보았다고 말하곤 했다. 어머니가 비명을 지르며 전구나 손전등을 켤 때마다 보자가 사라졌다는 것이다. 그러나 보자는 단순한 곰팡이가 아니었다. 그는 자기 종족의 다양한 형태를 체현했다. 그는 파괴적인 곰팡이였다. 세상에 자신이라는 존재를 강요하고 그 세상으로부터 억지로 자신을 끄집어낸, 강요하는 자. 보자는 1982년, 어머니가 낮잠을 자려고 침대에 누워 있을 때 어머니의 자궁에서 억지로 나왔다. 갑작스러운 산통은 강한 관장약으로 유도한 장운동처럼 어머니를 부지불식간에 공격했다. 첫 번째 자극은 어머니를 압도한 총알 같은 통증이었다. 그 통증이 어머니를 끌어 내렸고, 어머니는 몸을 움직일 수 없어 비명을 지르며 침대로 기어올랐다. 당시 우리 부모님이 살고 있던 집의 주인이 어머니의 비명을 듣고 도와주러 왔다. 어머니를 병원으로 데려갈 시간이 없다는 걸 알게 된 그 여자는 문을 닫고 헝겊을 가져다가 어머니의 두 다리에 감았다. 그런 다음, 그 여자가 할 수 있는 대로 힘을 끌어내 어머니의 음부에 바람을 불고 부채질을 하는 가운데, 어머니는 아버지와 함께 쓰는 침대에서 아기를 낳았다. 어머니는 매트리스에서 피가 너무 많이 흘러나와 침대 밑바닥에 커다란 얼룩을 영원히 남겼다는 얘기를 몇 년이 지난 뒤에도 자주 떠올리곤 했다.

보자는 우리의 평화를 깨고 우리 모두를 초조하게 만들었다. 그 시절에 아버지는 거의 1분도 앉아 있지 못했다. 이켄나의 장례식에서 돌아오고 나서 두 시간도 채 지나지 않았을 때였다. 아버지는 경찰서로 가서 보자를 찾는 데 얼마나 진전이 있는지 알아보겠다고 선언했다. 아버지는 우리가, 우리 모두가 거실에 앉아 있을 때 그 말을 했다. 그때 나는 대체 무엇 때문에 아버지를 따라 뛰어가며 "아빠, 아빠!" 하고 불렀던 걸까.

"뭐냐, 벤?" 아버지는 돌아서며 물었다. 아버지의 검지에 열쇠 꾸러미가 걸려 있었다. 나는 아버지의 바지 지퍼가 열려 있는 것을 보고, 그걸 가리킨 다음에야 대답했다. "뭐냐?" 아버지는 자기 지퍼를 본 다음 다시 물었다.

"저도 같이 가고 싶어요."

아버지는 자기 앞길을 막는 의심스러운 물체라도 된다는 듯 나를 뚫어지게 바라보며 바지 지퍼를 채웠다. 어쩌면 아버지가 돌아온 이후로 내가 눈물을 단 한 방울도 흘리지 않았다는 사실을 눈치챈 건지도 몰랐다. 경찰서는 모퉁이를 휘감고 왼쪽으로 방향을 틀어, 진흙탕으로 가득한 곰보투성이 길로 이어지는 오래된 기찻길 옆에 세워져 있었다. 철 기둥이 판석으로 만든 바닥에 꽂혀 있는 그 건물에는 천으로 된 차양이 있었고, 그 차양 아래에는 검은색—나이지리아 경찰의 색—으로 칠한 왜건 몇 대가 주차되어 있었다. 모두 웃통을 벗고 있는 젊은 남자 몇 명이 찢어진 차양 아래 어딘가에서 큰 소리로 다투는 가운데 경찰관들이 그 말을 듣고 있었다. 우리는 접수대로 곧장 걸어갔다. 접수대는 나무로 만든 커다란 바리케이드였다. 경찰관 한 명이 그 뒤쪽에 앉아 있었다. 높은 의자에 앉아 있는 게 틀림없었다. 아버지가 그에게 부서장을 볼 수 있느냐고 물었다.

"신분을 밝히실 수 있겠습니까, 선생님?" 접수대에 앉아 있던 경찰관은 미소도 짓지 않고 대답하며 하품했다. 그가 마지막 단어인 '선생님'을 질질 끄는 바람에 그 말이 꼭 장송곡의 마지막 단어처럼 들렸다.

"나이지리아 중앙은행 직원인 제임스 아구요." 아버지가 말했다.

아버지는 가슴 주머니에 손을 넣어 그 사람에게 빨간색 신분증을 보여주었다. 경찰이 신분증을 살펴보았다. 그의 얼굴이 찡그려졌다가 밝아졌다. 남자는 온 얼굴에 미소를 지으며 신분증을 돌려주고, 관자놀이를 손으로 문질렀다.

"오가,* 잘 좀 봐주십쇼." 남자가 말했다. "아시잖아요, 오가."

남자가 은근슬쩍 뇌물을 요구하자 아버지는 신경이 곤두섰다. 아버지는 나이지리아라는 나라를 병들게 하는 온갖 형태의 부패를 끔찍이도 싫어하는 사람이었다. 아버지는 보통 그런 부패에 화를 냈다.

"이럴 시간 없소." 아버지가 말했다. "내 아이가 없어졌어요."

"아!" 경찰관은 갑자기 암울한 깨달음에 직면했다는 듯 외쳤다. "그러니까, 선생님이 그 애들 아버지시란 말씀이죠?" 그가 아버지의 말에 반사적으로 물었다. 그런 다음, 자기 말이 무슨 뜻인지 문득 깨달았다는 듯 덧붙였다. "유감입니다, 선생님. 잠깐만 기다리세요, 선생님."

경찰관이 누군가를 불렀고, 다른 경찰관이 이상한 방식으로 발을 쿵쾅거리며 통로에서 나왔다. 그는 쿵쾅거리다가 멈추더니 가냘프고 거무스름한 얼굴 옆쪽으로 손을 들어, 귀 위쪽에서 손가락을 곧게 폈다가 그 손을 다리 옆쪽으로 내렸다.

"부서장 오가의 사무실로 모셔다드릴 거야." 경찰관이 영어로 명령

* 　상사 혹은 어르신. (나이지리아 피진 영어)

했다.

"예, 알겠습니다!" 후배 경찰관이 소리치더니 발로 바닥을 다시 굴렀다.

이상하게 낯익어 보이는 그 경찰관이 우리에게 다가왔다. 그는 어딘지 시무룩한 얼굴이었다.

"죄송합니다만, 선생님, 들어가시기 전에 간단히 몸수색을 하겠습니다." 그가 말했다.

그는 손으로 아버지의 몸을 바지 주머니 있는 데까지 쓸어 올리며 더듬었다. 그는 나를 쳐다봤다. 잠시 눈으로 나를 훑어보는 듯했다. 그러더니 주머니에 뭐라도 들어 있는지 물었다. 나는 고개를 저었다. 그 정도면 충분한지, 그는 내게서 고개를 돌리고 귀 위쪽으로 손을 모아 다시 경례하고는 다른 경찰관에게 "이상 없습니다!"라고 소리쳤다.

다른 경찰관은 짧게 고개를 끄덕이더니 자기를 따라오라고 손짓하며 우리를 로비로 안내했다.

부서장은 날씬하고 키가 아주 큰 사람으로, 얼굴 골격이 두드러졌다. 얼굴에 널빤지를 넓게 펼쳐놓은 것처럼 이마가 넓었고 눈은 움푹 꺼져 있었으며, 눈썹 부근은 부풀어 오른 것처럼 튀어나와 있었다. 우리가 들어가자 그가 재빨리 일어났다.

"아구 씨, 맞으시죠?" 그가 아버지와 악수하려고 손을 내밀며 말했다.

"네. 이쪽은 제 아들 벤저민입니다." 아버지가 웅얼거렸다.

"네, 어서 오십시오. 앉으세요."

아버지는 그의 책상 앞에 단 하나 놓여 있는 의자에 앉았고, 내게는 문과 가까운 쪽 벽 옆에 놓인 다른 의자에 앉으라고 손짓했다. 사무실은 구식으로, 그곳에 있는 찬장 세 개는 모두 책과 서류철 더미로 가득했다.

전기가 없을 때는 갈색 커튼 사이의 작은 틈새를 뚫고 밝은 햇살 한 줄이 들어왔다. 공기에서는 라벤더 냄새가 났다. 그 냄새를 맡으니 아버지가 아직 중앙은행 아쿠레 지점에서 일할 때 아버지의 사무실에 갔던 일이 떠올랐다.

일단 우리가 자리에 앉자 남자는 책상에 팔꿈치를 올려놓고 두 손을 맞잡더니 말했다. "음, 아구 씨, 이런 말씀을 드리게 되어 유감이지만 아드님의 소재에 관해서는 아직 전할 소식이 없습니다." 그는 의자에서 자세를 가다듬고 두 손을 풀더니 빠르게 덧붙였다. "하지만 진전은 있었습니다. 이웃의 어떤 사람을 탐문했더니 그날 오후, 길 건너에서 아드님을 봤다고 확인해주더군요. 그 여자가 말해준 인상착의가 아드님과 일치합니다. 피가 얼룩진 옷을 입고 있었다는데요."

"어느 쪽으로 갔답니까?" 아버지는 허둥거리며 서둘러 물었다.

"지금은 모르지만, 철저하게 조사하고 있습니다. 저희 팀원들이······." 부서장이 입을 열었다가 손에 대고 기침을 하며 조금 몸을 떨었다.

아버지가 "몸조심하십시오"라고 웅얼거렸고, 남자는 고맙다고 했다.

"그러니까, 저희 팀이 수색을 해나가고 있습니다." 그는 손수건에 침을 뱉은 뒤 말을 이었다. "하지만 아시다시피, 머잖아 현상금을 걸지 않는다면 그런 시도조차 무의미해질 겁니다. 저는 이 마을 사람들이 우리에게 도움을 주었으면 하거든요." 그는 눈앞에 장정판을 한 권 펼쳐 들었다. 그는 말을 하면서 그 책을 읽는 듯했다. "돈이 풀리면 사람들이 확실히 응답할 겁니다. 그렇지 않으면, 제 말은, 저희 노력도 밤에 빗자루를 들고 길거리를 쓰는 것과 비슷하게 될 거란 말입니다. 그러니까, 어둑한 달빛만 받는 셈이란 말이죠."

"무슨 말씀이신지 알겠습니다, 부서장님." 아버지가 잠시 후 말했다. "이 문제에 대해서는 제 본능을 믿고, 저만의 개인적인 계획을 실행하기 전에 경찰의 예비 조사가 완수되기를 기다리고 싶군요."

부서장이 빠르게 고개를 끄덕였다.

"왠지 애가 어딘가에 안전하게 있을 것 같습니다." 아버지가 말을 이었다. "어쩌면 자기가 저지른 짓이 두려워서 그냥 숨어 있는 것일지도 모르죠."

"네, 그럴 수 있습니다." 부서장은 약간 목소리를 높여 말했다. 그는 자리에 앉아 있는 것이 불편한 듯했다. 그는 의자 밑 레버를 가지고 높낮이를 조절하더니, 두 손을 책상에 올려놓고 책상 전체에 흩어져 있는 서류를 기계적으로 모으며 입을 열었다. "아시겠지만, 아이든, 심지어 어른이든 그렇게 끔찍한 짓을 하면…… 제 말은, 핏줄로 이어진 자기 형을 죽이고 나면 겁을 먹기 마련입니다. 아드님은 우리 경찰도, 심지어 자기 부모인 선생님도, 미래도…… 모든 것을 두려워하고 있을지 모르죠. 아예 이 마을을 떠났을 가능성도 있습니다."

"네." 아버지는 애석해하며, 고개를 저으며 말했다.

"그러고 보니까 생각나는데." 경찰관은 손가락을 탁 튕기며 말했다. "근처에 사는 친척들에게 연락은 해보셨습니까? 연락해서 물어보시……"

"네, 하지만 그럴 가능성은 거의 없다고 봅니다. 제 아들들은 아주 어렸을 때를 제외하면 친척 집에 가본 적이 없어요. 저나 애들 엄마 없이는 한 번도 가본 적이 없고요. 게다가 저희 친척은 거의 여기에 삽니다. 그 애를 본 사람은 아무도 없어요. 겨우 몇 시간 전에 그 애 형의 장례식을 마쳤는데, 친척들이 장례식에 왔었거든요."

그 순간, 내가 부서장을 보고 있는데 부서장이 나와 눈을 마주쳤다. 나는 부서장이 그의 등 뒤에 걸린 초상화 속 선글라스를 낀 군인, 그러니까 나이지리아의 독재자인 사니 아바차 장군과 매우 닮았다고 생각하고 있었다.

"무슨 말씀이신지 알겠습니다. 저희도 최선을 다하겠지만, 아이가 알아서 돌아왔으면 좋겠네요. 자기가 원하는 때에 말입니다."

"저희도 그렇습니다." 아버지는 먹먹한 목소리로 거듭 말했다. "신경 써주셔서 감사합니다, 부서장님."

그 남자가 아버지에게 뭔가를 물어보았지만, 나는 알아듣지 못했다. 배에 칼이 꽂힌 이켄나의 모습이 내 머릿속을 떠다니고 있어서 다시 정신이 멍해졌던 탓이다. 아버지와 그 남자는 일어나서 악수했고, 우리는 부서장실을 나섰다.

보자는 알아서 모습을 드러내는 곰팡이기도 했다. 보자에게 무슨 일이 일어났는지, 그가 어디에 있는지에 관해 그 누구도 아주 희미한 생각조차 떠올릴 수 없었던 그 고통스러운 나흘이 지난 뒤, 보자는 스스로 모습을 드러냈다. 슬퍼서 죽을 지경이던 어머니를 불쌍하게 여긴 걸까? 아니면 어머니가 시시때때로 아버지를 욕하고 탓했기에 아버지가 이 모든 일에 너무도 지쳐 더 이상 집에 앉아 있지 못하게 됐다는 것을 알았던 건지도 모르겠다. 이켄나가 죽은 다음 날 아침, 아버지가 집에 오자 어머니는 아버지에게 달려가 자동차의 문을 열고, 아버지를 비 내리는 바깥으로 끌어냈다. 고함을 지르면서, 빗속에서 아버지의 멱살을 잡았다. "내가 말했잖아요?" 어머니가 부르짖었다. "애들이 내 손에서 빠르게 벗어나고 있다고 말하지 않았어요? 말 했어요, 안 했어요? 에메, 벽이 갈라져서 입을 벌리지 않는 한 도마뱀이 그 벽을 뚫고 들어갈 수는 없다는 걸 몰랐어요? 에메, 몰랐느냐니까?" 그 소리에 잠을 깬 아그바티 부인이 우리 집으로 달려 들어와, 어머니에게 아버지를 안에 들어가도록 놔주라고 애원했는데도 어머니는 아버지를 놔주지 않았다. "안 놔요. 안 놔." 어머니는 더 심하게 흐느끼며 저항했다. "우릴 좀 봐. 그냥 좀 보라고요. 우린 입을 벌렸어요, 에메. 입을 크게 벌렸고, 이제는 엄청나게 많은 도마뱀들을 삼키게 됐다고요."

나는 아버지가 목이 졸리고 비에 젖은 채로, 어머니가 자신을 놓아줄 때까지 평정심을 유지했다는 사실을 잊을 수가 없었다. 그건 절대 아버지가 끌어낼 수 없을 것만 같았던 침착함이었다. 지난 나흘간 어머니는 여러 번 아버지를 공격하려 했고, 우리를 위로하러 온 사람들이 어머니를 붙들어야만 했다. 어쩌면 보자는, 어머니의 돌봄을 받지 못한 채 시시때때로 울부짖으며 아버지를 따라다니던 은켐을 본 걸지도 몰랐다. 데이비드는 대체로 오벰베가 돌봤다. 데이비드도 별 이유 없이 가끔 울었고, 한번은 어머니를 귀찮게 하다가 얻어맞았다. 어쩌면 보자는 이 모든 것을 보고 어머니와 나머지 우리들도 불쌍하게 여긴 것일지 몰랐다. 아니면, 그냥 더는 숨을 수가 없어서 어쩔 수 없이 모습을 드러낸 걸지도. 아무도 알 수 없는 일이다.

보자는 아버지와 내가 경찰서에서 돌아온 지 얼마 되지 않아 모습을 드러냈다. 사진사를 때려눕히기라도 할 것처럼 카메라를 향해 손을 내밀고 웅크린 보자의 사진은 **실종자**라는 제목이 붙어 OSRC 뉴스 광고로 떴다. 나이지리아의 올림픽 드림팀이 남자 축구 올림픽 금메달을 따고 미국에서 라고스로 돌아와 군중에게 휩싸였다는 단신 바로 뒤였다. 우리는, 그러니까 오벰베와 아버지와 데이비드와 나는 얌과 야자기름 소스를 먹고 있었다. 어머니는 여전히 온통 검은 옷을 입은 채 거실 다른 부분의 카펫에 누워 있었다. 은켐은 약사인 마마 보세의 품에 안겨 있었다. 추모객 중에서는 마지막까지 남았지만, 그날 심야 버스를 타고 아바로 돌아갈 예정이던 우리 이모 한 명이 마마 보세와 어머니 사이에 앉았다. 어머니는 두 여자에게 마음의 평화에 관해서, 사람들이 우리 가족의 슬픔에 지금까지 어떤 반응을 보였는지에 대해서 말하고 있었고, 내 눈은 텔레비전에 붙박여 있었다. 드림팀의 오스틴 제이제이 오코차가 아소 바위에서 아바차 장군과 악수하는 장면이었다. 그때 옆집 이웃인 아그바티 부인이 비명을 지르며 우리 현관으로 달려왔다. 아그바티 부인은 3미터 깊이로 이 구역에서 가장 깊다고 생각되는 우리 우물에 물을 뜨러 온 터였다. 우리 이웃들, 특히 아그바티 가족은 자기네 우물이 마르거나 물이 부족할 때면 우리 우물을 종종 이용하곤 했다.

아그바티 부인은 우리 덧문 문간에 몸을 던지며 외쳤다. "아아아아! 아아아아아아!"

"볼란레, 왜 그래요?" 아버지가 물었다. 아버지는 그 여자의 고함 소리에 벌떡 일어섰다.

"그 애가…… 우물에 있어요. 아아아아, 아아아아아!" 아그바티 부인은 울부짖으며, 바닥에서 슬픔으로 몸을 뒤틀어대면서 간신히 말했다.

"누가요?" 아버지가 큰 소리로 물었다. "무슨, 누가 우물에 있다는 겁니까?"

"저기, 저 우물 안에요!" 아그바티 부인이 다시 말했다. 보자는 그 여자를 싫어했다. 그 여자가 라 룸 모텔에 들어가는 걸 한 번 봤다는 이유로 그녀를 자주 아셰워라고 불렀다.

"누가 있냐니까요?" 하지만 아버지는 그렇게 물으면서도 집 밖으로 달려 나갔다. 나는 그 뒤를 따랐고, 오벰베가 내 뒤를 따랐다.

금속 덮개가 살짝 망가진 우물은 2.5미터가 넘는 지점까지 물로 차 있었다. 이웃의 플라스틱 양동이가 우물 입구 주변의 살짝 벌어진 틈 밑에 놓여 있었다. 보자의 시체는 물에 둥둥 떠 있었고, 그의 옷이 빵빵한 풍선처럼 부풀어 등 뒤로 낙하산처럼 펼쳐져 있었다. 맑은 수면 아래로 보자가 뜨고 있는 한쪽 눈이 보였다. 다른 눈은 감긴 채 부풀어 있었다. 보자의 머리는 물 위로 반쯤 나와서, 빛바래가는 우물의 벽돌에 기대어져 있었다. 반면 밝은 피부색을 띤 그의 두 손은 오직 그만이 볼 수 있는 누군가를 끌어안고 있는 듯 물 윗부분에 머물렀다.

사실, 보자가 숨었다가 알아서 모습을 드러낸 이 우물은 오래전부터 그의 역사의 일부였다. 2년 전, 어미 매 한 마리가—아마 눈이 멀었거나 어떤 식으로든 기형이었을 텐데—덮개가 열려 있던 우물에 빠져 죽었다. 그 새는 보자처럼 며칠이 지난 뒤까지 발견되지 않고, 처음에는 그냥 수면 아래에, 핏속을 흐르는 독처럼 조용히 놓여 있었다. 그러다가 때가 되자 알을 낳고 위로 헤엄쳐 떠올랐다. 그러나 그때쯤에는 부패가 시작되었다. 그 사건은 보자가 1994년, 국제 독일인 선교사인 복음주의자 라인하르트 본케가 조직한 위대한 복음 십자군으로 개종했을 때쯤에 벌어졌다. 기도를 하면 어떤 해도 입지 않는다고 믿게 된 보자는 새를 우물에서 꺼내고 우물에 기도를 한 다음 그 물을 마시겠다고 선언했다. 그는 '내가 너희에게 뱀과 전갈을 밟으며 원수의 모든 능력을 제어할 권능을 주었으니 너희를 해칠 자가 결코 없으리라'라는 성경 구절을 믿었다. 아버지가 물을 정화하라고 수질관리부 직원들을 부른 터라 우리는 그들이 오기만을 기다리고 있었다. 하지만 보자는 그 물을 한 컵 마셨다. 그가 죽을까 봐 걱정한 이켄나가 이 비밀을 누설해 부모님을 공황에 빠뜨렸다. 아버지는 나중에 보자를 제대로 채찍질하겠다고 맹세하며 그를 병원으로 데려갔다. 보자가 안전하다는 시험 결과가 나온 것은 대단히 마음이 놓이는 일이었다. 그러니까 당시에 보자는 그 우물을 정복했던 셈이다. 하지만 몇 년 뒤에는 그 우물이 보자를 정복했다. 그 우물이 보자를 죽였다.

우물에서 꺼냈을 때 보자의 몸은 알아볼 수 없을 만큼 바뀌어 있었다. 우리 동네 모든 구역에서 군중이 모여들자 오뱀베는 겁에 질려 나를 바라보았다. 당시 서아프리카의 작은 지역공동체에서는 이런 비극적인 사건이 하르마탄 열풍을 탄 산불처럼 쉽게 번졌다. 그 여자가 소리를 지른 순간, 사람들—우리를 아는 사람이든, 모르는 사람이든—은 발 디딜 틈이 없어질 때까지 우리 집으로 쏟아져 들어왔다. 이켄나가 죽은 현장에서와는 달리 오뱀베도, 나도 그들이 보자를 데려가는 것을 막으려 들지 않았다. 오뱀베는 "붉은 강, 붉은 강, 붉은 강" 하고 마법에 걸린 것처럼 주문을 외다가 정신을 차린 뒤 이켄나의 머리를 잡고 "이케, 일어나, 제발 일어나, 이케"라고 말하면서, 보드 아저씨가 떼어놓을 때까지 이켄나의 입에 산소를 밀어 넣으려고 미친 사람처럼 노력했다. 하지만 지금은 그때처럼 행동하지 않았다. 이번에는 부모님이 있었으니까. 우리는 발코니에서 그 모습을 지켜보았다.

사람이 너무 많아서 사태가 돌아가는 장면이 거의 보이지 않았다. 아쿠레나 서아프리카의 작은 마을에 사는 사람들은 대부분 비둘기였기 때문이다. 그들은 소문이나 소식이 한 조각 들려오기만을 기다리는 듯 시장에서 한가로이 먹이를 찾거나 놀이터를 뒤뚱뒤뚱 돌아다니다가, 누가 땅에 곡식을 한 줌 뿌리기라도 하면 모여드는 수동적인 생물이었다. 모두가 나를 알았고, 나도 모두를 알았다. 모두가 나의 형제였고, 나도 모두의 형제였다. 어디에 가든 어머니나 형을 아는 사람과 마주치지 않는다는 건 어려운 일이었다. 우리 이웃 사람들도 다 마찬가지였다. 아그바티 씨는 흰 러닝셔츠에 갈색 반바지만 입고 왔다. 이그바페의 아버지와 어머니가 무슨 행사에 참여하고 왔는지, 옷 갈아입을 겨를도 없이 같은 색깔의 전통의상을 입고 왔다. 보드 아저씨를 포함한 다른 사람들도 있었다. 우물에 뛰어들어 보자를 꺼낸 사람이 그였다. 나는 그곳에 모여 있던 사람들이 하는 말을 통해 보드 아저씨가 처음에는 사람들이 건네준 사다리를 타고 우물에 들어가 한 손으로 보자를 꺼내려고 했지만, 죽은 보자가 너무 무거워서 도무지 나오려고 하지를 않았다는 사실을 알게 됐다. 보드 아저씨는 우물 옆에 손을 대고 보자를 다시 끌어 올렸다. 이번에는 보자의 셔츠 팔 부분이 찢겨졌고, 사다리가 우물 더 깊은 곳으로 가라앉았다. 그 모습을 보고 우물 입구에 모여 있던 남자들이 보드 아저씨가 안으로 미끄러지는 것을 막으려고 그를 세게 당겼다. 세 남자가 마지막 사람의 다리와 허리를 붙들었다. 하지만 보드 아저씨는 사다리를 조금 더 내려가 다시 시도했다. 그때에야 아저씨는 보자가 며칠 동안이나 죽은 채 들어 있던 물 무덤에서 그를 꺼냈다. 나사로가 죽음에서 살아났을 때처럼 군중은 좋아서 함성을 터뜨렸다.

하지만 보자의 모습은 부활한 몸이 아니라, 죽어서 부풀어 오른 자의 잊을 수 없이 끔찍한 몸이었다. 아버지는 이 모습이 우리 머릿속에 새겨지는 것을 막으려고 오벰베와 나를 억지로 집에 들여보냈다.

"너희 둘 다, 여기 앉아라." 아버지가 헐떡이며 말했다. 아버지는 내가 한 번도 본 적 없는 표정을 짓고 있었다. 아버지의 얼굴에는 갑자기 주름이 졌고, 두 눈은 충혈되었다. 우리가 자리에 앉자 아버지는 무릎을 꿇더니 우리 허벅지에 두 손을 올린 채로 말했다. "지금 이 순간부터는 너희 둘 다 강한 남자가 될 거다. 너희는 이 세상의 두 눈을 똑바로 들여다보고, 그 세상을 헤쳐갈 너희만의 길을 만들어내는 사람이 될 거야. 그러니까…… 그러니까……. 너희 형들처럼 용기를 가지고 말이다. 알겠니?"

우리는 고개를 끄덕였다.

"좋다." 아버지는 멍하니 거듭 고개를 끄덕이며 말했다.

아버지는 고개를 숙이고 손바닥 사이에 얼굴을 묻었다. 나는 아버지가 입속으로 이를 악무는 소리를 들었다. 그런 채로 아버지는 계속 기계적으로 중얼거렸는데, 그중에서 우리가 알아들을 수 있었던 유일한 단어는 "주여"뿐이었다. 아버지가 고개를 숙였을 때 나는 아버지의 정수리를 보았다. 할아버지와는 달리 아버지의 대머리는 그곳에서 진행을 멈추었다. 머리가 없는 부분이 작은 호를 그리며, 둥글게 말린 머리카락 한가운데에 숨겨져 있었다.

"몇 년 전 네가 했던 말 기억나니, 오벰베?" 아버지가 다시 얼굴을 들며 말했다.

오벰베가 고개를 저었다.

"잊어버렸단 말이야?" 상처받은 미소가 아버지의 얼굴에 반짝 떠올랐다가 시들어 사라졌다. "M.K.O. 폭동 때, 네 형 이케가 자동차를 몰고 내 사무실로 왔을 때 네가 했던 말 말이다. 바로 저 식탁에서였지." 아버지는 식탁을 가리켰다. 식탁은 식사를 하다 만 요란한 상태였다. 음식 위에는 슬슬 파리가 꼬여 들었고, 반쯤 마신 물잔과 따뜻한 물이 담긴 주전자에서는 마실 사람이 없다는 걸 모르는 수증기가 계속 솟아오르고 있었다. "넌 형들이 죽으면 어째야 하느냐고 물었다."

그때야 오벰베가 고개를 끄덕였다. 나처럼 오벰베도 1993년 6월 12일의 밤을 기억하고 있었다. 아버지가 우리를 차에 태워 집으로 데려다준 다음, 우리는 모두 저녁을 먹으며 폭동 때 있었던 이야기를 번갈아 이야기하기 시작했다. 어머니는 M.K.O.를 지지하는 폭도들이 시장을 완전히 파괴하고 북부인이라고 생각되는 사람을 누구든지 죽였다며, 자신은 친구들과 함께 근처 병영으로 도망쳤다고 했다. 모두가 말을 마치자 오벰베가 말했다. "이켄나랑 보자가 늙어서 죽으면 벤이랑 저는 어떻게 되는 거예요?"

어린아이였던 오벰베와 나를 제외하고 모두가 웃음을 터뜨렸다. 오벰베의 말을 듣기 전에는 그 가능성을 생각해본 적이 없었지만, 나는 오벰베의 질문이 유효한 것이라고 생각했다.

"오벰베, 그때쯤이면 너도 나이가 들었을 거다. 형들이 너보다 훨씬 나이가 많은 건 아니니까." 아버지는 우스워서 낄낄대며 대답했다.

"네." 오벰베는 물러섰지만, 잠시뿐이었다. 그는 두 사람에게 계속 시선을 두고 있었다. 참을 수 없는 충동처럼 여러 질문이 그의 머릿속에 북적였다. "하지만 형들이 죽으면요?"

"입 좀 다물어라!" 어머니가 그에게 소리쳤다. "세상에! 감히 그런 생각을 머릿속에 들이다니! 형들은 죽지 않을 거야, 알아들었니?" 어머니는 자기 귓불을 잡았고, 오벰베는—두려움에 떠밀려—알았다는 뜻으로 고개를 끄덕였다.

"좋아, 이제 밥이나 먹어라!" 어머니가 호통쳤다.

기가 꺾인 오벰베는 고개를 푹 숙이고 조용히 계속 밥을 먹었다.

"그래. 이젠 그 일이 일어났으니까." 우리가 고개를 끄덕이자 아버지가 말을 이었다. "오벰베, 네가 직접 운전을 해야 한다. 여기 있는 네 동생 벤과 데이비드를 태우고 말이야. 동생들이 너를 형으로 우러러볼 거다."

오벰베가 고개를 끄덕였다.

"동생들을 진짜 차에 태우고 다녀야 한다는 뜻이 아니야." 아버지가 고개를 끄덕였다. "내 말은, 그냥 그 애들을 이끌어주라는 거다."

오벰베는 첫 번째 끄덕임에 이어 다시 고개를 끄덕였다.

"동생들을 이끌어주거라." 아버지가 웅얼거렸다.

"네, 아빠." 오벰베가 대답했다.

아버지는 자리에서 일어나 손으로 코를 훔쳤다. 더러운 것이 아버지의 손등에서 미끄러져 내렸다. 색깔이 바셀린 같았다. 아버지를 지켜보면서, 나는 독수리가 대부분 알을 딱 두 개만 낳는다던 《동물 지도》의 내용을 떠올렸다. 알에서 부화한 새끼 독수리들은 종종 나이가 더 많은 새끼들에게 살해당했다. 음식이 부족할 때는 특히 그랬고. 책에서는 이런 현상을 '카인과 아벨 증후군'이라고 이름 붙였다. 책에서 읽은 내용에 따르면, 어른 독수리들은 능력도 있고 힘도 있지만 이런 식의 형제 살해를 전혀 제지하지 않았다. 어쩌면 이런 일은 어른 독수리들이 둥지를 떠나

있을 때나, 그 녀석들이 가족에게 먹일 먹이를 구하러 낙타로나 갈 수 있
는 먼 곳에 가 있을 때만 벌어지는 걸지도 몰랐다. 그러다가 다람쥐나 쥐
를 낚아채 서둘러 구름을 타고 둥지로 날아와보면, 새끼들이 —어쩌면
새끼 두 마리가 모두—죽어 있는 것이다. 한 마리는 짙은 빨간색 피가
스며 나오는 둥지 안에서 피투성이가 되어 있고, 다른 한 마리는 원래 크
기의 두 배로 부풀어 근처 웅덩이에서 둥둥 떠다니고.

"둘 다 여기 가만히 있거라." 아버지가 내 생각을 끊고 말했다. "내가
말하기 전까지 나오지 마. 알았니?"

"네, 아빠." 우리가 합창했다.

아버지는 떠나려고 일어섰다가 천천히 돌아섰다. 나는 아버지가 어떤
문장을 말하려 했다고 생각했다. 아마 부탁이었을 것이다. "제발 부탁인
데……." 하지만 그게 전부였다. 아버지는 우리를 남겨두고 밖으로 나갔
다. 우리 둘 다 놀란 상태였다.

보자가 자기파괴적인 곰팡이기도 했다는 생각이 문득 든 것은 아버지
가 떠났을 때였다. 어떤 생물의 몸속에 살면서 천천히 그 파괴를 불러오
는 곰팡이. 보자가 이켄나에게 한 것이 바로 그런 짓이었다. 처음에 그는
이켄나의 영혼에 파고들었고, 그다음에는 이켄나의 몸에 치명적인 구멍
을 뚫었다. 그 구멍에서 피가 모조리 흘러나와 이켄나의 몸 아래에 붉은
강을 이루었다. 그렇게 보자는 이켄나의 영혼을 몰아냈다. 그런 다음, 보
자는 자기 동족들이 그렇듯 자신에게로 칼날을 돌려 자살했다.

보자가 자살했다는 말을 내게 처음으로 해준 사람은 오벰베였다. 오
벰베는 우리 집에 모여든 사람들이 하는 말을 듣고 그렇게 생각하게 됐
으며, 내게 그 이야기를 해주려고 기다리고 있었다. 아버지가 방을 나서

자마자 그는 나를 돌아보며 말했다. "보자가 무슨 짓을 한 건지 알아?"

이 말이 나를 깊이 찔렀다.

"우리가 보자의 상처에서 흘러나온 피를 마셨다는 걸 아느냐고?" 오 벰베가 말을 이었다. 나는 고개를 저었다.

"잘 들어, 넌 아무것도 몰라. 보자의 머리에 큰 구멍이 뚫려 있던 거 모 르지? 나는…… 그걸…… 봤어! 그런데 우리는 오늘 아침에도 이 우물물 로 차를 탔고, 전부 그 차를 마셨다고."

나는 그 말을 이해할 수 없었다. 어떻게 보자가 그동안 내내 우물 속에 있을 수 있었는지 도저히 이해가 안 됐다. "보자가 거기 있었다면 말이 야, 그동안 계속 우물에……." 나는 입을 열었다가 멈추었다.

"계속 말해봐." 오벰베가 말했다.

"만약에 보자가 계속 거기 있었다면, 거기에…… 거기 있었으면." 내 가 더듬거렸다.

"계속하라니까?" 오벰베가 말했다.

"알았어, 보자가 거기 있었다면, 오늘 아침에 물을 길어 올 때는 왜 우 리가 보자를 못 본 거야?"

"물에 빠져 죽으면 바로 떠오르지 않으니까. 잘 들어, 카요데네 드럼 통에 빠져 죽은 도마뱀 기억나?"

나는 고개를 끄덕였다.

"2년 전에 우물에 빠진 그 새도?"

나는 다시 고개를 끄덕였다.

"그래, 그런 거야. 그런 식이라고." 오벰베는 경계하듯 창문 쪽을 가리 키며 되풀이했다. "저런 식으로…… 저런 식으로 되는 거야."

그는 의자에서 일어나 침대에 눕더니 어머니가 우리에게 준, 전체에 호랑이 그림이 그려진 래퍼로 몸을 덮었다. 이불 밑에서 흐느낌을 눌러 참는 소리를 들으며, 나는 오벰베의 머리가 움직이는 것을 지켜보았다. 나는 그 자리에 가만히, 내가 있었던 곳에 풀로 붙인 것처럼 앉아 있었다. 하지만 나는 배 속에서 뭔가가 점점 터지는 것을 의식했다. 작은 토끼처럼 느껴지는 것이 내 안을 뜯어 먹고 있었다. 그렇게 계속 뜯어 먹히다가, 나는 입에서 갑자기 신맛을 느끼고 축축한 음식 덩어리를 바닥에 수프 같은 반죽으로 토해냈다. 토악질에는 기침 발작이 이어졌다. 나는 바닥에 허리를 숙이고 더 기침했다.

오벰베가 침대에서 펄쩍 뛰어 일어나더니 내게 다가왔다. "뭐야? 왜 그래?"

나는 대답하려 했지만, 할 수 없었다. 토끼가 내 뼛속 더 깊은 곳을 계속해서 긁어댔다. 나는 숨을 쉬려고 헐떡였다.

"어, 물." 오벰베가 말했다. "물을 가져다줄게."

나는 고개를 끄덕였다.

오벰베는 물을 가져다 내 얼굴에 뿌렸다. 하지만 나는 꼭 물에 빠져 죽는 것만 같은 기분이 들었다. 나는 얼굴을 타고 흘러내리는 물방울에 숨을 헐떡이면서 미친 사람처럼 그것을 닦아냈다.

"너 괜찮아?" 오벰베가 물었다.

내가 고개를 끄덕이며 웅얼거렸다. "응."

오벰베는 나갔다가 물이 담긴 컵을 가지고 돌아왔다.

"받아. 마셔." 오벰베가 말했다. "그리고 더는 겁먹지 마."

오벰베가 그렇게 말하자 나는 낚시질을 다니기 전, 축구 경기장에서 돌아올 때의 일이 생각났다. 그때는 어떤 개 한 마리가 덜 지은 건물의 뼈대만 남은 방에서 뛰어나와 우리에게 짖기 시작했다. 앙상한 그 개는 너무 말라 갈비뼈 수를 쉽게 셀 수 있을 정도였다. 반점과 새로 난 상처가 파인애플에 난 작은 반점처럼 녀석의 몸을 뒤덮고 있었다. 그 불쌍한 짐승은 싸움을 걸려는 듯 움찔거리면서도 우리에게 다가왔다. 우리를 공격하고 싶은 것처럼 말이다. 나는 동물을 매우 좋아했지만, 개와 사자나 호랑이나 고양잇과에 속한 동물은 모두 무서워했다. 놈들이 사람이나 다른 동물들을 조각조각 찢어발긴다는 이야기를 너무 많이 읽었기 때문이었다. 나는 그 개를 보고 비명을 지르며 보자를 꽉 붙들었다. 보자는 내 두려움을 달래주려고 돌멩이를 집어 들고 개를 겨누었다. 돌은 빗나갔지만, 개는 겁을 먹고 계속 짖으며 기계적으로 튀어나오더니 그 가느다란 꼬리를 흔들면서 흙바닥에 발자국을 찍으며 멀어져갔다. 보자가 나를 돌아보며 말했다. "개는 떠났어, 벤. 더는 겁먹지 마." 그 순간 내 두려움은 사라졌다.

오벰베가 가져온 물을 마시면서 나는 바깥의 대혼란이 갑자기 더 심해진다는 것을 알아차렸다. 가까운 곳에서 사이렌이 울리고 있었다. 그 소리가 점점 커지면서, 어떤 사람들이 다른 이들에게 '자기들'을 들어가게 해달라고 큰 소리로 명령하는 소리가 들렸다. 구급차가 도착한 듯했다. 사람들이 보자의 부푼 시신을 구급차에 실으면서 우리 집은 완전히 소동에 휩싸였다. 오벰베는 그들이 보자의 시체를 구급차에 싣는 모습을 보려고 거실 창문으로 달려갔다. 그는 아버지에게 들키지 않으면서 나를 지켜보느라 바빴다. 사이렌이 다시 울리기 시작하자 오벰베가 내 쪽으로 돌아왔다. 이번에는 그 소리에 고막이 찢어질 것만 같았다. 나는 물을 마시고 토악질을 멈추었지만, 머리가 핑핑 도는 것만은 어쩔 수 없었다.

나는 이켄나가 보자를 금속 상자 쪽으로 밀쳤던 날, 오벰베가 내게 했던 말을 떠올렸다. 오벰베는 우리 방 한구석에 조용히 앉아서, 감기라도 걸린 사람처럼 자기 몸을 껴안고 있었다. 그는 이켄나가 방에 들어왔을 때 그의 반바지 주머니에 뭐가 들어 있었는지 보았느냐고 물었다.

"아니, 뭐였는데?" 내가 물었지만, 오벰베는 그냥 멍하니, 입을 거의 다물지도 못하고 앞을 응시하기만 했다. 그 바람에 안 그래도 큰 그의 앞니가 실제보다 더 크게 보였다. 그는 그 표정으로 얼굴을 가득 채운 채 창문으로 가더니, 병정개미들의 기다란 행렬이 울타리를 따라 행진하고 있는 곳에 시선을 두었다. 비가 여러 날 내렸기에 울타리는 여전히 젖어 있었고, 헝겊 조각이 박혀서 물을 뚝뚝 흘리고 있었다. 그 물이 천천히 벽의 발치까지 미끄러져 내렸다. 적운이 벽 위의 지평선에 걸려 있었다.

나는 오벰베의 대답을 인내심 있게 기다렸지만, 시간이 너무 길어지자 다시 질문했다.

"이켄나가 칼을 가지고 있었어. 주머니에 말이야." 오벰베는 고개를 돌려 나를 보지도 않고 대답했다.

나는 일어나 앉았다가, 나를 잡아먹으려는 짐승이 벽을 부수고 들어오기라도 한 것처럼 오벰베에게 달려갔다. "칼?" 내가 물었다.

"응." 오벰베가 고개를 끄덕이며 말했다. "내가 봤어. 엄마의 부엌칼이었어. 보자가 수탉을 죽일 때 썼던 것 말이야." 오벰베가 다시 고개를 저었다. "내가 봤어." 오벰베가 다시 말하며, 처음에는 천장을 쳐다보았다. 그곳에 있는 무언가가 그의 말이 맞다고 고개를 끄덕이기라도 한 것처럼. "이켄나가 칼을 가지고 있었어." 이제는 얼굴을 일그러뜨리고 목소리를 낮추면서 그가 말했다. "어쩌면 보자를 죽이고 싶었는지도 몰라."

구급차 사이렌이 다시 울부짖기 시작했고, 군중이 내는 소음도 귀청이 떨어질 정도로 높아졌다. 오벰베는 창문에서 물러나 내게 다가왔다.

"데려갔어." 오벰베가 쉰 목소리로 즉시 말했다. 그는 내 손을 잡고 부드럽게 나를 앉히면서 그 말을 되풀이했다. 그때쯤 나는 쭈그리고 앉아 바닥에 토악질을 하느라 다리가 풀려 있었다.

"고마워." 내가 말했다.

오벰베가 고개를 끄덕였다.

"이것 좀 치운 다음에 너랑 같이 누울게. 그냥 거기 누워 있어." 오벰베는 그렇게 말하고 문 쪽으로 갔지만, 다른 생각이 떠오른 듯 잠시 멈추어 미소 지었다. 오벰베의 양쪽 눈동자에 두 개의 반짝이는 진주가 박혀 있었다.

"벤." 오벰베가 불렀다.

"응."

"이케랑 보자가 죽었어." 오벰베의 아래턱이 떨리고, 아랫입술도 삐죽였다. 한편으로는 두 개의 진주가 액체로 이루어진 쌍둥이 줄을 흔적으로 남기며 미끄러져 내렸다.

나는 오벰베가 한 말을 어떻게 생각해야 할지 알 수 없었기에 고개를 끄덕였다. 오벰베는 돌아서서 방을 나섰다.

나는 오벰베가 쓰레받기로 오물을 치우는 동안 눈을 감고 있었다. 내 머릿속은 보자가 어떻게 죽었는지, 또—사람들 말에 따르면—그가 자살을 했다는데 어떻게 된 일인지에 관한 생각으로 가득 차 있었다. 나는 보자가 이켄나를 찌른 다음 그의 시체를 내려다보고 서서 울부짖는 모습을 상상했다. 보자는 단 한 번의 행동으로 스스로의 인생을 약탈했다는 사실을 문득 깨달았을 것이다. 고대의 보물이 들어 있는 동굴을 단번에 털어버리듯이. 보자는 미래가 그에게 준비해놓은 것이 무엇인지 생각하고 그것을 두려워했을 게 틀림없다. 그의 마음속 혈관에 모르핀처럼 자살 충동을 처방하여 그 정신을 천천히 죽인, 그 끔찍한 용기를 낳은 것은 이런 생각이었을 게 틀림없다. 정신이 죽어버렸으니, 다리를 움직여 자기 몸을 끌고 가기도 쉬웠을 것이다. 두려움과 불확실성이 그의 정신을 한 땀 한 땀 꿰맸겠지. 불룩한 부분이 점점 두꺼워지고 베틀질이 계속되다가 결국 그가 뛰어내린 것이다. 다이빙 선수처럼, 오미알라강에 뛰어들 때면 늘 그랬듯이 머리부터. 보자는 몸을 던지는 순간 공기가 눈에 쏟아져 들어오는 것을 느꼈을 것이고, 잠깐이라도 신음하거나 무슨 말을 하지는 않았을 것이다. 뛰어내리면서도 심장이 더 세차게 뛰거나 맥박이 빨라지지는 않았을 것이다. 오히려 그는 기이한 침착함과 평정심을 유지했으리라. 그런 정신상태에서, 보자는 실체 없는 깨달음을, 자신의 과거 속 장면들로 이루어진 몽타주를 엿보았을 게 틀림없다. 그 몽타주는 우리 집 감귤나무의 높은 가지에 올라가 볼티모라의 '타잔 보이'를 부르는 보자, 조회 때 선생님들이 전교생 앞에 서서 주님의 기도를 선창하라고 하자 바지에 똥을 한 바가지 쌌던 보자, 1992년 우리 교회의 크리스마스 연극에서 마리아의 남편인 목수 요셉 역할을 맡아, "마리아, 난 당신과 결혼하지 않겠어. 당신은 아셰워니까!"라고 말해 모두를 놀라게 했던 열 살짜리 보자, M.K.O.에게 절대, 무슨 일이 있어도 싸우지 말라는 말을 들었던 보자, 그리고 그해 초반에만 해도 열정적인 어부였던 보자의 사진들로 이루어져 있었을 게 틀림없다. 이런 장면들은 그가 점점 더 아래로 떨어져 내리다가 우물 바닥에 부딪힐 때까지 벌집의 벌 떼처럼 그의 머릿속에 꼬여 들었을지도 모른다. 그러다가 우물 밑바닥에 닿으면서 벌집이 박살 나고 그림들이 흩어졌을 것이다.

나는 보자의 투신이 빠르게 일어났을 게 틀림없다고 상상했다. 물에 가라앉으면서, 우물 옆면에 튀어나온 바위에 가장 먼저 부딪힌 것은 그의 머리였을 게 틀림없다. 그런 접촉에 이어 터지는 소리, 두개골이 박살 나고 뼈가 부러지고 피가 줄줄 흐르는 소리가 뒤따랐을 테고, 그런 다음에는 그의 머릿속이 새어 나가며 소용돌이쳤을 것이다. 그의 뇌가 산산이 조각나고, 그 뇌를 보자의 머릿속 다른 부분들과 이어주던 혈관들도 풀려났겠지. 그 접촉이 일어난 순간 보자의 혀가 그의 입에서 비어져 나왔을 테고, 그의 고막은 아주 오래된 장막처럼 찢겨 나갔을 것이며, 그의 치아 중 10분의 1은 주사위 여러 개를 던진 것처럼 그의 입 바닥으로 쏟아졌을 것이다. 여기에 조용한 반응이 동시적으로 이어졌을 터다. 잠깐은 그의 몸이 움찔거리면서, 그의 입이 냄비에서 끓는 물이 부글거리듯 들리지 않는 무슨 소리를 계속 웅얼거렸을 것이다. 그게 이 모든 일의 정점이었을 게 틀림없다. 그런 몸부림은 천천히 시작되었다가 점차로 그를 놓아주었을 것이고, 그의 뼈에는 평온함이 돌아왔을 것이다. 그런 다음, 이 세상 것이 아닌 평화가 내려 그를 치명적인 고요함 속으로 가라앉혔으리라.

11. 거미들

어머니는 배가 고프면 이렇게 말한다.

"아이들 먹이게 뭘 좀 구워봐라."

— 아샨티 속담

거미들은 슬픔의 동물이었다.

이보족 사람들은 이 짐승이 슬퍼하는 사람들의 집에 둥지를 틀고, 점점 더 많은 그물을 소리 없이, 마음 아프게 짠다고 믿었다. 그래서 거미의 실이 불룩하니 엄청난 공간을 뒤덮게 된다는 것이다. 형들이 죽고 나서는 세상의 많은 것들이 달라졌는데, 거미도 그렇게 달라진 것 중 하나인 듯했다. 형들이 죽고 나서 첫 주에, 나는 그동안 내내 쓰고 다녔던 차양이나 우산이 찢어져 위험에 노출된 것만 같은 기분이었다. 나는 형들을 기억하고, 형들 인생의 아주 작은 사항들까지 생각하기 시작했다. 모든 세세한 것들과 작은 행동과 사건을 확대해 보여주는, 때늦은 생각이라는 망원경을 들여다보는 기분이었다. 하지만 그 사건들이 일어난 뒤에 바뀐 것은 오직 나의 세상뿐이었다. 우리는—아버지, 어머니, 오벰베, 나, 데이비드, 심지어 은켐까지도—모두 서로 다른 방식으로 고통스러워했지만, 형들이 죽고 나서 첫 몇 주 동안은 어머니가 그중에서도 가장 고통스러워했다.

거미들은 우리 집에 임시로 은신처를 만들고 둥지를 틀었다. 사람들이 누군가의 죽음을 애도할 때면 거미들이 으레 그렇게 한다는 게 이보족 사람들의 믿음이었다. 하지만 거미들은 그런 침략에서 한발 더 나아가 우리 어머니의 머릿속에까지 쳐들어갔다. 거미들과 점점 불룩해져가는 둥근 거미줄이 실오리 같은 거미의 송곳니로 천장에 걸려 있는 모습을 처음으로 발견한 사람은 어머니였다. 하지만 그게 전부가 아니었다. 어머니는 거미줄에 매달린 거미들의 껍질 속에서 우리를 엿보는 이켄나를 보기 시작했다. 거미줄로 만들어진 나선 너머에서 우리를 지켜보는 이켄나의 두 눈을 보기도 했다. 어머니는 거미들에 대해 불평했다. 은디 아조 이페—이 더럽고 비천하고 끔찍한 놈들이라면서. 어머니는 거미들 때문에 겁을 먹었다. 거미들 때문에 흐느끼면서 놈들을 손가락질하곤 했다. 아버지가—어머니를 위로하고 싶은 마음에, 또 어머니의 부탁이 아무리 이상하게 보일지라도 슬퍼하는 여자의 목소리에 귀를 기울여야 한다는 약사 마마 보세와 이야 이야보의 엄청난 압박을 받아서—집 안에 쳐진 모든 거미줄을 걷어내고 거미 몇 마리를 벽에 짓눌러 죽여버릴 때까지 말이다. 그런 다음, 아버지는 벽에 붙어 다니는 도마뱀들도 쫓아내고 번식 속도가 위협적으로 빨라지던 바퀴들에 대해서도 전쟁을 선포했다. 그제야 평화가 돌아왔다. 그러나 그 평화는 발이 퉁퉁 부은 채 절뚝이는 평화였다.

거미들이 떠나고 나서 얼마 되지 않아 어머니는 모퉁이에서 목소리를 듣기 시작했다. 어머니는 갑자기 흰개미 떼가 자기 머릿속에 꼬여 들어 회색질을 물어뜯기 시작했다고 느끼고, 그것들이 뭔가를 씹어대는 영원한 움직임을 의식하게 됐다. 어머니는 위로하러 온 사람들에게 보자가 자기 꿈에 나타나더니 자신이 죽게 될 거라고 미리 경고했다고 말했다. 어머니는 형들이 죽고 나서 며칠 동안 우리 집에 벌 떼처럼 모여들었던 이웃과 교회 사람들에게 이켄나와 보자가 죽은 날 아침에 꾸었던 이상한 꿈 얘기를 자주 들려주며 그런 꿈들을 비극으로 못 박았다. 이 지역, 심지어 아프리카 전역의 사람들은 한 여자의 자궁이 맺은 결실—그녀의 아이—이 죽거나 죽을 위기에 처하면, 그 여자가 그 사실을 어떻게든 미리 알게 된다고 아주 강하게 믿었으니까.

어머니가 이런 경험을 이야기하는 것을 처음 들은 날—이켄나의 장례식 전날 밤—에는 그에 이어진 반응이 내 마음을 움직였다. 약사인 마마 보세는 크게 울부짖으며 바닥에 몸을 던졌다. "아아아, 주님께서 경고하신 게 틀림없어요." 그녀는 바닥 한끝에서 다른 쪽 끝까지 굴러다니며 신음했다. "이런 일이 일어날 거라고 주님께서 경고하신 게 틀림없다고요. 아아아아, 아아아아아!" 그녀가 분출한 고통과 슬픔은 거칠게 뻗어나가는 망가진 모음들로 이루어진, 말이 되지 못한 신음이 되어 나왔다. 가끔 그런 말들은 아무런 의미가 없었지만, 그 뉘앙스만큼은 그 자리에 있는 모두가 완벽하게 이해했다. 사람들을 더욱 사로잡은 것은 그 이야기를 한 뒤 어머니가 한 행동이었다. 어머니는 벽에 걸린 중앙은행 달력 근처에 섰다. 그 달력은 아직도 독수리 페이지—5월—가 펼쳐져 있었는데, 이켄나의 변신이 일어나던 그 끔찍한 몇 주 동안 달력을 넘겨야 한다는 사실을 떠올린 사람이 아무도 없었기 때문이었다. 어머니는 두 손을 모두 들고 소리쳤다. "엘루 은알라—하늘이시여, 땅이시여. 제 두 손을 보시고 이 두 손이 깨끗함을 아소서. 보소서, 그 애들이 태어날 때 생긴 흉터를 보소서. 아직 그 흉이 낫지도 않았는데, 이제는 그 아이들이 죽었나이다." 어머니는 이렇게 말하면서 블라우스를 걷어 배꼽 아래쪽을 가리켰다. "그 애들이 빨았던 가슴을 보소서. 이 가슴이 아직 가득한데, 그 아이들은 더 이상 없나이다." 어머니는 블라우스를 걷어 올렸지만—가슴을 보여주기 위해서인 듯했다—한 여자가 날쌔게 달려와 그 옷을 다시 내렸다. 너무 늦었다. 방에 있는 거의 모두가 이미 그 가슴을 보았으니 말이다. 혈관이 불거지고 젖꼭지가 두드러진 두 가슴을, 대낮에 말이다.

어머니가 이 이야기를 하는 것을 처음으로 들었을 때, 나는 꿈이 경고일 수도 있다는 사실을 알았다면 이켄나가 다리를 건너는 꿈을 꾸었을 때 그 꿈에 들어 있는 경고를 더 분명하게 받아들였을지 모른다는 두려움에 사로잡혔다. 나는 어머니가 자기 꿈 이야기를 한 다음에 형에게 내 꿈 이야기를 했고, 형은 그게 경고였다고 말했다. 어머니는 우리 교회 목사인 콜린스 목사님에게 그 꿈 이야기를 다시 했고, 일주일쯤 뒤에는 콜린스 목사님의 아내에게도 다시 그 이야기를 전했다. 당시에는 아버지가 집에 없었다. 아버지는 마을 외곽에 있는 주유소로 휘발유를 사러 간 터였다. 보자가 발견된 주에 정부에서 연료값을 12나이라에서 21나이라로 올리는 바람에 주유소들은 휘발유를 사재기했고, 결과적으로 온 나라의 주유소마다 끊임없이 긴 줄이 늘어서게 되었다. 아버지는 오후부터 초저녁까지 그런 줄에 서 있다가, 자동차 연료탱크를 가득 채우고 트렁크에는 등유가 가득 든 통을 실은 채 돌아왔다. 아버지는 지쳐서 즉시 안락의자로, 아버지의 '왕좌'로 가 주저앉았다. 어머니가 그날 전화한 모든 사람들에 대해 이야기하기 시작했을 때 아버지는 땀에 젖은 셔츠를 벗고 있었다. 어머니는 아버지 곁에 앉아 있었지만, 상처를 입은 지 얼마 되지 않은 암소를 따라다니는 날벌레들처럼 야자 와인의 강한 냄새가 아버지와 함께 돌아왔다는 사실을 인식하지 못했다. 어머니는 오랫동안 말을 이어갔고, 결국은 아버지가 외쳤다. "그만!"

"그만하라고 했지!" 아버지는 벌떡 자리에서 일어나며 다시 말했다. 힘줄이 불거져 터질 것 같은 맨팔을 드러내며 아버지는 어머니를 내려다보고 섰다. 어머니는 뻣뻣하게 굳어져 두 손으로 자기 허벅지를 꽉 잡았다. "대체 무슨 헛소리를 하는 거야, 응, 친구? 이제는 내 집이 이 마을에 사는 온갖 것들이 찾아오는, 방랑자들의 동물원이라도 됐단 말인가? 대체 몇이나 찾아와서 우리를 가엾게 여기려는 거지? 머잖아 개도 찾아오겠군. 그런 다음에는 염소와 개구리, 심지어 볼이 통통한 고양이까지도 찾아오려는 모양이야. 그중에는 가족을 잃은 사람보다 더 큰 소리로 울어대는 추모객도 있다는 걸 모르나? 정도가 있어야지!"

어머니는 아버지에게 대답하지 않았다. 어머니는 빛바랜 래퍼로 덮인 자기 허벅지로 시선을 떨어뜨리고, 눈을 돌리지 않은 채 고개를 저었다. 두 분 앞에 놓인 기름등의 빛 때문에 나는 어머니의 두 눈에 눈물이 차오르는 것을 보았다. 나는 그날의 다툼이 어머니의 정신적인 상처를 찌른 바늘이었으며, 그날 이후로 그 상처에서 피가 흐르기 시작했다고 믿게 되었다. 어머니는 더 이상 말하지 않았고, 어머니의 온 세상을 마비시킬 침묵이 시작되었다. 그날 이후로 어머니는 조용히 집 안에 앉아, 딱히 무엇이라고도 할 수 없는 것을 멍하니 바라보았다. 지금은 얼어붙은 그 혀가 한때는 포자를 퍼뜨리는 곰팡이처럼 말을 퍼뜨리곤 했다. 고통스러울 때면 어머니의 입에서 말이 호랑이처럼 뛰쳐나왔고, 제정신일 때면 망가진 파이프에서 물이 새듯 쏟아져 나왔다. 하지만 그날 밤 이후로는 말이 어머니의 머릿속에 고였을 뿐 새어 나오는 경우는 거의 없어졌다. 말은 어머니의 머릿속에서 엉겼다. 하지만 아버지가—그 침묵이 초조하게 느껴져—매일같이 어머니를 성가시게 하자, 어머니는 침묵의 영역을 깨뜨리고, 쉬지 못하고 있는 보자의 영혼이라고 느껴지는 존재에 대해 자주 불평했다. 9월의 마지막 며칠 동안은 그 불평이 매일 이어지는 잔소리처럼 되어서 아버지가 더 이상 받아주지 못했다.

"도시에 산다는 여자가 어떻게 이렇게까지 미신적일 수 있는 거야?" 어머니가 요리를 할 때 보자가 부엌에 서 있었던 것 같다고 말한 어느 날 아침, 아버지가 성질을 터뜨렸다. "도대체 어떻게? 친구?"

어머니의 분노에 아주 심하게 불이 붙었다. 어머니는 격분했다. "어떻게 감히 나한테 이런 소리를 하는 거예요, 에메?" 어머니가 아버지에게 마주 소리쳤다. "어떻게 감히? 난 그 애들의 엄마예요. 아닌가요? 그 애들의 영혼이 내 마음을 어지럽혀도 내가 모른다는 거예요?"

어머니는 래퍼에 젖은 손을 닦았고, 그러는 동안 아버지는 이를 갈면서 리모컨을 집어 들더니 요루바 배우의 상투적인 대사가 어머니의 목소리를 짓밟아버릴 정도가 될 때까지 텔레비전 소리를 키웠다.

"어디 안 들리는 척하려면 해봐." 어머니는 두 손을 짝 부딪치며 비웃었다. "하지만 우리 애들이 제대로 된 죽음을 맞이한 척할 수는 없을 거예요. 에메, 당신도 나도 그게 아니라는 사실을 알고 있으니까! 그냥 나가서 보라고. 아 나 에메 예 에메—이건 정상이 아니야, 어디에서도 이런 일은 정상일 리 없다고요. 부모가 자기 자식을 묻는 일은 없어야 하잖아. 그 반대여야지!"

텔레비전이 여전히 켜져 있었고 영화의 특수효과가 화면에서 사이렌처럼 번쩍이고 있었지만, 어머니의 말은 침묵의 조각보로 방을 감쌌다. 밖에서는 지평선이 묵직한 구름의 잿빛 수증기로 뒤덮여 있었다. 어머니가 말을 마치고 안락의자에 주저앉자마자 천둥소리가 하늘을 갈랐다. 비에 젖은 바람이 훅 불어 내려 부엌문을 세게 닫았다. 즉시 전기가 나가 방이 거의 캄캄해졌다. 아버지가 창문을 닫았지만, 아직 밖에서 빛이 들어왔기에 커튼은 열어두었다. 아버지는 침묵을 지키며 자기 자리로 돌아갔다. 어머니의 말이 낳은 군대에 포위당한 채로.

날이 갈수록 존재의 방 속 어머니의 공간은 점차 줄어만 갔다. 어머니는 일상적인 말과 평범한 수사(修辭), 익숙한 노래에 둘러싸였고, 그 모든 것은 오직 어머니의 존재를 지우는 것만을 목적으로 하는 악마로 변신했다. 은쾀의 익숙한 몸, 긴 두 팔과 길게 땋은 머리—어머니는 이 모든 것을 매우 아꼈었다—가 어머니에게는 갑자기 끔찍이도 싫은 것이 되었다. 그러다 한번은 은쾀이 어머니의 무릎에 앉으려 했을 때, 어머니가 그 애를 "내 무릎에 기어오르는 이놈의 것"이라고 부르는 바람에 은쾀이 겁을 먹고 달아났다. 〈가디언〉 속 세계에 빠져 있던 아버지가 크게 놀랐다.

"세상에! 당신 제정신이야, 아다쿠?" 아버지가 끔찍하다는 듯 물었다.

"당신이 그런 꼴이 된 게 은켐 탓이라도 된다는 거야?"

아버지의 말이 어머니의 얼굴에 극적인 변화를 일으켰다. 눈이 멀었다가 갑자기 시력을 되찾은 사람처럼, 어머니는 입을 벌린 채 혼란스럽고도 꼼꼼한 눈으로 은켐을 바라보았다. 그러다가 은켐에게서 아버지에게로, 다시 은켐에게로 눈을 돌린 어머니는 혀가 고삐 풀린 것처럼 입속을 마구 돌아다닌다는 듯 "은켐"이라고 웅얼거렸다. 어머니는 다시 눈을 들고 말했다. "내 딸 은켐이잖아." 말투가 꼭 질문을 던지고 제안을 하는 동시에 어떤 진술을 하는 것만 같았다.

아버지는 두 발이 모두 바닥에 못 박힌 사람처럼 그 자리에 서 있었다. 입을 열기는 했지만 말을 하지는 않았다.

어머니가 다시 "은켐인지 몰랐어"라고 말했다. 아버지가 한 일은 고개를 끄덕이고, 울면서 엄지를 빨던 은켐을 품에 안아 들고 조용히 집을 나선 것뿐이었다.

그에 대한 응답으로 어머니는 울기 시작했다.

"은켐인지 몰랐어." 어머니가 말했다.

다음 날은 아버지가 아침 식사를 준비했다. 어머니는 감기라도 걸린 것처럼 스웨터를 입고 침대에서 흐느끼며 일어나지 않으려 했다. 어머니는 해가 떨어질 때까지 하루 종일 침대에 누워 있다가, 우리 모두가 자리에 앉아서 아버지와 함께 텔레비전을 보고 있을 때 자기 방에서 나왔다.

"에메, 여기서 풀을 뜯는 흰 소가 보여요?" 어머니는 방을 이리저리 가리키며 물었다.

"뭐? 무슨 소?"

어머니는 머리를 뒤로 젖히더니 걸걸한 목소리로 웃었다. 어머니의 입술이 말라서 갈라져 있었다.

"저기서 풀을 뜯는 소가 안 보인단 말이에요?" 어머니는 손바닥을 펼치며 물었다.

"무슨 소 말이야, 친구?" 어머니가 너무 큰 확신을 실어서 말했기에 아버지는 잠깐 소가 정말로 있을지 모른다고 생각하듯 방을 둘러보았다.

"에메, 눈이라도 멀었어요? 저 반짝이는 흰 소가 안 보인단 말이야?"

어머니는 쿠션을 무릎에 올려놓고 외따로 떨어진 의자에 앉아 있는 나를 가리켰다. 나는 도무지 믿을 수가 없었다. 나는 너무 놀라서, 어머니가 나를 가리키자—그런 일이 가능하기라도 한 것처럼—내가 앉아 있는 의자 뒤쪽에 소가 있는지 보려고 고개를 돌렸다. 그런 다음에야 나는 어머니가 정말로 나를 가리켰다는 사실을 알게 되었다.

"저기 있는 녀석을 봐요. 저 녀석도." 어머니는 오벰베와 데이비드도 가리키며 말을 이었다. "또 한 마리는 이 방 안에 있고, 또 다른 한 마리는 밖에서 풀을 뜯고 있어. 사방에서 풀을 뜯네. 에메, 왜 못 보는 거예요?"

"닥치지 못해?" 아버지가 고함쳤다. "대체 무슨 소리야? 세상에! 언제부터 우리 애들이 집에서 풀을 뜯는 소가 되었다는 거야?"

아버지는 어머니를 움켜쥐고 안방으로 떠밀었다. 어머니는 비틀거렸다. 땋은 머리가 얼굴에 쏟아졌다. 커다란 두 가슴이 잿빛 스웨터 안에서 춤을 췄다.

"날 내버려둬요. 내버려두라고. 난 저 반짝이는 흰 소들을 구경할 거야." 어머니는 아버지와 몸싸움을 하면서 소리쳤다.

"닥쳐!" 아버지는 어머니가 말을 할 때마다 대답 대신 소리를 질렀다.

아버지가 앞으로 떠밀자 어머니의 목소리가 불편하게 높아졌다. 은켐은 두 분이 몸싸움하는 것을 보고 울음을 터뜨렸다. 오벰베가 은켐에게 손을 뻗어 그 애를 데려가려 했지만, 은켐의 두 다리가 흔들거리며 오벰베에게 부딪혔다. 은켐은 어머니를 부르며 더 크게 울었다. 아버지는 어머니를 안방으로 끌고 가더니 문을 잠갔다. 둘은 그 안에서 꽤 오래 머물렀다. 가끔씩 둘의 목소리가 들렸다. 결국 아버지가 나와서 우리에게 방에 가라고 했다. 아버지는 빵을 가져다줄 테니, 데이비드와 은켐에게도 우리와 좀 더 같이 있으라고 말했다. 저녁 6시쯤이었다. 데이비드와 은켐은 그러기로 했다. 하지만 우리는 방문을 잠그자마자 발을 질질 끄는 소리와 문이 벽에 쾅 부딪히는 소리, "에메, 날 놔줘. 놓으라고요. 날 어디로 데려가는 거야?" 하며 미친 듯이 울부짖는 소리, 또 아버지의 힘겨운 숨소리가 길게 이어지는 것을 들었다. 그 후 현관이 시끄럽게 쾅 소리를 내며 닫혔다.

어머니는 2주 동안 보이지 않았다. 나중에 알게 됐지만, 그때 어머니는 위험한 폭발물이라도 된 것처럼 정신병원에 처박혀 있었다. 어머니의 머릿속에서는 대재앙이라고 할 만한 폭발이 일어났고, 이미 알고 있는 세계에 대한 어머니의 인지는 터져서 산산이 조각났다. 어머니의 감각에는 특별한 민감성이 스며들었다. 그래서 어머니의 귀에는 병실에서 들려오는 시계 소리가 드릴의 소음보다도 시끄럽게 들렸다. 쥐가 내는 소리는 어머니에게 수많은 종이 동시에 울리는 것처럼 들렸다.

어머니는 끔찍한 어둠공포증을 갖게 되었다. 매일 밤은 어머니를 쫓아다니며 공포를 까대는, 임신한 어미가 되었다. 커다란 것들은 믿을 수 없을 만큼 작게 줄어들었고, 작은 것들은 튀어나오고 부풀어 오르고 무시무시하게 변했다. 길고 커다랗고 가시 돋친 줄기를 가진 움직이는 아차라 잎사귀가 갑자기 어머니를 둘러싸고 천천히 어머니를 짓눌러 존재 바깥으로 밀어내기 시작했다. 게다가 이 잎사귀에는 매 순간 자라나는 초자연적인 힘이 있었다. 이 식물에 대한—또 어머니가 갇혔다고 믿게 된 숲에 대한—환영이 어머니를 괴롭히면서, 어머니는 더 많은 것들을 보기 시작했다. 1969년 내전에서 비아프라 전선에 나가 싸우다가 포격을 당해 넝마가 된 어머니의 아버지가 자주 병실 한가운데에 나타나 춤을 췄다. 대부분 그는 두 손을 허공에 높이 들고, 전쟁이 일어나기 전의 몸으로 춤을 췄다. 다른 경우에는—이때 어머니는 가장 큰 소리로 비명을 질렀는데—그가 전쟁 중과 전쟁 후의 몸으로 나타나 춤을 추었다. 한 손은 움직일 수 있고, 다른 손은 피투성이 살점이 붙은 밑동만 남은 채로 말이다. 가끔은 그가 달콤한 말을 속삭이며 함께 춤을 추자고 어머니를 꾀었다. 그러나 이 모든 것 중에서도 가장 심한 것은 쳐들어오는 거미들의 환상이었다. 정신병원에서 보낸 두 번째 주가 끝날 때쯤에는 어머니 근처에 있던 모든 거미줄이 제거되고, 모든 거미가 짓눌려 조각조각 났다. 거미가 한 마리 뭉개질 때마다, 벽에 잉크 같은 얼룩이 번질 때마다 어머니가 치유에 가까워지는 것 같았다.

어머니가 없는 시간은 힘들었다. 은쳄은 거의 항상 울었고, 아무리 달래도 듣지 않았다. 나는 은쳄에게 노래를 불러주려고 여러 번 애썼다. 어머니가 은쳄에게 자주 불러주던 자장가들이었다. 그러나 은쳄은 그중 한 곡도 듣지 않으려 했다. 오벰베의 노력도 의례적일 뿐 끝없는 헛수고에 불과했다. 어느 날 아침, 아버지는 집에 돌아와서 은쳄이 이처럼 무력한 슬픔에 빠져 있는 것을 보고 우리를 어머니에게 데려가 만나게 해주겠다고 말했다. 은쳄의 울음은 즉시 그쳤다. 어머니를 보러 가기 전에는 아버지가 아침을 만들었다. 어머니가 떠난 아침 이후로 아버지는 모든 식사를 준비하고 있었다. 그날 아침은 빵과 달걀프라이였다. 아침을 먹은 다음, 오벰베는 아버지를 따라서 이그바페의 집으로 가 물 양동이를 가져왔다. 우리 우물은 보자를 끌어낸 이후 지금까지 잠겨 있었다. 그런 다음, 우리는 차례차례 목욕하고 옷을 입었다. 아버지는 잘못 빨아서 목 부분이 노래진, 하얗고 커다란 티셔츠를 입었다. 아버지는 평소와 달리 아주 무성한 턱수염을 길러 외모가 완전히 바뀌어 있었다. 우리는 모두 아버지를 따라 자동차로 갔고, 오벰베가 아버지와 함께 앞자리에 앉았으며 데이비드와 은쳄과 나는 뒷자리에 앉았다. 아버지는 아무 말도 하지 않았다. 그냥 문을 잠그고 창문을 내리더니 시동을 걸었을 뿐이었다.

아버지는 저녁이면 생기 넘치고 북적거리는 거리를 따라 조용히 차를 몰았다. 우리는 투광조명등과 셀 수 없이 많은 나이지리아 국기가 나부끼는 커다란 경기장을 돌아가는 길을 택했다. 볼 때마다 내게서 경이감을 이끌어내던 오크와라지의 거대한 조각상이 마을의 이 지역을 높이서 내려다보았다. 그 조각상을 바라보던 나는 독수리를 닮은 새까만 새가 그 머리 꼭대기에 앉아 있는 것을 발견했다. 우리는 대로에서 빠져나가는 이차선도로의 오른쪽 차선을 타고 가다가, 갓길 너머의 공터에 있는 작은 장터에 이르렀다. 자동차는 속도를 늦추고서 흙으로 더럽혀진 비포장도로를 헤집고 나갔다. 암탉의 시체가 차선 한쪽에, 아스팔트에 납작하게 눌려 있었다. 깃털이 사방에 뿌려져 있었다. 거기에서 몇 미터 떨어진 곳에서는 개 한 마리가 터진 쓰레기봉투에 머리를 처박고 내용물을 먹는 모습이 보였다. 이곳에서부터 자동차는 도로 양쪽을 비집고 지나가는 거대한 트럭들 사이를 조심스럽게 움직였다. 자신들의 곤경을 광고하는 팻말—맹인입니다. 도와주세요라든가 화상 피해자인 로런스 오조에게 도움이 필요합니다라든가—을 든 거지들이 장터 길의 양옆에 의장병처럼 서 있었다. 그중 한 명은 우리 거리의 사방에서—교회 주변이나 우체국 근처에서, 우리 학교 근방과 시장에서도—보았기에 내가 알고 있던 인물로, 바퀴가 달린 작은 널빤지를 타고 기어가고 있었다. 그는 두 손에 줄어든 슬리퍼를 장갑처럼 끼고 있었다. 우리는 온도주(州) 라디오 방송국을 지나가면서 아쿠레 중심부에 있는 커다란 로터리에 어색하게 합류했다. 그 로터리 한가운데에는 전통적인 말하는 북*을 두드리는 세 남자의 조각상이 있었다. 조각상 밑의 콘크리트 받침대 주변에는 작은 잡초들과 함께 살아가는 선인장들이 있었다.

아버지는 노란색 건물 앞에 차를 댔고, 자신이 실수했다는 사실을 방금 깨달은 사람처럼 잠깐 자동차 안에 앉아 있었다. 바로 그때, 나는 아버지가 왜 이런 식으로 정신이 팔렸는지 알게 되었다. 우리 바로 앞 자동차에서 한 무리의 사람들이 내려 웬 중년 남자를 둘러싸고 있었다. 그 남자는 미친 사람처럼 웃으면서, 지퍼 사이로 비어져 나온 커다란 성기를 덜렁거리고 있었다. 피부색이 더 희고 더 잘생겨서 그렇지 그것만 아니었으면 아불루라고 해도 믿을 법한 사람이었다. 아버지는 그 남자를 보자마자 우리를 돌아보며 큰 소리로 말했다. "은과, 눈 감고 너희 엄마를 위해서 기도해라. 어서!"

---

* 소리를 달리하여 여러 가지 메시지를 전달하는 데 쓸 수 있는 서아프리카의 북.

아버지는 즉시 뒤를 돌아보더니 내가 아직도 그 남자를 보고 있는 것을 알아챘다.

"모두 당장 눈 감아!" 아버지가 호통쳤다. 아버지는 우리가 모두 자기 말에 따르는지 확인한 다음 말했다. "벤저민, 네가 기도해라."

"네, 아빠." 나는 목을 가다듬고 대답한 뒤 영어로 기도를 시작했다. 나는 영어로밖에 기도하는 방법을 몰랐다. "예수님의 이름으로 기도하오니, 주님, 부디 저희를 도와주소서……. 오, 주여, 저희를 축복하시고 엄마를 낫게 하소서. 당신께서는 아픈 사람을, 나사로든 누구든 다 고치시는 분이시니 엄마가 미친 여자처럼 말하는 것을 멈추게 해주소서. 예수님의 이름으로 기도했습니다."

나머지 사람들이 "아멘!"이라고 합창했다.

눈을 떠보니 그 사람들이 병원 입구에 이르러 있었다. 그러나 병원으로 끌려 들어가는 미친 사람의 먼지 엉긴 궁둥이는 여전히 보였다. 아버지가 뒷좌석 쪽으로 와서 문을 열었다. 은켐을 가운데에 두고 나와 데이비드가 앉아 있는 자리였다.

"잘 들어라, 친구들." 아버지가 입을 열었다. 충혈된 아버지의 눈이 우리 얼굴을 들여다보고 있었다. "첫째, 너희 엄마는 미친 여자가 아니다. 너희 모두 잘 들어. 저기 들어가면, 왼쪽도 오른쪽도 보지 마라. 그냥 똑바로 앞을 봐. 저 안에서 뭘 보든 그 모습이 너희 머릿속에 남게 될 테니까. 누구든 엉뚱한 짓을 하면, 집에 도착하자마자 구에르돈을 맞게 될 거다."

우리는 모두 알겠다는 뜻으로 고개를 끄덕였다. 그런 다음 우리는 차례로 자동차에서 내렸다. 오벰베가 맨 처음이었고 아버지가 그 곁에 있었으며 내가 맨 뒤였다. 우리는 꽃들이 길게 늘어선 길을 따라 커다란 건물의 입구까지 갔다. 건물은 바닥이 완전히 타일로 덮여 있었고 라벤더 냄새가 났다. 우리는 수다 떠는 사람들로 가득한 커다란 로비에 들어갔다. 나는 채찍을 맞지 않기 위해서라도 눈을 돌리지 않으려 했지만 참을 수가 없었다. 그래서 아버지가 보지 않는 것 같으면 왼쪽으로 시선을 돌렸다. 내 두 눈은 로봇이라도 된 것처럼 가늘고 긴 목을 기계적으로 움직이는 창백한 여자아이에게 머물렀다. 그 애의 혓바닥이 거의 끊임없이 입 밖으로 반쯤 비어져 나왔다. 그 애의 머리카락은 너무 숱이 없고 색이 옅어서 두피가 보일 지경이었다. 나는 겁을 먹었다. 다시 아버지를 돌아보니, 아버지는 접수대 너머의 흰 유니폼을 입은 여자에게서 파란색 이름표를 받아 들며 이렇게 말하고 있었다. "네, 전부 제 아이들입니다. 저랑 함께 갈 겁니다."

아버지가 이렇게 말하자 접수대의 유리 칸막이 뒤에 앉아 있던 여자가 일어서서 우리를 보았다.

"아내의 아이들입니다." 아버지가 웅얼거렸다.

"아내분 상태가 그러신데, 애들이 정말 만나도 될까요?" 여자가 물었다.

여자는 피부색이 밝았고 흰 원피스를 입고 있었다. 간호사 모자가 기름을 발라 아름답게 관리한 머리카락에 단단히 고정되어 있었고, 가슴 위쪽에 꽂힌 이름표에는 은케치 대니얼이라고 적혀 있었다.

"괜찮을 겁니다." 아버지가 웅얼거렸다. "결과는 신중하게 생각해봤어요. 제가 감당할 수 있을 겁니다."

여자는 만족스럽지 않은 듯 고개를 저었다.

"여기에도 규칙이 있습니다, 선생님. 잠깐 기다려주시면 위에 여쭤보죠." 여자가 말했다.

"네." 아버지가 말했다.

우리는 아버지 주변에 모여 간호사가 돌아오기를 기다렸다. 그동안 나는 창백한 여자아이의 눈이 내게 고정되어 있다는 느낌을 떨쳐낼 수 없었다. 그 시선을 이어 받아, 나는 접수대 뒤의 작은 방 나무 벽에 걸려 있는 달력과 수많은 약이며 치료법에 관한 그림들에 집중하려 애썼다. 그림 하나는 등에 아이를 업고, 양쪽에는 돌쟁이 둘을 데리고 있는 임신한 여자의 윤곽선을 그린 것이었다. 여자의 앞에 조금 거리를 두고 서 있는 사람은 남편인 듯했다. 그는 어깨에 아이를 앉혀두었다. 나와 키가 비슷한 아이 한 명이 그들 앞에서 라피아 바구니를 들고 갔다. 나는 그 아래에 적힌 글자를 볼 수 없었지만, 그 글자가 무슨 내용일지 추측할 수는 있었다. 그 그림은 정부의 공격적인 산아제한 정책을 홍보하는 수많은 광고물 중 하나였던 것이다.

간호사가 돌아와서 말했다. "네, 모두 함께 가셔도 됩니다, 아구 씨. 32호 병실이에요. **추쿠 체베 우누.***"

"다-알루—고맙습니다, 간호사 선생님." 아버지는 여자의 이보어에 대답하며 살짝 고개를 숙였다.

우리가 32호 병실에서 본 어머니는 멍한 눈으로 앉아 있었다. 어머니의 수척한 몸은 이켄나가 죽은 이후 줄곧 입고 있던 검은 블라우스에 감싸인 채였다. 어머니가 너무 약해지고 창백해져 있어서 나는 하마터면

---

* 신의 은총이 함께하시길. (이보어)

놀라 고함을 지를 뻔했다. 나는 어머니의 모습을 보고, 이 끔찍한 곳이 인간의 살점을 빨아 먹고 풍만한 엉덩이에서 바람을 빼기라도 하는 건지 궁금해졌다. 어머니는 머리카락이 헝클어졌고 더러웠으며, 입술은 바싹 말라 갈라져 있었고, 너무도 다른 사람처럼 보였다. 그래서 나는 몹시 겁이 났다. 은켐이 "엄마, 엄마" 하고 소리치자 아버지가 어머니에게 다가갔다.

"아다쿠." 아버지가 어머니를 품에 안으며 말했지만, 어머니는 돌아보지도 않았다. 어머니는 계속 텅 빈 천장을, 그 천장 한가운데에서 움직이지 않는 실링팬과 벽의 모서리만을 바라보았다. 그렇게 쳐다보면서, 어머니는 조용히, 조심스럽게, 다 안다는 듯한 말투로 속삭였다. "우무 우게레디데, 우무 우게레디데—거미들이야, 거미들이야."

"은우옘,* 또 무슨 거미가 있다는 거야? 사람들이 전부 없애지 않았어?" 아버지는 천장 모서리를 둘러보았다. "이젠 또 어디에 거미가 있다는 거야?"

어머니가 계속 속삭였다. 어머니는 아버지 말이 들리지 않는 것처럼 가슴팍에 깍지를 끼고 있었다.

"우리한테 왜 이러는 거야? 당신 아이들한테도, 나한테도?" 은켐의 울음소리가 높아지자 아버지가 말했다. 오벰베가 은켐을 안아 들었지만, 은켐은 오벰베가 자기를 떨어뜨릴 때까지 거칠게 발길질을 하면서 몸부림쳤다.

아버지가 침대 위, 어머니 옆에 앉으려 했지만 어머니가 "날 가만히

* 여보. (이보어)

242

놔둬! 가버려! 날 내버려둬!"라고 고함치며 물러났다.

"놔두라 이거지?" 아버지가 일어서면서 물었다. 아버지의 얼굴에서는 색깔이 사라졌다. 아버지 머리 양쪽의 혈관이 엄청나게 두드러졌다. "당신 꼴을 좀 봐. 남은 자식들 앞에서 당신이 시들어가는 꼴을 좀 보라고. 아다, 눈으로 볼 수 있는 것 중 눈물 대신 피를 흘리게 할 수 있는 건 아무것도 없다는 사실을 모르는 거야? 우리가 극복할 수 없는 상실이란 없다는 걸 모르느냐고?" 아버지는 손을 쫙 펴고 어머니의 머리에서 발까지 손짓했다.

"시들어, 그럼. 계속 시들어버려."

나는 그때 데이비드가 거기, 내 옆에 서서 내 셔츠를 잡고 있는 것을 알아챘다. 보니까 데이비드는 울기 직전이었다. 갑자기 데이비드가 눈물을 참을 수 있게 그 애를 안아주어야 한다는 생각이 들었다. 나는 데이비드를 끌어당겨 안아주었다. 그날 아침 내가 데이비드의 머리에 발라주었던 올리브기름 냄새가 났고, 내가 어렸을 때 이켄나가 나를 씻겨주고 초등학교로 갈 때마다 내 손을 잡아주었다는 사실이 떠올랐다. 나는 수줍음이 많은 아이여서 지팡이를 들고 다니는 선생님들을 몹시 두려워했으며, "저기요, 선생님. 응가하고 싶어요"라고 말해야만 할 때도 손을 들지 않으려 했다. 나는 대신 그냥 목소리를 키워, 할 수 있는 한 크게 이보어로 울어댔다. 내 교실과 나무 벽 하나만을 사이에 두고 있는 보자의 교실에서, 보자가 "보자 형, **아초로 미 이윤 인시***"라고 말하는 내 목소리를 들을 수 있도록 말이다. 보자는 자기 교실에서 달려 나와 나를 화장실로

---

*   화장실에 가고 싶어. (이보어)

데려가곤 했다. 그럴 때면 보자의 반 아이들이나 우리 반 아이들이 웃음을 터뜨렸다. 보자는 내가 볼일을 다 볼 때까지 기다렸다가 나를 씻겨주고 교실에 데려다주었는데, 그럴 때면 나는 수업을 방해했다는 이유로 모두가 보는 앞에서 손바닥을 내밀고 선생님에게 채찍질을 당하곤 했다. 이런 일이 여러 번 있었지만, 보자는 단 한 번도 불평하지 않았다.

아버지는 오벰베와 내가 다시 병원으로 가지 못하게 했다. 은켐과 데이비드는 가끔 데리고 갔다. 그것도 두 동생이 견딜 수 없을 만큼 아버지를 방해할 때뿐이었지만 말이다. 어머니는 3주 더 처박혀 있었다. 그 나날들은 춥고도 부자연스러웠다. 매일 밤 불어오는 바람조차도 죽어가는 동물처럼 노래하는 듯했다. 그러다가 10월 말이 되었고─이때는 나이지리아 북부의 사하라사막에서 건조한 모래바람이 남쪽으로 불어와 사하라 이남의 아프리카 대부분 지역을 뒤덮는 시기였다─하르마탄 열풍이 밤사이에 닥쳐온 것만 같았다. 그 열풍은 짙고도 짙은 안개를 남겼고, 안개는 드문드문 적운을 이루어 해가 뜰 때까지도 아쿠레 위쪽에 영혼처럼 걸려 있었다. 아버지는 어머니를 옆자리에 태우고 집으로 들어왔다. 어머니는 5주나 집을 비웠고, 몸집이 두 배는 작아져 있었다. 어머니의 밝았던 피부색은 셀 수 없이 오랜 날 동안 햇볕에 태운 것처럼 어두워져 있었다. 두 손은 링거주사를 맞은 흉터로 여기저기 얼룩져 있었으며, 한쪽 엄지에는 솜이 많이 들어간 깁스가 끼워져 있었다. 어머니가 전처럼 돌아갈 수 없다는 것은 명백했지만, 어머니에게 일어난 일이 얼마나 엄청난 것인지 이해하는 것은 어려운 일이었다.

아버지는 희귀한 새의 알이라도 되는 것처럼 어머니를 지키며, 우리가 각다귀라도 되는 것처럼 우리를―대체로는 데이비드를―어머니에게서 몰아냈다. 오직 은쳄만이 어머니 주변을 떠돌 수 있었다. 아버지는 어머니가 한 말을 우리에게 전해주었으며, 손님이 오면 서둘러 어머니를 방으로 들여보냈다. 아버지는 가장 가까운 친구를 제외한 사람들에게는 어머니의 상태를 비밀로 했고, 대부분의 이웃들에게는 어머니가 아이들을 잃은 슬픔을 딛고 힘을 회복하고자 우무아히아 근처의 친정집에 갔다고 거짓말했다. 아버지는 자기 귓불을 잡아당기면서 아주 엄격한 말투로 우리에게 어머니의 병을 누구에게도 말하지 말라고 경고했다. "너희들 귓가에서 노래하는 모기도 그 말을 들어서는 안 된다." 아버지는 그렇게 경고했다. 아버지는 그 이후 계속해서 모든 식사를 준비했다. 어머니에게 가장 먼저 음식을 가져다주고, 그다음에 우리에게 밥을 주었다. 아버지는 혼자서 살림을 해나갔다.

그러다가 어머니가 돌아온 지 거의 일주일이 지나서, 우리는 귀엣말이나 닫힌 문 뒤에서 벌어지는 거센 말싸움 소리를 듣게 되었다. 오벰베와 나는 이른 시간에 우체국 근처 영화관에 갔는데, 돌아와보니 아버지가 이켄나가 수많은 책과 그림을 보관했던 통들을 내가고 있었다. 우리가 축구를 했던 곳에는 형들의 소지품 대부분이 이미 쌓여 있었고 그 더미도 점점 높아지는 중이었다. 오벰베가 아버지에게 왜 그것들을 태워버리고 싶으냐고 묻자, 아버지는 어머니가 그러라고 했다고 대답했다. 어머니는 그 물건들에 저주―아불루의 저주―가 걸려 있다고 생각하는데, 형들의 소지품을 만져서 그 저주가 나머지 우리에게로 옮겨 올까봐 걱정한다는 것이었다. 아버지는 그렇게 설명을 하면서도 우리를 돌아보지 않았고, 말을 마친 뒤에는 고개를 젓고 다시 집 안으로 들어가 방이 다 빌 때까지 더 많은 물건을 꺼내 왔다. 이켄나가 공부할 때 쓰던 책상은 연필 그림과 수채화로 뒤덮인 보라색 벽에 기대어져 있었다. 이켄나의 구부러진 의자가 그 위에 놓여 있었다. 아버지는 보자의 나머지 가방들을 가지고 나가 그 내용물을 더미에 쏟아부었다. 아버지는 라스타파리안 음악가가 이켄나에게 주었던 낡은 기타도 걷어챘다. 그 음악가는 이켄나가 어렸을 때 거리에서 사람들을 즐겁게 해주던 사람으로, 가슴까지 레게 머리를 늘어뜨리고 있었으며 종종 럭키 두베와 밥 말리의 곡을 연주해 동네의 어린애들과 어른들로 이루어진 수많은 청중을 끌어모으곤 했다. 그는 우리 집 대문 앞에 있는 코코넛 나무 아래에서 자주 노래를 불렀고, 이켄나는―부모님의 경고에도―춤을 춰 관중을 즐겁게 해주곤 했다. 그래서 이켄나는 '라스타 소년'으로 알려지게 되었다. 아버지가 따끔한 구에르돈의 힘으로 그 명칭을 퇴마해버리긴 했지만 말이다.

우리는 아버지가 붉은 깡통에 든 등유를, 집에 있던 기름 마지막 한 방울까지 그 더미에 끼얹는 것을 지켜보았다. 그런 다음 아버지는 어머니를 몇 차례 힐끔거리더니 성냥을 켰다. 물건 더미에 불이 붙었고, 엄청난 연기가 폭발하듯 공중으로 피어올랐다. 불길이 이켄나와 보자의 소지품과 그들이 이 땅에 살았을 때 건드렸던 물건들을 갉아먹자, 그들이 끝을 맞이했다는 느낌이 수천 개의 침처럼 내 몸을 가득 채웠다. 나는 보자가 가장 좋아하던 옷인 카프탄*이 불과 사투를 벌이던 모습을 생생히 기억한다. 꽉 눌려 있던 그 옷은 처음에 불이 붙자 살려고 몸부림치는 생물처

---

* 중동에서 주로 입는 길고 통이 넓은 옷.

럼 풀려나 펼쳐지더니, 천천히 뒤로 젖혀지며 시들기 시작해 검은 재로 녹아버렸다. 나는 어머니가 흐느끼는 소리를 듣고 뒤를 돌아보았다. 나는 어머니가 방에서 나와 이제는 그 더미에서 몇 미터 떨어진 땅에, 쪼그리고 앉은 은켐과 함께 앉아 있는 것을 보았다. 아버지는 텅 빈 등유 깡통을 손에 들고 눈곱이 잔뜩 낀 눈과 더러워진 얼굴을 훔치며 더미 옆에 오랫동안 서 있었다. 오벰베와 나는 아버지 곁에 섰다. 어머니를 발견한 아버지는 깡통을 내려놓고 어머니에게 갔다.

"은우엠." 아버지가 말했다. "이 슬픔도 지나갈 거라고 말했지? 응? 영원히 슬퍼할 수는 없어. 말했지만, 이미 지나간 일을 뒤집을 수는 없는 거야. 뒤에 놔두고 떠나온 일을 다시 앞으로 가져올 수도 없고, 앞에 있는 것을 뒤로 돌려놓을 수도 없어. 이걸로 충분해, 아다쿠. 내가 이렇게 빌게. 이젠 내가 여기 있잖아. 함께 헤쳐나가자."

어둠이 다가오고 있었다. 거의 보이지 않는 새 떼가 하늘로 올라가는 연기 주위로 원을 그렸다. 우리 머리 위의 하늘은 이제 밝은 불과 같은 색깔이 되었다. 실루엣으로 변해버린 나무들은 기묘한 증인이 되어 그 화형을 지켜보았다. 그렇게 이켄나의 서류 가방과 보자의 가방, 둘의 옷과 신발, 이켄나의 망가진 기타, 둘의 M.K.O. 쓰기 책, 사진, 요요돈과 올챙이와 오미알라강의 스케치가 들어간 공책, 낚시복, 물고기를 보관하고 싶었지만 한 번도 쓴 적은 없었던 깡통들, 알람 시계, 스케치북, 성냥갑, 속옷, 셔츠, 바지―그들이 한때 가지고 있었거나 건드렸던 모든 것들―의 재가 연기구름을 이루며 솟아올라 하늘로 사라졌다.

12. 수색견

오벰베는 수색견이었다.

처음으로 물건을 발견하고, 그 물건들을 알고, 물건을 발견한 뒤에는 꼼꼼히 살펴보는 사람. 그는 끊임없이 아이디어를 품었다. 그리고 시간이 무르익으면 그 생각을 날개 달린 생물이라도 되는 것처럼 풀어놓았다.

우리 가족이 아쿠레의 집으로 이사 오고 2년이 지났을 때, 거실 책장 뒤에 장전된 권총이 있다는 것을 처음으로 알아낸 사람이 오벰베였다. 오벰베는 우리 방에서 작은 파리를 따라다니다가 그 총을 발견했다. 파리는 오벰베의 머리 위를 윙윙거렸고, 오벰베는 파리를 죽이려고 《간단한 대수학》 교과서를 재빨리 휘둘렀다. 파리는 두 번이나 공격을 피했다. 파리는 마지막으로 빗맞은 뒤 펄쩍 날아오르더니, 텔레비전과 비디오 플레이어와 라디오가 다양한 칸에 놓여 있던 책장 위 공간으로 미끄러져 들어갔다. 오벰베는 파리를 따라 그리로 갔다가 책을 떨어뜨리고 비명을 질렀다. 우리는 그냥 그 집으로 이사했을 뿐, 아무도 책장 뒤를 살펴보지는 않았으므로 그 책장 밑에서 조금 삐져나와 있던 권총의 총열을 보지는 못했다. 아버지가 권총을 집어 들고 경찰서로 가져갔다. 우리 모두 놀라서 꼼짝도 하지 못했지만, 그 총을 찾은 게 어린 데이비드나 은켐이 아니라는 것을 다행스럽게 여겼다.

오벰베의 눈은 수색견의 눈과 같았다.

작은 것들을, 다른 사람들이라면 간과했을 사소한 세부사항들을 발견하는 눈. 나는 오벰베라면 아그바티 부인이 보자를 발견하기 한참 전에 그가 우물에 있음을 직감했으리라고 생각한다. 아그바티 부인이 보자를 찾은 날 아침, 오벰베는 우물에서 퍼 올린 물이 기름지며 이상한 냄새가 난다는 것을 알아챘으니 말이다. 오벰베는 내게 와서 보라고 했고, 나는 물을 손으로 퍼 올렸다가 침을 뱉으며 그 물을 던져버렸다. 나도 그 냄새를 인지했다. 썩은 냄새, 혹은 죽은 물질의 냄새였다. 하지만 그게 뭔지는 알 수 없었다.

보자의 시체가 어떻게 됐느냐는 수수께끼를 푼 사람도 그였다. 우리는 보자의 장례식에 참석하지 않았다. 포스터도, 손님도, 보자의 장례식을 알리는 단 하나의 징표도 없었다. 나는 언제 장례식이 치러질 것인지 궁금해서 형에게 물어봤지만, 형도 그 답을 몰랐고 우리 집의 두 심장이라고 할 수 있는 부모님에게 물으려 하지도 않았다. 형은 당시에 무슨 기색을 내비치지도 않았고 그 문제를 더 파고들지도 않았다. 그러나 형이 아니었다면 나는 보자가 죽은 뒤 그의 시신이 어떻게 되었는지 결코 몰랐을 것이다. 11월 첫 토요일, 어머니가 정신병원에서 돌아오고 일주일이 지났을 때 오벰베는 거실 책장 맨 위에서 무언가를 발견했다. 그 물건은 1979년에 찍은 부모님의 결혼식 사진 뒤에 내내 자리 잡고 있었지만, 나는 그때까지 그 물건이 존재한다는 걸 눈치채지 못했다. 오벰베는 내게 책장에 놓여 있던 그 작고 투명한 병을 보여주었다. 병 안에는 비닐봉지가 하나 들어 있었고, 봉지 안에는 잿빛과 회색으로 이루어진 뭔가가 들어 있었다. 그건 꼭 죽은 통나무 밑에서 파내고 햇볕에 말려서 소금 알갱이처럼 작은 가루로 만든 양질의 사토 같았다. 나는 병에 손을 대자마자 거기에 보자 아구(1982-1996)라는 이름표가 붙어 있는 것을 알게 되었다.

며칠 뒤 우리는 아버지에게 그 이야기를 꺼냈다. 그때 오벰베는 그 이상한 물질이 병에 담긴 보자의 유골임을 알고 있다고 말했다. 그러자 아버지는 비틀거리며 물러섰다. 아버지가 털어놓은 바에 따르면, 아버지와 어머니는 부족 사람들과 친척들에게서 보자를 매장해서는 안 된다는 엄격한 경고를 받았다고 했다. 자살을 하거나 형제를 살해한 사람을 흙 속에 묻는 것은 땅의 여신인 아니에 대한 신성모독이라는 것이었다. 기독교가 이보족의 땅을 거의 깨끗하게 쓸어버리기는 했지만, 아프리카 전통 종교의 빵 부스러기 몇 개 정도는 그 빗자루질을 피해 갔다. 우리 마을에서든, 유랑자들 사이에서든 가끔 신비한 불행에 관한 이야기가 들려왔다. 부족의 신이 내린 벌로 사람이 죽었다는 얘기도 있었다. 아버지는 여신이 자신을 처벌할 것이라거나 "글도 읽을 줄 모르는 무식한 정신들"이 만든 장치가 정말로 존재한다고 생각하지는 않았으나, 그저 어머니를 위해서라도 보자를 매장하지 않기로 했다. 하긴, 아버지로서도 이미 비극은 겪을 만큼 겪었으니까. 부모님은 형이나 내게는 한마디도 하지 않았고, 우리는 그 사실을 모르고 있었다. 그러다가 수색견 오벰베가 알아낸 것이다.

오벰베의 정신도 수색견의 정신이었다. 늘 지식을 찾아다니는, 쉴 줄 모르는 정신. 오벰베는 질문을 던지는 사람이었다. 정신에 먹이를 주기 위해서 다양한 책을 폭넓게 읽는 탐구자였다. 그가 책을 읽을 때 쓰는 도구인 등불이야말로 그의 가장 훌륭한 동반자였다. 형들이 죽기 전에 우리 집에는 기름등이 세 개 있었다. 톱니로 조종하는 심지가 등유를 빨아들이기 위해 작은 연료통에 담겨 있었다. 그 시기 아쿠레에서는 전기 공급이 계속 끊어지곤 했기 때문에, 오벰베는 매일 밤 기름등 세 개 중 하나에 비추어 책을 읽었다. 형들이 죽고 난 뒤 오벰베는 목숨이라도 달린 것처럼 책을 읽기 시작했다. 그는 잡식동물처럼 이런 책에서 얻은 정보를 머릿속에 보관했다. 그러다가 핵심 내용만 남기고 충분히 쳐낸 정보를 자기 전 매일 밤 들려주는 이야기의 형태로 내게 전해주었다.

형들이 죽기 전에 오벰베는 내게 어떤 공주 이야기를 해준 적이 있었다. 공주는 대단히 아름다운 용모의 완벽한 신사와 결혼하겠다고 고집을 부리며 그를 따라 숲 한가운데까지 들어갔지만, 그가 그저 다른 이들의 살점과 신체 부위를 빌려 온 해골이었을 뿐임을 알게 된다. 모든 좋은 이야기가 그렇듯 그 이야기는 내 영혼에 씨를 뿌렸고, 단 한 번도 나를 떠나지 않았다. 이켄나가 비단뱀이던 시절에 오벰베는 호메로스가 쓴 《오디세이》의 간추린 버전을 읽고 내게 이타카의 왕인 오디세우스에 관한 이야기를 들려줌으로써 내 머릿속에 포세이돈의 바다와 죽지 않는 신들에 관한 그림을 영원히 새겨놓았다. 오벰베는 보통 밤에, 방이 거의 어두워져 있을 때 그런 이야기들을 들려주었고, 나는 오벰베의 말이 만들어낸 세상 속으로 천천히 파고들었다.

어머니가 병원에서 돌아오고 나서 이틀 뒤, 우리는 침대에 앉아서 벽에 등을 기대고 슬슬 졸고 있었다. 갑자기 형이 말했다. "벤, 형들이 왜 죽었는지 알겠어." 오벰베는 손가락을 꺾더니 일어서서 자기 머리를 꽉 쥐었다. "잘 들어봐, 내가…… 내가 방금 알아냈어."

오벰베는 다시 자리에 앉아 어떤 책에서 읽은 기나긴 이야기를 해주기 시작했다. 그는 책 제목을 기억하지 못했지만, 그 책이 이보족의 작품이라는 점만은 확신했다. 형의 목소리가 높아져 덜컹거리는 실링팬 소리를 눌렀고, 나는 귀를 기울였다. 형은 이야기를 다 마치더니 입을 다물었고, 나는 백인의 엉큼한 수작 때문에 자살하는 처지로까지 전락한 강한 남자, 오콩코의 이야기*를 이해해보려 했다.

"있잖아, 벤." 오벰베가 말했다. "우무오피아의 사람들이 정복당한 건 단결하지 못했기 때문이야."

"맞아." 내가 말했다.

"백인들은 모두의 적이었어. 여러 부족이 하나가 되어 싸웠다면 놈들을 쉽게 정복할 수 있었을 거야. 우리 형들이 왜 죽었는지 알아?"

나는 고개를 저었다.

"같은 이유야. 둘 사이에 분열이 있었기 때문이지."

"응." 내가 웅얼거렸다.

"근데 이케와 보자가 왜 분열됐는지 알아?" 오벰베는 내가 대답하지 못할 거라고 생각했기에 별로 오래 기다리지 않고 말을 이었다. "아불루의 예언 때문이야. 형들은 아불루의 예언 때문에 죽었어."

형은 왼 손등에 손가락 여러 개를 올려놓고 아무 생각 없이 손등을 긁

* 치누아 아체베의 소설 《모든 것이 산산이 부서지다》의 내용이다.

252

었다. 건조한 피부에 생겨난 흰 선들은 보지 못하고 말이다. 우리는 잠시 조용히 앉아 있었다. 가파르디가파른 비탈길을 미끄러져 내려가듯 내 정신은 뒤쪽으로 흘러가고 있었다.

"아불루가 우리 형들을 죽였어. 아불루가 우리 적이야."

오벰베의 목소리는 갈라진 듯했고, 오벰베가 한 말은 동굴 저쪽 끝에서 들려오는 귓속말 같았다. 나는 이켄나가 아불루의 저주 때문에 변해버렸다는 사실은 알고 있었지만, 형이 방금 말한 방식으로 아불루가 이 일에 직접 관련되어 있다는 생각은 해보지 못했다. 나는 형의 마음속에 공포의 씨앗을 심은 사람이 그 미친 사람이라는 징조는 보았지만, 그 사람을 직접 비난할 수 있을 거라고는 한 번도 생각해보지 않았다. 그러나 형이 말을 꺼내자 그 말이 사실이라는 생각이 들었다. 그 생각을 좀 더 깊이 하고 있는데, 오벰베가 두 다리를 가슴께로 들어 올려 끌어안고 매트리스 일부가 드러나도록 이불보를 끌어당겼다. 그러더니 오벰베는 나를 돌아보았다. 그는 침대가 밑판 있는 데까지 가라앉도록 한 손으로 짚으며, 허공을 주먹으로 치면서 말했다. "내가 아불루를 죽일 거야."

"왜 그런 짓을 해?" 내가 헛숨을 들이켰다.

오벰베는 눈물로 빠르게 흐려지던 두 눈으로 잠시 내 얼굴을 훑어보더니 말했다. "아불루가 우리 형들을 죽였으니까, 나는 형들을 위해서 아불루를 죽일 거야. 형들을 위해서."

멍해진 나는 오벰베가 문을 잠그고 창문으로 가는 모습을 지켜보았다. 그는 반바지 주머니에 손을 넣었다. 그런 뒤에는 성냥에 불을 켜려는 시도가 번쩍번쩍 두 번 이어졌다. 세 번째에는 성냥에 불이 붙었고, 작은 빛이 깜빡이다가 사라졌다. 나는 깜짝 놀랐다. 성냥이 남긴 잔상 속에서,

오뱀베의 실루엣이 담배를 입에 물었던 것이다. 연기가 위로, 또 캄캄한 밤으로 퍼졌다. 나는 하마터면 침대에서 벌떡 일어날 뻔했다. 나는 몰랐다. 상상할 수도 없었다. 무슨 일이, 대체 어떻게 일어난 건지 알 수가 없었다. "그거 담……." 나는 몸을 떨었다.

"응, 근데 닥쳐. 네가 신경 쓸 일은 아니야."

휙 하더니 오뱀베의 실루엣이 침대 옆, 내 눈앞에서 형체를 갖춘 어떤 힘이 되었다. 형의 담배에서 연기가 끊임없이 형의 머리 위로 피어올랐다.

"부모님한테 말하면, 두 분이 더 고통스러워하게 될 뿐이야." 오뱀베는 짙은 어둠을 눈에 가득 담은 채 말했다.

오뱀베는 연기를 창밖으로 날려 보냈고, 나는 겁에 질린 채 나보다 겨우 두 살 많은 형이 담배를 피우고 어린애처럼 흐느끼는 모습을 지켜보았다.

오뱀베를 만든 것은 오뱀베가 읽은 것들이었다. 그것들이 그의 비전이 되었다. 오뱀베는 그것들을 믿었다. 지금의 나는 사람이 뭔가를 믿으면 그것이 종종 영구적인 존재로 변한다는 사실을 알고 있다. 영구적인 존재로 변한 것들은 파괴할 수 없는 존재가 될 수 있다는 것도. 오뱀베의 경우가 그랬다. 내게 계획을 누설한 다음, 오뱀베는 나와 거리를 두고 밤마다 담배를 피우며 자기 생각을 매일 발전시키기 시작했다. 오뱀베는 더 많은 책을 읽었다. 가끔은 뒤뜰의 감귤나무에 올라가서 읽기도 했다. 오뱀베는 형제를 위한 용기를 내지 못하는 내 무능을 거부했고, 내가 《모든 것이 산산이 부서지다》에서 뭔가를 배우려 하지 않고 우리 공통의 적인 광인 아불루에 대항해 싸우려 하지도 않는다고 불평했다.

아버지는 본인이 아쿠레를 떠나기 전으로 우리를 되돌려놓으려 했지만—그 시절이 우리 인생에서는 달걀흰자처럼 흰 나날이었다—오벰베의 마음은 흔들리지 않았다. 오벰베는 아버지가 집으로 가져온 새 영화들—척 노리스 영화, 새로운 제임스 본드 영화, 〈워터월드〉라는 영화, 심지어 나이지리아 사람들이 나오는 〈속박 속에 살아가다〉라는 영화에도 구슬려지지 않았다.

오벰베는 어딘가에서 무슨 문제든 그림으로 그려 그 전체 구조를 시각화할 수만 있으면 해결할 수 있다는 얘기를 읽었기에, 성냥개비 같은 사람이 나오는 복수 계획을 그리며 하루 대부분을 보냈다. 그러는 동안 나는 자리에 앉아서 책을 읽었다. 우리가 말다툼을 하고 나서 일주일이 지난 어느 날, 나는 그런 그림 중 하나를 우연히 보고 겁을 먹었다. 날카롭게 깎은 연필로 그린 첫 번째 그림에서는 오벰베가 아불루에게 돌을 던졌고, 아불루는 쓰러져 죽었다.

아불루의 트럭이 주차된, 경사면 바깥 지역에서 실행한다는 다른 계획에서는 오벰베가 칼을 휘둘렀다. 성냥개비 같은 그의 두 다리에는 형을 따라가는 나와 함께 걷고 있다는 설명이 붙어 있었다. 멀리 숲이 있었고, 근처에는 돼지들이 있었다. 그런 다음에는 안에서 벌어지는 일을 투명하게 포착한 그림이 트럭 안의 모습을 보여주었다. 거기에서는 형 자신을 그린 성냥개비 인간이 아불루의 머리를 베고 있었다―오콩코가 법원 서기를 죽였듯이.

밤.

칼을 든 나.　낡은 트럭.　돼지들이 있는 진창

오콩코가 법원 서기를 죽였듯이 내가 그를 죽이고 머리를 자른다.

나는 그 그림을 보고 겁을 먹었다. 나는 종이를 들고, 손을 떨며 자세히 살펴보았다. 그때, 10분쯤 자리를 비웠던 오벰베가 화장실에서 돌아왔다.

"그건 왜 보고 있어?" 오벰베가 화를 내며 외쳤다. 그는 나를 밀쳤고, 나는 여전히 종이를 손에 든 채 침대로 넘어졌다.

"이리 내놔." 오벰베는 격분했다.

나는 오벰베에게 종이를 던졌고, 그는 바닥에서 종이를 집어 들었다.

"이 탁자에 있는 건 다시는 건드리지 마." 오벰베가 고함쳤다. "알았어, 이 멍청아?"

나는 오벰베가 나를 때릴지도 모른다는 두려움에 손으로 얼굴을 가리고 침대에 누웠지만, 오벰베는 그냥 종이들을 자기 옷장에 넣고 옷으로 덮어둘 뿐이었다. 그런 다음 오벰베는 창문으로 다가가 서 있었다. 바깥쪽, 높은 울타리로 가려진 옆집에서는 놀고 있는 아이들의 목소리가 우리의 귀에까지 들려왔다. 우리는 그 아이들 대부분을 알았다. 그중에는 우리와 함께 강에서 낚시하던 소년인 이그바페도 있었다. 그의 목소리가 가끔 다른 아이들 목소리를 누르고 들려왔다. "그래, 그래, 나한테 패스해. 차라고! 슛!! 슛!!! 아, 뭔 짓을 한 거야?" 그런 다음에는 웃음소리와 아이들이 헐떡이며 뛰어다니는 소리가 들렸다. 나는 침대에서 일어나 앉았다.

"오베." 나는 최대한 침착하게 형을 불렀다.

오벰베는 대답하지 않았다. 콧노래를 부르고 있었다.

"오베." 나는 거의 울먹이면서 다시 그를 불렀다. "근데 왜 꼭 그 미친 사람을 죽여야 하는 거야?" 내가 물었다.

"간단해, 벤." 형이 하도 냉정하고 침착하게 말해서, 나는 용기를 잃고 말았다. "그 사람이 내 형들을 죽였으니까. 그 사람한테는 살 자격이 없으니까. 그래서 내가 그 사람을 죽이고 싶은 거야."

오벰베가《모든 것이 산산이 부서지다》에서 읽은 이야기를 해준 다음 처음으로 그 말을 했을 때, 나는 형이 그냥 마음을 다쳐서, 화가 나서 그러는 줄로만 알았다. 그러나 오벰베가 진지하게 결심을 말하는 것을 듣고 이런 그림을 본 지금은 형이 진심이라는 걱정이 들었다.

"형은 왜, 왜 형이…… 사람을 죽이고 싶은 건데?"

"이것 봐." 나는 왠지 경계심이 들어 '죽인다'라는 단어를 태연하게 말하지 못하고 소리치듯 외쳐버렸는데, 형의 말을 듣자 그 경계심이 사라져버렸다. "네가 그 이유조차 모르는 건, 형들을 너무 빨리 잊었기 때문이야."

"안 잊었어." 내가 대들었다.

"잊었어. 그게 아니라면, 여기에 가만히 앉아서 형들을 죽인 아불루가 계속 살아가는 모습을 지켜보고 있지는 않을걸."

"하지만 악마 들린 사람을 꼭 죽여야 해? 다른 길은 없는 거야, 오베?"

"없어." 오벰베는 고개를 저으며 말했다. "잘 들어, 벤. 형들이 싸우다가 서로 죽이는 지경에 이르렀을 때 너와 내가 겁을 먹지 않고 끼어들었다면, 지금 와서 형들의 복수를 겁낼 필요는 없었을 거야. 우리는 아불루를 죽여야 해. 그러지 않으면 평화는 없어. 나는 평화를 찾지 못할 거야. 엄마, 아빠도 평화를 찾지 못할 테고. 엄마가 미친 건 그 미친놈 때문이야. 그놈 때문에 우리한테는 영원히, 절대로 낫지 않을 상처가 생겼어. 그 미친놈을 죽이지 않으면, 그 어떤 것도 예전으로 돌아갈 수 없을 거야."

나는 오벰베의 말이 가진 힘에 얼어붙은 채, 아무 말도 하지 못하고 그 자리에 앉아 있었다. 나는 파괴할 수 없는 어떤 계획이 형의 내면에서 만들어졌다는 것을 알 수 있었다. 매일 밤이 지날 때마다 그는 창틀에 앉아, 대부분은 웃통을 벗은 채 담배를 피웠다. 담배 냄새가 셔츠에 배는 것이 싫었기 때문이었다. 오벰베는 담배를 피우고 기침을 하고 침을 뱉

258

으며, 모기를 쫓느라 자기 살갗을 자주 때렸다. 은켐이 아장아장 문으로 걸어와 문에 몸을 부딪치며 저녁이 준비됐다고 옹알이를 하자 그는 문을 열었고, 빛이 번쩍하며 들어온 그 순간 다시 문을 닫았다. 어둠이 돌아왔다.

몇 주가 지났는데도 자신의 임무에 참여하라고 나를 설득하지 못하자 그는 떠나버렸다. 혼자서라도 그 임무를 수행하기로 마음먹은 것이다.

11월 중순이 되어갈 때쯤의 일이다. 하르마탄 열풍은 사람들의 피부를 재를 뒤집어쓴 것처럼 희게 만들었고, 우리 가족은 쥐처럼—타버린 세상의 폐허에서 보이는 첫 생명의 징후처럼—밖으로 나왔다. 아버지는 책방을 열었다. 가지고 있던 저축액과 친구들의 후한 도움으로—대부분은 캐나다에 있는 바요 아저씨의 도움이었는데, 그는 우리를 만나러 나이지리아에 오겠다고 했으며 우리는 그분의 방문을 학수고대했다—아쿠레 왕궁에서 겨우 2킬로미터쯤 떨어진 곳에 한 칸짜리 가게를 빌렸다. 동네 목수가 흰 배경에 빨간 페인트로 **이케보자 책방**이라는 글귀가 새겨진 커다란 나무 간판을 만들었다. 그런 다음에는 그 간판을 책방의 상인방에 못 박았다. 아버지는 책방을 여는 날 우리를 모두 데려가 구경시켰다. 아버지는 책 대부분을 나무 책장에 정리해두었다. 책장에서는 모두 나무 스프레이 냄새가 났다. 아버지는 일단 책 4천 권을 구했으며, 그 책들을 책장에 올려놓는 데만도 며칠이 걸릴 거라고 말했다. 책이 든 자루와 상자들이, 아버지 말로는 창고 노릇을 할 거라는 방 안에 쌓여 있었다. 아버지가 문을 연 순간 창고 문에서 쥐 한 마리가 쏜살같이 달려 나왔고, 어머니는 오랫동안 깔깔대며 웃었다. 형들이 죽은 이후 처음으로 웃은 것이었다.

"첫 손님이네." 어머니가 말했다. 아버지는 쥐가 문 밖으로 나갈 때까지 자기보다 열 배는 빠른 쥐를 쫓아다녔고, 우리는 웃었다. 그런 다음, 아버지는 숨을 헐떡이면서 욜라의 동료 중 한 명이 겪은 이상한 사건에 대해 말해주었다. 그의 집에 쥐들이 쳐들어왔다는 얘기였다. 그는 아주 오랜 시간 쥐 떼의 존재를 견뎌야 했다. 쥐들이 쉽게 눈에 띄지 않는 곳에서 죽고 시체를 찾기도 전에 썩어버리는 게 싫어서 오직 쥐덫만으로 놈들과 싸우려 들었기 때문이었다. 그러나 어떤 방법도 쓸모가 없었다. 결국 동료 두 명을 대접하고 있던 대낮에 쥐 두 마리가 나타나 그를 당황시키자, 그는 이 재앙을 끝내버리기로 작정했다. 그는 가족 모두를 일주일 동안 호텔로 대피시키고, **오타–피아–피아***를 집 안의 모든 구석과 틈에 늘어놓았다. 가족들이 돌아왔을 때는 집의 거의 모든 구석에, 심지어 신발에까지 쥐가 한 마리씩 있었다.

아버지의 사무실 책상과 의자가 책방 한가운데에 놓여, 문간을 마주보고 있었다. 책상에는 꽃병과 유리로 만든 지구본이 있었다. 아버지가 재빨리 치웠기에 망정이지, 그러지 않았으면 데이비드가 둘 다 깨버렸을 것이다. 가게 밖으로 나간 우리는 책방 바로 길 건너에서 소란이 일어나는 것을 보았다. 두 남자가 싸우는 중이었고 사람들이 그 자리에 모여 있었다. 아버지는 그들을 못 본 체하고, **이케보자 책방**이라고 적힌 길 옆의 간판을 가리켰다. 데이비드를 제외한 우리는 굳이 설명을 듣지 않고도 그 이름이 형들의 이름을 합친 것이라는 사실을 알 수 있었다. 아버

---

* 나이지리아의 민간에서 만들어 사용하는 농약 및 살충제로, 소설에서는 쥐약으로 쓰였다.

지는 우리를 차에 태우고 커다란 테스코 슈퍼마켓으로 데려가 케이크를 산 다음, 돌아오면서 우리 동네 아래쪽 거리를 지나는 길을 택했다. 그 작은 길에서는 오미알라강을 가린 에산 덤불이 뻗어 있는 게 보였다. 가는 길에 우리는 붐박스가 달린 트럭에 음악을 틀어놓고 춤을 추는 사람들을 지났다. 거리에는 나무로 만든 덮지붕과 천으로 만든 차양이 가득했는데, 그 아래에서는 여자들이 잡다한 물건을 팔고 있었다. 다른 사람들은 황포 자루에 쌓아놓은 얌 줄기와, 대야나 심지어 바구니에 담아놓은 쌀, 그 밖에도 수많은 물건들을 길옆에 늘어놓았다. 승객을 잔뜩 태운 오토바이가 자동차들 사이를 위험하게 비집고 지나갔다. 그 승객 중 한 명의 머리가 도로에 부딪혀 박살 나는 것은 그저 시간문제로 보였다. 옛 나이지리아 축구선수로 1989년에 경기장에서 사망한 새뮤얼 오크와라지의 조각상이, 왼발에 공을 영원히 올려놓고 손가락으로는 보이지 않는 동료를 언제까지나 가리키며 경기장에 서서 다른 건물들을 내려다보았다. 그의 레게 머리에는 먼지가 잔뜩 껴 있었고, 조각상에서 느슨하게 풀려난 금속 줄이 그의 엉덩이에 어색하게 걸려 있었다. 경기장 맞은편에는 전통의상을 입은 사람들이 방수포 아래에 모여 있었다. 그들은 플라스틱 의자에 앉아 있었으며, 와인이나 다른 음료가 놓인 탁자 몇 개를 앞에 두고 있었다. 허리를 숙인 두 남자가 모래시계 모양의 말하는 북으로 노래를 연주하고 있었고, 그러는 동안 아그바다와 같은 재질의 천으로 만든 긴바지를 입은 한 남자는 나풀거리는 로브를 펄럭이며 곡예하듯 춤을 췄다.

우리는 우회로에 접어들었다. 거기에서 왼쪽 길로 빠지면 곧장 우리집이 나왔다. 그 순간 아불루가 시야에 들어왔다. 형들이 죽은 이후 처음이었다. 지금 이 순간이 오기 전까지 아불루는 존재한 적조차 없는 사람처럼 자취를 감추고 있었다. 그는 꼭 우리 집에 들어와 작은 불을 지르고 사라져버린 것만 같았다. 가끔 어머니가 아불루에 관한 소식을 전했을 뿐, 어머니가 정신병원에서 돌아온 이후로 부모님은 그의 얘기를 전혀 하지 않았다. 아불루는 목에 아무런 부담도 걸지 않은 채 사라져버렸다. 아쿠레 사람들이 늘 그렇게 내버려두었듯이 말이다.

아불루는 길가에 서서 먼 곳을 보다가, 우리 자동차가 과속방지턱 때문에 속도를 낮추며 자신에게 내려오는 것을 보았다. 그는 손을 흔들고 미소 지으며 자동차 쪽으로 달려 나왔다. 그의 위쪽 치열에는 틈새가 있었다. 윗니 하나가 빠진 것 같았다. 그가 들고 있는 팔 아래에는 새로 긴 상처가 나 있었다. 아직도 빨갛고 피가 어려 있는 상처였다. 그는 꽃무늬가 가득한 래퍼로 몸을 싸고 있었다. 나는 그가 일행이라도 있는 것처럼 으스대고 손짓을 해가며 길을 건너 인도로 올라오는 것을 보았다. 그때 건축자재를 잔뜩 실은 베드퍼드 트럭이 작은 길에 접어들었고, 우리는 그 트럭이 지나갈 수 있도록 길을 비켜주었다. 그러느라 우리가 인도로 가까이 다가가자 아불루가 멈춰 서서 엄청난 관심을 보이며 땅바닥의 무언가를 살펴보기 시작했다. 아버지는 아불루를 보지 못한 것처럼 계속 차를 몰았지만, 어머니는 길게 식식거리며 숨을 죽이고 "사악한 놈"이라고 중얼거리면서 머리 위에서 손가락을 꺾었다. "잔혹한 죽음을 맞게 될 거다." 어머니는 광인이 자기 말을 들을 수 있기라도 한 것처럼 영어로 말을 이었다. "분명히 그렇게 될 거야. 카 에메 시아.*"

* 그렇게 될 거다. (이보어)

262

망가진 자동차를 견인하던 밴이 시끄럽게 덜컹거리면서, 불규칙하게 경적을 울리며 길을 따라왔다. 나는 아불루를 시야에 두려고 계속 사이드미러에 시선을 고정하고 있었는데, 그 거울 속에서 광인은 전투기처럼 물러났다. 그가 시야에서 사라진 뒤에도 나는 계속 거울을, 그 거울에 새겨진 글자를 바라보았다. 주의: 거울 속 물체는 보이는 것보다 가까이 있습니다. 나는 그때 아불루가 우리 자동차와 얼마나 가까웠는지 생각했고, 아불루가 우리 차를 만졌을 거라고 상상했다. 이것이 내 머릿속에 산사태처럼 연쇄적인 생각을 일으켰다. 처음에 나는 그 미친 사람을 보고 어머니가 보인 반응을, 그가 죽을지 모른다는 가능성을 생각했고, 그런 일은 불가능하다고 결론지었다. 대체 누가 그를 죽인단 말인가? 누가 그에게 다가가서 그 배에 칼을 쑤셔 넣겠는가? 아무리 광인이라지만 그런 일이 닥쳐오는 걸 못 보겠는가? 심지어 광인이 상대방을 먼저 죽일 수도 있었다. 할 수만 있었다면, 이 마을 사람 대부분이 그를 이미 죽이지 않았을까? 그런데도 사람들은 원을 그리며 빙빙 돌다가, 깜짝 놀라 도망치며 대오를 일그러뜨렸다. 다들 아불루를 절대 해칠 수 없는 존재라고 생각하는 것처럼, 언제나 심판의 문 앞에서 소금 기둥으로 변해버리지 않던가?

어머니가 불쑥 말하자 오벰베는 내게 질문하는 듯한 눈길을 던졌다. 내가 거울에서 눈을 돌린 지금, 그의 눈은 "이제 내가 무슨 말을 한 건지 알겠어?"라는 질문으로 그물처럼 나를 가두었다. 그것이 문득 깨달음을 일으켰다. 나는 즉시, 아불루가 정말이지 우리 슬픔을 설계한 자라는 사실을 알게 되었다. 우리와 담장을 맞댄 이웃집의 고물 트럭 아르헨티나를, 배기구에서 검은 연기가 피어오르는 그 트럭을 지나쳐 가는데, 우리에게 상처를 입힌 사람은 바로 아불루라는 생각이 갑자기 들었다. 나는 그때까지 미친 사람에게 벌을 주어야 한다는 형의 생각을 지지하지 않았지만, 그날 아불루를 보자 생각이 바뀌었다. 나는 어머니의 반응, 어머니의 저주, 그리고 아불루를 보고 어머니의 두 뺨에 흘러내리기 시작한 눈물 때문에 마음이 움직였다. 얼얼한 느낌이 내 몸을 훑고 지나갔다. 그때 은켐이 노래하는 듯한 목소리로 말했다. "아빠, 엄마 울어."

"그래, 안다." 아버지가 룸미러를 보면서 말했다. "그만 울라고 해."

은켐이 "엄마, 아빠가 그만 울래"라고 되풀이하자 내 가슴은 댐처럼 터져버렸다. 아불루가 우리에게 저지른 잘못이 홍수처럼 터져 나왔다.

1. 우리 형들을 빼앗아 간 것은 이 사람이었다.

2. 우리 형제애의 뜨거운 피 안에 독약을 푼 것은 이 사람이었다.

3. 아버지의 일자리를 빼앗아 간 것은 이 사람이었다.

4. 오벰베와 나를 한 학기 동안 학교에 가지 못하게 한 것은 이 사람이었다.

5. 어머니를 미칠 뻔하게 만든 것은 이 사람이었다.

6. 형들의 물건 전부를 불태우게 만든 것은 이 사람이었다.

7. 보자의 시신을 쓰레기처럼 태워버리게 만든 것은 이 사람이었다.

8. 이켄나를 땅에 묻혀 잊히게 한 것은 이 사람이었다.

9. 보자를 풍선처럼 부풀어 오르게 한 것은 이 사람이었다.

10. 보자를 '실종자'로 만들어 마을을 떠돌아다니게 한 것은 이 사람이었다.

그가 저지른 나쁜 짓의 목록은 끝이 없었다. 나는 숫자 세기를 멈추었고, 나쁜 짓은 계속해서, 잠그지 않고 놔둔 수도꼭지처럼 쏟아졌다. 나는 우리에게 그 모든 짓을 했는데도, 우리 가족에게 그토록 큰 짐을 지웠는데도, 우리 어머니를 그토록 심하게 괴롭혔는데도, 우리를 그렇게 망가뜨렸는데도 광인이 자기가 일으킨 일을 전혀 의식하지 못하는 것처럼 보인다는 생각에 경악했다. 그의 인생은 아무 영향도 받지 않고, 아무 탈 없이 그냥 이어졌다.

11. 이자가 아버지가 설계했던 꿈을 망쳤다.
12. 이자가 우리 집에 쳐들어온 거미들을 낳았다.
13. 이켄나의 배에 칼을 꽂은 사람은 보자가 아니라 이자다.

아버지가 시동을 껐을 때, 새로운 발견이 내 안에 만들어낸 골렘은 창조 당시에 뒤집어썼던 여분의 흙을 털어냈다. 이제는 그 골렘의 이마에 판결이 새겨져 있었다. 아불루는 우리의 적이었다.

우리 방으로 돌아가보니 오벰베가 벌거벗은 허리춤으로 반바지를 끌어 올리고 있었다. 나는 그에게 나도 아불루를 죽이고 싶다고 말했다. 오벰베는 얼어붙어서 나를 바라보았다. 그러더니 앞으로 나와 나를 끌어안았다.

그날 밤, 어둠 속에서 오벰베는 내게 어떤 이야기를 해주었다. 그가 오랫동안 하지 않았던 행동이었다.

13. 거머리

증오는 거머리다.

사람의 살갗에 달라붙는 것. 사람을 먹고 살며, 인간 영혼의 진액을 빨아내는 것. 증오는 사람을 바꾸어놓으며, 그들의 평화를 마지막 한 방울까지 빨아 먹기 전에는 떠나지 않는다. 증오는 거머리가 그러듯 사람의 살갗에 달라붙어, 표피 아래로 점점 더 깊이 파고든다. 그래서 피부에서 그 기생충을 떼어놓는다는 것은 그 살점을 뜯어낸다는 뜻이 되며, 그것을 죽이는 일은 자신에게 채찍질을 가하는 것과 똑같은 일이 된다. 아불루에 대한 형의 증오도 마찬가지였다. 증오는 형의 피부 밑 깊은 곳에 박혀 있었다. 내가 함께하기로 한 날 밤 이후로 형과 나는 거의 항상 문을 잠갔다. 어머니는 가게로, 아버지는 책방으로 직장에 나가 있는 동안 우리의 임무를 수행할 계획을 세우느라 우리끼리 매일 회합했다.

"일단." 어느 날 아침, 형이 말했다. "여기, 우리 방에서 놈을 제압해야 해." 그는 성냥개비 인간들이 미친 사람과 싸워 그를 죽이는 계획이 스케치된 종이를 들어 올리며 말했다. "우리 머릿속에서 말이야. 그런 다음에는 종이에 그려봐야 하고. 그다음에야 놈을 실제로 제압할 수 있어. 콜린스 목사님이 육에서 일어나는 일은 뭐든 이미 영에서도 일어난 것이라고 여러 번 말했지?" 대답을 바라고 한 질문이 아니었으므로, 오뱀베는 그냥 말을 이었다. "그러니까, 아불루를 찾아서 이 방을 나서기 전에 먼저 여기서 그놈을 죽여야 해."

처음에 우리는 아불루의 최후의 순간을 그린 스케치 다섯 장을, 그 계획을 달성할 가능성을 살펴보았다. 그중 첫 번째 계획을 오뱀베는 '다윗과 골리앗 계획'이라고 불렀다. 그가 아불루에게 돌을 던지면 아불루가 죽는다는 계획이었다.

나는 그 계획이 성공할 가능성에 의문을 제기했다. 우리는 다윗처럼 신을 모시는 사람도 아니고, 다윗처럼 왕이 될 운명을 타고 태어난 것도 아니므로, 아불루의 이마를 맞히지 못할 수도 있다는 게 내 생각이었다. 내가 이 말을 했을 때는 해가 쨍쨍 내리쬐고 있었으므로 오뱀베는 실링 팬을 틀어둔 터였다. 동네 어딘가에서 한 남자가 고무 샌들을 들고 다니며 큰 소리로 물건을 파는 소리가 들렸다. "고무, 고무 왔어요—!" 형은 아래턱에 손을 댄 채 자기 의자에 앉아서 내가 한 말을 생각했다.

"잘 들어, 네가 뭘 걱정하는지는 알겠어." 오뱀베가 마침내 말했다. "네 생각이 맞을지도 모르지만, 나는 오래전부터 돌을 던져서 놈을 죽일 수 있다는 생각을 해왔어. 문제는 돌을 던지는 방법이야. 어디서, 언제 돌을 던져야 현장에서 잡히지 않을까? 이 계획의 진짜 문제는 그런 거야. 다윗처럼 왕이 되느냐는 게 아니고."

나는 동의한다는 뜻으로 고개를 끄덕였다.

"사람들이 볼 수 있을 때 놈에게 돌을 던지면 무슨 일이 벌어질지 몰라. 게다가 조준을 잘못해서, 그 과정에서 다른 사람을 맞히면 어떻게 해?"

"형 말이 맞아." 나는 고개를 끄덕이며 말했다.

다음으로, 그는 아불루를 칼로 찔러 죽이는 그림을 내놓았다. 이켄나가 살해당한 방식 그대로였다. 형은 《모든 것이 산산이 부서지다》에 나오는 이야기를 따서 그 계획에 '오콩코 계획'이라는 이름을 붙였다. 나는 그 그림이 무서웠다.

"그놈이 맞서 싸우거나 형을 먼저 찌르면 어떡해?" 내가 말했다. "그놈은 아주 사악하잖아?" 내가 물었다.

이 가능성에 형은 곤란해했다. 그는 연필을 꺼내 그림에 두 줄을 찍찍 그었다.

그렇게 우리는 스케치된 생각을 하나하나 변호하고 철저히 검토해본 다음, 그 계획을 방어할 수 없다는 것을 알게 되면 줄을 그었다. 모든 계획을 찢어발긴 뒤, 우리는 일련의 상상 속 사건들을 지어내기 시작했다. 그중 대부분은 완전히 형성되기도 전에 철회되고 파기됐다. 어떤 계획에서는 우리가 바람 부는 저녁에 도로를 따라 아불루를 추격했다. 그러면 그가 달려가는 자동차 쪽으로 넘어졌다. 그 자동차가 아불루를 땅으로 쓰러뜨리고 그의 머릿속 내용물을 아스팔트 도로에 쏟아버렸다. 이처럼 허구적인 현실을 직조해내자 내 상상 속에서는 광인의 뭉개진 신체가 조각조각 아스팔트에 얼룩졌다. 내가 보았던, 로드킬을 당한 다양한 동물—닭, 염소, 개, 토끼—들처럼 말이다. 형은 이 계획을 생각하며 눈을 감고 잠시 앉아 있었다. 고무 샌들 행상인이 동네로 돌아와, 이번에는 더욱 큰 소리로 "고무, 고무가 왔어요—! 고무우우 샌들이 왔어요—!"라고 소리치고 있었다. 행상인의 목소리는 점점 더 가까워지는 것 같았다. 그 목소리가 너무 커져서, 나는 형이 입을 열었다는 것을 알아차리지도 못했다. "좋은 생각이야." 나는 형이 말하는 소리를 들었다. "하지만 너도 알다시피 그 멍청한 바보들, 저 미친놈이 우리 가족에게 무슨 짓을 저질렀는지 모르는 **겁쟁이** 인간들이 우리를 막으려 들 거야."

늘 그랬듯 나는 이번에도 형의 말이 맞는다고 동의했다. 형은 종이를 찢더니 화를 내며 종잇조각을 바닥에 쏟아냈다.

큰형들의 복수를 하겠다는 형의 결심은, 그 거머리는 너무도 깊게 파고들었기에 그 무엇으로도, 심지어 불로도 없앨 수 없었다. 이어지는 며칠 동안 우리는 부모님이 집을 나서자마자 광인을 찾으러 다녔다. 우리는 늦은 아침에, 아침 10시와 오후 2시 사이에 밖으로 나갔다. 새 학기가 시작됐지만, 우리는 학교에 등록하지 않았다. 아버지가 한 학기를 휴학하게 해달라고 교장 선생님에게 편지를 썼다. 형들의 죽음이 머릿속에 생생히 남아 있는 만큼, 우리는 아직 학교에 다시 다닐 상태가 아니라는 것이었다. 그래서 우리는 같은 반 아이들이나 우리 동네 혹은 거리의 아는 애들을 만나지 않으려고 숨겨진 길을 다녔다. 12월 첫째 주의 며칠 동안 우리는 광인의 흔적을 찾아 동네를 샅샅이 뒤졌지만, 그런 흔적은 하나도 찾지 못했다. 그는 자기 트럭에도 없었고, 근처 거리에도 없었다. 강 가까운 곳에도 없었다. 그렇다고 아불루에 대해 물어볼 수도 없었다. 동네 사람들은 우리에 대해 너무 많은 것을 알았다. 우리를 만날 때면 형들의 죽음이라는 비극의 휘장이 우리 이마에 새겨져 있기라도 한 듯 동정 어린 표정을 짓곤 했다.

이런 실패에도 오뱀베는 굴하지 않았다. 그 주에 광인에 대한 소식을 들었는데도. 반면 나는 그 소식을 듣고, 형의 임무를 함께하겠다고 맹세한 그날의 용기를 전부 잃어버렸다. 우리는 며칠이나 찾았는데도 광인을 발견하지 못했다. 그는 한 번도 우리 동네에 모습을 드러내지 않았다. 그래서 우리는 우리를 모를 것 같은 사람들에게 그자를 보았는지 물어보기 시작했다. 그러다가 우리 동네의 북쪽 끝, 커다란 주유소 근처에 이르렀다. 그 주유소에는 큰 건물이 있었고, 그 건물에는 바람이 불 때마다 끊임없이 절을 하거나 양옆으로 몸을 기울이거나 두 손을 흔들어대는, 잡다한 옷을 입은 사람 모양의 인형이 있었다. 우리는 그곳에서 이켄나와 같은 반 학생이었던 논소를 만났다. 그는 큰길가의 나무 의자에 앉아, 자기 앞에 평평하게 놓인 라피아 바구니에 신문과 잡지를 펼쳐놓고 있었다. 그는 우리와 손뼉을 치는 것으로 인사를 대신하더니, 자기가 우리 구역의 주요 신문 판매상이라고 했다.

"내 얘기 못 들었어?" 논소는 무슨 약에 취한 것처럼 갈라지는 목소리로 물었다. 그의 눈이 우리 얼굴을 빠르게 오갔다.

논소의 귀고리가 햇빛에 반짝였다. 그의 펑크 머리—머리 한가운데에 일정하게 나 있는 머리카락—는 까맣고 윤이 났다. 그는 이켄나가 죽었다는 얘기, 이켄나의 '동생 놈'이 이켄나의 배를 찔렀다는 얘기를 들었다고 했다. 그는 옛날부터 보자를 싫어했다. "어쨌든, 둘 다 명복을 빈다." 그가 말했다.

〈가디언〉을 읽던 한 남자가 일어서서 신문을 내려놓고 논소에게 동전을 몇 개 건넸다. 그가 탁자에 신문을 내려놓았을 때, 나는 신문 전면에서 살해당한 쿠디라트 아비올라를 보았다. 그녀는 1993년 대통령 선거 당선자의 아내였다. 논소는 우리에게 남자가 앉아 있던, 천으로 된 차양 바로 아래 벤치에 앉으라고 손짓했다. 나는 M.K.O.를 만났던 날을 떠올렸다. 그때 쿠디라트 아비올라는 우리 옆에 서서 반지 낀 손가락으로 내 머리를 긁었다. 나는 그녀가 몰려든 사람들에게 물러나라고 말했을 때 그 목소리에 어려 있던 위엄과 겸손함을 떠올렸다. 신문 전면의 사진 속에서 그녀는 눈을 감고 있었다. 얼굴에 생기가 없었다, 아무런 색조도.

"M.K.O.의 아내잖아. 알지?" 오뱀베가 내게서 신문을 가져가며 말했다.

나는 고개를 끄덕였다. M.K.O.를 만나고 나서 오랜 시간이 지나서까지 그 여자를 다시 보고 싶어 했다는 점이 생각났다. 나는 당시에 내가 그 여자를 사랑한다고 생각했다. 그 여자는 내가 아냇감으로 생각했던 첫 여자였다. 다른 여자는 모두 그냥 여자이거나 누군가의 어머니이거나 딸이었지만, 그 여자는 아내였다.

형은 논소에게 최근 아불루를 본 적이 있느냐고 물었다.

"그 악마 말이야?" 논소가 말했다. "이틀 전에 봤어, 바로 여기서. 주유소 바로 옆, 저쪽 큰길가에. 시체 옆에……."

그는 베닌으로 이어지는 고속도로와 연결된, 길고 큰 도로 옆 흙길을 가리켰다.

"무슨 시체?" 형이 물었다.

논소는 고개를 젓고, 어깨에 습관처럼 걸고 다니는 작은 수건을 가져다가 목에 흐르던 땀줄기를 훔쳐냈다. 그러자 목이 햇빛을 받아 반짝였다. "뭐, 못 들었어?"

논소 말로는, 아불루가 그날 아침 이른 시간에, 아마 새벽쯤에 살해당했을 젊은 여자의 시신을 발견했다고 했다. 나이지리아에서도 이 동네의 교통경찰은 늘 그렇듯 느리게 반응했고, 그 바람에 시신은 그 자리에 오랫동안, 심지어 정오까지도 남아 있었다. 그 바람에 그쪽으로 지나가던 행인들이 멈춰 서서 시체를 쳐다보곤 했다. 거의 정오가 지났을 때는 시체가 사람들의 관심을 덜 끌게 되었지만 말이다. 그런데 그때 또 다른 군중이 그 시체 주변에 모여들기 시작했다. 이번에 모여든 사람들은 다루기 힘든 불협화음과도 같았다. 논소는 길 쪽을 바라보았지만, 사람들이 하도 많아 무슨 일이 벌어지는 건지 보이지 않았다.

논소의 호기심은 절정으로 치솟았다. 그는 신문을 내버려둔 채 길을 건너 사람들이 모여 있는 곳으로 갔다. 사람들에게 다가가 간신히 그 모습을 볼 수 있게 된 논소는 한 여자의 시체를 보았다. 여자는 자기가 흘린 피의 시꺼먼 자국으로 이루어진 후광에 머리를 얹어놓고 있었다. 두 손은 예전에도 논소가 보았던 모습대로 양옆으로 팽개쳐져 있었으며, 한 손가락에서는 반지가 반짝이고 있었다. 피에 젖은 머리카락은 끈적거렸고 모양도 규칙적이지 않았다. 단, 이번에 본 그 시신은 벌거벗고 있었다. 가슴의 옷가지가 벗겨져 있었고, 아불루가 그 여자의 위에 올라타 그녀에게 삽입을 하고 있었다. 사람들이 그 모습을 끔찍해하며 지켜보았다. 그중 몇 명은 아불루가 죽은 자를 더럽히도록 놔두는 게 옳은 일이냐고 따졌고, 다른 사람들은 여자가 이미 죽었으니 딱히 해로울 것은 없다고 말했다. 또 다른 사람들은 아불루를 막아야 한다고 주장했지만, 그런 사람들은 소수였다. 아불루는 욕구를 해소한 다음, 죽은 여자가 자기 아내라도 되는 것처럼 그녀에게 달라붙은 채 잠들었다. 그러다가 경찰이 다가와 여자를 아불루에게서 데려갔다.

형과 나는 이 이야기를 듣고 너무 놀라 그날은 정찰 임무를 그만두었다. 광인이 두른 끔찍함이 숄처럼 나를 덮쳤다. 나는 형인 오벰베조차 겁을 먹었다는 걸 알 수 있었다. 형은 거실에 오래도록 앉아 침묵을 지키다가, 의자 위쪽에 머리를 기댄 채 잠들었다. 나는 미친 사람이 두려워지기 시작했고 형이 계획을 포기하기를 바라게 되었으나, 감히 형에게 그 말을 할 용기는 나지 않았다. 나는 형이 내게 화를 내거나 심지어 나를 증오하게 될지도 몰라 두려웠다. 그러나 그 주가 끝날 때쯤에는 섭리가 중재에 나서서—이 점은 지금에 와서야 알게 된 것이다. 지금은 과거의 일들이 조금 더 선명해졌으니까—앞으로 닥칠 일로부터 우리를 구해주었다. 아버지는 내가 겨우 세 살 때 캐나다로 떠난 친구, 바요 아저씨가 라고스에 도착했다고 말했다. 아버지가 그 말을 했을 때 우리는 아침을 먹고 있었는데, 그 소식이 꼭 천둥처럼 느껴졌다. 아버지는 바요 아저씨가 형과 나를 캐나다로 데려가기로 약속했다고 말을 이었다. 그 소식은 식탁에서 수류탄처럼 터지며 기쁨의 파편을 방 전체에 흩뿌렸다. 어머니가 "할렐루야!"라고 소리치며 의자에서 일어나 노래를 부르기 시작했다.

나도 엄청나게 기뻤다. 갑자기 내 몸은 고삐 풀린 즐거움으로 가득 찼다. 그러나 형을 힐끗 보니, 형의 얼굴에 떠오른 표정은 바뀌지 않고 있었다. 식사를 하는 형의 얼굴에는 여전히 그늘이 가득했다. 아버지 말을 못 들은 건가? 그런 것 같지는 않았다. 형은 그 말을 아예 못 들은 시늉을 하며 식탁 위로 몸을 숙이고 계속 음식을 먹었으니까.

"나는요?" 데이비드가 눈물이 그렁그렁해져 물었다.

"너?" 아버지가 웃으며 물었다. "너도 가게 될 거야. 네가 대장인데 어떻게 여기 놓고 갈 수 있겠니? 너도 가게 될 거다. 사실, 네가 제일 먼저 비행기에 탈 거야."

나는 그때도 형이 무슨 생각을 하는 건지 궁금해하고 있었는데, 그때 형이 말했다. "학교는요?"

"캐나다에서 더 좋은 학교에 다니게 될 거다." 아버지가 대답했다.

형은 고개를 끄덕이고 계속 밥을 먹었다. 나는 살면서 들어본 것 중 가장 좋은 얘기인 듯한 소식을 듣고도 형이 전혀 흥분하지 않는다는 게 놀라웠다. 우리가 계속 밥을 먹는 동안 아버지는 캐나다가 짧은 시간 안에 발전하여 조상이라고 할 수 있는 나라인 영국을 포함한 다른 나라들을 능가하게 되었다는 이야기를 했다. 그런 다음 아버지는 나이지리아 이야기, 이 나라의 내장을 파먹은 부패 이야기로까지 말을 이어갔고, 마지막으로는 우리가 모두 증오하게 된 남자인 고원*을 평소처럼 비난했다. 그는 우리 마을을 폭격했다는 이유로 아버지가 계속해서 비난하던 사람으로, 나이지리아 내전 때 수많은 여자들을 죽인 남자였다. "그 멍청이가." 아버지는 목울대를 오르락내리락 움직이면서, 목에 힘줄이 두드러진 채로 쏘아붙였다. "나이지리아의 주적이야."

아버지는 책방으로 가고 어머니는 데이비드와 은켐을 데리고 떠난 뒤 나는 형에게 갔다. 형은 우물에서 물을 떠다가 화장실의 드럼통을 채우고 있었다. 형과 나는 몸집이 작아 우물을 쓸 수 없다며 예전에는 이켄나와 보자에게만 시키던 심부름이었다. 8월 이후로 누군가가 그 우물에서 물을 길어 온 건 그때가 처음이었다.

---

* 비아프라 전쟁을 일으킨 나이지리아의 군인이자 정치인.

"정말로 얼마 있다가 캐나다에 가게 되면, 그 미친놈을 최대한 빨리 죽여야 해. 그놈을 빨리 찾아야 한다고." 형이 말했다.

예전이라면 나도 그 말에 흥분했겠지만, 이번만큼은 형에게 미친 사람 따위는 잊고 캐나다에서 새로운 삶을 살자고 말하고 싶었다. 하지만 그럴 수 없었다. 대신, 나는 나도 모르게 이렇게 말하고 있었다. "응, 맞아, 오베. 꼭 그래야 해."

"우린 곧 그놈을 죽여야 해."

형은 좋은 소식이었어야만 하는 이야기를 듣고 너무 걱정한 나머지 그날 밤에는 아무것도 먹지 못했다. 형은 자리에 앉아 그림을 그렸다가 지우고 찢어댔고, 연필 크기가 자기 손가락만 하게 줄어들고 책상은 갈기갈기 찢긴 종이로 가득해질 때까지 성질을 불태웠다. 부모님이 출근하고 얼마 지나지 않았을 때, 형은 우물가에서 내게 빨리 행동해야 한다고 말했다. 그 말을 할 때 형은 공격적으로 우물을 가리켰다. "보자 형이 여기서 마치…… 마치 하찮은 도마뱀처럼 죽어갔어. 그 미친놈 때문이야. 우리는 반드시 복수해야만 해. 복수하지 못한다면, 나는 캐나다든 어디든 가지 않을 거야."

형은 자기가 한 맹세를 강조하려고, 그게 맹세였다는 사실을 보이려고 엄지를 핥았다. 형은 작정하고 있었다. 그는 길은 물 양동이를 들고 집으로 들어갔고, 나는 그곳에 혼자 선 채로 남겨졌다. 그리고 나는 과연 내가 형만큼 큰형들을, 이켄나와 보자를 그리워하기는 하는 건지 궁금해졌다. 형과 있다 보면 늘 그런 생각이 들었다. 그다음에는 나도 형들을 똑같이 그리워하고 있지만, 단지 미친 사람이 두려울 뿐이라는 믿음으로 나 자신을 달랬다. 나는 살인도 할 수 없었다. 그건 나쁜 짓이었으니까. 게다가 나는 한낱 어린애일 뿐이었다. 어떻게 그런 짓을 하겠는가? 하지만 형은 모든 설득력을 총동원해, 성공을 확신하면서 그 계획을 실행하겠다고 말했다. 형의 욕망은 죽일 수 없는 거머리가 되어 있었기에.

14. 리바이어던

하지만 아불루는 리바이어던이었다.

용맹한 선원들조차도 쉽게 죽일 수 없는, 죽지 않는 고래. 그는 살과 피로 이루어진 다른 사람들처럼 쉽게 죽을 수 없었다. 아불루는 동족의 다른 사람들—정신적 질환 때문에 가장 낮은 수준의 궁핍 속에 뒹굴며, 그런 만큼 극도의 위험에 노출되어 있는 미친 사람들—과 별로 다르지 않았지만, 아마 그중 누구보다도 가까스로 죽음에서 도망쳤을 것이다. 아불루가 주로 쓰레기장에서 얻은 오물을 먹고 산다는 사실은 너무도 잘 알려져 있었다. 아불루는 집이 없었기에 우연히 손에 넣은 것이면 뭐든 먹었다. 개방형 도살장 근처에 흩어져 있는 남은 고기나 쓰레기 더미에서 나온 음식 부스러기, 나무에서 떨어진 과일 같은 것들 말이다. 그토록 오랜 시간 그런 것들을 먹고 살았으니, 아불루가 오래전에 무슨 병에 걸렸을 거라고 생각할 만도 했다. 하지만 아불루는 정정하고도 건강하게 살아갔고, 그의 배는 갈수록 두둑해졌다. 그가 산산조각 난 유리 조각 위를 걸어가며 피를 흘렸을 때 사람들은 그걸로 끝이 날 거라고 생각했지만, 그는 며칠 만에 다시 모습을 드러냈다. 하긴, 아불루라는 광인을 죽음에 이르게 했어야 마땅한 일들은 그게 전부가 아니었다. 그런 이야기는 아주 작은 사례에 불과했다.

아불루와 마주친 다음 날, 오미알라강에서 우리를 만난 솔로몬은 아불루의 예언에 귀를 기울이지 말라고 고집스럽게 경고한 데에 다 이유가 있었다고 말했다. 자기는 그를 인간의 몸으로 나타난 악령이라고 믿는다는 것이었다. 이 주장을 뒷받침하기 위해, 솔로몬은 자기가 여러 달 전에 목격했던 일을 이야기해주었다. 그때 아불루는 길을 걸어가고 있었다. 그러다가 갑자기 멈추었다. 부슬비가 내리고 있었기에 아불루는 비에 젖어갔다. 미친 사람은 길을 마주 보고서, 자기 어머니가 그 길 한가운데에 서 있다고 믿는지 어머니를 부르며 자기가 저지른 모든 짓을 용서해달라고 애원하기 시작했다. 그렇게 빌면서 어머니와 대화를 이어가다가, 아불루는 길 반대편에서 빠르게 다가오는 자동차를 보았다. 겁먹은 그는 어머니에게 길을 비키라고 소리치기 시작했지만, 미친 사람이 진짜라고 확신했던 그 유령은 길 한가운데에 꿋꿋이 서 있었다. 어머니가 서 있다고 생각되는 그 자리에 자동차가 다다른 순간, 아불루가 어머니를 구하려고 길에 뛰어들었다. 자동차는 순식간에 그를 풀이 돋아난 길가로 쳐버린 다음, 약간 미끄러지며 도로를 벗어났다가 근처 덤불에 부딪히고 나서야 멈췄다. 사람들은 아불루가 즉사했을 거라고 생각했다. 그렇게 아불루는 자동차가 친 자리에 잠시 가만히 누워 있었다고들 한다. 하지만 다음 순간, 그는 온몸이 피투성이가 된 채 허둥지둥 일어났다. 그의 이마에는 갈라진 자국이 있었다. 그렇게 일어선 아불루는 자동차가 자기 몸에서 먼지를 털어줬을 뿐이라는 듯 흠뻑 젖은 옷을 펄럭이기 시작했다. 그는 자동차가 나아간 방향을 자주 돌아보면서, "사람 죽이겠다? 응? 길가에 여자가 서 있는 걸 보고서도 못 멈춰? 사람을 죽이려는 거냐고?"라고 말하며 절뚝절뚝 멀어져갔다. 그는 걸어가면서 수없이 많은 질문을 던지고 계속 다리를 절었다. 가끔은 멈춰 서서 귓불에 손을 대고 뒤를 힐끗 돌아보며 다음번에는 천천히 운전하라고 운전자를 꾸짖기도 했다. "알겠어? 알겠냐고?"

아버지한테서 우리가 캐나다로 이민을 갈 수도 있다는 말을 들은 다음 날, 형은 내 손에 그림 한 장을 밀어 넣었고 나는 형이 말하는 동안 가만히 앉아 그림을 들여다보았다.

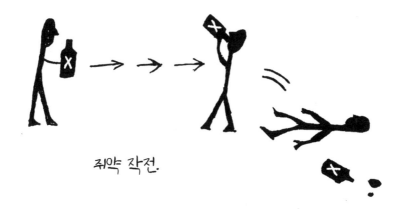

쥐약 작전.

"오타―피아―피아로 죽이면 돼. 하나 사서 빵이나 뭐에 넣고 미친놈한테 주면 돼. 그놈은 아무 데서나 먹고, 거의 모든 걸 먹으니까."

"응." 내가 동의했다. "심지어 하수구에서도 뭘 주워 먹더라."

"맞아." 형이 그렇게 말하고 고개를 끄덕였다. "하지만 놈이 그렇게 오랫동안 그런 것들을 먹었는데도 죽지 않은 이유가 뭔지 생각해본 적 있어? 그놈은 쓰레기장에서나 쓰레기 더미에서 먹을 걸 구하잖아? 왜 안 죽은 거지?"

형은 대답을 기대했지만, 나는 아무 말도 하지 않았다.

"솔로몬이 정말로 그놈을 두려워하는 이유에 대해서, 그놈하고 얽히고 싶지 않은 이유에 대해서 했던 얘기 기억나?"

나는 고개를 끄덕였다.

"그럼 알겠네. 잘 들어, 우린 포기하면 안 돼. 하지만 그놈이 어딘가 이상하다는 건 알아야지. 이 멍청한 사람들은—형은 이제 아쿠레 마을 사람들을 그렇게 불렀다. 그 사람들이 광인 아불루를 살아 있도록 놔두었기 때문이었다—그놈이 물리적으로 죽일 수 없는 초자연적인 종족이라고 생각해. 너도 알겠지만, 그 사람들은 바보 같게도 아불루가 인간의 영역 바깥에서 살아온 세월이 그놈의 인간성을 바꿔놨다고 생각하거든. 아불루가 더는 필멸의 인간이 아니라고 생각하는 거야."

"정말일까?" 내가 물었다.

"우리가 놈에게 독이 든 빵을 먹이면, 사람들은 놈이 쓰레기 더미에서 혼자 뭘 주워 먹고 죽었다고 생각할 거야." 나는 형에게 어떻게 그걸 아느냐고 물어보지 않았다. 형은 내가 묻지도 따지지도 않고 그냥 받아들이는, 비밀스러운 지식의 간수자였기 때문이다. 그래서 우리는 잠시 후 집을 나섰다. 형의 반바지 주머니는 쥐약에 적신 빵 조각이 든 작은 주머니로 불룩했다. 형은 전날 아침 식사 때 빵 조각을 조금 떼어내는 방법으로 빵을 구했고, 쪼그라든 빵 부스러기도 가지고 나온 다음 거기에 독약 혼합물을 조금 더 뿌렸다. 그 바람에 방이 독한 냄새로 가득 찼다. 형은 우리가 '이 임무'를 딱 한 번 만에 해냈으면 좋겠다고 말했다. 그걸로 충분할 거라고. 딱 한 번. 우리는 그렇게 무장하고 아불루가 사는 트럭으로 갔지만, 아불루는 그곳에 없었다. 사람들은 그 트럭의 문이 고장 난 게 아니니 지금도 열리고 닫힌다고 했다. 하지만 트럭은 거의 항상 열려 있었다. 트럭의 고물 좌석들은 살점이―가죽 덮개가―찢기거나 해져 떨어졌기에 나무 뼈대만 남아 있었다. 녹슨 지붕은 구멍이 뚫려 비가 들이쳤다. 좌석은 다양한 쓰레기로 가득 차 있었다. 좌석에서 트럭 바닥까지 늘어져 있는 낡아빠진 파란색 커튼, 유리관이 빠진 낡은 기름등 뼈대, 막대기, 종이, 망가진 신발, 깡통, 기타 쓰레기에서 건진 수많은 물건들.

"아직 때가 아닐지도 몰라." 형이 말했다. "집에 갔다가 오후에 돌아오자. 어쩌면 그때는 아불루를 만나게 될지도 모르니까."

우리는 집으로 갔다가 그날 오후에, 어머니가 잠시 집에 들러 점심으로 먹을 얌을 끓이고 가게로 돌아간 뒤에 다시 나왔다. 트럭에 가보니 다행히 미친 사람이 그 자리에 있었다. 그러나 우리는 앞으로 닥칠 일에 전혀 대비하지 못한 상태였다. 아불루는 두 개의 커다란 돌 사이에 웍을 올려놓고, 그 위로 고개를 숙이고서 물병에 든 액체 내용물을 쏟아내고 있었다. 나뭇조각들―장작으로 쓰려는 것 같았다―이 돌 사이에 쌓여 있었지만, 불이 붙어 있지는 않았다. 미친 사람은 병의 내용물을 흙 그릇에 비워내더니, 뭐가 든 건지 잘 알 수 없는 음료수 깡통을 집어 들고 웍에 부었다. 그리고 그 내용물도 공들여 비우기 시작했다. 아불루는 깡통을 흔들어보고, 세심하게 들여다보고, 그 내용물을 웍 안으로 긁어내더니, 깡통이 만족스러울 만큼 비었는지 그것을 잡다한 물건 더미가 놓인 작은 의자에 올려놓았다. 그런 다음, 트럭으로 달려 들어갔다가 낙엽 한 뭉치, 뼈다귀 몇 개, 공처럼 생긴 어떤 물건, 소금이나 설탕일 게 틀림없는 흰 가루를 가지고 돌아왔다. 그는 이것들을 웍에 부어 넣었다. 그러더니 뜨거운 기름에 물체를 넣었을 때 뭔가가 확 타오르기라도 한 것처럼 움찔하며 물러섰다. 매우 당혹스럽게도, 미친 사람은 오물과 쓰레기로 이루어진 잡탕을 요리하고 있는 게 틀림없었다. 어쨌든 본인은 그렇게 생각하는 듯했다. 잠시 우리는 목적을 잊고 믿을 수 없다는 마음으로 그 장면을 지켜보았다. 그때 두 남자가 발걸음을 멈추고 우리와 합류해 주방에 있는 아불루를 구경하기 시작했다.

그 남자들은 부드러운 천으로 만든 바지에 소매가 긴 싸구려 셔츠를 쑤셔 넣은 차림새였다. 한 명은 검은색 바지를, 다른 한 명은 초록색 바지를 입었다. 그들은 표지가 딱딱한 책을 들고 있었는데, 우리는 그것이 성경 책이라는 것을 즉시 알아보았다. 그들은 방금 교회에서 나온 듯했다.

"어쩌면 우리가 저 사람을 위해서 기도할 수 있을지도 모르겠어." 남자 한 명이 말했다. 피부가 거무스름하고, 머리가 벗어지다가 정수리에서 멈춘 사람이었다.

"지금까지 3주 동안 굶으면서 기도했으니까." 다른 사람이 말했다. "주님께 권능을 달라고 부탁하면서 말이야. 이젠 그 힘을 써야 할 때가 아닐까?"

첫 번째 남자가 수줍은 듯 고개를 끄덕였다. 그리고 그가 대답하기도 전에, 다른 누군가가 말했다. "절대 아니에요."

형이었다. 두 남자가 형을 돌아보았다.

"여기 이 사람은." 형은 두려움이라는 가면을 쓴 얼굴로 말을 이었다. "가짜예요. 이건 전부 꾸며낸 짓이라고요. 이 사람은 정신이 멀쩡해요.

구걸하느라 미친 척하는 것으로 유명한 사기꾼이죠. 길가에서나 가게 앞에서나 시장에서나 춤을 추고 다니지만, 정신은 멀쩡해요. 자식도 있어요." 형은 남자들에게 말을 걸면서도 나를 보았다. "우리 아버지예요."

"뭐야?" 머리가 벗어진 남자가 소리 질렀다.

"그렇다니까요." 형은 계속 말을 이었고, 그 바람에 나는 총체적인 충격에 빠졌다. "여기, 폴이랑—형은 나를 가리켰다—저는 엄마가 시켜서 아버지를 집으로 데려가려고 온 거예요. 오늘은 이만하면 됐다고요. 하지만 아버지가 우리와 함께 집으로 돌아가지 않겠다고 했어요."

형은 없어진 물건이라도 찾는 것처럼 의자 주변과 땅을 둘러보며 형을 알아보지도 못하는 듯이 보이는 미친 사람에게 간청하는 시늉을 했다.

"이건 도저히 믿을 수 없는 일이로구나." 가무잡잡한 남자가 말했다. "이 세상에는 듣도 보도 못한 일이 너무나 많아. 그냥 먹고살겠다고 미친 척하는 사람이라니? 믿을 수가 없네."

남자들은 계속 고개를 저으며 자리를 떠났고, 우리더러 주님께서 그자에게 손을 뻗어 그 탐욕에 대한 판결을 내려주십사 기도하라고 말했다. "주님께서는 무슨 일이든 하실 수 있다." 가무잡잡한 남자가 말했다. "믿음을 가지고 청한다면 말이야."

형은 알겠다고 말하고 그들에게 고맙다고 인사했다. 남자들이 우리 말을 들을 수 없을 만큼 멀어지자, 나는 형에게 이게 다 무슨 일이냐고 물었다.

"쉿." 형이 씩 웃으며 말했다. "잘 들어. 난 저 사람들한테 무슨 권능이 있을까 봐 걱정했어. 누가 알겠느냐고. 3주 동안이나 굶었다잖아? 세상에! 저 사람들한테 라인하르트 본케나 쿠무이*나 베니 힌** 같은 힘이 있어서 기도로 저놈을 고칠 수 있으면? 난 그런 일은 바라지 않아. 멀쩡해지면, 저놈은 더 이상 여기저기 떠돌아다니지 않을 거야. 아예 이 마을을 떠날 수도 있지. 누가 알겠어? 그게 무슨 뜻인지는 너도 알지? 그 말은, 저놈이 탈출하게 된다는 뜻이야. 그런 짓을 하고도 처벌을 받지 않고 떠나게 된다고. 아니, 안 돼. 그런 일이 일어나게 놔둘 수는 없어. 내 눈에 흙이 들······." 그때 우리 눈에 들어온 광경 때문에 오벰베는 도중에 말을 끊을 수밖에 없었다. 한 남자와 그의 아내, 내 또래인 그들의 아들이 미친 사람을 지켜보느라 발걸음을 멈추었던 것이다. 광인은 킬킬거리고 있었다. 오벰베는 이 모습에 슬픔을 느꼈다. 그 가족이 또 우리 발목을 잡을 테고, 결국 아불루가 그 자리를 떠날 테니까. 낙담한 형은 그곳이 독을 쓰기에는 너무 공개된 장소라고 결론지었고, 우리는 집으로 돌아갔다.

다음 날 찾으러 갔을 때는 아불루가 트럭에 없었다. 그러나 우리는 높은 울타리가 있는 작은 초등학교 근처에서 그를 발견했다. 교정에서 아이들이 획일적으로 시를 암송하는 소리와 선생이 이따금 끼어들어 박수를 보내주라고 말하는 소리가 들렸다. 머잖아 미친 사람이 자리에서 일어나더니 위풍당당하게 걷기 시작했다. 그는 정유 회사의 CEO라도 되는 것처럼 두 손으로 자기 몸을 감싸고 있었다. 아불루와 그리 멀지 않은

---

* 디퍼 라이프 교회를 설립한 나이지리아의 목사.
** 올랜도 크리스천 센터를 설립한 이스라엘의 목사.

곳에는 우산이 하나 펼쳐져 있었다. 낡아빠진 방수포가 엉성하게 연결되어 있다가 떨어져 나가고 앙상한 갈비뼈만 남은 우산이었다. 아불루는 자기 손가락에 끼워진 반지에 시선을 고정한 채 발을 구르고 돌아다니면서 "아내" "이제 결혼해" "사랑" "결혼" "아름다운 반지" "이제 결혼해" "너" "아버지" "결혼" 같은 단어들을 연달아 외쳤다.

오뱀베는―미친 사람과 그의 헛소리가 보이지 않는 곳으로 점점 사라져간 뒤에―그자가 기독교의 결혼식을 흉내 낸 거라고 말해주었다. 우리는 거리를 두고 천천히 그를 따라갔다. 우리는 1993년에 이켄나가 자동차에서 죽은 남자를 끌어냈던 곳을 지났다. 그때 나는 우리가 가지고 다니던 독약의 힘에 대해서 생각했다. 그러자 두려움이 솟아났고, 나는 다시 미친 사람에 대한 동정심을 느끼기 시작했다. 그는 아무 데서나 먹을 것을 찾는 떠돌이 개와 똑같이 살아가는 것처럼 보였으니까. 아불루는 자주 발걸음을 멈추고 뒤로 돌아서 런웨이를 걷는 모델처럼 포즈를 취하며 반지가 끼워진 손을 뻗었다. 우리는 이쪽 거리에 한 번도 와본 적이 없었다. 아불루는 어느 단층집 앞 발코니에 나와 있는 세 여자에게 다가갔다. 여자들은 의자에 앉은 한 여자의 머리를 땋아주고 있었다. 그중 두 명이 돌을 집어 들더니, 아불루를 겁주어 쫓아내려는 듯 돌을 던지며 그를 쫓아갔다.

여자들이 물러나고 한참 지나서까지―여자들은 사실 거의 움직이지 않았다. 그저 아불루에게 그 더러운 몸뚱이를 치우라고 소리를 질렀을 뿐이다―아불루는 계속 달리고 있었다. 그는 가끔 뒤를 돌아보며, 얼굴에는 계속 음탕한 미소를 짓고 있었다. 얼마 지나지 않아 우리는 그 흙길이 오미알라강의 한 부분을 가로지르는 200미터짜리 나무다리에서 끝나는 길로, 이용하는 사람이 거의 없다는 사실을 알게 되었다. 덕분에 거리의 아이들 중 몇 명은 겨우 몇 미터밖에 되지 않는 그 길을 쉽게 놀이터로 만들 수 있었다. 그 아이들은 길의 양쪽 옆에 커다란 돌 네 개를, 서로 간격을 두고 줄지어 세워놓았다. 그 돌이 골대였다. 아이들은 그곳에서 고함을 치고 먼지를 일으키며 축구를 했다. 아불루는 얼굴 가득 미소를 지은 채 그들을 지켜보았다. 그는 이런저런 자세를 잡다가—손에 투명한 공을 들고서—허공으로 거칠게 발길질을 했고, 하마터면 넘어질 뻔했다. 그는 "고오오올! 골, 입, 니, 다!"라고 자랑하듯 두 손을 처들며 소리쳤다.

아불루를 따라잡은 우리는 아이들 중에 이그바페와 그의 동생이 있다는 것을 알게 되었다. 다리에 올라선 순간, 나는 이켄나가 변신을 거치던 즈음에 꾸었던 다리 꿈을 떠올렸다. 익숙한 강물 냄새, 우리가 잡던 것과 비슷한 다양한 색깔의 물고기들이 물가에서 헤엄치는 모습, 눈에는 보이지 않지만 꽥꽥거리는 두꺼비들과 귀뚤귀뚤 울어대는 귀뚜라미 소리, 심지어 강 속에서 죽은 물질의 냄새까지, 모든 것이 낚시질을 하러 다니던 그 시절을 떠올리게 했다. 나는 물고기들을 가까이서 지켜보았다. 물고기가 헤엄치는 모습을 오랫동안 본 적이 없었기에. 예전에 나는 물고기가 되고 싶다고, 또 형들도 모두 물고기였으면 좋겠다고 생각했다. 우리가 하루 종일, 매일 하는 일이라고는 영원히, 영원히, 영원히 헤엄을 치는 일뿐이었으면 좋겠다고.

예상대로 아불루는 다리 쪽으로 걸어가기 시작했다. 그의 시선은 지평선에 붙박여 있었다. 그러다가 아불루는 다리 아래쪽에 도착했다. 아불루가 다리로 올라가자, 우리가 서 있던 다리의 반대쪽 끝 널빤지가 그의 몸무게로 눌리는 것이 느껴졌다.

"일단 그걸 먹이고 나면 빠르게 도망치는 거야." 미친 사람이 가까이 다가오자 형이 말했다. "놈이 물에 빠져서 죽을 수도 있어. 아무도 저놈이 죽는 걸 못 보겠지."

나는 이 작전이 두려웠지만 그냥 고개를 끄덕였다. 아불루는 다리에 올라온 다음, 즉시 난간 가까이 가서 난간을 붙잡고 강에 오줌을 누기 시작했다. 우리는 그가 소변을 다 볼 때까지 그 모습을 지켜보았다. 아불루의 성기는 그의 허리 가운데로 되돌아가는 탄력적인 줄처럼 젖혀지며 마지막 오줌 몇 방울을 나무다리에 떨어뜨렸다. 형은 지켜보는 사람이 아무도 없는지 확인하려고 주위를 둘러본 다음 독이 든 빵을 꺼내, 걸어가는 미친 사람에게 다가갔다.

이제는 아불루가 가까워지기도 했고, 머잖아 그가 죽을 거라는 확신도 있었기에, 나는 내 눈이 그 미친 사람을 찬찬히 살펴보도록 놔두었다. 그는 사람이 맨손으로 뭐든 붙잡고 부스러뜨릴 수 있었다는 옛 시절의 힘센 남자처럼 보였다. 그의 얼굴은 얼굴 옆쪽에서 아래턱까지 이어지는 턱수염으로 무성했다. 콧수염은 목탄화의 섬세한 필체로 그려 넣은 것처럼 입 위쪽에 서 있었다. 머리카락은 더러웠고 길었으며 엉켜 있었다. 두껍게 꼬인 털이 가슴의 넓은 부분과 주름지고 거무스름한 얼굴, 사타구니의 한가운데도 뒤덮고 그의 성기를 휘감았다. 그의 손톱은 길고 팽팽했으며, 손톱 아래마다 때와 흙덩이가 끼어 있었다.

나는 그의 몸에서 다양한 악취가 풍긴다는 것을 알게 되었다. 그중 가장 알아채기 쉬웠던 것은 가까이 다가갈 때마다 파리 떼처럼 풍겨 오는 똥 냄새였다. 나는 그 냄새가 오랫동안 똥을 눈 뒤 항문을 닦지 않고 다닌 결과일지도 모른다고 생각했다. 사타구니 부근과 겨드랑이의 빽빽한 털 안쪽에 땀이 차서 나는 냄새도 있었다. 그에게서는 썩은 음식과 낫지 않은 상처와 고름, 그리고 체액과 배설물의 냄새가 났다. 그의 냄새는 녹슨 쇠, 썩어가는 물질, 낡은 옷, 그가 가끔 입는 버려진 속옷을 떠올리게 했다. 낙엽과 덩굴식물, 오미알라강 옆에서 썩어가는 망고, 강둑의 모래, 심지어 물 자체의 냄새도 났다. 그에게는 바나나 나무와 구아버 나무의 냄새, 하르마탄 열풍의 먼지 냄새, 양복점 뒤의 커다란 쓰레기통에 버려진 옷의 냄새, 마을의 개방형 도살장에서 나온 남은 고기 냄새, 독수리들이 먹고 남은 것의 냄새, 라 룸 모텔의 다 쓴 콘돔 냄새, 수채 물과 오물의 냄새, 그가 자위를 할 때마다 자기 몸에 흘린 정액의 냄새, 애액의 냄새, 마른 콧물의 냄새가 있었다. 하지만 그게 전부는 아니었다. 그에게서는 비물질적인 것의 냄새도 났다. 망가진 타인의 인생이 풍기는 냄새와 그들의 영혼 속 고요함의 냄새. 아불루에게서는 알려지지 않은 것들, 이상한 요소들, 두렵고 잊힌 것들의 냄새가 났다. 그에게서는 죽음의 냄새가 났다.

오벰베는 미친 사람에게 빵을 조금 내밀었다. 그자는 우리에게 다가오더니 빵을 받아 들었다. 그는 우리를 전혀 알아보지 못하는 듯했다. 자신이 예언을 했던 상대는 우리가 아니라는 것처럼 말이다.

"음식!" 그는 혀를 내밀며 말하더니 불쑥 단조로운 단어를 읊조리기 시작했다. "먹어, 쌀, 콩, 먹어, 빵, 먹어, 그거, 만나, 옥수수, 에바, 얌, 달걀, 먹어." 그는 다른 손의 손바닥에 자기 손마디를 부딪치더니, "음식"이라는 단어로 시작된 그 구호를 박자에 맞추어 계속했다.

"음식, 음식, **아잔크로 바**, 으, 으, 으, 으, 음식! 이거 먹어." 그는 두 손바닥 사이에 공간을 두고 냄비 모양을 흉내 냈다. "먹어, 음식, 먹어, 먹어……."

"이건 좋은 음식이야." 오벰베가 더듬거리며 말했다. "빵, 먹어, 먹어, 아불루."

아불루는 세상에서 눈을 가장 잘 굴리는 사람도 부끄럽게 할 만큼 빠르게 눈알을 굴려댔다. 그는 오벰베에게서 빵을 받아 들고 킬킬거리더니 하품을 했다. 그 하품이 일종의 마침표이고, 따라서 자기가 방금 한 말의 일부라도 된다는 것처럼. 일단 그가 빵을 받아 가자 오벰베는 내게 유심히 눈짓하며 뒤로 물러났다. 그러다가 안전한 거리에 이르자, 우리는 속도를 냈다. 우리는 다른 거리를 따라 달려간 끝에 멈춰야겠다고 생각했다. 멀리서는 거친 자동차도로가 띠 모양의 흙길 위로 물결치고 있었다.

"놈을 두고 너무 멀리 가지는 말자." 형은 숨을 헐떡이면서, 몸을 지탱하느라 내 어깨를 잡고 말했다.

"응." 나는 숨을 고르려고 애쓰며 웅얼거렸다.

"금방 쓰러질 거야." 형은 만족스러운 듯 말했다. 형의 눈은 유일한, 환하게 빛나는 기쁨의 별을 담고 있었지만, 내 눈은 마음을 찢을 듯한 동정심에서 우러난 빠른 물결로 가득 차올랐다. 바로 그때, 나는 아불루가 암소의 젖통을 빨았다던 어머니의 이야기가 떠올랐다. 아불루를 그토록 절망적인 상황으로 몰아간 것이 가난과 결핍이라는 느낌도 들었다. 우리 냉장고에는 우유가 여러 통 있었다. 카우벨, 피크, 온갖 젖소 그림이 있었다. 어쩌면 아불루에게는 그런 우유 한 통 가질 여유가 없었을지도 모른다는 생각이 들었다. 그에게는 돈도, 옷도, 부모도, 집도 없었다. 아불루는 우리가 주일학교에서 부르는 노래 속 비둘기 같았다. "저 비둘기들을 보라, 그들에게는 옷이 없나니." 그 비둘기들에게는 정원이 없지만, 그럼에도 신은 그들을 지켜본다. 나는 아불루가 그 비둘기들과 비슷하다고 생각했고, 그래서 그 미친 사람이 불쌍했다. 가끔은 나도 모르게 그런 마음을 갖게 되었다.

"곧 죽을 거야." 형이 내 생각을 자르고 말했다.

우리는 어떤 여자가 잡동사니를 팔고 있는 오두막 앞에 멈추었다. 오두막은 창살 위에 그물이 덮여 있고, 그 아래로는 계산대 비슷한 공간이 손님맞이를 위해 열려 있었다. 창살 맨 윗부분에는 다양한 음료, 분말우유, 비스킷, 사탕 등 여러 음식이 들어 있는 봉투들이 걸려 있었다. 나는 그곳에서 형과 함께 기다리며 아불루가 다리에서 쓰러져 죽는 모습을 상상했다. 우리는 그가 독이 든 빵을 입에 넣는 모습을 보았고, 음식을 씹는 그의 콧수염 난 입이 움찔거리는 것을 보았다. 그때, 우리는 그가 여전히 비닐 봉투를 든 채 강을 들여다보는 모습을 보았다. 몇몇 사람이 아불루를 지나갔고, 그중 한 사람은 돌아서서 그를 보았다. 나는 가슴이 철렁했다.

"죽어가고 있어." 형이 속삭였다. "봐. 아마 지금은 떨고 있을 거야. 그래서 사람들이 쳐다보는 거라고. 약효가 나타나기 시작하면 일단 몸이 떨린대."

우리 추측을 확인이라도 해주듯, 아불루는 다리 쪽으로 몸을 수그리더니 거기에 침을 뱉는 것 같았다. 형 말이 맞았다고, 나는 생각했다. 우리는 사람들이 독약을 먹은 뒤 기침하며 입가에 거품을 흘리다가 쓰러져 죽는 영화를 아주 많이 보았다.

"우리가 해냈어. 해낸 거야." 형이 소리쳤다. "우리가 이케와 보자의 복수를 했어. 우리가 해낼 거라고 했지? 내가 그렇게 말했잖아."

형은 황홀감에 사로잡혔다. 우리가 이제는 평화를 얻게 되었으며 그 미친 사람은 더 이상 사람들을 괴롭히지 못하게 될 거라는 말을 시작했다. 형은 아불루가, 춤을 추고 손뼉을 치며 우리 쪽으로 걸어오기 시작한 것을 보고 말을 멈추었다. 아불루라는 기적은 춤을 추며, 손바닥에 9인치짜리 못이 박히고 언젠가는 이 땅에 돌아오리라는 구세주에 대한 광시곡을 부르며 우리에게 다가왔다. 우리가 그를 쫓아가는 동안 그의 찬송가는 어두워져가는 저녁을 울리며 그 시간을 불가해한 영역으로 만들었다. 우리는 그가 아직도 살아 있다는 데 충격을 받았다. 우리는 기나긴 길을 따라, 문을 닫으려는 가게들을 지나서 터벅터벅 걸어갔다. 그러다가 할 말을 잃은 오벰베가 제자리에 멈추어 나를 돌아보았다. 나는 오벰베도 나처럼, 피 웅덩이에 담가서 피로 뒤덮여 있지만 사실은 다치지 않은 엄지와, 상처가 나서 피로 감싸인 엄지 사이의 차이를 알아보게 됐다는 걸 알 수 있었다. 오벰베는 그 독이 아불루를 죽이지 못하리라는 걸 깨달았다.

형과 내게 들러붙은 거머리는 우리의 슬픔을 살균하고 상처를 계속 새것으로 남겨놓았다. 반면 부모님은 치유되었다. 어머니는 12월이 끝날 때쯤 상복을 던져버리고 일상으로 돌아왔다. 어머니는 더 이상 갑자기 분노를 터뜨리지도 않았고, 불쑥 슬픔의 내리막길로 뛰어 내려가지도 않았다. 거미들도 사라진 것 같았다. 어머니의 병 때문에 몇 주 동안이나 연기되었던 이켄나와 보자의 추모예배는 어머니가 회복한 덕에 다음 주 토요일에 열리게 되었다. 우리가 아불루를 죽이려다 처음으로 실패한 지 닷새 뒤였다. 그날 아침, 데이비드와 은켐을 포함한 우리 모두는 검은 옷을 입고 아버지의 차에 구겨 탔다. 자동차는 보드 아저씨가 전날 고쳐놓은 것이었다. 보드 아저씨는 이 비극에서 특별한 역할을 맡았기에 우리 가족과 더 가까워졌다. 아저씨는 여러 차례 우리 집에 들렀다. 한번은 약혼자를 데려오기도 했다. 그녀는 튀어나온 치열 때문에 입을 꽉 다무는 것을 어려워하는 어린 여자였다. 아버지는 이제 보드 아저씨를 "나의 형제"라고 불렀다.

예배는 고별의 노래 몇 곡과 아버지가 이야기하는 '아이들'의 간략한 역사, 콜린스 목사님의 짧은 설교로 이루어졌다. 그날 콜린스 목사님은 머리에 붕대를 두르고 있었다. 며칠 전 오토바이 택시와 사고가 났기 때문이었다. 강당은 우리 동네의 익숙한 얼굴들로 가득 찼는데, 그중 대부분은 다른 교회에 다니는 사람들이었다. 아버지는 연설에서 이켄나가 훌륭한 남자—오벰베는 아버지가 그 말을 했을 때 나를 유심히 바라보았다—였다고, 살았다면 많은 사람들을 이끌었을 남자였다고 말했다.

"이켄나에 대해서 많은 이야기를 하지는 않겠지만, 그 애는 훌륭한 아이였습니다." 아버지가 말했다. "고생을 많이 한 아이였죠. 제 말은, 악마가 그 애를 여러 번 훔쳐 가려 했으나 주님께서 신의를 지키셨다는 뜻입니다. 이켄나가 여섯 살 때는 전갈이 그 애를 쏘았습니다……." 이런 폭로를 들은 회중 사이에 끔찍하다는 듯 숨을 들이쉬는 소리가 번지자 아버지는 잠시 말을 멈췄다.

"네, 욜라에서였습니다." 아버지가 말을 이었다. "그리고 겨우 몇 년 후에는 발길질을 당하는 바람에 그 애의 고환이 몸속으로 들어갔습니다. 그 사건은 굳이 자세히 말씀드리지 않겠습니다만, 주님께서 이켄나와 함께하셨다는 사실만은 알아주십시오. 이켄나의 동생인 보자는……." 그러자 내가 살면서 한 번도 경험해보지 못한 침묵이 회중에 내려앉았다. 그때까지도 교단에, 교회 앞에 서 있던 아버지가―모든 것을 아는 남자, 용감한 남자, 강한 남자, 최고 지휘관, 체벌의 권력을 휘두르는 자, 지성인, 독수리인 우리 아버지가―흐느끼기 시작했기 때문이다. 아버지가 공개적으로 우는 모습을 본 나는 수치심에 사로잡혀 고개를 숙였고, 아버지가 말을 이어나가는 동안 내 신발에서 눈을 떼지 않았다. 이제 아버지의 말은―라고스의 교통체증에 발목이 잡힌, 너무 많은 목재를 실은 트럭처럼―감동적인 연설이라는 곰보투성이 흙길을 지그재그로 나아가며, 멈추고 덜컥거리고 쿵 주저앉았다.

"보자도 훌륭해졌을 겁니다. 보자는…… 보자는 재능이 있는 아이였어요. 그 애는, 여러분도 그 애를 아셨다면, 그 애는…… 착한 아이였습니다. 와주셔서 감사합니다."

아버지가 서둘러 연설을 마치고 긴 갈채가 이어진 뒤에는 찬송가가 시작됐다. 노래를 부르는 내내 어머니는 조용히 울며 손수건으로 눈가를 찍었다. 나는 형들을 위해 흐느꼈다. 작은 슬픔의 칼이 내 심장을 천천히 저몄다.

회중은 '내 영혼은 무사하니'를 부르고 있었다. 그때, 나는 평소와 다른 움직임을 눈치챘다. 순식간에 사람들이 고개를 돌렸다. 그들의 눈길이 뒤쪽으로 향했다. 나는 고개를 돌리고 싶지 않았다. 아버지가 우리 옆, 오벰베 옆자리에 앉아 있었으니까. 그러나 내가 무슨 일인지 궁금해하고 있던 바로 그때, 오벰베가 내 쪽으로 고개를 기울이고 속삭였다.

"아불루가 왔어."

나는 즉시 고개를 돌려 아불루를 보았다. 그는 땀과 때가 크고 둥글게 얼룩져 있는, 흙투성이 갈색 셔츠를 입고서 회중 사이 어딘가에 서 있었다. 아버지는 나를 힐끗 보았다. 아버지의 눈은 내게 집중하라고 명령하고 있었다. 아불루는 예전에도 여러 번 교회 예배에 참석한 적이 있었다. 처음 교회에 왔을 때, 그는 설교가 한창일 때 들어와 문을 지키던 안내자들을 지나치더니 여신도석에 앉았다. 당시에 회중은 뭔가 이상한 일이 일어나고 있다는 사실을 즉시 깨달았지만, 목사는 설교를 이어나갔다. 그러는 동안 젊은 문지기들로 이루어진 안내자들이 아불루를 가까이서 지켜보았다. 그러나 아불루는 설교가 진행되는 내내 평소답지 않은 절제력을 유지했고, 마침 기도와 찬송가를 부를 때가 됐을 때는 자신이 모두가 아는 그 사람이 아니라는 듯 열정적으로 참여했다. 신도들이 흩어졌을 때, 그는 조용히 떠나면서 떠난 자리에 소란을 남겼다. 그는 이후에도 두어 차례 더 예배에 참석했다. 그가 대체로 여신도석에 앉는 바람에, 여자와 아이들을 생각하면 그의 벌거벗은 몸을 환영할 수 없다고 느꼈던 사람들과, 주님의 집은 벌거벗었든 옷을 입었든, 가난하든 부자이든, 제정신이든 미쳤든 간에 들어오고 싶은 모든 사람들에게 열려 있어야 하며 신분 같은 것은 중요하지 않다고 느꼈던 사람들 사이에 뜨거운 논쟁이 일어났다. 결국 교회에서는 아불루가 예배에 참석하지 못하게 하기로 결정했고, 안내자들은 그가 교회 근처에 다가올 때마다 막대기로 그를 쫓아냈다.

그러나 형들의 추모예배가 열린 그날에는 아불루가 나타나 모두를 놀라게 했다. 그는 아무도 보고 있지 않을 때 몰래 들어왔고, 사람들이 그의 존재를 눈치챘을 때는 이미 들어와 있었다. 그리고 추모예배의 민감한 성격 때문에 관리자들은 그가 머물도록 놔두었다. 나중에, 교회가 문을 닫고 아불루가 떠났을 때, 아불루의 옆자리에 앉았던 여자는 그가 예배 도중 울었다는 기억을 떠올렸다. 아불루가 이켄나라는 저 아이를 아느냐고 묻더니, 자신은 그를 안다고 말했다는 것이다. 그 여자는 백주에 귀신을 본 사람처럼 고개를 흔들며, 아불루가 이켄나의 이름을 거듭해서 말했다고 했다.

아들의 추모예배에 그 죽음을 초래한 당사자인 아불루가 참석하다니, 과연 부모님은 그 일을 어떻게 생각했는지 모른다. 그러나 집으로 가는 내내 우리는 심각한 침묵에 휩싸여 있었고, 그래서 나는 두 분이 충격을 받았다는 걸 알 수 있었다. 예배 중에 우리가 불렀던 어떤 노래에 전율을 느낀 데이비드가 콧노래를 흥얼거리려고 했을 뿐, 아무도 입을 열지 않았다. 시간은 거의 정오였고, 기독교인이 대다수인 이 마을에서는 거의 모든 교회가 문을 닫은 뒤였다. 자동차들이 도로를 가득 채웠다. 점점 심해져가는 교통정체를 뚫고 나아가는데, 데이비드의 감동적인 노래가—구개음이 섞인 중얼거림과 잘못된 발음, 반쯤 잘린 단어와 뒤집힌 이미지, 억제된 의미를 담고 나오는 기적적인 창작물이—침착한 분위기로 자동차를 가득 채웠다. 그렇게 침묵은 만질 수 있을 만큼 분명한 것이 되었다. 우리 사이에 육안으로는 볼 수 없는 두 사람이 앉아, 우리 모두와 마찬가지로 침착하게 존재하는 듯했다.

평아가 강가치 내 귀를 따를 때나
슬푸미 파도처럼 구비칠 때

내 운명이 무어시든 주님은 이러케 말하라션네

펴아나다 (펴아나다) 내 영혼이

펴아나다 (펴아나다) 내 영혼이 (내 영혼이)

펴아나다 (펴아나다) 내 영혼이.

집에 돌아온 지 얼마 안 되어 아버지는 밖으로 나갔고, 그날 내내 돌아오지 않았다. 시간이 자정을 지나서까지 슬금슬금 흘러가자 어머니의 두려움은 이상할 정도로 심해졌다. 어머니는 미친 고양이처럼 집 안을 빠르게 돌아다니더니, 그다음에는 이웃들에게 가서 남편이 어디 있는지 모르겠다며 위험을 알렸다. 어머니의 불안은 너무 심해, 상당수의 이웃들이 우리 집에 모여 어머니에게 인내심을 가지라고, 조금만 더 기다렸다가—최소한 내일까지는 기다렸다가—경찰서에 가라고 조언해주었다. 어머니는 그 조언을 받아들였지만, 아버지가 돌아왔을 때는 불안해서 헛소리를 하는 지경에 이르러 있었다. 오벰베를 포함해, 나를 제외한 나머지 아이들은 그 시간에 잠을 잤다. 아버지는 어디에 갔었는지, 한쪽 눈에는 왜 붕대를 붙인 건지 설명해달라는 어머니의 애원에 대답하지 않았다. 아버지는 그냥 발을 질질 끌고 자기 방으로 갔다. 오벰베가 다음 날 아침 아버지에게 물어보니 아버지는 그냥 이렇게만 말했다. "백내장 수술을 받았다. 더 질문하지 마라."

나는 더 많은 질문이 쏟아져 나오는 것을 참느라 목구멍에 생긴 침 덩어리를 삼켰다.

"눈이 안 보이셨어요?" 내가 잠시 후 물었다.

"말했지만, 더, 질문하지, 마라!" 아버지가 호통쳤다.

하지만 나는 아버지도, 어머니도 직장에 가지 않았다는 단순한 사실을 통해 아버지에게 뭔가 진짜 문제가 있다는 것을 알 수 있었다. 비극과 일자리 때문에 엄청나게 바뀌어버린 아버지는 이후 다시는 예전의 모습을 되찾지 못했다. 붕대를 떼어낸 다음에도 아버지의 한쪽 눈꺼풀은 다른 쪽 눈꺼풀과 달리 완전히 감기지 않았다.

오벰베와 나는 그 주 내내 아불루를 사냥하러 나가지 않았다. 아버지가 줄곧 집 안에 머무르면서 라디오를 듣거나 텔레비전을 보거나 뭔가를 읽었기 때문이었다. 형은 아버지를 집에 머물게 만든 '백내장'이라는 병을 계속 저주했다. 한번은 아버지가 시릴 스토버가 읽어주는 황금 시간대 뉴스에 시선을 두고 텔레비전을 보고 있을 때, 오벰베가 아버지에게 캐나다에는 언제 가느냐고 물었다. "내년 초." 아버지는 냉담하게 대답했다. 아버지의 눈앞 화면에는 화재 장면이 나오고 있었다. 미친 듯한 대혼란이었다. 그런 다음에는 다양한 색조로 소각된 시커먼 시체들이 검은 연기가 피어오르는 그을린 들판에 굴러다니는 장면이 나왔다. 오벰베가 뭔가 다른 말을 하려 했지만 아버지가 손가락 다섯 개를 쫙 펴 들고 오벰베의 말을 막았다. 그때 TV에서는 이런 말이 나왔다. "이 안타까운 파괴로, 우리나라의 일일 생산량은 이제 15000배럴로 줄어들었습니다. 사니 아바차 장군의 정부는 주유소마다 대기 행렬이 늘어서는 일이 다시 발생하더라도, 이러한 상황은 일시적일 것임을 알고 경계할 것을 당부했습니다. 단, 정부는 범법자들을 적절히 처벌하기로 했습니다."

우리는 위에서 아래로 이를 닦고 있는 남자가 화면에 나올 때까지 아버지의 주의를 흩어놓지 않으려고 인내심 있게 기다렸다.

"1월이요?" 그 남자가 화면에 나오자마자 형이 재빨리 말했다.

"'내년 초'라고 했다." 아버지는 눈을 내리며, 다친 쪽은 반쯤 감은 채 웅얼거렸다. 나는 아버지의 눈에 정말 무슨 문제가 있는 건지 궁금했다. 나는 어머니가 아버지에게 거짓말을 한다고, '밴내장' 같은 건 없지 않느냐고 비난하는 소리와 아버지가 그런 어머니와 말다툼하는 소리를 엿들었다. 나는 어쩌면 무슨 벌레 같은 게 아버지의 눈에 들어갔을지도 모른다고 생각했다. 나는 아무 생각도 떠오르지 않는다는 게 괴로웠다. 이켄나와 보자가 아직 살아 있었다면 두 사람은—나보다 뛰어난 지혜로—해답을 내놓았을 것만 같았다.

"내년 초." 우리가 방으로 돌아왔을 때 오벰베가 웅얼거렸다. 그러더니, 기대어 쉬는 낙타처럼 목소리를 낮추며 다시 그 말을 했다. "내, 년, 초."

"분명 1월이겠지?" 나는 속으로 즐거워하며 물었다.

"응, 1월일 거야. 하지만 그건 시간이 별로 없다는 뜻이야. 사실, 시간이 아예 없는 셈이지. 우린 시간이 별로 없어." 오벰베가 고개를 저었다. "그 미친놈이 자유롭게 돌아다닌다면, 나는 캐나다에서든 어디서든 행복하지 않을 거야."

나는 형의 분노에 불을 붙이게 될까 봐 매우 조심스러웠지만, 참지 못하고 이렇게 말했다. "하지만 시도는 해봤잖아. 아불루는 그냥 안 죽어. 형이 말했잖아. 아불루는 그 고래처럼……."

"거짓말이야!" 형이 외쳤다. 눈물 한 방울이 형의 붉어진 눈에서 굴러내렸다. "그놈은 인간이야. 그놈도 죽을 수 있어. 우리는 한 번밖에 시도해보지 않았어. 이케와 보자를 위해서 단 한 번밖에 노력하지 않았다고. 맹세하는데, 나는 형들의 복수를 하고 말 거야."

그 순간 아버지가 큰 소리로 우리에게 가서 세차를 하라고 했다.

"내가 할게." 형이 다시 속삭였다.

오벰베는 눈물이 다 마를 때까지 헝겊으로 두 눈을 훔쳤다. 나중에, 물에 적신 양동이 속 수건으로 자동차를 다 닦은 뒤 형은 내게 '칼 작전'을 써봐야 한다고 말했다. 칼 작전이란 한밤중에 방에서 몰래 빠져나가 트럭에 있는 미친 사람을 찾아낸 다음, 그 사람을 찔러 죽이고 도망친다는 작전이었다. 나는 형의 설명이 무서웠다. 그러나 형은, 슬픔으로 빚어진 작은 사내는 문을 잠그고 오랜만에 담배에 불을 붙였다. 전기가 들어왔는데도 형은 부모님이 우리가 잠들어 있다고 생각하도록 불을 껐다. 밤공기가 약간 차가웠지만, 형은 연기를 불어내느라 창문을 열어두었다. 그러다가 담배를 다 피운 다음에는 나를 돌아보며 속삭였다. "오늘 밤이어야만 해."

나는 가슴이 철렁했다. 익숙한 크리스마스 캐럴이 동네 어딘가에서 들려왔다. 갑자기 나는 그날이 12월 23일 밤이며, 다음 날은 크리스마스이브라는 사실을 깨달았다. 나는 크리스마스 시즌이 얼마나 달라졌는지를 생각하고 깜짝 놀랐다. 그해의 크리스마스는 황량했으며 다른 크리스마스에 비해 무미건조했다. 크리스마스는 늘 그렇듯 안개가 낀 아침과 함께 찾아왔고, 그 안개가 개고 나면 축 처진 먼지구름을 허공에 남겼다. 사람들은 그 공간을 장식물로, 연달아 캐럴을 틀어대는 라디오와 텔레비전 채널로 가득 채웠다. 가끔은 커다란 성당 정문에 있는 마리아 조각상이 다채로운 장식으로 반짝거리며, 우리 동네 크리스마스 행사의 하이라이트로서 수많은 사람을 끌어들였다. 아불루가 처음 그 신성을 모독한 뒤에 새로 세운 조각상이었다. 상품 가격이—특히 살아 있는 수

닭과 칠면조, 쌀, 다른 모든 화려한 크리스마스 요리 재료들의 가격이―평범한 사람으로서는 감당할 수 없을 만큼 치솟아 올라도 사람들의 얼굴은 미소로 환히 빛나곤 했다. 그러나 그해에는 그런 일이 하나도 일어나지 않았다―적어도 우리 집에서는 말이다. 장식은 없었다. 명절 준비도 없었다. 우리가 자연스러운 삶의 방식으로 유지해오던 모든 것은 우리를 공격한 슬픔이라는 끔찍한 흰개미에게 큰 상처를 입은 것만 같다. 우리 가족은 옛 모습의 그림자가 되었다.

"오늘 밤." 형이 잠시 후 나를 바라보며 말했다. 형의 나머지 얼굴은 윤곽선으로만 보였다. "칼은 내가 준비해뒀어. 아빠랑 엄마가 잠드신 걸 확인하는 대로 창문을 통해서 나가자."

그런 다음, 형은 불분명하게 솟아오르는 연기 너머로 그 단어들을 던지듯 말했다. "나 혼자 갈까?"

"아니, 나도 같이 갈게." 내가 말을 더듬었다.

"좋아." 형이 말했다.

나는 형의 사랑을 심하게 원했고, 다시는 형을 실망시키고 싶지 않았다. 그러나 나는 차마 한밤중에 미친 사람을 사냥하러 갈 수 없었다. 아쿠레의 밤은 위험했다. 어른들조차 어두워진 뒤에 밖으로 나갈 때면 조심했다. 이켄나와 보자가 죽기 전, 학기가 끝날 때쯤 학교에서는 조회 시간에 같은 거리에 사는 우리 반 아이 중 한 명인 이레바미 오조가 무장 강도에게 아버지를 잃었다는 소식을 알려주었다. 나는 겨우 어린아이일 뿐인 내 형이 왜 밤을 겁내지 않는 건지 궁금했다. 모르는 건가? 이런 얘기를 들어본 적이 없는 건가? 게다가 어쩌면 그 미친 사람이, 그 악마가 우리가 오리라는 걸 알고 기다리고 있을지도 몰랐다. 나는 아불루가 칼

300

을 잡고 우리를 찌르는 모습을 상상했다. 그러자 마음에 두려움이 가득 찼다.

나는 침대에서 일어나, 물을 좀 마시러 가고 싶다고 말했다. 거실에 가 보니 아버지가 그때까지도 가슴에 깍지를 끼고 앉아 텔레비전을 보고 있었다. 나는 부엌 주전자에서 물을 한 잔 따른 다음 가지고 와서 마셨다. 그런 다음, 나는 아버지에게 가까운 안락의자에 앉았다. 아버지는 고개를 까닥하면서 나를 알은체하는 둥 마는 둥 했다. 나는 아버지에게 눈이 괜찮으시냐고 물었다. "그래." 아버지는 그렇게 말하고 다시 텔레비전을 돌아보았다. 정장을 입은 남자 두 명이 토론을 하고 있었고, 그 배경에는 **경제 문제**라고 적힌 포스터가 걸려 있었다. 나는 어떤 생각을, 형과 함께 탈출할 방법을 떠올렸다. 그래서 아버지 곁에 있던 신문 한 부를 집어다가 읽기 시작했다. 아버지는 그 사실을 아주 마음에 들어 했다. 아버지는 지식을 얻으려는 모든 노력을 즐거워했으니 말이다. 나는 신문을 훑어보면서 아버지에게 질문을 던졌고, 아버지는 그냥 짧은 대답만을 내놓았다. 그러나 나는 아버지가 더 오래 이야기하기를 바랐다. 그래서 나는 아버지에게 아버지의 삼촌이 전쟁터로 떠난 날에 대해 물었다. 아버지는 고개를 끄덕이고 이야기를 시작했지만, 졸려서 계속 하품하느라 짧게 끝내고 말았다.

아버지의 이야기는 예전에도 들려준 것이었다. 아버지의 삼촌은 나이지리아 군인들로 이루어진 호송대를 기습하려고 고속도로 근처의 숲에 숨어 있었다. 그분을 비롯한 여러 사람들은 군인들을 상대로 총격을 퍼부었고, 군인들은 총알이 어느 방향에서 날아오는지 몰랐기에 텅 빈 숲에 미친 듯이 총을 쏘다가 모두 살해당했다. "모두가 말이지." 아버지는 그렇게 선언했다. "단 한 명도 빠져나가지 못했어."

　나는 다시 신문에 시선을 고정하고 기사를 읽기 시작하며, 아버지가 금방 떠나지 않기를 기도했다. 우리는 한 시간 정도 이야기를 계속했다. 거의 10시가 되었다. 나는 형이 뭘 하고 있는지, 나를 데리러 올지 궁금해졌다. 그러다가 아버지가 잠들었다. 나는 불을 끈 다음 몸을 말고 안락의자에 파묻혔다.

　문이 열리고 거실에서 뭔가 움직이는 소리가 들린 것은 그로부터 한 시간도 채 지나지 않았을 때였다. 나는 그 움직임이 내 의자 뒤쪽에 다가오는 것을 느꼈고, 그다음에는 그의 손이 나를 흔드는 것을 느꼈다. 처음에는 천천히, 그다음에는 세게. 하지만 나는 꿈쩍도 하지 않았다. 나는 목구멍으로 희미한 소리를 내려 했지만, 마침 그때 아버지가 뒤척였다. 내 의자 뒤에서 뭔가가 갑작스럽게 움직였다. 아마 형이 몸을 숙였을 것이다. 아버지의 자세가 내게는 충격적으로 느껴졌다. 아버지는 고개를 옆으로 돌리고 의자에 기댄 채 잠들어 있었으며, 두 팔은 옆구리에 느슨하게 늘어져 있었다. 이웃집의 밝은 노란 전구에서 끊임없이 흘러나오는 빛은 종종 우리 울타리 위쪽으로 들어와 우리 집 안을 비추곤 했는데, 그 빛이 지금은 갈라진 커튼 사이로 아버지의 얼굴 일부에 머무르고 있었다. 그 빛 속에 드러난 아버지는 두 부분으로 나뉘어 있는 것처럼 보였다. 검은 면과 흰 면으로 이루어진 가면을 쓴 사람처럼. 나는 아버지의 얼굴을 잠시 지켜보다가, 형이 떠났다는 확신이 들자 잠을 청했다.

　다음 날 아침 눈을 뜬 나는 형에게 물을 마시러 갔더니 아버지가 내게 말을 걸기 시작했고, 내가 언제 잠들었는지는 모르겠다고 말했다. 형은 한마디도 대꾸하지 않았다. 그냥 그 자리에 앉아서, 손으로 머리를 괴고 바다와 산에 걸쳐 있는 배 한 척이 그려진 책 표지만 바라봤다.

"죽였어?" 나는 오랜 침묵 끝에 물었다.

"그 멍청이가 없었어." 놀랍게도 형이 말했다. 예상하지 못한 대답이었다. 형은 내가 어제 일에 대해서 한 말을 믿은 것 같았다. 내 수법이 통한 것이다. 나는 형을 속일 수 있을 거라고는 한 번도 생각해보지 못했다. 단 한 번도. 하지만 형은 내가 함께 가지 못하게 되자 혼자 칼을 들고 밖에 나갔던 일을 이야기해주었다. 형은 천천히―사람은 아무도 없었다. 그렇게 늦은 밤, 거리에는 아무도 없었다―미친 사람의 트럭으로 걸어갔지만, 미친 사람은 트럭에 없었다! 형은 미친 듯이 화가 났다.

나는 침대에 누워 있었다. 내 생각이 과거라는 광활한 영토를 헤매고 다녔다. 나는 우리가 아주 많은 물고기를 잡았던 날, 너무 많은 물고기를 잡아서 이켄나가 등이 쑤신다고 불평했던 날, 우리가 강가에 앉아 자유의 노래라도 된다는 듯 어부의 노래를 불렀던 날, 그 노래를 너무 많이 불러서 목이 쉬었던 그날을 떠올렸다. 그날 저녁 내내 우리가 한 일은 노래 부르는 것뿐이었고, 하늘 한구석에 걸려 있는 죽어가는 태양은 멀리 떨어진 곳에 있는 십대 소녀의 젖꼭지만큼이나 희미한 색깔이었다.

형은 이후 여러 날 동안 눈에 띄지 않게 지냈다. 연달아 실패하는 바람에 풀이 죽었던 것이다. 크리스마스 당일 점심, 아버지가 우리 여행을 위해 친구에게 보낸 돈 이야기를 하는 동안 형은 창밖을 내다보았다. '토론토'라는 단어가 식탁 주변을 요정처럼 춤추고 다니며 어머니를 깊은 기쁨으로 가득 채웠다. 아버지는 어머니를 위해서―반쯤 감긴 한 눈으로―그 말을 자주 하는 것처럼 보였다. 새해 전날에는 폭죽이 마을 사방에서 딱딱 터졌다. 군정장관인 앤서니 온예아루그블렘 대위가 금지했는데도 말이다. 형과 나는 그 소리를 들으며 우리 방에 조용히 앉아 생각에 잠겨 있었다. 과거에 형들과 우리는 거리 전체에 폭죽을 터뜨리고 다니며, 가끔은 폭죽을 사용해 거리의 아이들과 전쟁놀이를 하곤 했다. 하지만 이번 새해 첫날은 달랐다.

교회에서 예배를 보며 새해 첫날을 맞이하는 것이 전통이었으므로, 우리는 모두 아버지의 자동차에 구겨 타고 교회에 갔다. 그날 밤 교회는 사람들로 가득 차 있었다. 너무 꽉 차서, 사람들이 문간에까지 서 있었다. 새해 전야에는 모두가, 심지어 무신론자들까지도 교회에 갔다. 그 밤은 미신으로 가득했으니 말이다. 다들 악하고 심술궂은, '버(ber)'로 끝나는 달의 영혼을 두려워했다. 그 영혼이란 사람들이 새해에 접어들지 못하게 방해하느라 필사적으로 싸운다는 악령들이었다. 사람들은 보통 '버'로 끝나는 달—9월(September), 10월(October), 11월(November), 12월(December)—에는 다른 달에 죽은 사람을 모두 합한 것보다 더 많은 사람이 죽는다고 생각했고, 음울함을 추수하는 악령들이 마지막 순간에 거둘 몫을 찾아 땅을 어슬렁거리고 다닌다는 두려움 때문에 자정의 교회는 폐쇄공포증을 일으키는 불협화음 속에 내동댕이쳐졌다. 그때 목사님이 우리는 이제 공식적으로 1997년에 접어들었다고 발표했고, 사람들이 펄쩍펄쩍 뛰며 서로의 품에, 모르는 사람의 품에 뛰어들어 악수하고, 휘파람을 불고, 정답게 속삭이고, 노래를 부르고, 고함을 질렀다. "새해 복 많이 받으세요, 할렐루야! 새해 복 많이 받으세요, 할렐루야!" 하는 고함이 허공을 찢었다. 교회 밖에서는 불꽃놀이가—섬광등으로 만들어진 무해한 로켓과 인간이 만든 번개가—아쿠레의 왕인 오바의 궁전에서 하늘로 쏘아져 올라갔다. 늘 그런 식이었다. 무슨 일이 일어나든 이 세상은 계속 돌아가는 것이다.

크리스마스 분위기에서는 어떤 슬픔도 사람들의 마음속에 머물도록 허용되지 않았다. 그러나 낮에는 빛을 들이려고 한구석으로 커튼을 걷어둘 뿐이듯, 그 슬픔도 가만히 서서 밤이 오기만을, 커튼을 다시 치는 시간을 인내심 있게 기다렸다. 언제나 그런 식이었다. 우리는 교회에서 집으로 돌아와 후추 수프와 스펀지케이크와 탄산음료를 먹었고, 과거에도 그랬듯 아버지는 새해를 축하하는 춤을 추려고 라스 키모노의 비디오를 틀었다.

데이비드와 은켐과 나는, 실패했다는 사실은 물론 임무 그 자체를 잊고 라스 키모노의 레게 노래에서 흘러나오는 스타카토 박자에 맞춰 발을 구르던 형과 함께 춤을 췄다. 어머니가 환호하며 "온예 노 치에, 온예 노 치에*"라고 외쳤고, 그러는 동안 참다운 나의 형 오뱀베는 빛 속에서 춤을 추었다. 사람들이 대부분 그렇듯, 그날 형은 일시적인 안도감에 완전히 취했다. 그래서 형의 슬픔도 땅속에 파묻혀, 형이 이 축복의 서커스를 즐길 수 있게 해주었다. 그러다가 새벽이 찾아왔다. 마을 전체가 잠들고 거리에는 평온이 돌아왔으며, 하늘은 조용해졌고 교회는 텅 비었다. 강물 속의 물고기들도 잠들었으며, 웅얼거리는 바람이 모피를 걸친 밤을 훑고 지나갔다. 아버지는 큰 안락의자에서 잠들었고 어머니는 동생들을 데리고 자기 방에 들어갔다. 그러자 형은 대문 밖으로 나갔고 커튼이 원래 자리로 돌아와 형의 등 뒤에서 닫혔다. 그런 다음, 새벽은 지옥

---

* 주님 안에서 하나 되리니. (이보어)

의 빗자루처럼 축제의 폐기물을—그 축제와 함께 찾아온 평화, 안도감, 심지어 거짓 없는 사랑까지도—쓸어내버렸다. 파티가 끝나면 바닥에 흩어져 있는 색종이 조각들을 쓸어내듯이.

15. 올챙이

희망은 올챙이였다.

잡아서 깡통에 담아 집에 가져오지만, 맞는 물에 담가뒀는데도 곧 죽고 마는 것. 우리가 자라서 수많은 훌륭한 사람들이 될 거라는 아버지의 희망, 아버지가 그린 꿈의 지도는 아버지가 아무리 지키려 노력해도 곧 죽어버렸다. 형들이 늘 그 자리에 있으리라는, 우리 모두가 아이들을 낳고 한 부족을 이루게 될 거라는 내 희망 역시 태곳적의 물에 넣고 길렀음에도 죽어버렸다. 캐나다로 이민을 간다는 희망도 마찬가지였다. 실현되는 순간이 그토록 가까웠는데도.

그 희망은 새해와 함께 찾아와 새로운 용기를, 그리고 작년의 슬픔과는 모순되는 평화를 가져다주었다. 슬픔은 영영 우리 집에 돌아오지 않을 것처럼 보였다. 아버지는 자동차를 반짝이는 남색으로 다시 칠했다. 바요 아저씨가 온다는 얘기나 우리가 캐나다로 이민을 갈 수도 있다는 얘기도 자주 했다. 아니, 아예 그 얘기만 하는 것 같았다. 아버지는 우리를 다시 애칭으로 부르기 시작했다. 어머니는 아름답다는 뜻의 오말리차, 데이비드는 왕이라는 뜻의 온예-에제, 은켐은 아버지의 어머니 이름을 따서 은넴. 아버지는 오벰베와 나의 이름에 '어부'라는 접두사를 붙였다. 어머니도 몸무게가 돌아왔다. 그러나 형은 이런 변화에 아무 영향을 받지 않았다. 형에게는 그 무엇도 매력적이지 않았다. 그 어떤 소식도, 그 어떤 사소한 소식도 형에게 기쁨을 주지 못했다. 형은 비행기를 탄다거나, 바요 아저씨의 아이들처럼 자전거와 스케이트보드를 타고 다닐 거리가 있는 도시에서 산다는 생각에도 아무 감동을 느끼지 않았다. 아버지에게서 그런 일이 가능하다는 말을 처음 들었을 때 나는 그 소식을 크게만 느꼈다. 동물로 치면 소나 코끼리처럼. 그러나 형에게는 그 소식이 그저 개미에 불과했다. 형과 내가 함께 우리 방으로 돌아갔을 때, 형은 더 나은 미래에 대한 개미만 한 약속을 손가락으로 꼬집어 죽이고 창밖으로 던져버리더니 말했다. "나는 형들의 복수를 해야만 해."

하지만 아버지는 단호했다. 아버지는 1월 5일 아침에 우리를 깨워―정확히 1년 전, 욜라로 이사 간다고 알려주러 우리 방에 들어왔던 것과 같은 방식이었다―라고스로 가신다고 했다. 그 모습이 나를 기시감으로 가득 채웠다. 나는 대부분의 일은 그 끝이―희미하게나마―시작과 닮아 있기 마련이라는 말을 들은 적이 있었다. 우리에게 그건 맞는 말이었다.

"나는 지금 라고스로 떠난다." 아버지가 선언했다. 아버지는 평소 쓰는 안경을 쓰고 있었고, 아버지의 눈은 그 안경 뒤에 가려져 있었다. 아버지는 앞주머니에 나이지리아 중앙은행 배지가 달린, 낡은 반소매 셔츠를 입고 있었다.

"여권을 신청해야 해서 너희 사진도 가져간다. 내가 돌아올 때쯤이면 바요가 나이지리아에 도착했을 테니, 그때 우리 모두가 라고스로 가서 너희들이 캐나다로 갈 수 있도록 비자를 받을 거다."

오벰베와 나는 이틀 전에 머리를 밀었고, 그다음에는 아버지를 따라 '우리 사진사'인 리틀 씨에게 갔다. 리틀 씨란 우리가 그에게 붙인 별명으로, 그는 '리틀 바이 리틀' 사진관을 운영하는 사람이었다. 리틀 씨는 우리더러 반짝이는 형광등이 달린 커다란 천 소재 차양 아래, 푹신한 쿠션이 놓인 의자에 앉으라고 했다. 의자 뒤에는 벽의 3분의 1을 덮고 있는 흰 천이 있었다. 그는 눈이 멀 것처럼 밝은 빛을 터뜨리고, 손가락을 딱 튕기더니 형에게 앉으라고 했다.

아버지는 50나이라짜리 지폐 두 장을 꺼내 탁자에 올려놓았다. "조심해라." 아버지는 입 모양으로 그렇게 말했다. 그러더니 욜라로 떠났던 그날 아침처럼 돌아서서 사라졌다.

콘플레이크와 프렌치프라이로 아침을 먹은 뒤, 우물에서 물을 길어다 드럼통에 붓던 중 형은 '마지막 시도'를 할 때가 되었다고 선언했다.

"엄마가 동생들 데리고 나가시면 바로 나가서 놈을 찾을 거야." 형이 말했다.

"어디서?" 내가 물었다.

"강에서." 형은 나를 돌아보지도 않고 말했다. "물고기처럼 놈을 죽이는 거야. 갈고리가 달린 낚싯대로."

나는 고개를 끄덕였다.

"나는 지금까지 두 번 강으로 아불루를 따라갔어. 그놈이 매일 저녁 강으로 가는 것 같아."

"그래?" 내가 물었다.

"응." 형은 그렇게 말하며 고개를 끄덕였다.

새해가 밝고 나서 며칠 동안 형은 임무 얘기를 하지 않았다. 그러나 그는 생각에 잠긴 채 다른 사람들과 거리를 두었고, 특히 저녁이면 몰래 집을 빠져나가곤 했다. 형은 집으로 돌아와 공책에 뭔가를 적은 다음 성냥개비 스케치를 그렸다. 나는 형에게 어디에 갔느냐고 절대 묻지 않았고, 형도 내게 말해주지 않았다.

"이제 놈을 감시한 지도 꽤 됐어. 놈은 매일 저녁마다 그곳에 가." 형이 말했다. "거의 매일 가서 목욕한 다음, 우리가 놈을 봤던 그 망고나무 아래에 앉아 있더라고. 거기에서 놈을 죽이면." 형은 모순적인 생각이 문득 떠오른 듯 말을 잠시 멈추었다. "아무도 모를 거야."

"언제 가야 해?" 나는 고개를 끄덕이며 웅얼거렸다.

"아불루는 해 질 녘에 가."

나중에, 어머니와 동생들이 떠나고 우리만 남겨지자 형이 우리 침대를 가리키며 말했다. "낚싯대는 여기 있어."

형은 침대 밑에서 기다란 막대기들을 끌어냈다. 끝에 낫처럼 생긴 갈고리가 달린, 길고 가시 돋친 막대기들이었다. 줄이 너무 짧아져서 갈고리가 긴 막대에 바로 고정돼 있는 것처럼 보였고, 그래서 낚싯대의 원래 모습을 알아볼 수가 없었다. 낚시 도구를 무기로 바꿔놓은 사람이 형이라는 걸 나는 알고 있었다. 그 생각을 하자 몸이 얼어붙는 것 같았다.

"어제 놈을 따라 강에 갔다가 낚싯대를 가져온 거야." 형이 말했다. "난 이제 준비됐어."

형은 내게 말하지 않고 사라졌을 때 무기를 만든 게 틀림없었다. 그

때 나는 갑자기 두려움과 어두운 상상에 사로잡혔다. 나는 흥분한 채 형이 어디 있는지 찾으려고 미친 듯이 집 전체를 뒤졌다. 어떤 완고한 생각이 나를 붙잡고 놓아주지 않았다. 그래서 나는 숨을 헐떡이며 우물로 달려갔고 우물 덮개를 비틀어 열었다. 그러나 덮개는 항의라도 하듯 내 손에서 떨어져 쾅 닫혔다. 그 소리가 감귤나무에 앉아 있던 새 한 마리에게 겁을 주었고, 새는 시끄럽게 소리 지르며 펄쩍 뛰었다. 나는 갈라진 콘크리트에서 일어난 먼지—덮개가 닫힐 때의 힘 때문에 일어난 먼지—가 날아가기를 기다렸다. 그런 다음 다시 우물을 열고 그 안을 들여다보았다. 보이는 것이라고는 내 등 뒤에서 수면을 비추는 태양뿐이었다. 그 빛이 우물 바닥의 고운 모래와 아래쪽 점토층에 반쯤 묻혀 있는 작은 플라스틱 양동이를 드러냈다. 나는 형이 그곳에 없다는 걸 확실히 알게 될 때까지 눈에 손 그늘을 드리우고 자세히 살펴보았다. 그런 다음 헐떡이며 우물을 닫았다. 나 자신의 암울한 상상에 실망하고 말았다.

무기를 보고 나니 우리의 임무가 현실적이고 구체적인 것으로 느껴졌다. 방금 처음으로 그 임무에 대한 이야기를 들은 것만 같았다. 형이 무기를 다시 침대 밑에 넣는 동안, 나는 아버지가 그날 아침에 했던 모든 말을 떠올렸다. 나는 우리가 백인들과 함께 다니게 될 학교에 가서, 아버지가 늘 이야기했던 최고의 서구적 교육을 받게 될 거라는 이야기를 생각했다. 이유는 모르겠지만, 아버지는 서구적 교육이 아버지 자신마저 소외시킨 천국의 조각이라도 되는 것처럼 이야기했다. 하지만 그런 천국이 캐나다에는 숲속의 나뭇잎만큼 많다는 것이었다. 나는 그곳에 가고 싶었고, 형도 나와 함께 가기를 바랐다. 형은 여전히 강 얘기를 하고 있었다. 강둑에 어떻게 자리를 잡아야 눈에 띄지 않고 광인을 기다릴 수 있는지에 대해서. 그때 내가 "안 돼, 오베!" 하고 소리쳤다.

형은 깜짝 놀랐다.

"안 돼, 오베. 그러지 말자. 있잖아, 우린 캐나다에 가게 될 거야. 거기에서 살게 될 거야." 나는 형의 침묵을 틈타, 스스로의 용기에서 나온 진액을 맛보며 말을 이었다. "그러지 말자. 떠나자. 우린 어른이 되어서 척노리스나 코만도처럼 될 수 있을 거야. 그런 다음 여기로 돌아와서 그놈을 쏴버리거나, 심지어……."

나는 문득 말을 멈추었다. 형이 고개를 젓기 시작했던 것이다. 그때, 바로 그때, 나는 눈물 어린 형의 두 눈에서 격노를 보았다.

"왜, 왜 그래?" 내가 말을 더듬었다.

"넌 바보야!" 형이 외쳤다. "너는 네가 무슨 말을 하는지도 모르고 있어. 지금 도망치자는 거야? 캐나다로? 이켄나는 어디 있는데? 하나 묻자, 보자는 어디 있어?"

형이 입을 열자 캐나다의 아름다운 거리들이 내 머릿속에서 흐려져 갔다.

"넌 몰라." 형이 말했다. "하지만 난 알아. 나는 형들이 지금 어디에 있는지도 알고 있어. 넌 가도 돼. 네 도움은 필요 없어. 나 혼자 할 거야."

자전거를 타는 아이들의 모습이 단번에 내 머릿속에서 빛을 잃었다. 형을 기쁘게 해주고 싶다는 갑작스러운 간절함이 나를 사로잡았다. "아냐, 아니야, 오베." 내가 말했다. "나도 같이 갈래."

"안 돼!" 형은 소리를 지르더니 쿵쾅거리며 나가버렸다.

나는 잠시 가만히 앉아 있다가, 방에 남아 있는 것도 너무 무섭고 오벰베의 말대로, 형들의 복수를 하고 싶지 않다는 말을 이켄나와 보자가 들었을까 봐 두렵기도 해서 발코니로 나가 앉아 있었다.

형은 오랫동안 나가 있었다. 나로서는 절대 모를 곳에. 잠시 발코니에 머문 다음, 나는 어머니의 알록달록한 래퍼 중 한 벌이 빨랫줄에 걸려 있는 뒤뜰로 갔다. 나는 낮은 가지를 이용해 감귤나무에 올라가 모든 것을 생각하며 앉아 있었다.

나중에 돌아온 오벰베는 곧장 우리 방으로 갔다. 나는 나무에서 내려가 형을 따라 들어간 다음, 무릎을 꿇고 형과 함께하고 싶다고 빌기 시작했다.

"너는 캐나다에 가고 싶지 않은 거야?" 형이 물었다.

"형이 안 가면." 내가 대답했다.

형은 잠시 가만히 서 있더니 방의 맞은편으로 걸어가 말했다. "일어나."

나는 일어났다.

"잘 들어. 나도 캐나다에 가고 싶어. 바로 그렇기 때문에 이 일을 빠르게 해치우고 짐을 챙기고 싶은 거야. 아버지가 비자 받으러 가신 거 알아, 몰라?"

나는 고개를 끄덕였다.

"잘 들어. 이 일을 마무리하지 않고 나이지리아를 떠나면, 우리는 불행해질 거야. 잘 들어봐, 얘기해줄 테니까." 형은 가까이 다가오며 말했다. "난 너보다 나이가 많고, 너보다 훨씬 많은 걸 알고 있어."

나는 맞는다는 뜻으로 고개를 끄덕였다.

"그러니까, 내가 말해줄 테니까 잘 들어. 이 일을 마무리하지 않고 캐나다에 가면, 캐나다가 아주 싫어질 거야. 우리는 행복하지 않을 거거든.

너 불행해지고 싶어?"

"아니."

"나도 마찬가지야." 형이 말했다.

"가자." 나는 충분히 설득되어 말했다. "나도 해버리고 싶어."

하지만 형은 머뭇거렸다. "정말이야?"

"정말이야."

형은 두 눈으로 나를 탐색했다. "진짜?"

"응, 진짜." 나는 계속 고개를 끄덕이며 말했다.

"좋아, 그럼 가자."

늦은 오후였고, 그림자가 어두운 프레스코화처럼 사방에 나타나 있었다. 형은 무기를 바깥에, 덧문 뒤에 내다 놓고 낡은 래퍼로 덮었다. 그렇게 하면 어머니가 무기를 보지 못할 테니까. 나는 형이 우리 창문 뒤로 돌아가 낚싯대를 가져오기를 기다렸다. 형은 무기 말고도 손전등을 챙겨 와 내게 주었다.

"어두워질 때까지 기다려야 할 수도 있으니까." 내가 손전등을 받아 들자 형이 웅얼거렸다. "지금이 제일 좋은 때야. 거기 가면 틀림없이 놈이 있을 거거든."

한때 그랬듯, 우리는 어부들처럼 저녁에 밖으로 나갔다. 우리는 갈고리가 달린 낚싯대를 낡은 래퍼에 숨기고 있었다. 지평선의 모습은 내 안에 강한 기시감을 일으켰다. 지평선 표면에는 연지가 발라져 있었고, 태양이 붉은 구체처럼 걸려 있었다. 아불루의 트럭을 향해 가는 동안, 나는 거리의 나무 전신주가 쓰러지는 바람에 걸려 있던 전등이 산산조각 나고, 전구를 등에 달아놓았던 전선이 풀려 형광 심지가 꺾인 채 낮게 늘어져 있는 것을 보았다. 우리는 길거리 사람들의 눈에 띨 수 있는 장소를 피했다. 그들은 이미 우리 이야기를 알고 있는 이들이자 우리가 걸어갈 때면 동정심이나 심지어 의심을 품고 우리를 바라볼 사람들이었으니까. 우리는 강으로 이어지는 에산 덤불 사이의 오솔길에서 미친 사람을 기다리기로 작전을 세웠다.

그렇게 기다리면서, 형은 예전에 오미알라강에서 무슨 신을 숭배하듯 이상한 자세를 취하는 남자들을 몇 명 보았다는 이야기를 해주었다. 이번에는 그들이 없었으면 좋겠다면서. 형이 아직 말을 하고 있을 때 우리는 기분 좋게 노래하며 강으로 다가오는 아불루의 목소리를 들었다. 미친 사람은 어느 단층집 앞에서 멈추었다. 그곳에서는 남자 두 명이 웃통을 벗고, 서로 마주 보는 벤치에 앉아 루도 게임을 하고 있었다. 그곳에는 백인 여자 모델의 사진이 들어 있는 직사각형 유리판이 있었는데, 남자들은 유리판에 주사위를 굴려가며 표시된 길을 따라 결승선에 들어가려는 중이었다. 아불루는 그들의 건너편에 무릎을 꿇고 앉아서 격하게 중얼거리며 고개를 저었다. 때는 해 질 녘, 그가 보통 비범한 아불루로 변신하고 그의 눈이 인간의 것이 아니라 영혼의 것으로 변하는 시간이었다. 그의 기도는 깊은 데서부터 우러나는 것이었다. 남자들은 아불루가 자신들을 위해 기도하고 있다는 사실을 모르는 것처럼, 마치 둘 중 한 명의 이름은 킹즐리 씨가 아니며 다른 사람은 케로 끝나는 요루바식 이름을 가진 사람이 아니라는 것처럼 계속해서 게임을 이어나갔다. 그리고 아불루는 그런 남자들 앞에서 일종의 신음 소리를 냈다. 나는 예언의 마지막 부분을 들었다. "……킹즐리 씨, 당신 아이가 돈의 의례를 위해 자기 딸을 희생할 준비가 되었다고 말할 때면, 그는 무장 강도들의 총에 맞아 죽게 될 것이며 그의 피가 그의 자동차 창문에 튀게 될 것이오. 집주인들의 주인, 푸른 것들의 씨를 뿌리는 자가 말하는바 그는……."

아불루가 계속 말하고 있을 때, 아불루가 "킹즐리 씨"라고 불렀던 남자가 벌떡 일어나 화가 머리끝까지 난 채 단층집으로 달려갔다. 그는 마체테를 휘두르며 나오더니, 살의로 가득한 저주를 퍼부으며 오솔길이에산 덤불 사이로 나 있는 곳까지 아불루를 쫓아가다가 멈췄다. 그 남자는 자기 집으로 돌아가며, 자기 집 근처에 다시 오면 아불루를 죽여버리겠다고 경고했다.

우리는 그곳에서 조금씩 멀어지며 아불루를 따라 강 쪽으로 갔다. 나는 채찍질이 끔찍하게 두려운데도 돌아서지 못하고 체벌을 당하러 처형대로 끌려가는 아이처럼 형을 따라갔다. 처음에 우리는 천천히 걸어갔다. 오벰베가 래퍼로 감싼 낚싯대를 들었고 나는 손전등을 들었다. 주변 사람들의 의심을 사지 않기 위해서였다. 하지만 천상의 교회가 사람들의 시야를 가리는 구역에 이르자 우리는 속도를 올렸다. 작은 염소 한 마리가 배를 깔고 그 교회 건너편에 누워 있었다. 노란 오줌으로 그린 지도가 그 옆으로 흘러갔다. 바람에 날려 온 게 분명한 낡은 신문 한 장이 건물의 문에 포스터처럼 반쯤 붙어 있었고, 신문의 나머지 부분은 펼쳐진 채 흙바닥에 놓여 있었다.

"여기서 기다리자." 형은 숨을 고르며 그렇게 말했다.

우리는 강둑으로 이어지는 오솔길 끝에 거의 이르러 있었다. 나는 형도 겁을 먹었다는 것을 알게 되었다. 우리가 마셨던 용기의 젖통은 말라붙었고, 이제는 노파의 가슴처럼 쭈그러들었다. 형은 침을 뱉고, 캔버스

운동화로 그것을 문질러 흙에 스며들게 했다. 나는 우리가 이제 충분히 가까워졌다는 것을 알게 되었다. 아불루가 강 쪽에서 노래하며 손뼉 치는 소리가 들렸으니까.

"저기 있어, 지금 공격하자." 내가 말했다. 심장박동이 다시 빨라졌다.

"아냐." 형은 고개를 저으며 속삭였다. "아무도 안 오는지 확인하려면 좀 기다려야 해. 그런 다음 가서 죽이는 거야."

"하지만 어두워지고 있잖아?"

"걱정하지 마." 형이 말했다. 형은 길게 고개를 빼고 주위를 둘러보았다. "우리가 일을 해치울 때 주변에 그 사람들이 없는지만 확인하자. 아까 그 두 사람 말이야."

형의 목소리는 어느새 울고 있던 사람의 목소리처럼 갈라져 있었다. 나는 우리가 형의 그림 속 사나운 성냥개비 인간으로 변할 거라고 상상했다. 미친 사람을 죽일 수 있는, 그 겁 없는 인간들 말이다. 한편 나는 내가 미친 사람을 돌이나 칼, 갈고리 달린 낚싯대로 끝장낸 허구의 소년들처럼 용감해질 만한 재목이 못 될까 봐 두려웠다. 내가 이런 생각에 잠겨 있는데, 형이 무기를 쌌던 천을 풀고 내게 하나를 내밀었다. 막대기는 아주 길었다. 옛 시대 전사들의 창처럼 땅에 그 막대기들을 꽂자 우리 둘보다 키가 더 컸다. 우리는 물이 텀벙거리는 자연스러운 소리와 노랫소리와 박수 소리를 들으며 기다렸다. 그러다가 형이 나를 힐끗 보았고, 나는 형이 말하지 않은 준비됐어?라는 말을 들었다. 그 말을 들을 때마다 내 심장은 잠깐 멎었다가, 형의 명령을 불안하게 기다리는 동안 다시 뛰기 시작했다.

"벤, 무서워?" 형은 내게 갈고리 달린 낚싯대를 주고 래퍼를 덤불에 던져버린 뒤 물었다. "말해봐, 무서워?"

"응, 무서워."

"왜 무서운데? 우리는 곧 형들을 위해서, 이켄나와 보자를 위해서 복수하게 될 거야." 형은 이마를 훔치고 자신의 낚싯대를 풀밭에 내려놓더니 내 어깨에 손을 얹었다.

형이 다가와 래퍼를 벗기고 갈고리 낚싯대를 들어 올리더니 나를 끌어 안았다.

"잘 들어, 겁먹지 마." 형이 내 귀에 속삭였다. "우린 올바른 일을 하는 거고, 주님도 알고 계셔. 우리는 자유로워질 거야."

형에게 내가 정말로 하고 싶었던 말을—형은 집으로 돌아가야 한다는 말, 우리 같이 집에 돌아가자는 말, 형이 다칠 수도 있어서 겁이 난다는 말을—하기에는 너무 겁을 먹고 있었기에, 나는 언어로 된 연막을 쳤다. "빨리 해버리자."

형이 나를 보았다. 형의 얼굴은 등불에 불이 들어올 때처럼 천천히 환해졌다. 나는 기억에 남는 그 순간, 그 불을 켜는 부드러운 손길이 죽은 형들의 손길이었음을 알 수 있었다.

"그래!" 형이 어둠 속에서 외쳤다.

형은 기다리다가 강 쪽으로 달려갔고, 나도 그 뒤를 따랐다.

강둑에 이르러 아불루에게 덤벼들 때 우리는 왜 크게 고함을 질렀을까? 정확한 이유는 모르겠다. 어쩌면 자리에서 벌떡 일어나는 순간 내 심장이 더 이상 뛰지 않게 되었고, 나는 심장을 자극해 다시 살려놓고 싶었던 건지도 모른다. 아니면 옛 시절의 군인들처럼 앞으로 나아갈 때 형이 흐느끼기 시작해서였는지도. 그것도 아니면, 내 영혼이 진흙탕을 굴러가는 공처럼 내 앞을 굴러가고 있었기 때문인지도 모른다. 우리가 강변에 이르렀을 때, 아불루는 등을 대고 하늘을 쳐다보며 누워서 큰 소리로 노래하고 있었다. 뒤쪽으로는 강이 펼쳐졌고, 강물이 어둠의 작은 조각을 뒤덮었다. 미친 사람의 눈은 감겨 있었다. 우리는 영혼 깊은 곳에서 흘러나오는 광기 어린 함성을 지르며 앞으로 달려갔지만, 아불루는 우리가 자신에게 덤벼드는 것을 모르는 듯했다. 그 순간, 어떤 정령이 갑자기 우리를 사로잡은 것만 같았다. 그 정령은 내 머릿속 전면으로 달려 나와 내 모든 감각을 갈가리 찢어발겼다. 우리는 맹목적으로 아불루의 가슴에, 손에, 머리에, 목에, 어디든 할 수 있는 대로 낚싯대의 갈고리를 찔러 넣었다. 울면서, 흐느끼면서. 미친 사람은 광기에 사로잡혀 있었고, 미쳐 있었으며, 얼이 빠져 있었다. 그는 자기 몸을 지키려고 두 팔을 높이 휘두르며 뒷걸음질 쳐 달려가고, 소리치고, 비명을 질렀다. 갈고리를 당길 때마다 우리의 공격은 그의 살점을 뚫고 피 흐르는 구멍을 냈으며 그의 살점을 뜯어냈다. 내 눈은 대체로 감겨 있었지만, 잠깐씩 떠보면 그의 몸에서 떨어져 나오는 살점과 사방에 뚝뚝 떨어지는 피가 보였다. 그의 무력한 비명이 내 존재의 핵심을 뒤흔들었다. 그러나 우리는 새장에 갇힌 새들처럼 아무렇게나, 꾸준히 우리의 분노를 그에게 쏟아냈다. 새장의 이 창살에서 저 창살로 뛰어오르며, 지붕에서 바닥으로 뛰어내리며. 미친 사람은 사방에 주먹을 휘둘러댔고 귀청이 떨어질 것 같은 목소리를 냈다. 그의 몸은 공황에 빠져 허둥거리고 있었다. 우리는 계속해서 찌르고, 당기고, 공격하고, 비명을 지르고, 울고, 흐느꼈다. 그러다가 결국 약해지고, 피를 뒤집어쓰고, 어린애처럼 울면서, 아불루는 세차게 텀벙하며 뒤쪽으로, 물속으로 쓰러졌다. 나는 갖지 못한 것을 원하는 사람은 두 발로 계속 쫓는 한 결국 그것을 손에 넣게 된다는 이야기를 들은 적이 있었다. 그것이 아무리 미꾸라지 같은 것이라도 말이다. 우리의 경우도 그랬다.

아불루의 몸은 시커메져가는 물에 피를 뿜어내며 상처 입은 리바이어던처럼 멀어져갔다. 그 모습을 지켜보던 우리는 등 뒤에서 하우사어로 크게 말하는 사람들의 목소리를 들었다. 우리는 제정신이 아닌 상태로 뒤를 돌아보았다가, 두 남자의 실루엣이 우리에게 달려오는 것을 보았다. 그들의 손전등이 번쩍였다. 우리가 다리를 들 겨를도 없이 그중한 명이 내게 덤벼들어 뒤에서 내 바지를 붙잡았다. 그의 주변에서 술냄새가 심하게, 코를 찌를 듯 풍겨 왔다. 그는 몸싸움으로 나를 땅에 쓰러뜨리더니 내가 이해하지 못하는 빠르고 빈약한 언어로 말했다. 나는 형이 숲속을 달리면서 내 이름을 큰 소리로 부르는 것을 보았다. 역시 취해 있던 다른 사람이 형을 따라 비틀비틀 달려가고 있었다. 남자는 쇠처럼 단단한 손으로 내 왼팔을 붙들었다. 더 세게 당기면 내 팔이 뜯겨 나갈 것만 같았다. 나는 빠져나오려고 몸부림치면서 갈고리 달린 낚싯대를 쥐고, 끌어 올릴 수 있는 모든 용기를 다해 갈고리 달린 끝으로 그 남자를 찍었다. 그는 비명을 질렀다. 타는 듯한 통증에 발을 굴러댔다. 손전등이 떨어지면서 그의 한쪽 장화에 일시적으로 불을 비추었다. 나는 즉시 그를 알아보았다. 그는 우리가 지난번에 강에서 보았던 군인 중한 명이었다.

두려움이라는 모래바람이 나를 집어삼켰다. 제정신이 아닌 채로 나는 최대한 빠르게, 집들과 덤불이 있는 오솔길 사이로 도망친 끝에 아불루의 망가진 트럭에 다가갔다. 그런 다음 나는 멈춰 서서 두 손을 무릎까지 늘어뜨리고 살려고, 공기를 마시려고, 평화를 얻으려고—그 모든 일을 동시에 하려고 숨을 헐떡였다. 나는 그 땅에 허리를 숙이고 선 채로 형을 쫓아온 군인이 이제는 다시 강 쪽으로 달려가는 것을 보았다. 나는 아불루의 트럭 뒤에 몸을 웅크려 피했다. 가슴이 두방망이질 쳤다. 그 남자가 지나가던 중 나를 봤을지 모른다는 생각에 두려웠다. 나는 그 남자가 다가와 나를 트럭 뒤에서 끌어낼 거라고 상상하면서도 기다렸다. 하지만 그렇게 기다리던 중, 트럭 주변에 가로등이 없다는 사실과 가장 가까운 가로등은 멀리 떨어진 곳에 있는 데다 망가졌으며, 받침대가 있기는 해도 기둥이 구부러져 있고, 시체에 모여드는 독수리들처럼 파리들이 그 주변에 둥지를 틀었다는 사실을 떠올렸다. 나는 그가 나를 봤을 리 없다고 생각하며 안도감을 느꼈다. 나는 트럭과 우리 집 뒤의 급경사면 사이에 있는 작은 나뭇잎 무더기를 지나 멀리까지 기어갔다가 집으로 달려갔다.

어머니가 가게 문을 닫고 돌아왔으리라는 사실을 알고 있었으므로 나는 뒤뜰에 있는, 돼지들의 진창을 지나가는 길을 선택했다. 멀리서 달빛이 비쳐 나무들이 무시무시하게 보였다. 그 나무들은 꼭 시커멓고 불가해한 머리가 여러 개 달린 괴물인 것만 같았다. 내가 우리 집 울타리로 다가갔을 때 박쥐 한 마리가 날아갔다. 나는 이그바페의 집 쪽으로 활강하는 그 박쥐를 두 눈으로 쫓았다. 나는 이그바페의 할아버지를, 보자가 우물에 떨어지는 것을 봤을지 모르는 유일한 인물을 생각했다. 그는 도시 바깥에 있는 병원에서 9월에 죽었다. 84세였다. 나는 울타리를 기어오르다가 속삭이는 소리를 들었다. 집 안에, 우물 옆에 오뱀베가 서서 나를 기다리고 있었다.

"벤!" 그가 큰 소리로 속삭이며 우물가에서 빠르게 일어났다.

"오베." 나는 울타리를 넘으며 소리쳤다.

"네 낚싯대는?" 그는 숨을 고르려 애쓰며 물었다.

"난…… 거기 두고 왔어." 내가 말을 더듬었다.

"뭐!"

"낚싯대가 그놈 손에 박혀버렸어."

"그래?"

나는 고개를 끄덕였다. "그놈이 날 잡을 뻔했어, 그 군인 말이야. 그래서 낚싯대로 찔렀어."

형은 이해하지 못한 것 같았다. 그래서 나는 형이 나를 집 뒤쪽에 있는 토마토밭으로 데려가는 동안 형에게 어쩌다 그런 일이 벌어졌는지 설명해주었다. 그런 다음 우리는 피로 얼룩진 셔츠를 벗어 연이라도 되는 것처럼 울타리 너머로, 우리 집 뒤쪽 덤불에 던져버렸다. 형은 정원 뒤에 숨기려고 갈고리 달린 자기 낚싯대를 가지고 왔다. 형이 손전등을 비추었을 때, 나는 아불루의 피투성이 살점이라는 고색창연한 녹이 그 갈고리에 꿰어 있는 것을 보았다. 형이 살점을 빼느라 낚싯대를 벽에 내려치는 동안 나는 벽 옆으로 기어가서 흙바닥에 구토했다.

"걱정 마." 형이 말했다. 밤의 귀뚜라미가 울어대는 소리가 형의 말에 마침표를 찍었다. "다 끝났어."

"다 끝났어." 어떤 목소리가 내 귀에 대고 그 말을 되풀이했다. 나는 고개를 끄덕였고, 형은 낚싯대를 떨어뜨리고 앞으로 조금씩 다가와 나를 끌어안았다.

16. 수탉들

형과 나는 수탉이었다.

울어서 사람들을 깨우고 자연의 알람 시계처럼 밤의 끝을 알리지만, 그런 봉사의 대가로는 죽어 인간의 식량이 되는 동물들. 우리는 아불루를 죽인 이후 수탉들이 되었다. 그 과정은 우리가 정원에서 나와 집으로 들어가고 나서 얼마 뒤에 시작되었다. 집에 들어가보니 우리 교회의 콜린스 목사님이 있었다. 무슨 일이 벌어질 때마다 나타나는 것만 같은 콜린스 목사님은 이번으로 우리 집 가정방문을 마무리하려는 것이었다. 그는 머리의 상처에 여전히 붕대를 두르고 있었으며, 거실 창가 옆 안락의자에 두 다리를 쫙 벌리고 앉아 있었다. 그 사이에서 은켐이 장난을 치며 수다를 떠는 중이었다. 우리가 들어가자 그는 깊고도 듣기 좋은 특유의 목소리로 우리에게 소리쳤다. 우리가 어디로 갔는지 몰라서 불안해하던 어머니는 목사님만 그 자리에 없었다면 우리에게 질문을 퍼부었겠지만, 그저 호기심 가득한 눈길과 한숨만을 우리에게 던졌다.

"어부들이로구나." 콜린스 목사님은 우리를 보자마자 그렇게 외치며 두 손을 허공으로 번쩍 들었다.

"안녕하세요." 오벰베와 내가 동시에 합창했다. "어서 오세요, 목사님."

"그래, 얘들아. 와서 인사 좀 하자."

목사님은 살짝 일어나 우리와 악수했다. 그는 만나는 모든 사람과—심지어 아이들과도—어떤 비범한 예의와 겸손을 띠고 악수하는 습관이 있었다. 이켄나는 콜린스 목사님이 그렇게 온순한 것은 바보 같은 사람이어서가 아니라, '다시 태어난' 겸손한 사람이기 때문이라고 말한 적이 있었다. 그는 아버지보다 나이가 몇 살 많았지만 키가 작고 체구가 다부졌다.

"목사님, 언제 오셨어요?" 오벰베는 목사님 옆에 서서 반짝 미소를 내비치며 말했다. 우리는 울타리 너머의 쓰레기 더미에 셔츠를 벗어 던졌지만, 형에게서는 에산 덤불과 땀, 그리고 다른 뭔가의 냄새가 났다. 목사님은 그 질문을 받고 얼굴이 밝아졌다.

"온 지 꽤 됐지." 목사님이 대답했다. 그는 눈을 가늘게 뜨고 팔에서 손목으로 미끄러져 내린 손목시계를 보았다. "6시부터 여기에 있었던 것 같구나. 아니, 보자. 5시 45분부터인가?"

"셔츠는 어디 있어?" 어머니가 당황한 듯 물었다.

나는 깜짝 놀랐다. 우리는 변명을 준비해두지 않았다. 아불루의 피가 잔뜩 묻어 있었기에 변명거리는 아예 생각도 못 하고 그냥 셔츠를 버린 다음, 반바지에 캔버스 운동화만 신고 집으로 들어왔던 것이다.

"더워서요, 엄마." 오벰베가 잠시 후 말했다. "땀에 다 젖었거든요."

"그것도 그렇고." 어머니가 일어나서 우리를 찬찬히 훑어보며 말을 이었다. "네 꼴을 좀 봐라, 벤저민. 머리가 온통 진흙투성이인데?"

모두의 시선이 내게 향했다.

"말해봐, 어디에 갔던 거냐?"

"공립고등학교 근처 운동장에서 축구를 했어요." 오뱀베가 대답했다.

"세상에!" 콜린스 목사님이 소리쳤다. "거리의 축구선수들이로구나."

데이비드가 셔츠를 벗으면서 어머니의 주의를 돌렸다. "왜 그래?" 어머니가 물었다.

"더워요. 더워서요, 엄마. 저도 더워요." 데이비드가 말했다.

"그래, 덥다고?"

데이비드가 고개를 끄덕였다.

"벤, 데이비드한테 선풍기 좀 틀어줘라." 어머니가 말했고 목사님은 낄낄거렸다. "그리고 둘 다 곧장 욕실로 가서 씻어!"

"아니, 아니, 내가 할래." 데이비드가 소리 질렀다. 그는 서둘러 벽에 고정된 배전함으로 의자를 들고 가더니, 의자에 올라가 꼭지를 시계방향으로 돌렸다. 선풍기가 살아나 시끄럽게 돌아가기 시작했다.

데이비드가 우리를 구해주었다. 사람들이 선풍기에 정신이 팔려 있는 동안 형과 나는 우리 방으로 빠져나가 문을 잠글 수 있었으니 말이다. 우리는 피 얼룩을 감추려고 반바지를 뒤집어 입고 있었지만, 거기에 조금이라도 더 서 있다간 어머니가 모든 것을 알아낼 것만 같았다. 어머니는 우리가 한 일을 종종 알아내곤 했으니까.

형이 방에 들어가자마자 백열전구를 켜는 바람에 나는 잠시 눈을 가늘게 떴다.

"벤." 형이 말했다. 형의 눈은 다시 기쁨으로 차오르고 있었다. "우리가 해냈어. 우리가 형들의 복수를, 이케와 보자의 복수를 해낸 거야."

형은 다시 나를 따뜻하게 포옹했다. 나는 형의 어깨에 머리를 기대면서 울고 싶은 충동을 느꼈다.

"그게 무슨 뜻인지 알아?" 이제는 형이 내게서 물러나면서도 내 두 손을 놓지 않고 말했다.

"에산…… 심판이야." 형이 말했다. "나는 책을 많이 읽어서, 심판이 이루어지지 않으면 형들이 절대 우리를 용서하지 않으리라는 걸 알고 있었어. 우리도 절대 자유로워질 수 없고."

형은 이제 내게서 눈을 돌려 바닥을 보았다. 나는 형의 시선을 따라가다가 형의 왼쪽 다리 뒤에 묻은 피 얼룩을 보았다. 나는 눈을 감고, 받아들인다는 뜻으로 고개를 끄덕였다.

이어서 우리는 욕실로 들어갔고, 형은 몸을 씻기 시작했다. 그는 이따금 큰 물통으로 욕조 한쪽 구석에 놓여 있던 양동이에서 물을 퍼다가 몸에 끼얹고 비누 거품을 씻어 내렸다. 작은 물웅덩이에 잠겨 있던 비누는 원래 크기의 절반으로 녹은 상태였다. 형은 비누를 아껴 쓰느라고 처음에는 머리에 비누를 문질러 거품을 냈다가, 머리에 물을 부어서 거품 섞인 물이 몸을 따라 흘러갈 때 두 손으로 몸을 문질렀다. 형은 우리 둘이 같이 쓰는 커다란 수건으로 몸을 감쌌다. 형은 계속 미소 짓고 있었다. 형 다음으로 욕조에 들어간 나는 두 손을 떨고 있었다. 욕실의 작은 창문 방충망에는 구멍이 뚫려 있었고, 그리로 들어온 날벌레들이 전구 주변에 몰려 있다가 벽을 기어 다녔다. 날개가 떨어진 곤충들이 그 주변에 곤충 진액 덩어리를 만들어놓고 있었다. 나는 마음을 가라앉히느라 그 곤충들에 집중하려 했지만, 그러지 못했다. 어떤 엄청난 공포감이 주변을 감돌았다. 몸에 물을 끼얹으려는데 플라스틱 통이 내 손에서 떨어져 깨졌다.

"이런, 벤, 벤." 오벰베가 앞으로 달려오며 소리쳤다. 형은 두 손으로 내 어깨를 붙잡았다. "벤, 내 눈을 봐." 형이 말했다.

나는 형의 눈을 볼 수 없었다. 형은 내 머리 쪽에 두 손을 대고 내 머리를 움직여 자기에게 집중하도록 했다.

"무서워?" 형이 물었다.

나는 고개를 끄덕였다.

"왜? 벤, 왜 무서운 거야? 아티 그바 에산—우리는 심판을 이루어냈어. 왜, 왜 그래, 어부 벤. 왜 무서운 거야?"

"군인들." 나는 간신히 말했다. "난 그 사람들이 무서워."

"왜? 그 사람들이 뭘 어쩌겠어?"

"그 군인들이 우리를 잡아다 죽일까 봐⋯⋯. 우리 모두를 죽일까 봐 무서워."

"쉿, 목소리 낮춰." 형이 말했다. 나는 내가 큰 소리로 말했다는 걸 깨닫지 못하고 있었다. "잘 들어, 벤. 군인들은 오지 않을 거야. 그 사람들은 우리를 모르거든. 앞으로도 모를 거고. 그 생각은 하지도 마. 그 사람들은 우리가 어디에 있는지도, 우리가 누구인지도 몰라. 그 사람들은 네가 이쪽으로 오는 걸 못 봤잖아?"

나는 고개를 끄덕였다.

"그럼 왜 무서운데? 무서워할 건 하나도 없어. 잘 들어. 세월도 음식처럼, 생선처럼, 죽은 몸뚱이처럼 썩어가. 오늘 밤도 썩을 거고, 너는 잊어버리게 될 거야. 잘 들어, 우린 잊어버리게 될 거야. 우리한테는 그 어떤 일도—형은 세차게 고개를 저었다—그 어떤 일도 일어나지 않을 거야. 아무도 우리를 건드리지 않을 거야. 내일이면 아버지가 돌아와서 우리를 바요 아저씨에게 데려갈 거고, 우리는 캐나다로 갈 거야."

형은 내게 긍정적인 답을 들으려고 나를 흔들어댔고, 나는—당시에—형이 언제는 나를 설득해야 하고, 언제는 내가 가진 신념이나 열등한 지식을 완전히, 컵을 뒤집듯이 뒤집어야 하는지 잘 안다고 생각했다. 그리고 가끔은 형이 그런 판단을 해주기를 바랐다. 형의 지혜로운 말을 마음 깊은 곳에서부터 원했다. 그런 말은 내게 감동을 주곤 했으니까.

"알았지?" 형은 이제 나를 흔들며 물었다.

"말해줘, 형." 내가 말했다. "아빠랑 엄마는 어쩌지? 군인들이 부모님도 안 건드릴까?"

"안 건드릴 거야." 형은 주먹 쥔 왼손으로 오른손 손바닥을 치며 말했다. "부모님은 아무렇지 않을 거야. 행복하게 지내실 거고, 언제든지 캐나다로 우리를 만나러 오실 거야."

나는 고개를 끄덕이고 나서 잠시 침묵을 지켰다. 그러다가 다른 질문이—호랑이처럼—내 생각의 우리에서 튀어나왔다. "있잖아." 내가 조용히 말했다. "그럼…… 그럼 형은, 오베?"

"나?" 형이 물었다. "나 말이야?" 형은 고개를 저으며 손으로 얼굴을 닦았다. "벤, 말했잖아. 내가 말했잖아. 나는, 괜찮을, 거야. 너도, 괜찮을, 거고. 아빠도, 괜찮을 거야. 엄마도, 괜찮을 거야. 응, 모든 게…… 모든 게 말이야."

나는 고개를 끄덕였다. 나는 형이 내 질문에 답답해한다는 걸 알게 되었다.

형은 커다란 검정 드럼통 안에서 더 작은 물통을 꺼내 나를 씻기기 시작했다. 그 드럼통을 보니 보자가 라인하르트 본케의 복음주의 모임에서 구원받은 뒤, 세례받지 않으면 모두 지옥에 가게 될 거라며 우리를 설득했던 게 생각났다. 보자는 한 명씩, 한 명씩 우리를 구슬려 회개하게 한 다음 드럼통에서 우리에게 세례를 주었다. 당시에 나는 여섯 살이었고, 오벰베는 여덟 살이었다. 우리는 지금보다 덩치가 많이 작았기 때문에 물에 몸을 담그려면 둘 다 빈 펩시 상자에 올라서야 했다. 보자는 한 명씩 차례로 우리 고개를 눌러 물에 담갔다. 결국 우리는 기침을 하기 시작했다. 그런 다음 보자는 환한 표정으로 우리 머리를 들어 올리고, 우리를 껴안아준 다음 우리가 자유로워졌다고 선언했다.

우리가 옷을 입고 있는데 어머니가 서두르라고 소리쳤다. 콜린스 목사님이 떠나기 전에 우리를 위해 기도하고 싶어 한다는 것이었다. 나중에, 콜린스 목사님이 형과 내게 무릎을 꿇으라고 하자 데이비드는 자기도 끼겠다고 우겼다.

"안 돼! 일어나!" 어머니가 호통쳤다. 그러나 데이비드는 금방이라도 울음을 터뜨릴 것 같은 표정을 지었다. "울었다간, 울 생각이라도 했다간 채찍으로 맞을 줄 알아라."

"이런, 안 돼요, 파울리나." 목사님이 웃으며 말했다. "데이브, 걱정하지 마라. 형들에게 기도를 다 해주고 나면 너도 무릎을 꿇게 될 거야."

데이비드는 알겠다고 했다. 목사님은 우리 머리에 두 손을 올리고 기도를 시작했다. 이따금 그의 침방울이 우리 머리에 튀었다. 그가 주님께 우리를 사악한 것으로부터 보호해주십사 온 영혼을 담아 기도했을 때 나는 그 침방울을 느꼈다. 목사님은 기도에 물이 오르자 설교라도 하듯 주님이 그분의 자녀들에게 해주신 약속에 대해 이야기하더니, 그 말을 마친 다음에는 예수님의 이름으로 그 은혜가 '우리의 몫'이 되게 해달라고 빌었다. 그런 다음 그는 주님의 은총이 우리 가족에게 내리기를 간청했다. "오, 하늘의 아버지, 작년에는 비극적인 사건이 있었나이다. 하오나 이 아이들이 계속 살아갈 수 있도록 도와주소서. 이 아이들이 해외로 떠나는 여정에서 성공을 거두도록 도와주시고, 두 아이 모두에게 축복을 내려주소서. 캐나다 대사관의 관료들이 이 아이들에게 비자를 내주게 하옵소서. 주여, 당신께서는 모든 것을 바로잡으실 수 있는 분이시나이다. 당신께서는 전능한 분이시나이다." 어머니는 기도가 이어지는 내내 큰 소리로 "아멘"을 끼워 넣었고, 은켐과 데이비드의 목소리와, 형과 나의 목 막힌 아멘 소리가 그 뒤에 이어졌다. 어머니는 갑자기 노래를 부르기 시작한 목사님과 함께 노래를 부르며, 그 노래에 쉿 소리와 혀 차는 소리를 끼워 넣었다.

주님께서는 능하시니 충분한 힘을 가지셨으니 구원하시리라 살리시리라 주님께서는 능하시니 충분한 힘을 가지셨으니 구원하시리라 그분을 믿는 자들을.

같은 곡을 세 번째 반복한 다음, 목사님은 다시 기도를 시작했다. 이번에는 더 힘이 넘치는 기도였다. 그는 비자에 필요한 서류와 자금에 대한 문제에 파고들더니, 이어 우리 아버지를 위해 기도했다. 그런 다음에는 어머니를 위해서 기도했다. "오, 주여, 당신께서는 이 여인이 얼마나 큰 고통을 받았는지 아시나이다. 너무도 큰 고통이었습니다. 이 여인은 아이들 때문에 너무도 큰 고통을 겪었나이다. 오, 주여, 당신께서는 모든 것을 아시나이다."

어머니의 목 막히는 흐느낌이 기도로 흘러들자 목사님은 목소리를 더욱 높였다. "이 여인의 눈물을 닦아주소서, 주여." 그러더니 그는 이보어로 말을 이었다. "이 여인의 눈물을 닦아주소서, 예수님. 영원히 이 여인의 마음을 고쳐주소서. 아이들 때문에 우는 일은 이 여인에게 다시 없도록 해주소서." 그런 간청에 이어 목사님은 기도에 응답한 신에게 여러 차례 감사 인사를 전했고, 그런 다음에는 우리에게 "우레처럼 아멘 소리"를 내라고 하며 기도를 마쳤다.

우리는 모두 목사님에게 감사 인사를 했고, 다시 그와 악수했다. 어머니가 목사님과 은켐과 함께 나가 대문까지 그를 배웅하러 갔다.

나는 기도 이후 기분이 밝아졌다. 집으로 가져온 부담감도 약간이나마 덜어졌다. 오벰베가 내게 확신을 줬기 때문일지도 몰랐고, 기도 때문일지도 몰랐다. 알 수 없었다. 하지만 나는 뭔가가 내 영혼을 구렁에서 일으켰다는 것만은 알고 있었다. 데이비드는 우리에게 "형들 콩"이 주방에 있다고 알려주었다. 그래서 어머니가 목사님을 배웅한 뒤 노래 부르고 춤추며 돌아왔을 때 형과 나는 밥을 먹고 있었다.

"주님께서 마침내 나의 적을 멸하셨으니." 어머니는 두 손을 들며 노래했다. "치네케 나 에메 은마, 이메 라 에케 레 디리 기…….*"

"엄마, 왜 그래요, 뭔데요?" 형이 말했지만, 어머니는 형의 말을 못 들은 체하고 또 한 번 새로운 노래를 부르기 시작했다. 우리는 조바심을 내며 무슨 일이 일어난 건지 알게 되는 순간만을 기다렸다. 어머니는 천장에 시선을 둔 채 노래를 한 곡 더 부르더니, 우리를 돌아보며 눈물이 가득한 눈으로 말했다. "아불루, 온예 오조 아 운고―아불루, 그 사악한 자가 죽었다."

누가 내 손에서 밀어내기라도 한 것처럼 숟가락이 바닥에 떨어지며 으깬 콩을 사방에 튀겼다. 어머니는 알아채지 못한 듯 전해 들은 얘기를 우리에게 해주었다. '어떤 아이들'이 아불루를, 그 미친 사람을 살해했다는 것이었다. 어머니는 목사님을 배웅하고 돌아오다가, 우물에서 보자의 시신을 발견했던 이웃을 만났다. 그 여자는 기뻐서 어쩔 줄 몰라 하며, 어머니에게 그 소식을 전하러 우리 집으로 오던 중이었다.

"사람들 말로는 그자가 오미알라강 근처에서 살해당했다는구나." 은켐이 다리를 뻗대면서 래퍼가 약간 풀리자 어머니가 허리에 래퍼를 조이며 말했다. "너희도 알겠지만, 너희들이 매일 저녁 물고기를 잡으러 그곳에 갈 때마다 너희를 안전하게 지켜주신 분은 나의 주님이시다. 결과적으로는 그 일이 엄청난 피해로 이어졌지만, 최소한 너희들 중 거기에서 다친 아이는 아무도 없어. 그 강은 너무도 사악하고 끔찍한 곳이다. 그 사악한 인간의 시체가 거기 누워 있는 모습이 상상되니?" 어머니는 문을 가리키며 말했다.

---

*   주님은 선하시니 내게 선한 일을 하시나이다. (이보어)

"너희도 알겠지만, 나의 수호신인 치는 살아 있고 마침내 나의 복수를 해주었다. 아불루는 자기 혀로 내 아이들을 채찍질했어. 이제는 그 혀가 놈의 입속에서 썩어갈 거다."

어머니는 축하를 계속해나갔고, 오벰베와 나는 우리가 대체 어떤 일을 초래한 것인지 이해하려 애썼다. 하지만 이해할 수 없었다. 미래를 들여다보려고 해봐야 아무것도 보이지 않으니까. 그건 마치 사람의 귓구멍 속을 들여다보는 것과도 같은 일이다. 나는 어둠이라는 장막 속에서 벌인 행위가 그토록 멀리 알려졌다는 사실을 믿기 어려웠다. 오벰베와 나는 이런 일이 일어날 거라고 예상하지 못했다. 우리는 미친 사람을 죽이고 싶었고, 그자가 강변에서 죽기를 바랐다. 부패가 시작된 다음에야 그의 시신이 발견되기를 원했다. 보자가 그랬듯이 말이다.

형과 나는 저녁을 먹고 나서 잠을 자러 조용히 우리 방으로 돌아왔다. 내 머릿속에는 아불루 인생의 마지막 순간에 봤던 이미지가 가득 차 있었다. 나는 그 순간 나를 사로잡았던 기묘한 힘에 대해 생각하고 있었다. 내 두 손은 아주 정확하게, 너무도 큰 힘을 담고 움직였기에 모든 공격이 아불루의 살점 깊숙이 박혀 들었다. 나는 강에 떠 있는 그의 시신을, 물고기들이 그 시신에 몰려드는 모습을 생각하고 있었다. 그때 나처럼 잠을 이루지 못했으나 내가 깨어 있다는 사실은 모르던 형이 갑자기 침대에서 일어나 눈물을 터뜨렸다.

"난 몰랐어……. 나는 형들을 위해서 그런 거야, 우리는, 벤이랑 나는, 우리는 형들을 위해서 그런 거야. 둘 다를 위해서." 오벰베가 흐느꼈다. "엄마, 아빠, 죄송해요. 죄송해요, 저희는 엄마, 아빠가 더 이상 괴로워하지 않았으면 해서 이 일을 벌인 거예요. 하지만……." 말소리는 울컥울컥 솟구치는 흐느낌의 폭풍 속에 가라앉아 더 이상 들리지 않게 되었다.

나는 조심스럽게 형을 지켜보았다. 내 마음은 상상조차 못 할 만큼 가까이 온 미래─바로 다음 날이라는 미래가 두려워 괴로웠다. 그때 나는 조용히, 가능한 한 희미한 귓속말로, 그날이 절대 오지 않기를, 다음 날의 다리뼈가 부러지기를 기도했다.

언제 잠들었는지는 모르겠다. 하지만 나는 멀리서 기도 시간을 알리는 이슬람 사제가 신앙심 깊은 자들에게 기도하라고 외치는 소리를 듣고 눈을 떴다. 아침이 막 밝아오는 참이었다. 형이 열어둔 창문을 통해 이른 햇빛이 방으로 스며들었다. 형이 조금이라도 잤는지는 알 수 없다. 하지만 형은 책상에 앉아, 책장이 누레지고 귀퉁이를 접어놓은 책을 읽고 있었다. 나는 그 책이 시베리아에서 독일까지 걸어갔던 독일 사람에 관한 책이라는 것을 알고 있었다. 제목은 잊어버렸다. 형은 웃통을 벗고 있었다. 형의 빗장뼈가 두드러졌다. 우리가 이루어낸 임무를 고민하고 계획하느라 형은 지난 몇 주 동안 살이 꽤 많이 빠져버렸다.

"오베." 내가 형에게 소리쳤다. 형은 깜짝 놀랐다. 형은 황급히 일어나더니 침대로 왔다.

"너 무서워?" 형이 물었다.

"아니." 나는 그렇게 말했다가 말을 바꾸었다. "하지만 그 군인들이 우리를 찾을까 봐 계속 걱정돼."

"아니, 아니야. 못 찾을 거야." 형은 고개를 저으며 말했다. "그래도 우린 집 안에 머물러야 해. 아버지가 오시고, 바요 아저씨가 우리를 캐나다로 데려갈 때까지 말이야. 걱정하지 마. 우리는 이 나라도, 이 나라에 관

런된 모든 것도 놔두고 떠날 거야."

"두 분은 언제 오시는데?"

"오늘." 형이 말했다. "아버지는 오늘 오실 거야. 우린 다음 주면 캐나다로 떠날 수 있을 테고. 가능해."

나는 고개를 끄덕였다.

"잘 들어, 난 네가 겁을 먹지 않았으면 좋겠어." 형이 다시 말했다.

형은 생각에 잠긴 채 계속 멍하니 앞을 바라보았다. 그러다가 마음을 가다듬고, 자기 모습에 내가 걱정할지 모른다고 생각했는지 이렇게 말했다. "얘기 하나 해줄까?"

나는 좋다고 했다. 이번에도 형은 잠시 멍해졌다. 형은 입술을 움직이는 것처럼 보였지만 어떤 단어도 만들어내지 못했다. 그러다가 형은 다시 자세를 가다듬고 시베리아의 러시아 감옥에 갇혀 있다가 탈출해 독일로 여행한 사람, 클레멘스 포렐 이야기를 시작했다. 동네에서 시끄러운 목소리가 들리기 시작했을 때도 형은 이야기를 하고 있었다. 우리는 그게 어딘가에서 군중이 모여드는 소리라는 것을 알고 있었다. 형은 이야기를 그만두고 내 눈을 바라봤다. 우리는 함께 거실로 갔다. 어머니가 가게로 갈 준비를 하며 은켐에게 옷을 입히고 있었다. 아침이 밝은 지 한참 지난 시각인 9시 즈음이었다. 튀긴 음식 냄새가 났다. 포크 사이에 남은 달걀프라이가 담긴 접시가 하나 있고, 그 접시 옆 식탁에는 튀긴 얌 조각이 있었다.

우리는 어머니와 함께 안락의자에 앉았다. 오뱀베가 어머니에게 시끄러운 소리에 대해 물었다.

"아불루 때문이야." 어머니는 은켐의 기저귀를 갈아주며 말했다. "아불루의 시체를 트럭에 실어서 치우는 중이다. 군인들이 아불루를 죽인 남자아이들을 찾아다닐 거라더구나. 사실, 이 사람들이 잘 이해되지 않아." 어머니가 영어로 말했다. "어차피 쓸모없는 인간인데 죽이면 안 될 이유는 뭐냐? 그 애들이 아불루를 죽이면 안 되는 이유가 뭐야? 아불루가 그 애들의 머릿속에 어떤 나쁜 일이 닥칠 거라는 삭막한 공포를 심어주었다면? 누가 그 애들을 비난할 수 있겠니? 뭐, 사람들 말로는 그 애들이 군인들과도 싸웠다지만."

"군인들이 그 애들을 죽이고 싶어 한대요?" 내가 말했다.

어머니는 눈을 들어 나를 보았다. 어머니의 눈에서 내 질문에 대한 놀라움이 드러났다. "아니, 군인들이 그 애들을 죽일지는 모르겠다." 어머니가 어깨를 으쓱했다. "아무튼, 너희 둘은 집 안에만 있거라. 이 일이 좀 잠잠해질 때까지 나가면 안 돼. 알겠지만, 너희들은 그 미친놈과 어떤 식으로든 이미 연관되어 있으니 말이다. 그러니까 이런 일을 조금도 목격하지 않았으면 좋겠다. 너희 중 누구도 그 짐승과 다시는 얽히지 말아야 해. 살아서든, 죽어서든."

형이 말했다. "네, 엄마." 나도 갈라지는 목소리로 형을 따라 말했다. 그런 다음, 어머니는 일하러 갈 테니 우리더러 대문과 현관을 잠그라고 했다. 데이비드가 어머니의 말을 한 마디 한 마디 다 따라 했다. 나는 대문을 잠그러 일어났다.

"에메가 돌아오면 꼭 문을 열어드리거라." 어머니가 말했다. "오후에 오실 거야."

나는 고개를 끄덕였고, 어머니와 데이비드, 은켐이 떠나자 서둘러 대문을 잠갔다. 밖에서 누가 나를 볼지도 모른다는 생각에 덜컥 겁이 났다.

내가 집으로 다시 들어오자 형이 달려오더니 나를 덧문으로 밀쳤다. 나는 심장이 튀어 나가는 줄 알았다.

"엄마 앞에서 왜 그런 소리를 해? 너 바보냐? 엄마가 다시 아파졌으면 좋겠어? 다시 우리를 망가뜨리고 싶은 거냐고?"

나는 모든 질문에 "아니야!"라고 소리치며 고개를 저었다.

"잘 들어." 형이 헐떡이며 말했다. "절대 들키면 안 돼. 알아들어?"

나는 고개를 끄덕였다. 나는 시선을 바닥에 둔 채 오줌을 지렸다. 형은 나를 불쌍하게 여기는 듯 화가 누그러져서, 늘 그랬던 것처럼 내 어깨에 손을 얹었다.

"잘 들어, 벤. 널 해치려던 건 아니야." 형이 말했다. "미안해."

나는 고개를 끄덕였다.

"걱정하지 마. 놈들이 여기 와도 문을 안 열어주면 돼. 놈들은 이 집이 비어 있는 줄 알고 떠날 거야. 우린 안전할 테고."

형은 집 안의 모든 커튼을 치고 문을 잠근 다음, 이제는 비어 있는 이 켄나와 보자의 방에 들어갔다. 나는 형을 따라갔고, 우리는 아버지가 가져온 새 매트리스에 앉았다. 그게 방 안에 남은 유일한 물건이었다. 방을 모두 비워버리긴 했지만, 형들이 남긴 흔적은 지울 수 없는 얼룩처럼 사방에 있었다. M.K.O. 달력이 뜯겨 나가서 벽이 조금 더 밝은 부분과, 다양한 낙서와 성냥개비 인간 그림들이 보였다. 거미줄과 거미들로 가득한 천장도 보였다. 그건 형들이 죽고 나서 시간이 흘렀다는 표시였다.

나는 햇살이 비치는 얇고 투명한 커튼을 기어오르는 게코 도마뱀의 윤곽선을 지켜보았고, 형은 죽은 사람처럼 조용히 앉아 있었다. 그때 시끄럽게 대문을 두드리는 소리가 들렸다. 형은 미친 사람처럼 나를 침대 밑으로 끌고 갔고, 우리는 어두운 소수자의 영토로 굴러 들어갔다. 문 두드리는 소리는 계속됐다. "문 열어! 안에 누가 있으면 문 열라고!" 하는 고함이 섞여 들렸다. 오벰베는 이불을 끌어당겨 우리 몸을 가렸다. 나는 실수로 뚜껑이 없는, 내 근처에 있던 빈 깡통을 밀쳤다. 깡통에는 가느다란 거미줄이 덮여 있었는데, 그 너머로 깡통의 내부가—타르처럼 검은 내부가—보였다. 우리가 물고기와 올챙이를 보관하려고 모았던 깡통 중 하나인 게 틀림없었다. 아버지가 방을 비울 때 용케 눈에 띄지 않은 모양이었다.

대문 두드리는 소리는 우리가 침대 밑에 들어간 지 얼마 되지 않아 멈추었지만, 우리는 어둠 속에서 숨도 못 쉬고 가만히 있었다. 머리가 욱신거렸다.

"갔어." 잠시 후 내가 형에게 말했다.

"응." 형이 대답했다. "하지만 놈들이 돌아오지 않는다는 게 확실해질 때까지 여기 있어야 해. 놈들이 울타리를 넘어서 돌아오거나, 아니면……." 형은 뭔가 의심스러운 소리가 들리는 듯 멍하니 앞을 보며 말을 멈추었다가 말했다. "여기서 기다리자."

우리는 그곳에 머물러 있었다. 나는 오줌을 누고 싶은 참을 수 없는 충동을 억눌렀다. 형에게 무서워하거나 슬퍼할 이유를 조금도 주고 싶지 않았기에.

다음으로 대문을 두드리는 소리는 처음 소리가 들리고 나서 몇 시간이 지난 뒤에 들려왔다. 작은 소리였다. 그 뒤에는 우리 이름을 부르며 집에 있느냐고 묻는 아버지의 익숙한 목소리가 이어졌다. 우리는 침대 밑에서 나와 옷과 몸에서 먼지를 털어내기 시작했다.

"서둘러. 어서, 아빠 문 열어드려." 형은 눈을 씻어내느라 욕실로 달려가며 말했다.

내가 대문을 열었을 때 아버지는 환한 미소를 짓고 있었다. 야구모자와 안경을 쓴 차림이었다.

"둘 다 자고 있었니?" 아버지가 물었다.

"네, 아빠." 내가 말했다.

"이런, 세상에! 내 아들들이 이젠 게으름뱅이가 되었구나. 뭐, 그 모든 게 이젠 바뀔 거다." 아버지는 들어오면서 수다를 떨었다.

"집에 있으면서 왜 문을 잠그는 거냐?"

"오늘 강도 사건이 있었어요." 내가 말했다.

"뭐, 대낮에?"

"네, 아빠."

아버지는 거실에 들어가더니 서류 가방을 의자에 올려놓고 그 옆자리에 앉았다. 그런 다음 아버지는 신발을 벗으며 의자 뒤에 서 있는 형과 이야기했다. 나는 집에 들어가다가 형이 "여행은 어떠셨어요?"라고 말하는 소리를 들었다.

"좋았다, 좋았어." 아버지는 미소 지으며 말했다. 아버지가 그렇게 웃는 모습을 나는 아주 오랜만에 보았다. "벤 말로는 오늘 여기에서 강도 사건이 일어났다던데?"

형은 나를 힐끗 보더니 고개를 끄덕였다.

"이런." 아버지가 말했다. "뭐, 어쨌든 우리 아들들에게 전해줄 좋은 소식이 있다. 그 전에, 어머니가 뭘 좀 만들어놓고 갔니?"

"오늘 아침에 얌을 튀기셨어요. 아직 남은 게 있을 것 같은데······."

"아버지 그릇에 좀 남겨두셨어요." 형이 내가 하려던 말을 대신 마쳤다.

말을 하는 내 목소리가 떨렸던 것이다. 거리 어딘가에서 사이렌 소리가 왱왱거리자 군인들에 대한 두려움이 다시 나를 삼켜버렸기에. 아버지는 그 사실을 눈치채고, 자기가 모르는 게 무엇인지 알아보느라 우리 얼굴을 번갈아 살폈다. "괜찮은 거냐, 너희 둘 다?"

"이케랑 보자가 생각났어요." 형이 말했다. 형은 눈물을 터뜨렸다.

아버지는 잠깐 멍하게 벽을 바라보더니 고개를 들고 말했다. "잘 들어라. 나는 너희들이 지금부터 모든 일을 과거에 남겨두었으면 좋겠다. 내가 이 모든 일을 하는 게 그래서야. 돈을 빌리고, 여기저기 뛰어다니면서 온갖 일을 다 하고. 형들 생각이 날 만한 것은 아무것도 보이지 않는 새로운 환경으로 너희들을 데려다주려고 말이다. 너희 어머니를 좀 보거라. 어머니한테 무슨 일이 일어났는지 봐." 아버지는 어머니가 그 자리에 있기라도 한 듯 텅 빈 벽을 가리켰다. "너희 엄마는 엄청난 고통을 겪었다. 왜? 자기 자식들에 대한 사랑 때문에. 너희들에 대한 사랑—너희 모두에 대한 사랑 말이다." 아버지는 빠르게 고개를 저었다.

"자, 너희 둘 모두에게 말하마. 그러니까 무슨 짓이든, 그 어떤 짓이든 벌이기 전에 일단 어머니를 생각해라. 너희들이 하는 일이 어머니에게 어떤 영향을 끼칠지에 대해서 말이야. 그때만, 그런 다음에만 결정을 내려야 한다. 내 생각을 하라는 얘기는 하지도 않겠다. 어머니를 생각해라. 알겠니?"

우리는 둘 다 고개를 끄덕였다.

"좋아. 이젠 먹을 것을 좀 가져다주렴. 차가워도 그냥 먹으마."

나는 아버지가 한 말을 머릿속에 담은 채 부엌으로 갔다. 나는 음식 접시—튀긴 얌과 달걀프라이가 담긴 접시—를 포크와 함께 아버지에게 가져다드렸다. 큼지막한 미소가 아버지의 얼굴에 돌아와 있었고, 아버지는 식사를 하면서 우리에게 라고스의 이민국 관리한테서 어떻게 여권을 받아냈는지 이야기해주었다. 아버지는 자신의 배가 가라앉은 줄 꿈에도 모르고 있었다. 자신이 일생 쌓아온 것들이—아버지의 꿈의 지도(이켄나=조종사, 보자=변호사, 오벰베=의사, 나=교수)가—모조리 사라졌다는 사실을 상상조차 못 했다.

아버지는 반짝이는 포장지에 싸여 있는 케이크를 꺼내, 그중 두 개를 우리에게 하나씩 건네주었다.

"더 좋은 게 뭔 줄 아니?" 아버지는 계속 가방을 뒤지며 말했다. "이제 바요가 나이지리아에 있다는 거야. 어제 아티누케에 전화해서 바요와 이야기를 나눴다. 다음 주면 바요가 여기에 와서, 너희를 데리고 라고스로 비자를 받으러 간다는구나."

다음 주.

이 말을 들으니 캐나다로 갈 가능성이 다시 한번 너무 가깝게 느껴졌다. 나는 마음이 무너져 내렸다. 아버지가 말한 시간—"다음 주"—은 너무 멀게 보였다. 나는 우리가 캐나다에 갈 수 있기를 바랐다. 짐을 싸고 이바단으로 가서 바요 아저씨의 집에 머물 수 있으면 좋겠다고, 비자가 준비되는 대로 그곳에서 출발할 수 있으면 좋겠다고 생각했다. 아무도 우리를 이바단까지 추적하지는 않을 테니까. 나는 아버지에게 이런 제안을 하고 싶은 마음이 굴뚝같았지만, 오벰베가 그 말을 어떻게 받아들일지 몰라 무서웠다. 하지만 아버지가 식사를 마치고 잠든 뒤에는 형에게 그 생각을 이야기했다.

"그건 자수하는 거나 마찬가지야." 형은 읽던 책에서 고개를 들지도 않고 대답했다.

나는 답을 내놓으려 애썼지만 그러지 못했다.

형이 고개를 저었다. "잘 들어, 벤. 그러지 마. 절대로. 걱정 마, 나한테 계획이 있으니까."

어머니가 그날 저녁 돌아와서 아버지에게 수색에 대해, 또 아이들이 미친 사람을 낚싯대로 죽였다던 거리에서 들리는 이야기에 대해 말해주 었을 때, 아버지는 왜 우리가 그 이야기를 하지 않았는지 궁금해했다.

"강도 사건이 더 중요하다고 생각했어요." 내가 말했다.

"사람들이 여기에 왔었니?" 아버지가 물었다. 안경을 쓴 아버지의 두 눈이 완고해 보였다.

"아뇨." 형이 대답했다. "벤이 자고 있을 때 저는 거의 깨어 있었는데, 아버지가 오셨을 때를 빼고는 아무 소리도 못 들었어요."

아버지가 고개를 끄덕였다.

"아마 아불루가 아이들에게 예언을 했고, 아이들은 그 예언이 현실이 될까 봐 무서워서 아불루와 싸운 것일 게다." 아버지가 말했다. "그자에 게 그런 영혼이 들렸다는 건 안타까운 일이야."

"정말 그랬을지도 모르겠네요." 어머니가 아버지 말에 동의했다.

부모님은 캐나다 이야기를 하며 그날 밤을 보냈다. 아버지는 아까와 똑같은 기쁨을 담아 어머니에게도 여행 이야기를 해주었다. 나는 머리 가 아팠다. 다른 누구보다도 먼저 잠자리에 들었을 때, 나는 너무 아파서 죽을까 봐 두려워졌다. 이제는 캐나다로 가고 싶다는 갈망이 너무도 심해졌다. 오벰베가 없더라도 떠나고 싶었다. 밤이 깊어 아버지가 안락의 자에서 졸기 시작하고, 아버지의 목구멍에서 시끄럽게 코 고는 소리가 울리기 시작한 다음까지도 이런 상태는 이어졌다. 그런 다음에는 평온과 확신이 도망치고 감기만큼 강하고 싸늘한 공포가 쏟아졌다. 나는 아직 보이지는 않으나 냄새는 나는—다가오고 있다는 걸 알 수 있는—무언가가 다음 주 전에 닥치리라는 두려움을 품기 시작했다. 나는 침대에서 벌떡 일어나 래퍼를 뒤집어쓰고 있던 형을 두드렸다. 나는 형이 안 자고 있다는 걸 알 수 있었다.

"오베, 우리가 저지른 짓을 부모님한테 말씀드려야 해. 그래야 아버지가 우리를 이바단으로 데려갈 수 있어. 우리를 데리고 도망쳐서 바요 아저씨를 만나게 해주실 수 있어. 그래야 다음 주에 캐나다로 갈 수 있을 거야."

나는 외우기라도 한 것처럼 빠르게 그 말을 쏟아냈다. 형이 래퍼 밑에서 나오더니 일어나 앉았다.

"다음 주야." 나는 숨을 헐떡이며 형에게 웅얼거렸다.

그러나 형은 대답하지 않았다. 형은 내가 보이지 않는다는 듯 내 쪽을 보았다. 그러더니 래퍼 밑으로 돌아가 사라졌다.

나는 숨을 헐떡이며 땀을 뒤집어쓰고 있었다. 머리가 여전히 아팠다. 그때 "벤, 일어나, 일어나" 하는 소리가 들렸고 어떤 손이 나를 흔들었다. 아마 한밤중이었던 게 틀림없다.

"오베." 내가 헛숨을 들이켰다.

눈을 뜨고 나서 잠깐은 오벰베가 보이지 않았다. 그런 다음에야 나는 그가 자기 옷장에서 옷을 끄집어내고, 사방을 빠르게 돌아다니며 가방에다 물건을 싸는 것을 보았다.

"가자, 일어나. 오늘 밤에 떠나야 해." 형이 손짓을 하며 말했다.

"무슨, 집을 떠난다고?"

"응. 지금 당장." 형은 짐을 싸다 말고 내게 속삭였다. "잘 들어, 생각해보니까 가능성이 있겠더라고. 군인들이 우리를 찾아낼지도 모른다는 말이야. 내가 군인한테서 도망치다가 그 교회의 늙은 사제를 봤는데, 그 사제가 나를 알아봤거든. 내가 하마터면 그 사람을 넘어뜨릴 뻔했어."

형은 이 폭로를 듣고 내 눈이 두려움으로 가득 차는 것을 보았다. 왜 전에는 내게 이런 말을 하지 않은 걸까?

"그 사람이 우리가 범인이라고 말할지도 몰라. 그러니까 지금 떠나자. 오늘 밤에라도 사람이 올 수 있어. 우리를 알아볼 수도 있겠지. 나는 안 자고 있었는데, 밤새 밖에서 시끄러운 소리가 들리더라. 오늘 밤에 오지 않더라도 내일 아침이든 언제든 확실히 올 거야. 사람들이 우리를 찾아내면, 우린 감옥에 가게 돼."

"그럼 어떻게 해야 해?"

"떠나야지, 떠나야 해. 그게 유일한 방법이야. 우리가 우리 자신과 부모님을—엄마를 지킬 수 있는 유일한 방법."

"어디로 가게?"

"어디든지." 형은 울음을 터뜨리며 말했다. "잘 들어, 아침이 되면 사람들이 우리를 찾으러 올 거야. 알겠어, 모르겠어?"

나는 뭔가 말하고 싶었지만 아무 말도 나오지 않았다. 형은 돌아서서 가방 지퍼를 열기 시작했다.

"이제 좀 움직이지 그래?" 형은 다시 눈을 들고, 내가 여전히 그 자리에 서 있는 것을 보더니 말했다.

"싫어." 내가 말했다. "어디로 갈 건데?"

"아침이면 사람들이 여기를 뒤질 거야, 하늘이 밝는 대로." 형의 목소리가 갈라졌다. "그리고 우리를 찾아낼 거야." 형은 잠시 말을 멈추고 침대 가장자리에 1초도 못 되는 짧은 시간 동안 앉았다가 다시 일어났다. "우리를 찾아낼 거라고." 형은 심각하게 고개를 저었다.

"하지만 난 무서워, 오베. 우린 그 사람을 죽이지 말았어야 했어."

"그런 말 하지 마. 그놈이 형들을 죽였어. 죽어도 싸."

"아버지가 우리한테 변호사를 붙여주실 거야. 떠나면 안 돼, 오베." 나는 멍하니 말했다. 흐느낌에 말이 막혀 왔다. "가지 말자."

"잘 들어, 멍청하게 굴지 마. 군인들이 우리를 죽일 거야! 우리가 군인들을 다치게 했잖아. 그놈들이 우리를 쏠 거라고. 기디언 오르카르*처럼. 모르겠어?" 형은 자기가 던진 질문을 내가 알아듣도록 잠시 말을 멈추었다. "엄마한테 무슨 일이 일어날지 상상해봐. 우린 지금 군사정부 아래에서 살고 있어. 놈들은 아바차의 군인들이라고. 다른 어딘가로 가자. 어쩌면 우리 마을에 잠깐 와 있다가, 거기에서 부모님한테 편지를 쓸 수도 있을 거야. 그러면 부모님이 우리를 만나서 이바단으로 데려간 다음 캐나다로 갈 방법을 마련하실 수 있겠지."

마지막 말이 잠시 내 두려움을 잠재웠다.

"알았어." 내가 말했다.

---

* 1990년에 쿠데타를 일으킨 나이지리아의 군인.

"그럼 짐을 싸, 빨리, 빨리."

형은 내가 가방에 물건을 챙기기를 기다렸다.

"빨리, 서둘러. 어머니 목소리가 들려. 기도하고 계셔. 우리를 보러 여기 오실지도 몰라."

내가 모든 옷을 배낭에 집어넣고 신발을 다른 가방에 싸는 동안, 형은 무슨 소리라도 들리는지 문에 귀를 가져다 댔다. 그런 다음, 눈 깜짝할 사이에 형이 자기 가방과 신발을 챙겨서 덧창 밖으로 뛰어내렸다. 형의 팔 실루엣만이 간신히 보였다.

"네 것도 던져!" 형이 창문 밑에서 속삭였다.

나는 배낭을 던지고 형을 따라 뛰어내리다가 넘어졌다. 형은 나를 일으켜 세웠다. 우리는 우리 교회로 이어지는 길을 건넜다. 사람들이 잠들어 있어 아무 소리도 들리지 않는 집들을 지났다. 그렇게 우리는 길을 떠났다. 밤은 집 베란다마다 켜진 전구들과 몇몇 가로등으로 어슴푸레하게 밝혀져 있었다. 형은 나를 기다렸다가 달리다가 기다리며, 잠깐 멈출 때마다 "이리 와"라거나 "뛰어"라고 속삭였다. 도망치면서 나는 두려움이 점점 심해졌다. 기억들이 무덤에서 솟아올랐고 기묘한 환상들이 내 발목을 잡았다. 나는 우리 집이 더 이상 보이지 않을 때까지 계속 집 방향을 돌아보았다. 등 뒤에서는 달빛이 밤하늘을 물들이며 우리가 나아온 길과 잠들어 있는 마을에 잿빛 색조를 드리웠다. 어딘가에서 노래하는 목소리가 들려왔다. 북소리와 종소리가 반주로 들어간 그 노랫소리가 멀리서 들려오는 소음보다 크게, 계속 우리에게 닿았다.

우리는 꽤 멀리까지 갔다. 어두워서 알아보기 어려웠지만, 나는 우리가 지역 중심부에 거의 다다랐다고 생각했다. 그때 아버지의 말이 ─"그러니까 무슨 짓이든 벌이기 전에 일단 어머니를 생각해라. 너희들이 하는 일이 어머니에게 어떤 영향을 끼칠지에 대해서 말이야. 그런 다음에만 결정을 내려야 한다"—날카롭게 나를 관통했다. 그것이 길 잃은 막대기처럼 내 발에 차였다. 나는 탈선한 화물 기차처럼 균형을 잃었고, 내 심장은 경적을 울려댔다. 어느새 나는 땅에 쓰러져 있었다.

"무슨 일이야?" 형이 돌아보며 물었다.

"돌아가고 싶어." 내가 말했다.

"뭐? 벤저민, 너 미쳤어?"

"돌아가고 싶어."

형이 내 쪽으로 다가왔을 때, 나는 형이 나를 끌고 갈지도 모른다는 생각에 겁을 먹고 외쳤다. "안 돼, 안 돼, 오지 마. 오지 말라고. 그냥 날 보내줘."

형은 다시 앞으로 움직였지만, 나는 벌떡 일어나 비틀거리며 멀어져 갔다. 나는 무릎에 멍이 들어 있었고, 무릎에서 피가 흐른다는 것을 알수 있었다.

"기다려! 기다리라니까!" 형이 외쳤다.

나는 멈춰 섰다.

"건드리지 않을게." 형이 항복하듯 두 손을 들어 올리며 말했다.

형은 배낭을 풀어 땅에 놓고 내게 다가왔다. 형은 나를 끌어안으려 했다. 그러나 형이 두 손으로 내 목을 감고 나를 당기려 했을 때, 나는 보자처럼 능숙하게 형의 두 다리 사이에 내 다리를 넣고 형의 다리를 걸었다. 우리는 둘 다 넘어져서 뻗어버렸다. 몸싸움을 하는 동안 형은 계속해서 우리가 함께 가야 한다고 고집을 부렸고, 나는 형더러 부모님에게 돌아갈 수 있도록 해달라고 빌었다—부모님이 우리 둘 모두를 잃는 건 싫다면서. 결국 나는 셔츠 일부가 찢긴 채로 형에게서 빠져나왔다.

"벤!" 내가 형에게서 먼 곳으로 뛰어가자 형이 울면서 외쳤다.

나 역시 거리낌 없이 울기 시작했다. 형은 입을 쩍 벌린 채 나를 보았다. 이제 형은 내가 돌아가기로 단단히 마음먹었다는 것을 알 수 있었다. 우리 형은 많은 것을 알았으니까.

"같이 안 갈 거면 두 분께 말씀이라도 드려." 형이 떨리는 목소리로 말했다. "아빠랑 엄마한테 내가…… 도망쳤다고 해."

형은 거의 말을 잇지 못했다. 형의 가슴은 슬픔으로 터질 듯했으니까.

"우리가—너랑 내가—그 일을 한 건 두 분을 위해서였다고 말씀드려."

순식간에 나는 형에게 돌아갔다—형의 몸에 착 달라붙었다. 형은 나를 더 꽉 끌어안고 내 뒤통수에, 내 머리 가죽의 길쭉한 면에 손을 댔다. 오벰베는 오랫동안 내 어깨에 대고 흐느끼더니 내게서 물러났다. 그는 내게서 돌아서지 않은 채 뒷걸음질 쳤다. 형은 멀리 달려갔다. 그러다가 멈춰 서서 외쳤다. "편지 쓸게!"

그런 다음 어둠이 형을 삼켰다. 나는 앞으로 달려가며 외쳤다. "아냐, 가지 마, 오베, 가지 마, 날 떠나지 마." 하지만 그곳에는 아무것도 없었다. 어둠 속에는 그의 흔적이 하나도 없었다. "오베!" 나는 미친 듯 앞으로 달려가며 크게 소리쳤다. 하지만 형은 멈추지 않았고, 듣지도 못하는 듯했다. 나는 발을 헛디뎌 넘어졌다가 애써 일어났다. "오베!" 나는 더 큰 소리로, 더욱 절실하게 외치며 도로에 접어들었다. 왼쪽, 오른쪽, 앞, 뒤……. 오베의 흔적은 없었다. 아무 소리도 들리지 않았고, 아무도 없었다. 형은 떠났다.

나는 땅에 주저앉아 다시금 울부짖기 시작했다.

17. 나방

나, 벤저민은 나방이었다.

날개가 달린, 빛을 쪼이는 나약한 존재. 그러나 곧 그 날개를 잃고 땅으로 떨어지는 존재. 나의 형인 이켄나와 보자가 죽었을 때, 나는 늘 내게 은신처를 제공해주었던 차양이 머리 위에서 찢겨 나간 것 같다고 느꼈다. 그러나 오벰베가 도망쳤을 때는 날아가던 도중 몸에서 날개가 뽑혀 나간 나방처럼 추락하고 말았다. 더는 날지 못하는, 간신히 기어 다니는 존재가 되었다.

나는 한 번도 형들 없이 살아본 적이 없었다. 나는 형들을 보면서 자랐고, 그저 형들의 모범을 따르며 형들이 살아온 삶을 본받아 살아갔다. 나는 형들 없이는 아무것도 해본 적이 없었다―특히, 큰형 두 명의 지혜를 흡수하고 책에서 더 넓은 지식을 추출하여, 나를 완전히 의존적인 사람으로 만들었던 오벰베 없이는. 나는 형들과 함께 살았고, 형들에게 너무 크게 의지했다. 그래서 내 머릿속에서는 형들의 머리를 먼저 거친 생각이 아니면 그 어떤 구체적인 생각도 형태를 갖추지 못했다. 이켄나와 보자가 죽은 뒤에도 나는 아무 영향을 받지 않은 것처럼 계속 살아갔다. 오벰베가 형들의 빈자리를 메워주고 내 질문에 답을 제시해주었으니까. 하지만 이제는 오벰베도 사라져버렸다. 나는 들어갈 생각만 해도 몸이 떨리는 문 앞에 홀로 남겨졌다. 나는 혼자서 생각하거나 살아가기가 두려운 게 아니었다. 그냥 그럴 방법을 몰랐고, 그럴 준비가 되어 있지도 않았다.

돌아가보니 우리 방은 죽어 있었다. 비어 있고 캄캄했다. 형이 등에 배낭을 메고 '가나는 나가라'* 가방을 손에 든 채 도망치는 동안 나는 바닥에 누워 흐느꼈다. 아쿠레에서 어둠이 천천히 걷히는 동안에도 형은 헐떡이고 땀을 흘리며 계속 달려갔다. 형은—아마 클레멘스 포렐의 이야기를 박차로 삼아—'형의 발이 이끄는 곳으로 멀리' 달려갔을 게 틀림없다. 조용하고 어두운 거리를 터덜터덜 끝까지 걸어갔겠지. 어쩌면 거기에서 잠시 멈추어 아무 표지가 없는 길들을 바라보며 어느 쪽으로 갈지 몰라 망설였을지도 모른다. 그러나 포렐처럼, 형은 잡힐지 모른다는 두려움에 짓눌렸을 것이다. 공포는 형의 정신에 터빈처럼 동력을 제공해 이런저런 생각들을 짜냈을 테고. 형은 달려가면서 넘어지고, 길에 난 구멍에 빠지고, 얽힌 덩굴에 발이 걸렸을 게 틀림없다. 길을 가다가 지치고, 물이 없으니 목이 말랐겠지. 형은 땀에 흠뻑 젖어 점점 더러워졌

---

* 1983년, 가나에서 일어난 정치적 소요 사태로 수많은 난민이 쏟아져 들어오자 나이지리아 사람들이 항의하며 만든 구호. 나중에는 나이지리아와 가나에서 주로 쓰이는, 지퍼와 손잡이 두 개가 달린 튼튼한 줄무늬 가방을 일컫는 말이 되었다. 현재는 대부분 장바구니로 쓰인다.

으리라. 두려움이라는 검은 현수막을 가슴에 품은 채 계속 달려갔으리라. 어쩌면 그 두려움은 내가, 형의 동생이 어떻게 될지 모른다는 두려움이었을지도 모른다. 우리 집을 삼켜버린 불을 함께 꺼보려 했던 나를 위한 두려움. 그 불길은 우리를 집어삼킴으로써 보복하려 들었다.

지평선이 밝아오고 우리가 사는 거리가 적군의 침략이라도 받는 것처럼 떨리는 목소리와 시끄러운 고함 소리, 총성과 함께 깨어났을 때도 형은 아마 계속 달렸을 것이다. 여러 목소리가 호령하며 외쳤고, 사람들이 팔로 문을 두드렸으며, 발로는 치명적일 만큼 세게 땅을 굴러댔고, 손으로는 총과 소가죽 채찍을 휘둘러댔다. 그들은—대여섯 명의 군인은—하나의 총체로 합쳐져 우리 집 대문을 쾅쾅 두드리기 시작했다. 그런 다음, 아버지가 문을 열자마자 아버지를 떠밀고 상처 입은 개들처럼 짖어댔다. "어디 있나? 그 양아치들 어디 있어?"

"살인자들!" 다른 사람이 내뱉었다.

소란이 터지자 은켐이 크게 울어댔고, 어머니는 내 방으로 달려와 반복적으로 문을 두드리며 "오뱀베, 벤저민, 일어나! 일어나라!" 하고 외쳤다. 그러나 어머니가 말하는 와중에 장화 신은 사람들이 발을 구르며 들어왔고, 목소리들이 어머니의 목소리에 다가들었다. 격렬한 항의, 날카로운 비명, 누군가가 바닥에 넘어지는 소리가 들렸다.

"제발, 부탁드려요. 개들은 아무 죄가 없어요. 결백해요."

"닥쳐! 그 애들은 어디 있나?"

그런 다음 맹렬하게 문을 두드리며 발로 걸어차는 소리가 시작됐다.

"당장 문을 열지 않으면 머리를 날려버리겠다."

나는 문의 빗장을 풀었다.

다음으로 내가 집에 돌아온 것은 그들이 나를 데리고 간 지 3주 후의 일이었다. 형들이 없는 새롭고도 두려운 세상에 들어서고 나서 꽤 오랜 시간이 지난 뒤였다. 나는 목욕을 하러 집에 돌아왔었다. 바요 아저씨가 끈질기게 요구한 덕에, 우리 법정 변호사인 비오둔이 나를 집으로 데려가 목욕만이라도 하도록 허락해달라고 판사를 설득했다. 그들은 이것이 보석이 아니라 집행유예라고 주장했다. 아버지 말에 따르면, 어머니는 내가 3주 동안 씻지 못했을까 봐 걱정하고 있었다. 그 시기에 나는 아버지한테서 어머니가 했다는 말을 전해 들을 때마다 최선을 다해 어머니가 예전에는 어떤 식으로 그 말을 했는지 상상했다. 그 3주 동안 나는 어머니가 말하는 걸 본 적이 거의 없었으니까. 어머니는 형들이 죽은 뒤의 모습으로 되돌아갔다―슬픔이라는 보이지 않는 거미들에게 시달리는 사람으로. 그러나 어머니가 입을 열지는 않았어도, 어머니의 시선이나 손이 보여주는 모든 움직임은 수천 가지 단어를 담고 있는 듯했다. 나는 어머니의 슬픔에 상처를 입었기에 어머니를 피했다. 나는 누군가가― 이켄나와 보자가 죽었을 때―아이를 잃은 어머니는 자신의 일부를 잃은 셈이라고 말하는 것을 들은 적이 있었다. 어머니가 두 번째 공판이 열리기 직전에 내 입에 환타병을 대주었을 때, 나는 어머니에게 손을 뻗으며 무언가 말하고 싶었지만 그럴 수가 없었다. 재판 도중 어머니는 두 번 자제력을 잃고 비명을 지르거나 큰 소리로 울었다. 그중 한 번은 검은 옷을 입고 있어서 영화 속 악마처럼 보이는, 피부가 아주 검은 남자가 이끄는 검사들이 오벰베와 내가 살인을 저질렀다고 주장했을 때였다.

첫 번째 공판 전날, 비오둔이 방문했을 때 그는 내게 창문이든 난간이든 뭐든 좋으니 다른 것에 집중하라고 조언했었다. 간수들, 그러니까 갈색이 들어간 카키색 제복을 입은 남자들이 나를 데리고 나와 변호사이자 아버지의 오랜 친구인 그를 만나게 해주었다. 그는 언제나 미소를 지으며 어떤 자신감을 품고 왔는데, 나는 그게 가끔 짜증 났다. 그와 아버지는 내가 면회객들을 맞이하는 작은 방에 와 있었고, 후임 간수가 스톱워치를 켰다. 그곳에서는 학교 화장실이 생각나는 고약한 냄새가 났다―썩어가는 똥 냄새였다. 비오둔은 내게 걱정하지 말라고, 우리가 승소할 거라고 말했었다. 그는 우리가 군인 중 한 명에게 부상을 입혔기에 판결이 조작될 거라는 얘기도 했었다. 그는 언제나 자신감이 넘쳤다. 그러나 긴급 공판 마지막 날에 비오둔은 미소를 짓고 있지 않았다. 그는 시무룩했고 진지했다. 그의 얼굴에 펼쳐진 감정의 지도는 해상도가 떨어졌고 알아볼 수가 없었다. 비오둔은 아버지와 내가 서 있는 법정 구석으로 와서 자기 눈에 깃들었던 비밀을 드러냈다. "최선을 다하고, 나머지는 주님의 손에 맡겨야죠."

우리는 콜린스 목사님의 밴을 타고 집으로 돌아왔다. 콜린스 목사님은 아버지와 바요 아저씨와 함께 나를 데리러 왔는데, 바요 아저씨는 이 바닥에 있는 자기 가족을 거의 완전히 버리고 시시때때로 아쿠레에 돌아왔다. 그렇게 하면 나를 확실히 석방시켜, 자신이 자식들과 함께 살고 있는 캐나다로 데려갈 수 있으리라는 기대에서였다. 나는 거의 그를 알아볼 수도 없었다. 지금의 그는 내가 네 살쯤이었을 때 마지막으로 본 모습과 매우 달라져 있었다. 얼굴 피부색이 훨씬 밝아졌고, 흰머리의 엷은 색조가 머리의 양옆에 주름처럼 들어가 있었다. 그는 기사가 브레이크를 밟아 속도를 줄였다가 다시 속도를 높이듯 말과 말 사이에 잠깐씩 뜸을 들였다.

우리는 밴을 타고 계속 차를 몰았다. 교회 이름인 '주님의 회중 교회, 아라로미 아쿠레 지부'와 그 모토인 '있는 그대로의 모습으로 오되 새로운 사람이 되어 떠나십시오'가 굵은 글자로 새겨져 있는 밴이었다. 내가 고개를 끄덕일 뿐 질문에는 거의 대답하지 않았기 때문에 사람들도 내게 별로 말을 걸지 않았다. 처음 감옥에 들어간 날 이후로 나는 부모님과 바요 아저씨와 대화하는 일을 피하기 시작했다. 그들을 마주 보는 일을 견딜 수가 없었다. 내가 망가뜨려버린 구원은—캐나다에서의 새로운 삶에 대한 기대는—아버지에게 너무 큰 타격을 입혔다. 아버지가 어떻게 지금까지도 전혀 동요하지 않는 것처럼 평온한 외견을 유지하는지 궁금해질 정도였다. 나는 대체로 변호사에게 내 속을 털어놓았다. 그는 여자처럼 목소리가 가늘고, 다른 누구보다도 내가 석방될 거라는 확신을 심어주었던 사람이었다. "금방"이라는 후렴을 달아서.

집으로 차를 타고 가던 중, 나는 머릿속에서 요동치던 질문을 참지 못하고 말했다. "오벰베는 돌아왔어요?"

"아니." 바요 아저씨가 말했다. "하지만 곧 돌아올 거야." 아버지가 뭔가 말하려 했지만, 바요 아저씨가 이렇게 덧붙여 그 말을 막았다. "오벰베를 데려오라고 사람을 보냈거든. 올 거다."

나는 어디에서 오벰베를 찾았는지 물어보고 싶었지만, 아버지가 말했다. "그래, 맞아." 나는 기다렸다가 아버지에게 아버지의 자동차는 어디 있는지 물었다.

"보드가 수리하러 가져갔다"라는 것이 아버지의 짧은 대답이었다. 아버지는 뒤를 돌아보며 나와 눈을 마주쳤고 나는 재빨리 시선을 돌렸다. "'플러그' 문제가 있어." 아버지가 말했다. "플러그 불량이다."

아버지는 이 말을 영어로 했다. 요루바족 사람인 바요 아저씨는 이보어를 몰랐으니까. 나는 고개를 끄덕였다. 우리가 접어든 도로는 상태가 너무 엉망이고 구멍이 많이 나 있어, 콜린스 목사님도 벌어진 구멍을 피하느라 다른 통근자들처럼 갓길로 방향을 틀어야 했다. 목사님이 뻗어 있는 덤불의 경계선을 헤치고 지나갈 때는 잡목림—대부분 부들이었다—이 밴의 몸체를 두드려댔다.

"거기서는 잘해주니?" 바요 아저씨가 물었다.

아버지는 뒷좌석에 나와 함께 앉아 있었고, 우리 사이의 공간은 종교적인 글과 기독교 서적, 교회 광고 전단으로 가득했다. 그중 대부분은 마이크를 들고 있는 콜린스 목사님의 똑같은 사진들을 담고 있었다.

"네." 내가 말했다.

나는 맞거나 괴롭힘을 당하지는 않았지만, 거짓말을 한 것 같은 기분이 들었다. 위협과 언어적인 비난은 있었기 때문이다. 감옥에서 보낸 첫날, 도저히 눈물을 달랠 수 없고 심장은 미친 듯이 뛰고 있을 때 간수 중 한 명이 나를 "꼬마 살인자"라고 불렀다. 그 사람은 나를 감옥의 창문 없는 텅 빈 방에 가둔 뒤 곧 사라졌다. 그 방의 창살 너머로는 사람들이 우리 속의 동물처럼 갇혀서 앉아 있는 다른 감방들 말고는 아무것도 보이지 않았다. 몇몇 방은 죄수만 있고 텅 비어 있었다. 내 방에는 닳아빠진 깔개와 배설을 할 때 쓰는 뚜껑 달린 양동이, 일주일에 한 번씩 다시 채워주는 물통이 있었다. 내 방을 마주 보는 감방에는 백인 남자가 있었는데, 그는 얼굴과 몸이 상처와 흉터와 먼지로 뒤덮여 있어서 끔찍해 보였다. 그는 자기 우리의 한구석에 앉아 멀거니 벽을 바라보았다. 표정이 멍했다—긴장증을 앓고 있는 것처럼 보였다. 이 사람은 나중에 내 친구가 되었다.

"벤, 맞거나 폭행당한 적이 전혀 없다는 뜻이니?" 바요 아저씨의 첫 번째 질문에 대해 내가 그렇다고 대답한 뒤 콜린스 목사님이 물었다.

"네, 목사님." 내가 말했다.

"벤, 사실대로 말해라." 아버지가 말했다. 아버지는 뒤를 힐끗 보았다. "부탁이니까 사실대로 말해."

나는 다시 아버지의 눈을 보았고, 이번에는 눈을 돌리지 못했다. 입을 여는 대신 나는 울기 시작했다.

바요 아저씨가 손을 뻗어 내 손을 잡고, 이렇게 말하며 손에 힘을 주기 시작했다. "미안해, 미안하다. 마 수 쿠 모─그만 울어라." 그는 형들과 내게 요루바어를 쓰는 걸 아주 즐거워했다. 지난번 나이지리아에 방문 했던 1991년에, 그는 그저 어린애일 뿐인 형들과 내가 우리 부모님보다 도 아쿠레의 언어인 요루바어를 잘 배우게 되었다는 사실에 관해 자주 농담했다.

"벤." 밴이 우리 동네에 거의 도착했을 때 콜린스 목사님이 부드러운 목소리로 나를 불렀다.

"네, 목사님." 내가 대답했다.

"너는 지금도 훌륭한 사람이고, 나중에도 훌륭한 사람이 될 거다." 그 는 운전대에서 한 손을 들었다. "놈들이 결국 너를 그곳에 집어넣게 된 다 하더라도─물론 나는 그런 일을 바라지 않고, 예수님의 이름을 걸고 그런 일은 없겠지만─"

"맞습니다, 아멘." 아버지가 끼어들었다.

"하지만 설령 그런 일이 일어난다 하더라도 네가 형들을 위해 겪게 될 일만큼 훌륭하고 위대한 일은 없다는 걸 알아두거라. 정말이야! 그보다 훌륭한 일은 없을 거다. 우리 주 예수님께서도 '사람이 친구를 위하여 자기 목숨을 버리면 이보다 더 큰 사랑이 없나니'라고 말씀하셨어."

"네! 아주 맞는 말씀입니다." 아버지가 격하게 고개를 끄덕이며 소리를 높였다.

"놈들이 너를 그곳에 집어넣는다면, 너는 그냥 친구가 아니라 형들을 위해 고난을 겪는 셈이 된다." 이 말에 대한 대답으로 아버지의 우렁찬 "맞습니다"와 바요 씨의 외국어 억양이 섞인 "지당하신 말씀입니다, 목사님"이라는 노기 어린 말이 부딪혔다.

"그보다 훌륭한 일은 없다." 목사가 되풀이했다.

노래 부르듯 "맞습니다"라고 반복하는 아버지의 목소리가 이 말에 점점 더 커져서, 목사님조차 입을 다물고 말았다. 아버지는 말을 마친 뒤 진심을 담아 진지하게 목사님께 감사 인사를 했다. 그런 다음, 남은 이동 시간 내내 우리는 침묵을 지켰다. 감금에 대한 두려움은 더욱 커졌지만, 어떤 일을 맞닥뜨리게 되든 그 일을 형들과 함께 마주하게 되리라는 생각은 위안이 됐다. 이상한 기분이었다.

집에 도착했을 때쯤 나는 먼지로 가득 찬 망가진 토기나 다름없었다. 데이비드가 내 주변을 맴돌았다. 멀리서 나를 지켜보면서도 내가 자기 손을 잡으러 가까이 다가갈 때마다 내 눈을 피하며 쏜살같이 달아났다. 나는 문득 왕궁에 들어온 가련한 이방인처럼 집 안을 돌아다녔다. 나는 조심스럽게 땅을 밟았고 내 방에도 들어가지 않았다. 한 발을 내디딜 때마다 과거가 온 정신을 사로잡을 듯 선명하게 돌아왔다. 일행이라고는 책 한 권밖에 없었지만, 나는 새장같이 생긴 방의 흙바닥에서 보낸 시간도 그리 거슬리지는 않았다. 신경 쓰였던 것은 감금이 부모님에게, 특히 어머니에게 미친 영향과 형의 행방이었다. 나는 목욕을 하면서 아버지가 지난주 법정에서 내게 털어놓았던 말을 생각했다. 재판이 열리기 전, 아버지는 나를 법정 한구석으로 데려가 "알려줘야 할 게 있다"라고 진지한 목소리로 말했다. 나는 아버지가 울고 있다는 것을 알게 되었다. 아무도 엿듣지 못할 만한 곳으로 나가자 아버지는 고개를 끄덕이며 슬픔을 감추고자 미소를 억눌렀다. 아버지는 다시 고개를 들고 나를 보더니, 눈물을 훔치느라 손가락을 눈가에 댔다. 아버지는 안경을 벗고 상한 눈으로 나를 빤히 바라보았다. 아버지는 눈에 붕대를 두르고, 얼굴 왼쪽에는 흉터가 생긴 채로 집에 돌아온 그날 이후 거의 안경을 벗지 않았다. 아버지는 고개를 앞으로 숙이고 내 손을 잡더니 속삭였다.

"게 은티,* 아지키웨." 아버지는 미묘한 이보어로 말했다. "네가 한 일은 훌륭한 일이다. 게 은티, 에. 후회하지 말거라. 하지만 너희 어머니는 내가 지금 여기서 너한테 하는 말을 한마디도 들어서는 안 된다."

나는 고개를 끄덕였다.

"좋아." 아버지는 점점 작아지는 목소리로, 영어로 말했다. "어머니는 절대 알아서는 안 돼. 봐라, 내 눈은 백내장에 걸린 게 아니다. 이건." 아버지는 빤히 나를 바라보며 말을 멈추었다. "네가 죽인 미친 사람이 내게 이런 짓을 했다."

"네?" 내가 큰 소리로 외치는 바람에 주변 사람들의 이목을 끌었다. 어머니조차 데이비드와 함께 있다가 눈을 들었다. 어머니는 약한 몸을

---

* 잘 들어라. (이보어)

두 손으로 감싸 안고 있었다.

"큰 소리 내지 말라고 했지." 아버지는 겁먹은 아이처럼, 어머니 쪽에 시선을 두고 말했다. "너도 알겠지만, 그 미치광이가 네 형들의 추모예배에 왔을 때 나는 큰 상처를 받았다. 나는 수치심을 느꼈고, 그만하면 그자가 우리에게 충분한 타격을 입혔다고 느꼈어. 나는 내 두 손으로 그자를 죽이고 싶었다. 사람들도, 정부도 나 대신 그 일을 해주지는 않을 테니까. 나는 칼을 들고 갔지만, 놈에게 덤벼든 순간 놈이 그릇에 담겨 있던 내용물을 내 얼굴에 던졌다. 네가 죽인 그자가 하마터면 내 눈을 멀게 할 뻔했다."

아버지는 손을 한데 모았고, 나는 아버지가 한 말을 이해하려 애썼다. 아버지가 돌아왔던 날의 모습이 내 머릿속에는 마치 지금 일처럼 가슴 아프게 남아 있었다. 아버지는 일어나서 복도를 가로질러 갔고, 나는 나도 모르게 오미알라강의 물고기들이 수영하는 모습과 녀석들이 물결에 떠밀려 꼼짝하지 못하고 멈춰 있는 모습을 떠올렸다.

목욕을 마친 나는 아버지의 수건으로 물기를 닦고 몸을 감쌌다. 나는 아버지가 집에 돌아오기 전, 앞서 내게 했던 말을 다시 떠올려보았다.

"바요가 너희 둘 모두에게 캐나다 비자를 받아주었다. 이런 일이 일어나지 않았다면 지금쯤 너희 둘 다 캐나다로 가고 있었을 거야."

나는 다시 슬퍼져서 눈물을 흘리며 목욕을 한 다음 거실로 돌아갔다. 바요 아저씨는 아버지의 맞은편에 앉아 두 무릎에 손을 놓고, 아버지의 얼굴만 빤히 바라보고 있었다.

"앉거라." 바요 아저씨가 말했다. "베니, 오늘 그곳에 가더라도 겁을 먹지 말거라. 전혀 겁먹을 것 없어. 너는 어린아이고, 네가 죽인 사람은 그냥 미친 사람이 아니라 너한테 나쁜 짓을 한 사람이다. 이런 일로 너를 감옥에 보내는 건 부당한 일이야. 가서 네가 한 일을 말하면 법원에서 널 풀어줄 거다." 그가 잠시 말을 멈췄다. "아, 이런, 울지 말거라."

"아지키웨, 이러지 말라고 했잖니." 아버지가 말했다.

"아냐, 에메. 그러지 마. 이 애는 그냥 어린애일 뿐이야." 바요 아저씨가 말했다. "법원에서는 너를 풀어줄 테고, 그러면 나는 다음 날 너를 캐나다로 데려갈 거다. 그래서 내가 아직 여기 있는 거야. 너를 기다리고 있는 거지. 알았니?"

나는 고개를 끄덕였다.

"그럼 부탁이니까 눈물을 닦으렴."

바요 아저씨가 캐나다를 언급하자 나는 다시 마음이 꼬챙이로 찔리는 듯했다. 바요 아저씨가 우리에게 보내준 사진 속 장소들에 거의 갈 뻔했다는 생각이나, 나무로 만들어진 집에서 살게 된다는 생각, 바요 아저씨의 딸인 케미와 샤요가 나무 밑에서 자전거를 타고 포즈를 잡고 있는 사진들에 대한 생각. 나는 '서구적 교육'이라는, 내가 그토록 심하게 원했던 현상에 대해서 생각했다. 나는 자라면서 그것만이 아버지를 행복하게 만들 수 있는 유일한 것이라고 생각했고, 그것이 내 손이 닿지 않는 곳으로 사라져간다고 생각했다. 이런 식으로 기회를 잃어버렸다는 느낌이 너무도 강하게 나를 압도해 왔기에 나는 생각할 겨를도 없이 무릎을 꿇고 바요 아저씨의 두 다리를 붙잡으며 이렇게 말했다. "부탁이에요, 바요 아저씨. 저를 지금 데려가주세요. 왜 지금 데려가지 않으시는 건가요?"

그와 아버지는 할 말이 없어 잠시 시선을 주고받았다.

"아빠, 바요 아저씨한테 지금 저를 데려가달라고 말해주세요." 나는 손바닥을 비비며 간청했다. "지금 저를 데려가달라고 해주세요, 제발요, 아빠."

대답으로 아버지는 손에 얼굴을 묻고 흐느꼈다. 아버지가, 우리의 아버지가, 그 강한 남자가 나를 도와줄 수 없다는 생각이 처음으로 들었다. 아버지는 발톱이 잘리고 부리가 꺾인, 길들여진 독수리가 되었다.

"벤, 잘 들어라." 바요 아저씨가 입을 열었지만 나는 듣지 않고 있었다. 나는 진짜 비행기에 타고 새처럼 하늘을 날아가는 모습을 생각하고 있었다. 바요 아저씨가 말을 하고 나서 한참 뒤에야 나는 그가 한 말을 떠올렸다. "내가 지금 당장 너를 데려갈 수 없는 이유는, 너도 알겠지만 놈들이 네 아버지를 체포할 것이기 때문이다. 일단은 그 사람들과 맞서야 해. 걱정하지 마라, 법원에서는 너를 풀어줄 거다. 다른 선택지가 없어."

바요 아저씨는 손을 뻗어 내 손을 잡고, 내 손에 손수건을 쥐여주며 말했다. "눈물을 닦으려무나."

나는 손수건에 얼굴을 묻었다. 나를, 그저 작은 나방일 뿐인 나를 지워버리려는 위협의 불길로 변해버린 세상에서 ─ 잠깐이라도 ─ 물러나고 싶었기에.

18. 왜가리들

데이비드와 은켐은 왜가리였다.

폭풍이 지나가고 나면 날개에는 얼룩 한 점 없고 목숨에도 아무런 영향을 받지 않은 채 무리 지어 나타나는, 양털처럼 하얀 새들. 그 아이들은 폭풍이 몰아치는 와중에 왜가리가 되었지만, 그 폭풍이 지나가고 내가 알던 모든 것이 바뀐 뒤에는 허공에 날개를 띄운 채 나타났다.

그 모든 것의 시작은 아버지였다. 내가 다음번에 아버지를 봤을 때, 아버지는 회색 수염을 기르고 있었다. 내가 석방되는 날이었다. 나는 아버지도, 다른 가족도 6년 동안 보지 못한 터였다. 결국 가족들이 왔을 때, 나는 그들이 모두 알아볼 수 없을 만큼 바뀌었다는 사실을 알게 되었다. 나는 변해버린 아버지의 모습에 슬픔을 느꼈다. 삶이라는 놈이 대장장이 행세를 하며 두들겨 낫같이 만들어놓은, 쇠꼬챙이처럼 야윈 남자. 심지어 아버지의 목소리조차 어떤 원한을 띠게 됐다. 오랫동안 말하지 않고 아버지의 입이라는 동굴 속에 남아 있던 말들의 폐기물에 녹이 슬어,

아버지가 말을 하려고 입을 열 때마다 그 혀 위에서 아주 작은 조각으로 흩어지는 것만 같았다. 나는 아버지가 지난 몇 년 동안 여러 차례 의학적인 치료를 받았다는 것을 알 수 있었지만, 그 변화를 완전히 설명하기란 어려웠다.

어머니도 훨씬 늙어버렸다. 아버지처럼, 어머니의 목소리 이면에는 어떤 무게가 납덩이처럼 깃들었다. 그래서 어머니의 말은 비만이 사람의 걸음걸이에 영향을 미치듯, 뭔가에 발목이 잡힌 것처럼 느리게 나왔다. 소장의 마지막 서명을 기다리며 교도소 내의 나무 벤치에 앉아 있는 동안, 아버지는 오뱀베와 내가 집을 떠난 뒤 어머니의 눈에 거미들이 돌아왔다는 얘기를 해주었다. 단, 어머니가 곧 회복했다고 했다. 아버지가 말하는 동안 나는 제복을 입은 혐오스러운 사람들의 여러 가지 초상화며, 싸구려 포스터에 인쇄된 부고가 어지럽게 나붙은 맞은편 벽을 바라보았다. 습도가 높아서, 파란 페인트는 약해지고 빛이 바랜 채 흰 곰팡이가 피어 있었다. 나는 벽에 걸린 시계에서 눈을 떼지 않았다. 아주 오랜 시간 동안 시계를 본 적이 없었기 때문이었다. 시간은 5시 42분이었고, 작은 바늘이 6시를 향해 가고 있었다.

그러나 무엇보다 놀라운 것은 데이비드에게서 보인 변화였다. 데이비드를 본 나는 그가 보자와 정확히 똑같은 몸을 갖게 된 것을 보고 충격을 받았다. 특징적으로 활발했던 보자와 달리 수줍음을 타며 왠지 절제된 사람처럼 보인다는 것만 빼면, 둘 사이에는 거의 아무런 차이가 없었다. 감옥에서 처음 인사를 나눈 뒤 데이비드는 마을 중심에 접어들었을 때에야 입을 열었다. 데이비드는 열 살이었다. 데이비드(와 은켐)의 탄생으로 이어졌던 기억에 남는 몇 달 동안, 어머니는 바로 이 아이를 위해

364

서 태어나지 않은 아이에게 기쁨을 준다는 노래를 불러주었다. 당시에는 우리도 모두 어머니의 생각을 믿었다. 어머니가 노래하고 춤추기 시작하면 형들과 나는 모여들었다. 어머니의 목소리에는 마음을 사로잡는 매력이 있었으니까. 이켄나는 드럼 연주자가 되어 숟가락으로 식탁을 두드렸다. 보자는 플루트 연주자가 되어 입으로 플루트 소리를 냈다. 오벰베는 휘파람 부는 사람이 되어 노래에 맞춰 휘파람을 불었다. 나는 응원단이 되어서 박자에 맞춰 손뼉을 쳤다. 그러는 동안 어머니는 후렴을 되풀이해 불렀다.

이요그호그호 이요그호 이요그호그호,

카니 제 나 은케 비쇼푸	5시다,
나 파이브 아쿠올라	주교님 집으로 가자
이혜 네 에웨 미웨 분	내가 슬픈 이유는
아 에펨 아코라코	빨래가 아직 마르지 않았기 때문일 뿐
은왐 분 아-아포	하지만 배 속 아기가 행복하다는 걸 알기에
나에웨 아훌리	나는 마음이 놓인다네

데이비드를 끌어당겨 안고 싶은 강한 충동이 나를 사로잡았다. 그때, 아버지가 갑자기 말했다. "철거다." 내가 물어보기라도 한 것처럼. "사방이."

아버지는 멀리 어딘가에서 크레인이 집을 무너뜨리고 그 주변으로 사람들이 모이는 모습을 보았다고 했다. 나도 그 비슷한 장면을 앞서 어딘가에서, 버려진 공중화장실 근처에서 본 적이 있었다.

"왜요?" 내가 물었다.

"여기를 도시로 만들고 싶어 해." 데이비드는 나를 보지 않고 말했다. "새 주지사가 저 집 대부분을 무너뜨리라고 했어."

나와의 면회를 유일하게 허락받은 전도사가 정부에서 일어난 변화를 이야기해준 적이 있었다. 당시 판사는 내 나이 때문에 나를 종신형이나 사형에 처할 가치가 없다고 생각했다. 그렇다고 나를 소년원에 넣을 수도 없었다. 살인을 저질렀으니까. 그래서 그들은 내가 가족의 면회나 연락 없이 8년 징역을 살아야 한다고 판결했다. 그날의 재판이, 그 전부가 내 기억이라는 병 속에 담겨 봉인되었다. 나는 감방에서 여러 밤을 보내며, 모기들이 귀 주변에서 왱왱거리는 가운데 법정의 모습을 문득문득 엿보았다. 초록색 커튼이 흔들리는 가운데 판사가 저쪽 높은 단상에 앉아 깊고 낮은 목소리로 이렇게 말하는 모습이었다.

……피고는 이 사회에 의해 사회와 인류가 수용할 수 있을 만한 교양 있는 방식으로 행동할 수 있는 성인이 되었다고 간주될 때까지 수감된다. 이에 비추어, 또한 나이지리아 연방공화국의 연방 사법제도가 본 법정에 부여한 권한에 따라, 더불어 정의를 자비로 누그러뜨려야 한다는 배심원단의 권고에 따라― 피고의 부모인 아구 씨 부부를 위해, 본 법정은 피고인 벤저민 아지키웨 아구에게 현재 10세인 피고인이 사회적으로 입증된 성년인 18세가 될 때까지 가족과의 접촉이 불허되는 8년 징역형을 선고한다. 폐정한다.

나는 즉각적인 두려움에 사로잡혀 아버지를 힐끗 보았다. 아버지의 이마에 어떤 미소가 기도하는 사마귀처럼 폴짝 뛰어오르는 모습과 어머니가 비명을 지르며 머리 위로 두 손을 높이 들고 살아 있는 주님에게 자신이 이 모든 일을 당하는 가운데 침묵을 지키실 수는 없다고, 이 번만큼은 안 된다고 애원하는 모습을 보았다. 이어서 간수들이 내게 수갑을 채우고 뒤쪽 출구로 밀치기 시작했다. 그러자 사물에 대한 내 이해는 아직 만들어지지 않은 아이—태아의 수준으로 쪼그라들었다. 그곳에 있는 모든 사람이 나만의 세상으로 나를 만나러 온 사람들이고, 이제는 떠나려는 것만 같았다. 끌려가는 것은 내가 아니라 그 사람들인 것처럼.

교도소는 정책에 따라 전도사가 수감자들을 면회할 수 있게 해주었다. 그중 한 명인 복음주의자 아자이가 보름에 한 번씩 찾아왔고, 나는 그를 통해 바깥소식을 들었다. 그는 내가 석방될 예정이라는 소식이 들려오기 일주일 전에 어떤 이야기를 전해주었다. 나이지리아의 군정이 민정으로 처음 이양되었고, 그 분위기에서 아쿠레가 주도인 온도주의 주지사 올루세군 아가구가 몇몇 죄수들을 풀어주기로 결정했다는 것이었다. 아버지는 내 이름이 명단 맨 위에 올라 있다고 말했다. 2003년 5월 21일이라는 무더운 날이 나의 석방일로 정해졌다. 모든 죄수에게 운이 따른 것은 아니었다. 내가 감옥에 들어간 지 1년 뒤인 1998년, 복음주의자 아자이는 독재자인 아바차 장군이 입에 거품을 문 채 사망했다는 소식을 가져왔다. 그가 독이 든 사과를 먹고 죽었다는 소식이 떠돌아다녔다. 그로부터 정확히 일주일 후에는 석방을 앞두고 있던 아바차의 주요 죄수이자 최대의 라이벌인 M.K.O.가 거의 비슷한 방식으로, 차를 마신 뒤에 사망했다.

M.K.O.의 고난은 우리가 그를 만난 지 몇 달 뒤, 그가 이겼다고 생각

되는 1993년 선거가 무효화되면서 시작됐다. 그 사건은 일련의 다른 사건들을 촉발하면서 나이지리아의 정치를 전례 없는 진창으로 서서히 빠뜨렸다. 다음 해 어느 날, NTA 전국 네트워크 뉴스를 보려고 거실에 모여 있던 우리는 M.K.O.가 무장 탱크 등 군용 자동차에 타고 있는 2백 명의 중무장 군인들에 의해 자기 집 안에서 포위되었다가 죄수 호송차를 타고 끌려가는 모습을 보았다. 그는 반란 혐의를 받았고, 긴 수감 생활을 시작했다. 나는 M.K.O.의 고난에 대해 알고 있었지만, 그가 죽었다는 소식은 묵직한 주먹질처럼 세게 다가왔다. 나는 그날 밤 거의 잠을 이루지 못했던 것이 생각난다. 나는 어머니가 준 래퍼를 덮고 매트리스에 누워서, 그가 형들과 내게 얼마나 큰 의미였는지 생각했다.

우리는 오미알라강의 일부를 지났다. 마을에서는 가장 큰 수역이었다. 나는 사람들이 진흙탕에서 노를 저어 가는 모습을, 한 어부가 물에 그물을 던지는 모습을 보았다. 콘크리트 차선 분리대에 박혀 있는 가로등이 길을 따라 줄지어 이어졌다. 집으로 차를 타고 가는 동안, 잊고 있던 아쿠레의 자세한 모습이 그 죽은 눈을 뜨기 시작했다. 나는 길이 엄청나게 바뀌었으며, 내가 태어난 이 도시가, 내가 두 발을 디뎠던 그 흙이 6년 만에 아주 많이 변했다는 사실을 알아차렸다. 길이 넓어져 노점상들은 무질서한 길가에서 몇 미터씩이나 밀려났다. 그 길가는 자동차나 트럭으로 가득 차 있는 경우가 많았다. 머리 위로 지나가는 다리가 도로 양면에 걸쳐 건설되었다. 사방에서 자기 물건을 팔려고 고함을 쳐대는 행상들의 불협화음이 내 영혼에 기어든 조용한 생물들을 깨웠다. 우리가 꽉 막힌 길 한가운데에 멈춰 서자 빛바랜 맨체스터 유나이티드 운동복을 입은 한 남자가 달려와 자동차를 두드리면서, 어머니 쪽 창문으로 빵 조각을 쑤셔 넣으려 들었다. 어머니는 창문을 닫아버렸다. 경적을 울려대고 조바심에 소란을 떠는, 거의 천 대는 되는 자동차들 뒤쪽 저 멀리로 육교 아래에서 천천히 유턴하는 엄청나게 큰 트럭이 보였다. 차량 통행을 완전히 막아버린 것이 바로 그 자동차계의 공룡이었다.

지금 내 주변에서 움직이는 모든 것은 감옥에서 보낸 세월과 강한 대조를 이루었다. 감옥에서 내가 했던 일이라고는 책을 읽고, 멍하니 바라보고, 기도하고, 울고, 독백하고, 희망하고, 자고, 먹고, 생각하는 것뿐이었다.

"많은 게 달라졌네요." 내가 말했다.

"그래." 어머니가 말했다. 그때 어머니는 미소 지었고, 나는 문득 거미들이 어머니를 괴롭혔다는 사실을 떠올렸다.

나는 거리로 다시 눈을 돌렸다. 이윽고 집에 다가가자 나 자신의 목소리가 들렸다. "아빠, 오벰베가 아예 돌아오지 않았다는 말씀이세요? 그렇게 오랫동안?"

"그래, 한 번도 오지 않았다." 아버지는 고개를 저으며 날카롭게 말했다.

아버지가 이 말을 했을 때 나는 어머니와 눈을 마주치고 싶었지만, 어머니는 창밖을 내다보고 있었다. 대신 아버지의 눈이 룸미러를 통해 내 눈과 마주쳤다. 나는 오벰베가 베닌에서 몇 차례 편지를 썼다는 사실을 말하고 싶었다. 오벰베는 자기를 사랑해서 입양한 어떤 여자와 함께 살고 있다고 말했다. 오벰베는 집을 나선 다음 날 아침, 아쿠레에서 출발하는 버스에 타고 베닌 시로 떠났다. 베닌을 떠올린 이유는 그저 대영제국의 통치를 거부하고 그리로 가기로 했던, 베닌의 위대한 오바 오본람웬의 이야기가 생각났기 때문이었다고 했다. 베닌 시에 도착한 그는 자동차에서 내리는 어떤 여자를 보고 다가가, 그녀에게 잘 곳이 없다고 용감하게 말했다. 그 여자는 오벰베를 불쌍히 여겨서 자기 혼자 사는 집으로 오벰베를 데려갔다. 오벰베는 자기가 말하면 내가 슬퍼질 일들과, 그의 생각으로는 내가 너무 어려서 들려주기도 어렵고 아마 이해하지 못할 일들이 벌어졌다고 적었다. 하지만 나중에는 이야기해주기로 약속했다. 오벰베는 당분간 내가 알아야 할 몇 가지는 이런 것들이라고 말했다. 즉, 그 여자는 혼자 사는 과부이고, 자신은 남자가 되었다는 것. 오벰베는 바로 그 편지에서 정확한 내 석방 날짜─2005년 2월 10일─를 계산하며 바로 그날 아쿠레로 돌아오겠다고도 말했다. 그는 이그바페가 소식을 알려줄 것이며, 그를 통해 내게 일어나는 일들을 알게 될 거라고도 말했다.

이그바페가 오벰베의 편지를 내게 전해주었다. 형이 이그바페를 처음 만난 것은─망명 후 첫 6개월이 지난 뒤에─집에 돌아오려던 중의 일이었다. 형은 일단 아쿠레에 돌아오기는 했지만, 너무 겁이 나서 우리 집에 들어오지는 못했다. 대신 형은 이그바페를 찾았고, 이그바페는 형에게 모든 것을 말해주며 내게 편지를 전해주겠다고 약속했다. 이후 2년 동안 형은 거의 매달 편지를 썼다. 그러면 이그바페가 내게 전해주라며 하급 간수에게 편지를 건넸다─대개는, 그 간수를 설득하기 위해 뇌물을 주면서 말이다. 나는 보통 이그바페가 밖에서 기다리는 동안 답장을 썼다. 그러나 첫 3년이 지난 뒤에는 이그바페가 갑자기 더는 오지 않았고, 나는 그 이유나 오벰베가 어떻게 됐는지에 대해서 알아내지 못했다. 나는 며칠을, 몇 달을, 그런 다음에는 몇 년을 기다렸지만 아무 소득이 없었다. 당시에 내가 받은 것은 아버지가 가끔 보내는 편지, 그리고 한 번은 데이비드가 보낸 편지뿐이었다. 나는 오벰베가 보낸 대략 열여섯 통의 편지를 읽고 또 읽었다. 그러다가 그가 2000년 11월 14일이라는 날짜를 붙인 마지막 편지의 내용 전체가 코코넛에 고이는 물처럼 내 머릿속에 보관되었다.

잘 들어, 벤.

지금 나 혼자서 부모님을 만날 수는 없어. 그건 못 해. 모든 일이, 그 모든 일이 일어난 건 나 때문이야. 비행기가 지나갔을 때 아불루가 한 말을 이케에게 전해준 사람이 나야. 내가 문제였어. 나는 너무 멍청했어. 너무 멍청했다고. 잘 들어, 벤. 너조차도 나 때문에 고통을 받은 거야. 나는 부모님한테 가고 싶지만, 혼자서 두 분을 뵐 수는 없어. 네가 석방되는 날에 갈게. 그럼 우리가 함께 부모님을 뵙고, 우리가 한 짓에 대해서 용서를 빌 수 있을 거야. 내가 갈 때 너도 꼭 함께 있어야 해.

오벰베

편지를 생각하자 이그바페에 관해 물어봐야겠다는 생각이 문득 들었다. 아마 이그바페에게서 형이 더 이상 편지를 쓰지 않은 이유를 알아낼수 있을 거라는 생각이 들었다. 이그바페가 지금도 아쿠레에 사느냐고 묻자 어머니는 이상할 만큼 놀라며 나를 보았다.

"이웃집 그 애 말이니?" 어머니가 말했다.

"네, 이웃집 그 애요."

어머니가 고개를 저었다.

"걘 죽었어." 어머니가 말했다.

"뭐라고요?" 나는 헛숨을 들이켰다.

어머니가 고개를 끄덕였다. 이그바페는 자기 아버지처럼 트럭 운전수가 되어, 2년 동안 숲에서 이바단으로 목재를 날랐다. 그러다가 그의 트럭이 미끄러지면서, 끔찍한 부식으로 인해 생겨난 치명적인 구멍으로 떨어졌다. 이그바페는 그 사고로 사망했다.

어머니가 이 말을 전하는 동안 나는 숨을 참았다. 나는 이그바페와 함께 놀며 자랐다. 이그바페는 처음부터 그 자리에 있었고, 형들과 나와 함께 오미알라강에서 낚시를 했다. 끔찍한 일이었다.

"그게 얼마나 된 일이에요?"

"2년쯤 전일 거다." 어머니가 말했다.

"정확하지는 않아요! 2년 반이니까." 데이비드가 끼어들었다.

데이비드가 이 말을 했을 때 나는 강한 기시감에 사로잡혀 눈을 들었다. 나는 잠시 1992년이나 1993년이나 1994년이나 1995년이나 1996년에, 보자가 어머니의 말을 정확히 똑같은 방식으로 고쳐주었다는 생각을 했다. 하지만 데이비드는 보자가 아니었다. 훨씬 나이가 어린 보자의 동생이었다.

"그래." 어머니가 반쯤 미소 지으며 말했다. "2년 반이다." 이그바페의 죽음이 내게 더 충격적으로 느껴졌던 까닭은, 당시에는 내가 감옥에 있는 동안 아는 사람이 죽을 가능성을 생각조차 해보지 못했으나 실제로는 수많은 사람이 죽었기 때문이었다. 자동차 정비공인 보드 아저씨도 그런 사람 중 한 명이었다. 그도 교통사고로 죽었다. 아버지가 편지에 그 일을 적었다. 나는 그 편지를 읽으며 아버지의 분노를 느낄 수 있었다. 그 편지의 마지막 세 줄은 격앙되어 있고 강력했으며, 오랜 세월 내 기억

속에 강하게 남았다.

도로라 불리는, 바퀴 자국투성이에 헐어빠진 고속 '죽음의 덫'에서 젊은이들이 매일같이 죽어나간다. 그런데도 아소 바위의 이 멍청이들은 이 나라가 살아남을 거라고 주장하는구나. 그게 바로 문제야, 놈들의 거짓말이 문제다.

임신한 여자가 부주의하게 도로에 뛰어들었고, 아버지는 갑자기 차를 멈추었다. 여자가 길을 건너며 미안하다는 뜻으로 손을 흔들었다. 우리는 곧 동네 거리의 시작점이라고 생각되는 곳에 접어들었다. 이곳부터 거리는 청소되어 있었고, 새로운 구조물들이 사방에 세워져 있었다. 모든 것이 새로워진 것만 같았다. 세상 자체가 새로 태어난 듯했다. 익숙한 집들이 새 전장에서 솟아난 풍경처럼 시야로 뛰어 들어왔다. 나는 아불루의 낡은 고물 트럭이 서 있던 곳을 보았다. 남아 있는 것은 쓰러진 나무처럼 에산 덤불의 정원에 얽혀 있는 금속 조각들뿐이었다. 닭 한 마리와 그 닭의 병아리들이 먹이를 쪼아 먹느라 기계적으로 부리를 흙에 담가댔다. 나는 그 모습을 보고 놀랐으며 트럭에 무슨 일이 일어났는지, 누가 그 트럭을 제거했는지 궁금해졌다. 나는 다시 오벰베를 생각하기 시작했다.

집에 다가갈수록 나는 오벰베를 더 많이 생각하게 됐다. 이런 생각이 처음에 느꼈던 기쁨을 위협했다. 나는 태양으로 가득한 내일에 대한 생각이 ─ 오벰베가 돌아오지 않았다면 ─ 그리 오래 숨 쉬지 못하리라고 느끼기 시작했다. 그 생각은 총알구멍이 뚫린 채 비틀거리는 사람처럼 주저앉아 죽어버리고 말 것이었다. 아버지 말에 따르면, 어머니는 오벰베가 죽었다고 생각했다. 4년 전, 비숍 휴스 기념 정신병원에 1년 동안 수용되었다가 돌아온 직후 어머니가 오벰베의 사진을 묻어버렸다는 것이다. 어머니는 아불루가 자기 동생을 죽였듯 창으로 오벰베를 찔러 벽에 박아버리는 꿈을 꿨다고 했다. 어머니는 오벰베를 벽에서 내리려 했지만, 오벰베는 어머니의 눈앞에서 천천히 죽어갔다. 그 꿈이 현실이라고 믿은 어머니는 울부짖으며 누가 달래도 듣지 않고 오벰베를 애도하기 시작했다. 아버지는 어머니와 생각이 달랐지만, 어머니의 치료를 위해서라도 어머니에게 맞장구를 쳐주는 게 최선이라고 생각했다. 아버지의 친구인 헨리 오비알로르가 어머니와 말다툼을 하는 것은 현명한 일이 아니니 그냥 놔두라고 조언하기도 했다. 처음에 데이비드와 은켐은 아불루가 죽었으니 오벰베를 죽였을 리 없다고 말하며 그런 일을 놔두려 하지 않았다. 그러나 아버지가 그들에게 주의를 주었고, 어머니의 생각이 그대로 머물도록 놔두었다. 아버지는 어머니를 따라서 어머니가 오벰베를 묻어둔 곳, 이켄나 옆으로 갔다. 어머니는 자살하겠다고 위협하면서 아버지에게 오벰베를 매장하는 행사에 참여하라고 강요했다. 하지만 어머니가 묻은 것은 오벰베가 아니라 오벰베의 사진이었다.

아버지는 너무 바뀌어서 말을 할 때도 눈을 마주치지 않았다. 나는 아버지가 어머니 이야기를 해준 교도소 면회실에서 이 사실을 알게 됐다. 아버지는 원래 더 강한 사람이었다. 가족에 다양한 성공이 존재하도록 우리가 여러 명이었으면 좋겠다고 말하며, 그토록 많은 아이들을 낳은 일을 변명하곤 했던 무적의 남자. "우리 애들은 훌륭한 사람이 될 거요." 아버지는 그렇게 말하곤 했다. "변호사가 되고, 의사가 되고, 기술자가 될 거야. 자, 봐요. 우리 오벰베는 군인이 되었소." 그리고 아버지는 여러 해 동안 이 꿈의 자루를 들고 다녔다. 아버지는 그동안 내내 지고 다니던 자루가 구더기가 들끓는 꿈의 자루라는 것을 몰랐다. 오래전에 썩어서, 이제는 무거운 짐이 되어버린 자루.

우리가 집에 도착했을 때는 날이 거의 어두워져 있었다. 한 여자아이가 대문을 열어주었다. 나는 즉시—그렇다고 아무 어려움이 없었던 것은 아니지만—그 애가 은켐임을 알아보았다. 은켐은 어머니와 정확히 똑같은 얼굴을 하고 있었으며, 일곱 살짜리치고는 키가 아주 컸다. 은켐은 머리를 등 쪽으로 길게 땋아 늘이고 있었다. 나는 은켐을 보자마자 은켐과 데이비드가 왜가리라는 것을 깨달았다. 폭풍이 지나간 뒤에 나타나 무리 지어 날아가는, 눈처럼 희고 비둘기 같은 새들. 둘은 모두 우리 가족을 뒤흔든 폭풍이 닥치기 전에 태어났지만, 그 폭풍을 경험하지는 않았다. 격렬한 폭풍이 불어오는 와중에 잠들어 있는 사람처럼, 그들은 폭풍이 몰아치는 내내 잠들어 있었다. 그리고 폭풍의 손길을 느꼈을 때조차—어머니가 의학적인 이유로 추방당해 있을 때라든지—그 폭풍은 그저 낑낑거리는 소리에 불과했다. 그들의 잠을 깨울 만큼 시끄러운 소리는 아니었다.

그러나 왜가리는 다른 점으로도 유명하다. 왜가리는 종종 좋은 시절의 징후나 전조로 여겨진다. 왜가리는 가장 좋은 손톱 줄보다도 손톱을 깨끗하게 다듬는다고들 한다. 우리를 포함한 아쿠레의 아이들은 왜가리가 하늘을 날아가는 것을 볼 때마다 밖으로 달려 나갔고, 낮게 나는 흰 새의 무리가 머리 위를 지나간 다음에는 손가락을 흔들어대며 "왜가리야, 왜가리야, 내 위에 앉으렴"이라는 말을 반복하곤 했다.

손가락을 세게 흔들어댈수록 노랫소리는 빨라졌다. 손가락을 세게 흔들어대며 더 빠르게 노래를 부를수록, 손톱은 더욱 희고 깨끗하고 밝아졌다. 동생이 내 품에 뛰어들어 나를 따뜻하게 안아주며, 울음을 터뜨리면서 "어서 와, 벤 오빠"라고 여러 번 말했을 때 나는 이런 생각을 하고 있었다.

내게 은캠의 목소리는 음악처럼 들렸다. 부모님과 동생 데이비드는 우리 뒤쪽, 자동차 옆에 서서 우리를 지켜보았다. 나는 은캠을 안고서 돌아오니 좋다고 웅얼거리고 있었다. 그때 누군가가 크게 두 번 경적을 울리는 소리가 들렸다. 나는 고개를 들었다. 그 순간, 어떤 사람의 그림자가 오래전 보자를 꺼냈던 우물 근처의 울타리를 가로질러 움직이는 것이 보였다. 그 모습에 나는 깜짝 놀랐다.

"저기 누가 있어요." 나는 거의 캄캄한 곳을 가리키며 말했다.

하지만 아무도 움직이지 않았다. 내 말을 못 들은 것 같았다. 그들은 그 자리에 가만히 서서 지켜보았다. 아버지는 어머니를 안고 있었으며, 데이비드의 얼굴에는 밝은 미소가 번졌다. 다들 내게 그게 뭐였는지 알아보라고 눈짓하는 것처럼, 아니면 내가 잘못 봤다고 생각하는 것처럼 보였다. 하지만 여러 해 전, 형들이 싸웠던 쪽을 보았을 때 나는 울타리를 넘어오는 두 개의 다리가 물에 비치는 것을 보았다. 나는 더 가까이 다가갔다. 미친 듯이 두근거리는 내 심장소리가 새로운 각성의 순간으로 이어졌다.

"누구야?" 내가 큰 소리로 물었다.

처음에는 아무 말도, 어떤 움직임도, 그 무엇도 없었다. 그게 누구였는지 물어보려고 나는 등 뒤의 가족들을 돌아보았지만, 가족들은 모두 한 자리에 못 박힌 채 나를 빤히 바라보았다. 여전히 아무 말도 하고 싶지 않은 듯했다. 어둠이 그들을 도취시켰고, 그들은 실루엣의 배경막을 이루었다. 나는 다시 그 자리로 돌아섰고, 그림자가 벽을 타고 올라 가만히 서는 모습을 보았다.

"누구야?" 내가 다시 말했다.

그때 그 사람이 대답했다. 나는 크고도 분명하게 그의 말을 들었다. 마치 그 어떤 명분도, 창살도, 손도, 수갑도, 장벽도, 세월도, 거리도, 시간도 내가 그의 목소리를 마지막으로 들었던 순간과 지금을 갈라놓지 못하는 듯했다. 지나간 모든 세월이 그저 누군가가 소리친 순간과 그 소리가 점점 작아진 시간, 그 사람이 바로 그라는 것을 깨달은 시간과 그가 "나야, 네 형 오베"라고 말한 시간 사이의 거리밖에는 되지 않는다는 것처럼.

잠깐, 나는 형의 모습이 내게로 다가오기 시작했는데도 가만히 서 있었다. 그 사람이 오베라는, 진짜로 내 형이라는 생각에 내 가슴은 자유로운 새처럼 날아올랐다. 그가 한때 그랬듯 실제의 사람으로, 폭풍우가 지나간 이후의 왜가리처럼 나타났다는 생각에. 그가 내게 다가왔을 때 나는 법정에서 판결을 받던 날에 보았던 환시가 떠올랐다. 그 환시는 꼭 오벰베가 반드시 돌아오리라는 뜻인 것만 같았다. 그날 내가 피고석에 올라가기 전, 아버지는 내가 다시 울기 시작했다는 것을 알아차리고 나를 법정 한구석, 거대한 청록색 벽이 있는 곳 가까이로 데려갔다.

"지금은 이럴 때가 아니다, 벤." 그곳에 이르자마자 아버지가 속삭였다. "이런 건……."

"저도 알아요, 아빠. 그냥 엄마 때문에 슬퍼서 그래요." 내가 대답했다. "죄송하다고 전해주세요."

"아니야, 아지키웨. 잘 들어라." 아버지가 말했다. "너는 내가 가르친 그대로 남자답게 가는 거다. 형들의 복수를 하려고 무기를 들었을 때처럼 남자답게." 아버지가 두 손으로 눈에 보이지 않는 거대한 남자의 상체를 그려 보였다. 아버지의 코에서는 눈물 한 방울이 떨어졌다. "너는 사람들에게 모든 사정을 말하게 될 거다, 내가 너를 키운 그대로 모든 일을 말하게 될 거야. 위협적인 거물이 되어서 말이다. 그건 꼭…… 기억해라, 그건 꼭……."

아버지가 잠시 말을 멈추었다. 아버지의 길 잃은 손가락이 면도한 자신의 머리에 닿았다. 꼭 마음 뒤쪽으로 떨어진 단어를 찾아 머릿속을 뒤지는 것 같았다.

"한때 너의 모습이었던 그 어부가 되는 것과 같은 일이다." 아버지의 떨리는 입술이 마침내 불쑥 말했다. "알겠니?" 아버지가 나를 흔들었다. "알아들었느냐고 말했다."

나는 대답하지 않았다. 대답할 수 없었다. 바깥이 더욱 소란스러워지고 전에 나를 데려왔던 간수들이 지금 다가온다는 것을 알아차렸는데도. 더 많은 사람들이 법정에 몰려들었고, 그중 몇 명은 카메라를 든 기자들이었다. 그들을 보자 아버지의 목소리는 긴급하게 높아졌다. "벤저민, 너는 나를 실망시키지 않을 거다."

이제 나는 대놓고 울고 있었다. 심장이 두근거렸다.

"알겠니?"

나는 고개를 끄덕였다.

나중에, 법정에 사람들이 자리 잡고 나를 기소한 자가—한 마리 하이에나가—아불루가 입은 상처를 자세히 설명한 뒤("……피해자의 신체에는 낚싯대의 갈고리로 인한 여러 개의 구멍이 뚫려 있었고, 두부에는 타박상이 있었으며, 가슴의 혈관도 관통되었습니다……"), 판사는 내 변론을 듣겠다고 했다.

내가 말을 하려고 했을 때, 아버지의 말이—'위협적인 거물'이라는 말이—내 머릿속에서 되풀이되기 시작했다. 나는 돌아서서 부모님을 보았다. 두 분은 함께 앉아 있었고, 그 곁에 데이비드가 있었다. 아버지는 나와 눈을 마주치고 고개를 끄덕였다. 그러더니 아버지가 입을 움직였다. 그 모습을 본 나는 고개를 끄덕이는 것으로 대답을 대신했다. 내가 고개를 끄덕이는 것을 보자 아버지는 미소 지었다. 내가 여러 말이 쏟아지도록 놔둔 것은 그때였다. 내가 언제나 원했던 대로 말을 시작하자, 법정의 극도로 차가운 침묵 위로 내 목소리가 솟아올랐다.

"저희는 어부들이었습니다. 형들과 저는……."

어머니는 시끄럽고 귀청이 찢어질 듯한 울음을 터뜨려 법정 전체를 놀라게 하고 재판을 소란으로 밀어 넣었다. 아버지는 손으로 어머니의 입을 막으려고 했다. 그만 닥치라고 간청하는 아버지의 속삭임이 큰 소리로 터져 나왔다. 모든 관심이 두 분에게로 향하자, 아버지의 목소리가 어머니에 대해서까지 대신 사과하느라 "정말로 죄송합니다, 재판장님"에서 "은네, 비코, 에베지나, 에메 나이페 아—울지 마, 이러지 마"로 튀어 다녔다. 하지만 나는 두 분을 돌아보지 않았다. 나는 방청석이 있는 곳 위쪽, 먼지로 뒤덮인 두꺼운 미늘창을 덮고 있는 초록색 커튼에 계속 시선을 두었다. 강한 바람이 밀려와 그 창문을 후려쳤고, 그래서 그 커튼은 잠깐 동안 휘날리는 초록색 깃발처럼 보였다. 나는 소동이 이어지는 동안 눈을 감고 모든 것을 감싸는 어둠 속으로 물러났다. 그 어둠 속에서, 나는 떠났을 때와 똑같은 모습으로 집으로 돌아오는, 배낭을 멘 어떤 남자의 실루엣을 보았다. 그는 거의 집에 이르러 있었다. 그의 손이 거의 문에 닿을 듯했다. 그때 판사가 탁자 위에 있던 지팡이를 세 차례 두드리더니 소리쳤다. "계속 진행하세요."

나는 눈을 뜨고 목을 가다듬은 다음 처음부터 다시 이야기를 시작했다.

감사의 말

내 이름만 붙어 있긴 하지만,《어부들》은 수많은 사람의 노력을 통해 탄생했다.

위대한 스승이자 초기의 독자인 나의 터키인 아버지 운살 오준루, 나의 가장 친한 친구이자 이루 헤아릴 수 없는 형제인 베흐부드 모하마드자데, 이 일을 해나가는 대부분의 기간에 나를 도와준 스타브로울라, 도움을 주는 사람이자 양치기이며 좋은 습관을 가르쳐준 사람인 니컬러스 델반코, 페이지 테두리를 빨간 펜으로 긁어낸, 매의 눈을 가진 독자 아일린 폴락, 피드백으로 이 책의 방향을 바꾸어놓은 크리스티나, 친절한 협조자 안드레아 보샹, 평화와 사랑을 제공해준 로나 구디슨…….

1급 에이전트이자 여행 가이드이며 내가 나 자신을 맡겼을 때 편안함이 느껴지는 친구인 제시카 크레이그, 이 책을 발굴하고 편집했으며 모든 페이지의 이면에 존재하는 보이지 않는 손이자 엄청난 신뢰를 보여준 사람인 엘레나 래핀, 기쁨을 가져다주는 편집자 주디 클레인, 엄청난 타격을 입었음에도 손을 놓지 않았던 비범한 출판가 아담 프로이든하임, 작가들에게 풍요와 선물을 가져다주는 헬렌 젤…….

초기의 응원가이자 좋은 일의 징조인 빌 클레그, 처음으로 소문을 내준 피터 스타인버그, 빠른 사람 어맨다 브로워, 이 책을 멀리, 널리 퍼뜨려준 에이전트 린다 쇼너시, 재빠른 나팔수 피터 호 데이비스, 에메카 오카포르, 베르나 사리, 아그네스 크루프, DW 깁슨 외 레디그 하우스의 멋진 사람들(어맨다 커틴, 프란시스코 하겐베크, 마크 파스토르, 사스키아 자인, 에바 본과 모두), 내가 속한 훌륭한 소설 모임과 펜을 들고 손끝을 파랗게 물들여가는, 미시간대학교의 헬렌 젤 문예 창작 프로그램의 위대한 작가들과 교수진들…….

수많은 아이들의 아버지인 아빠, 수많은 아이들의 어머니인 은넴, 역사가인 이모, 누이들(마리아, 조이, 켈레치, 피스), 형제들(마이크, 치나자, 추쿠마, 찰스, 삼, 럭키, 치디에베레)……. 이 책은 당신들을 위한 헌사다.

지면이 부족해 미처 언급하지 못한 모든 사람도 여러분의 손길이 이 책에 담겨 있다는 것을 알고 있을 테고, 나는 여기에 언급한 사람들만큼 당신들에게도 감사한다. 그리고 나의 독자들에게는 백 배 더 고마운 마음을 전한다.

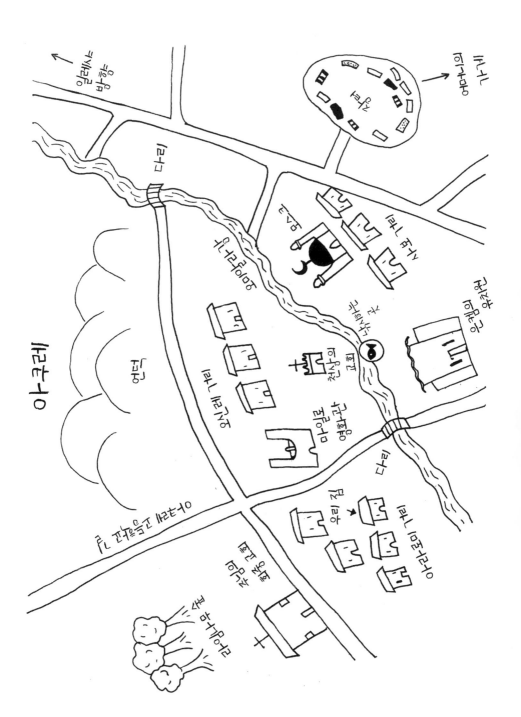

어부들

1판 1쇄 발행 2021년 8월 20일

지은이·치고지에 오비오마
옮긴이·강동혁
펴낸이·주연선

총괄이사·이진희
책임편집·허유민
저작권·이혜명
본문 디자인·이다은
마케팅·장병수 김진겸 강원모 정혜윤 유정연
관리·김두만 유효정 박초희

(주)은행나무
04035 서울특별시 마포구 양화로11길 54
전화·02)3143-0651~3 | 팩스·02)3143-0654
신고번호·제 1997—000168호(1997. 12. 12)
www.ehbook.co.kr
ehbook@ehbook.co.kr

잘못된 책은 바꿔드립니다.

ISBN 979-11-6737-035-8 (03890)